Un petit garçon en danger

*

Pour l'amour de Rachel

ROBIN PERINI

Un petit garçon en danger

Traduction française de
CHARLOTTE DEMANIE

BLACK ROSE

HARLEQUIN

Collection : BLACK ROSE

Ce roman a déjà été publié en 2019

Titre original :
COWBOY'S SECRET SON

HARPERCOLLINS FRANCE
83-85, boulevard Vincent-Auriol, 75646 PARIS CEDEX 13
Service Clients — https://www.harlequin.fr/contenu/contactez-nous
ISBN 978-2-2805-2547-3 — ISSN 1950-2753

Édité par HarperCollins France.
Composition et mise en pages Nord Compo.
Imprimé en janvier 2026 par ScandBook UAB en Lituanie
en utilisant 100% d'électricité renouvelable.
Dépôt légal : février 2026.

FSC
www.fsc.org
MIXTE
Papier | Pour une gestion forestière responsable
FSC® C021394

Pour limiter l'empreinte environnementale de ses livres, HarperCollins France s'engage à n'utiliser que du papier fabriqué à partir de bois provenant de forêts gérées durablement et de manière responsable.

Prologue

Cinq ans plus tôt.

Une série d'éclairs impressionnants déchira le ciel obscur et un coup de tonnerre fit trembler le sol du Texas. Malgré la violente averse, Jared King se tenait là, immobile, au bout de la jetée du lac de la Dernière Chance, un grand sac posé devant lui.

À l'abri sous son stetson, il essayait de distinguer quelque chose au travers du rideau de pluie. Où était sa femme ? Où était Alyssa ? Le ravisseur voulait-il à nouveau le défier avec un jeu pervers et cruel ?

Son téléphone se mit à sonner et Jared le sortit de sa poche pour décrocher.

— King, dit-il d'un ton sec.

Un rire glaçant - malheureusement bien trop familier -, résonna à l'autre bout du fil.

— Tu as l'air contrarié, Jared.

Jared releva les yeux et fit un tour sur lui-même. Le type était en train de l'observer...

Tout en essayant de maîtriser la terreur qui comprimait son cœur, il scruta l'obscurité, à la recherche d'un signe qui pourrait lui indiquer la position du ravisseur.

Bon sang, mais pourquoi l'avait-il laissée seule ?

Quand Alyssa avait accepté de l'épouser et de venir vivre avec lui, ici, au milieu de nulle part, il lui avait promis qu'il prendrait soin d'elle. Pour toujours. Mais il n'avait pas honoré sa promesse et...

Elle avait été enlevée par un fou furieux.

Un nouvel éclair fendit le ciel et illumina un court instant le grand lac. Jared sentit les battements de son cœur s'accélérer. Était-ce un bateau qu'il avait vu là-bas, à côté de la plate-forme, au milieu du lac ?

Le ravisseur et Alyssa étaient-ils à bord ? Il ne pouvait s'agir du shérif. À la demande de Jared qui ne voulait prendre aucun risque, celui-ci avait accepté de rester en retrait jusqu'à ce que sa femme soit sauvée.

L'obscurité retomba trop vite et le lac et ses alentours semblèrent à nouveau engloutis par un trou noir sans fond.

— Où est-elle ? demanda-t-il à son interlocuteur en essayant de garder son calme.

— Tu as l'argent ? lui répondit le ravisseur à voix basse.

Jared souleva le sac et le plaça sous le faisceau de sa lampe-torche.

— Bien, dit l'autre. Je parie que tu as vidé tout ton compte en banque ! Mais as-tu bien suivi mes instructions ?

Jared continuait à observer les environs avec la plus grande concentration. Si seulement il pouvait voir l'homme qui avait kidnappé Alyssa.

— Je vous ai dit que je le ferais, gronda Jared en ayant soudain l'impression que quelque chose ne tournait pas rond. Maintenant, dites-moi où est ma femme ?

— Oh ! comme tu sembles nerveux... En même temps, tu as toutes les raisons de l'être, lui répondit l'homme en riant doucement. Je t'avais demandé de ne pas me mentir et tu n'as pas respecté cet accord. On ne peut donc pas dire que tu as véritablement suivi *toutes* mes instructions. Tu as prévenu les autorités. Je t'avais pourtant dit que je te surveillerais.

Jared se figea. Bon sang ! Comment ce type avait-il pu s'en rendre compte ? Il serra fermement la poignée du sac dans sa main. C'est vrai qu'il avait appelé le shérif de Carder, Kevin Redmond, quand Alyssa avait été enlevée. Il n'avait pas eu le choix, il n'avait pas en sa possession la somme d'argent que le ravisseur exigeait comme rançon. Toutes ses économies étaient passées dans ce nouveau haras qu'il avait acheté la semaine précédente. N'ayant plus de liquidités, il avait eu besoin d'aide... Le shérif et lui avaient pourtant été prudents et ne s'étaient jamais rencontrés en personne.

Malgré tout, le ravisseur était au courant...

Mon Dieu, qu'avait-il fait ? pensa-t-il en sentant la panique l'envahir.

— Je vous en prie, commença-t-il d'une voix suppliante.

— Il est trop tard pour s'excuser, tu n'as pas respecté les règles, tu vas en payer le prix.

— Attendez !

— Souviens-toi seulement d'une chose : tout ce qui arrive est *ta* faute.

Et l'homme raccrocha.

— Tu as entendu, Kevin ? murmura Jared dans le minuscule micro qui était caché sous sa chemise.

— Il bluffe sûrement, lui répondit le shérif dans l'écouteur qu'il avait dans l'oreille.

Mais Jared sentit le doute poindre dans le ton de sa voix.

Tout à coup, le rugissement d'un moteur vint rompre la quiétude nocturne. Le son provenait du milieu du lac.

— Ce doit être lui ! cria Jared. Il est sur l'eau !

Le cri d'une femme résonna dans l'obscurité.

— Non ! S'il vous plaît !

— Alyssa ! hurla Jared.

— Mais nom de Dieu, qu'est-ce qu'il se passe ? jura Kevin.

Un son lourd se fit entendre, comme si quelque chose tombait dans l'eau, puis le moteur rugit à nouveau.

— On dirait qu'il part de l'autre côté, s'écria Jared en plissant les yeux pour essayer de discerner quelque chose dans la nuit. Bon sang ! Je ne vois rien du tout ! Alyssa !

Il l'avait entendue. Elle ne pouvait pas être loin.

— Je vais essayer de l'intercepter, lança le shérif avant de démarrer le moteur de son propre bateau. Surtout, restez en ligne.

Jared savait qu'il n'avait aucune chance de pouvoir rattraper le ravisseur, mais il devait essayer. Avec le faisceau de sa lampe-torche, il balaya la surface de l'eau pour tenter de voir, grâce aux sillons, dans quelle direction le bateau était parti.

Alors qu'il éclairait le sol de la vieille plate-forme en bois, il fit soudain un bond en arrière. Deux mains pâles dans la nuit noire étaient agrippées à un des poteaux. Et une masse de cheveux blonds brillaient dans l'eau.

Alyssa.

— Je la vois ! cria Jared.

Il retira ses bottes, s'enfonça dans l'eau glacée et nagea le plus vite possible vers la plate-forme. Une fois sur place, il s'arrêta un instant pour observer sous lui les profondeurs de ce lac artificiel. Il tourna un instant sur lui-même, cherchant désespérément une trace de sa femme, sans remarquer le son du bateau de Kevin qui se rapprochait.

Alyssa avait disparu.

Jared plongea la tête la première mais, sans clair de lune, il ne pouvait même pas distinguer ses propres mains sous l'eau. Il ne pouvait se fier qu'à ce qu'il touchait. Il fit quelques brasses en retenant sa respiration, cherchant à l'aveuglette une trace de la femme de sa vie.

Tout à coup, il sentit quelque chose de long et fin l'effleurer. Mais sous ses mains il reconnut vite la surface rugueuse de l'écorce du bois. C'était une branche.

Ses poumons commençaient à le faire souffrir. Pourtant, il avait la certitude que seules quelques secondes supplémentaires lui suffiraient pour la retrouver.

L'eau lui brûlait les yeux. Son esprit commençait à s'embrouiller. Bon sang ! Il n'avait pas le choix. Il avait besoin d'air. Une fois noyé, il ne pourrait plus sauver sa femme.

D'un coup de talon, il remonta à la surface, prit une profonde respiration et retourna immédiatement sous l'eau. Mais tout autour de lui était froid, sombre et vide. Et Jared n'avait plus aucune idée de la direction à prendre pour chercher Alyssa.

Soudain, un cercle lumineux illumina les ténèbres au-dessus de lui. Le shérif. Dieu merci.

Dans cette étrange aura bleu-vert qui éclairait les eaux sombres, Jared constata qu'il pouvait à présent distinguer les formes et les ombres.

Non loin de lui, un reflet argenté attira son attention. À nouveau presque à court d'oxygène, il nagea rapidement vers l'éclat lumineux.

Son cœur s'arrêta soudain de battre. Quelque chose de blanc passa devant lui comme dans une vision fantomatique et floue. Jared tendit les mains mais ce n'était qu'un tissu.

Ce voile devait appartenir à Alyssa. Il agita ses bras à gauche et à droite, dans une série de mouvements de plus en plus désespérés. Où était-elle ? Elle devait être là, tout près. Quelque chose cogna son dos et il s'y agrippa. Était-ce une nouvelle branche ?

Non. Ce n'était pas du bois. C'était de la peau. Douce. Puis une main. Et un bras.

Jared attrapa fermement le corps d'Alyssa et le tira vers lui. Mais celui-ci refusait de bouger. Il tira à nouveau.

En vain.

La panique le submergea. Alors que ses poumons étaient sur le point d'éclater, il plongea plus profondément et laissa courir ses mains le long du corps de sa femme jusqu'à sentir une épaisse corde tressée. Celle-ci le conduisit à un énorme pneu.

Ce salaud l'avait lestée.

Jared fouilla sa poche et sortit son couteau d'une main engourdie. Le tenant fermement, il commença à couper le chanvre.

Dans son esprit, chaque seconde qui passait lui semblait aussi longue qu'une heure. Il ne voyait rien. Il manquait d'air. Quand la lame du couteau glissa et lui coupa le pouce, il ne sentit même pas la douleur.

Après ce qui lui sembla une éternité, il vint enfin à bout des dernières fibres de la corde. Alyssa ne bougeait pas.

Il l'attira contre lui, puis, en mobilisant ses dernières forces, il se propulsa vers la lumière à la surface de l'eau.

Après avoir émergé à quelques mètres seulement du bateau du shérif, il reprit de l'air en suffoquant.

— Aidez-la ! réussit-il à crier entre deux quintes de toux.

Kevin Redmond se pencha et attrapa Alyssa.

— Je l'ai, dit-il en la hissant à bord.

Jared s'agrippa au rebord du petit bateau et y grimpa.

— Le type s'est enfui en camion, lui expliqua le shérif, j'ai perdu sa trace.

Aucune importance. Jared s'occuperait de lui régler son compte plus tard. De ses mains tremblantes, il prit sa femme dans ses bras. Elle avait les yeux grands ouverts mais son regard était vague, vide. Sa robe blanche recouvrait son ventre légèrement arrondi.

— Ne meurs pas, Alyssa, tu ne peux pas me faire ça !

Jared se pencha au-dessus d'elle et rapprocha sa joue près de sa bouche tout en posant un doigt dans son cou. Mais elle n'avait plus de souffle et aucun pouls ne battait plus sous sa peau.

La pluie recommença à tomber.

Jared l'ignora. Il pressa ses deux mains sur la poitrine d'Alyssa et commença à essayer de la ranimer, frénétiquement.

Il n'y avait pas si longtemps qu'il l'avait entendue crier.

— Nous devons l'emmener à l'hôpital ! cria Kevin à Jared. Continuez !

Le shérif démarra le bateau en trombe et fonça droit vers la jetée.

Jared posa ses lèvres sur celles d'Alyssa et commença à lui faire du bouche-à-bouche.

Quand le bateau accosta, il comprit que jamais une ambulance n'arriverait ici à temps.

— Démarrez le camion ! ordonna-t-il à Kevin sans s'arrêter de souffler de l'air dans les poumons d'Alyssa.

Il ne leva les yeux que lorsqu'il entendit le ronronnement du moteur Chevrolet. Alors, ébloui par les phares, il regarda enfin le visage de sa femme, qui était d'une pâleur morbide. Son corps était raide et froid. Non, non, ce n'était pas possible.

— Bats-toi, Alyssa ! Je t'en supplie, ne baisse pas les bras !

Il posa une nouvelle fois ses lèvres sur sa bouche glacée et humide et reprit le bouche-à-bouche en priant pour qu'elle se mette à tousser et qu'elle recrache toute l'eau qu'elle avait ingérée.

Mais Alyssa était aussi immobile qu'une statue.

Jared la prit donc dans ses bras et courut jusqu'au bout de la jetée.

— Accroche-toi !

Après avoir sauté à l'arrière de la camionnette, il reprit ses tentatives de réanimation, refusant de perdre la femme de sa vie, refusant de perdre la famille dont il avait toujours rêvé.

— Accroche-toi, Alyssa, je t'en supplie ! Ne m'abandonne pas et je te promets, oui je te promets que plus jamais je ne t'abandonnerai !

1

Aujourd'hui.

Si la météo avait reflété l'état de tourmente dans lequel se trouvait Courtney Jamison aujourd'hui, alors le ciel aurait été zébré d'éclairs, les nuages balayés par de violentes bourrasques et les gratte-ciel de la ville presque invisibles sous les torrents de grêlons.

Il faisait pourtant très beau. Enfin, d'un point de vue extérieur...

Courtney adorait New York. L'agitation permanente, le rythme trépidant de la vie, de jour comme de nuit, la mode, les expositions, les spectacles... Et plus que tout au monde, son métier de conservatrice de l'héritage de sa grand-mère : l'un des plus prestigieux musées d'art de la ville.

Et depuis dix-huit mois maintenant, elle avait en prime découvert une source de joie incroyable dont jamais elle n'avait soupçonné l'existence.

Pourtant, malgré tout cela, la semaine précédente, son monde tout entier avait chaviré. Et à présent, elle savait que quoi qu'il puisse se passer sa vie ne serait plus jamais la même.

L'odeur entêtante du café fraîchement moulu mélangé à une pointe de cannelle flottait dans le restaurant. Le son des mixeurs et des percolateurs couvrait celui des klaxons et des moteurs. Assise dans ce cadre ordinaire, Courtney attendait des nouvelles qui allaient vraisemblablement détruire sa vie tout entière.

Enfin… Elle pouvait se tromper. Après tout, cette nuit-là, dix-huit mois plus tôt, elle n'avait pas vraiment réfléchi. Elle avait seulement… ressenti. Son visage, son allure, le contour de ses lèvres quand il souriait… Ses souvenirs étaient flous. Peut-être n'était-il finalement pas du tout l'homme qu'elle avait vu à la télévision.

C'était possible. Pas la peine de se créer des problèmes, il y en avait déjà suffisamment dans le monde. Ce précieux conseil avait été l'un des derniers que sa mère lui avait transmis avant d'être emportée par le cancer. Courtney n'avait alors que dix ans et elle avait terriblement souffert de ne plus pouvoir se blottir dans ses bras aimants. Quoi qu'il en soit, malgré la sagesse de son conseil, aujourd'hui était une de ces journées où il était impossible de ne pas s'inquiéter.

Et puis elle n'était pas la seule dont la vie risquait de changer à tout jamais.

Le son d'une clochette annonça l'entrée d'un nouveau client dans le restaurant. Courtney leva les yeux et sentit son estomac se serrer. La coupe de cheveux militaire de l'homme témoignait de ses trente ans de carrière dans la marine. Si elle l'avait engagé, c'est parce qu'il ne fréquentait pas les mêmes cercles sociaux que sa famille. Personne ne pourrait croire que Courtney, fille d'Edward Jamison et membre de la haute société new-yorkaise, pourrait avoir un quelconque lien avec un détective privé, et encore moins si celui-ci n'avait pas son pedigree de la « Cinquième Avenue ».

Voilà pourquoi Joe Botelli était exactement celui dont elle avait besoin.

Il lui fit un petit signe du menton et traversa la salle pour la rejoindre.

— Mademoiselle Jamison, dit-il en posant un dossier sur la table. C'est bon, je l'ai trouvé. Vous aviez raison. Il a dormi au Waldorf cette nuit-là.

Courtney ferma les yeux un instant et prit une profonde inspiration pour se préparer à encaisser la suite.

— Dites-moi tout.

Le détective s'installa en face d'elle et ouvrit son carnet.

— Dans les grandes lignes ?

Elle acquiesça. Elle lirait le reste plus tard, au calme, dans son appartement. Là où elle ne serait pas obligée de dissimuler ses émotions.

— Jared King, trente-deux ans. Jusqu'à il y a à peu près trois ans, il essayait à tout prix de sauver le ranch de sa famille, qui se trouve au Texas.

Jared. Elle pensa un instant à ce prénom et le relia aux rêves sensuels qui envahissaient son sommeil bien trop souvent. Il lui allait comme un gant.

D'après ce qu'elle avait vu à la télévision, son nouveau statut était pour le moins inattendu.

— Jared King, répéta-t-elle à voix haute. Mais c'est réellement un… *cow-boy* ?

Courtney se laissa aller en arrière dans son siège, incrédule. Jamais elle n'aurait pu imaginer une chose pareille avant d'avoir vu ces images, une semaine plus tôt. Encore moins en repensant au costume Armani qu'il portait avec tant d'allure ce fameux soir au Waldorf Astoria. Le stetson, la chemise en flanelle et le jean délavé, ce nouveau style lui avait donné l'espoir qu'il ne s'agissait probablement pas du même homme.

— Oui et non. Il vit dans un ranch qui appartient à sa famille depuis des générations et qui se trouve à la périphérie d'une petite ville du nom de Carver, dans le sud-ouest du Texas, lui répondit Joe Botelli en s'agitant sur son siège. Il y a quelques années, on a découvert du pétrole sur sa propriété. Il est alors devenu l'un des hommes les plus riches de la région. Mais d'après ce que je sais, il n'a pas changé de mode de vie. Il continue à passer le plus clair de son temps à élever du bétail et à entraîner des bêtes pour le rodéo.

Bétail ? Rodéo ? pensa Courtney avec perplexité. Les seules images qui lui venaient à l'esprit concernant tout ça étaient des souvenirs d'émissions diffusées tard la nuit ou des extraits de vieux films de Roy Rogers datant des années 1940.

— Est-ce qu'il est... marié ? demanda-t-elle en essayant de masquer sa nervosité – ou plutôt sa peur.

Après la mort de sa mère, elle avait appris à dissimuler ses pensées et ses émotions, à garder le contrôle d'elle-même et à rester digne dans n'importe quelle situation.

Avec un peu de chance, Botelli ne remarquerait donc pas son état d'extrême vulnérabilité. Elle avait pris un énorme risque en demandant à un étranger d'enquêter sur Jared King. Et à présent, elle se demandait bien ce que lui réservait cette boîte de Pandore.

— Veuf.

Jared avait perdu sa femme. Elle sentit monter en elle la compassion – et une certaine appréhension. Et s'il voulait... ? Non, elle préférait ne pas y penser.

Le détective regarda ailleurs et laissa échapper un profond soupir, comme s'il n'avait que faire de sa cliente et des dommages que ses révélations pouvaient causer dans la vie de celle-ci.

— Vous voulez que je continue à fouiller ?

Courtney agrippa le dossier fermement comme si tout son avenir dépendait de son contenu.

Ce qui était le cas. Chaque nouvelle information rendrait Jared King encore plus réel. Et plus dangereux. Mais elle ne pouvait rien laisser paraître de son désarroi, pas ici.

— Son adresse est à l'intérieur ? demanda-t-elle.

Quand l'homme opina du chef, Courtney attrapa son sac à main et en sortit une enveloppe pleine de billets qu'elle fit glisser sur la table. Il n'était pas nécessaire de laisser une trace de cette transaction. Elle n'avait pas prévu de refaire appel aux services d'un détective privé et comptait bien se débarrasser de sa carte dès qu'elle serait de retour chez elle.

— Merci.

Le détective privé haussa les sourcils puis empocha l'enveloppe et se leva.

— Si vous avez besoin d'autre chose...

— Cela n'arrivera pas, merci.

Il répondit à sa réaction laconique par un bref signe du menton puis s'éloigna de la table et sortit du café. Courtney ne le suivit pas du regard. Elle ne pouvait décoller ses yeux du dossier. Elle redoutait ce moment depuis si longtemps… Ou l'espérait.

Son téléphone sonna. Elle avait reçu un texto.

Rentrez à la maison. Il y a un problème.

Courtney sentit sa gorge se serrer en découvrant le message étrangement bref de sa gouvernante. L'air lui manqua soudain. La serveuse l'appela pour venir chercher sa commande, mais Courtney l'ignora. Elle devait rentrer chez elle au plus vite. Enfilant sa veste à la hâte, elle quitta le café en courant et, une fois sur le trottoir, héla un taxi.

Sentant la panique monter en elle, elle essaya d'appeler chez elle. Mais personne ne répondit.

Sans perdre de temps, elle téléphona à son assistant pour le prévenir qu'elle ne reviendrait pas au musée.

Tandis que le taxi dans lequel elle était montée essayait de se frayer un chemin dans les embouteillages, Courtney prit une profonde inspiration. Peut-être réagissait-elle de manière excessive… Depuis qu'elle avait reconnu Jared à la télévision, elle avait les nerfs à vif.

Mais malgré ses tentatives pour se calmer, son cœur battait à tout rompre dans sa poitrine. Agrippant la poignée de la portière avec force, elle tenta de résister à la peur.

Heureusement, la circulation devint rapidement plus fluide. Quand le taxi s'arrêta devant la façade de son immeuble, Courtney jeta un billet de cent dollars au chauffeur surpris puis sortit du véhicule en trombe.

— Bonjour, madame Jamison, lui dit le portier en lui ouvrant la porte.

Malheureusement, Courtney n'avait pas le temps de bavarder aujourd'hui. Ignorant le regard interrogateur que Reggie lui lança, elle fonça droit vers l'ascenseur. Devant la porte de son appartement, elle sortit la clé électronique de son sac mais la porte était déjà ouverte.

— Marilyn ? cria-t-elle en entrant. Marilyn ? Que se passe-t-il ?

Courtney s'arrêta net. La gouvernante était allongée sur le

sol du salon, les yeux grands ouverts et... vides. Une mare de sang entourait sa tête et se mêlait à ses cheveux gris.

Elle se précipita vers elle, s'agenouilla, et posa un doigt dans son cou ensanglanté à la recherche d'un pouls.

Mais il était trop tard.

Il lui fallut une fraction de seconde avant de prendre conscience de la situation.

— Dylan !

Elle parcourut le salon des yeux avec horreur. Où était son fils ? Sans perdre une minute, elle s'empara du tisonnier près de la cheminée et se précipita vers la chambre du bébé.

Elle poussa la porte et écarquilla les yeux.

Le berceau avait été retourné, les tiroirs vidés, les vêtements et les jouets jetés au sol. Courtney parcourut la pièce des yeux avant de poser son regard sur la porte du placard. Elle sentit son estomac se serrer. Le meurtrier était-il toujours là ? Avec son bébé ?

Elle se fraya un chemin dans le désordre en serrant fermement son arme de fortune dans ses deux mains. Retenant son souffle, elle s'immobilisa devant le placard.

Assaillie par un flot d'images terrifiantes, elle ouvrit brutalement la porte du dressing et alluma la lumière.

Ses genoux se mirent à trembler.

Le placard était vide.

— Dylan, où es-tu ?

Elle pria pour entendre un gazouillis, un rire ou même des pleurs mais autour d'elle ne régnait que le silence. En quelques minutes, elle fouilla tout l'appartement puis se dirigea vers la dernière pièce qu'elle n'avait pas inspectée. Sa chambre.

Elle ouvrit la porte d'un seul coup et se figea. Au centre du lit parfaitement fait se trouvait son fils de neuf mois, entouré d'une barrière de coussins et d'oreillers.

Il ne bougeait pas.

Courtney sentit son cœur s'arrêter. Elle se précipita auprès de la chair de sa chair, la peur au ventre. En se penchant vers le petit visage paisible, elle lâcha le tisonnier qui tomba bruyamment sur le sol de la chambre.

— Dylan ? murmura-t-elle en tendant la main pour toucher le visage de son petit garçon.

La poitrine du bébé se soulevait doucement. Il était vivant.

Réprimant un puissant sanglot de soulagement, Courtney prit son fils dans ses bras. Dylan ouvrit les yeux et se mit à pleurer.

— Que s'est-il passé, mon cœur ?

Elle regarda autour d'elle dans la pièce mais tout était en place. Puis son regard tomba sur le petit agneau en peluche de Dylan, posé sur l'un des coussins. Une feuille de papier était épinglée sur le jouet. Elle lut la lettre avec la peur au ventre.

Si j'avais voulu l'enlever, votre fils ne serait plus là.

Si j'avais voulu le tuer, votre fils serait mort.

La prochaine fois, je l'enlèverai.

Et je le tuerai.

À moins que vous ne me remettiez 3 680 312,00 dollars.

Je vous recontacterai pour vous donner nos instructions.

Si vous contactez la police ou le FBI, et si vous ne nous remettez pas l'argent dans les soixante-douze heures, il mourra.

N'essayez pas de jouer à la plus fine avec moi. Je surveille chacun de vos faits et gestes.

Le souffle court, Courtney tenta de comprendre le sens des mots qu'elle lisait. L'étrange montant de la somme, les menaces terribles. Rien de tout cela n'avait de sens.

Elle regarda les doux yeux de son fils, l'un marron, l'autre vert, et tenta de garder un sourire confiant.

— Nous devons sortir d'ici, lui dit-elle en reculant vers la porte.

Après avoir récupéré le sac à langer, elle quitta l'appartement en jetant un dernier regard au corps de Marilyn. Quelle sorte d'homme fallait-il donc être pour tuer une femme aussi douce ?

Elle serra fort son enfant dans ses bras.

— Tu n'as plus rien à craindre, mon petit ange. Je te le promets.

Deux heures plus tard, le taxi se gara devant le manoir du père de Courtney, à Greenwich, dans le Connecticut.

Durant tout le trajet, Courtney n'avait cessé de triturer son téléphone portable. Pour la millième fois depuis qu'ils avaient quitté New York elle se demanda si elle ne devait pas prévenir les autorités.

Mais quelque chose l'en empêchait. Peut-être était-ce à cause de ce qu'elle avait vu à la télévision et qui montrait combien il était facile aujourd'hui de pirater un téléphone. Elle ne pouvait pas courir un tel risque. Pas alors que la prunelle de ses yeux était en danger. Le ravisseur était venu chez elle. Il avait pris son petit garçon dans ses bras. Il avait tué Marilyn.

Un frisson lui parcourut l'échine. Une partie d'elle-même n'arrivait toujours pas à croire que tout cela était réel. Des menaces pareilles n'existaient que dans les romans ou dans les films, pourtant, chaque fois qu'elle relisait la lettre et repensait au corps de Marilyn gisant, inerte, sur le sol de son salon, elle savait que tout cela n'avait rien de fictif.

C'était même la raison pour laquelle elle s'apprêtait à demander un service à son père, pour la toute première fois. Elle se frotta les yeux. Elle n'avait pas pour habitude de le solliciter mais elle n'avait personne d'autre vers qui se tourner. Son travail, son appartement, tout cela était l'héritage que lui avait laissé sa grand-mère pour gérer le musée et elle n'en avait pas la propriété. Elle ne possédait pas l'argent que lui demandait le meurtrier.

Elle espérait que son père pourrait lui donner ce dont elle avait besoin. Il le fallait.

Il avait été furieux, et évidemment très déçu, quand il avait appris qu'elle était tombée enceinte et qu'elle avait refusé de lui révéler l'identité du père de son enfant.

Mais comment aurait-elle pu lui avouer qu'elle ne connaissait même pas son nom ?

— Vous descendez ? lui demanda le chauffeur en se retournant vers elle.

Courtney acquiesça puis détacha sa ceinture de sécurité. Elle sortit du véhicule puis en fit le tour pour aller chercher Dylan. Le chauffeur lui ouvrit la portière et elle se pencha pour attraper la nacelle sans réveiller le bébé qui s'était endormi.

— Combien est-ce que je vous dois ? lui demanda-t-elle.

— Rien du tout, ça a déjà été réglé, lui répondit l'homme en secouant la tête. Par contre, on m'a demandé de vous remettre ça à votre arrivée.

Il lui tendit une enveloppe épaisse puis, avant même qu'elle n'ait eu le temps de l'ouvrir, il remonta en voiture et disparut.

La gorge sèche, elle regarda l'enveloppe. Elle reconnaissait l'écriture. Elle posa doucement la nacelle au sol et ouvrit le courrier. À l'intérieur, se trouvaient un téléphone et une petite note.

Prenez ce téléphone avec vous.

Gardez le silence. Surtout avec votre père.

Et n'oubliez pas que vous ne pouvez rien nous cacher. Nous saurons toujours où vous trouver.

Courtney froissa le papier dans sa main. Comment pouvaient-ils en savoir autant ? Elle se sentit chanceler et faillit tomber sur le sol. Elle regarda l'allée qui était maintenant déserte. Était-ce ce chauffeur qui la faisait chanter ? Elle secoua la tête. Cela lui semblait peu probable. Jamais il ne lui aurait montré son visage… Et il lui avait dit qu'il avait été payé.

Les ravisseurs avaient été clairs. Elle ferait mieux de suivre leurs instructions à la lettre. Pas de police, pas de FBI. Elle se demanda ce que les forces de l'ordre avaient bien pu penser en découvrant le corps de Marilyn. Elle avait un instant envisagé de passer un coup de fil anonyme, mais elle ne pouvait pas prendre le risque de se faire arrêter. Pas avant d'être certaine d'avoir mis Dylan en sécurité.

— Allez, tu peux le faire, se dit-elle pour se donner du courage.

Elle marcha vers l'entrée principale du manoir après avoir rangé le téléphone dans sa poche et murmura encore :

— Tu peux tout faire pour ton fils.

La demeure de plus de huit cents mètres carrés appartenait aux siens depuis près de quatre générations, et la fortune provenait des nombreuses transactions de son aïeul : Andrew Carnegie.

Courtney n'avait jamais vraiment réfléchi aux richesses de sa famille. Mais aujourd'hui, elle se sentait plus reconnaissante que jamais d'avoir autant de privilèges.

Elle jeta un regard à son fils. Aujourd'hui, cet argent qu'elle avait toujours considéré comme acquis allait servir à sauver son enfant.

Elle refusait de penser au fait qu'un premier versement ne suffirait peut-être pas à la débarrasser des ravisseurs. Il fallait garder espoir.

L'immense lustre Baccarat brillait au-dessus d'elle dans l'entrée tandis qu'elle attendait que le majordome vienne l'accueillir. Lui qui avait toujours pour habitude de surgir de nulle part avant même qu'on ait le temps de l'appeler se faisait attendre...

— Fitz ? appela-t-elle.

Personne ne lui répondit. Comme c'était étrange.

— Clarissa ? Burbank ? Il y a quelqu'un ?

Le son de ses pas résonna sur le sol de marbre. Mais où était passé le personnel ?

Une hypothèse terrible lui vint à l'esprit. Et si le tueur était venu ici ? Oh mon Dieu.

Elle courut de pièce en pièce. Non ! Quelque chose ne tournait pas rond. Les salles étaient toutes vides, des cartons étaient entassés au sol, des tableaux manquaient sur les murs.

— Père ? appela-t-elle d'une voix tremblante.

Elle ouvrit la porte de l'ancienne chambre de sa mère. L'espace vide au-dessus de son lit lui sauta aux yeux. Le tableau de Degas que sa mère avait acquis juste avant de mourir avait disparu.

— Père ! cria-t-elle à nouveau.

— Dans la bibliothèque, lui répondit une faible voix.

Il se passait quelque chose. Sa voix ne sonnait pas comme

d'habitude, ses mots semblaient avoir été prononcés avec beaucoup de difficulté.

Courtney se dépêcha de le rejoindre et ouvrit la double porte avec fracas. Le sol de la bibliothèque était jonché de cartons et son père était assis par terre, derrière son bureau, le regard hagard. À côté de lui se trouvaient une bouteille de cognac et un verre à moitié vide.

Elle posa délicatement la nacelle de Dylan sur le sol puis se précipita auprès de son père.

— Que se passe-t-il ? lui demanda-t-elle.

Se préparait-il vraiment à quitter leur maison familiale ? Tout cela n'avait aucun sens. Mais cette histoire-là n'était pas sa priorité.

Son père passa sa main dans ses cheveux blancs et s'éclaircit la gorge.

— J'aurais dû t'appeler plus tôt, lui dit-il en soupirant.

Courtney étudia son regard trouble. Il avait recommencé à boire. Pourquoi n'était-elle pas surprise ?

— Père, je ne veux pas être impolie mais pour le moment j'ai un autre problème et j'ai besoin de ton aide. Pour Dylan. Nous devons trouver trois millions de dollars le plus vite possible.

Il leva les yeux vers elle et elle vit la confusion envahir son regard. Puis il tendit la main vers la bouteille centenaire et se servit quelques doigts de cognac.

— Non, lui répondit-il après avoir avalé le contenu de son verre d'un trait.

— Tu ne comprends pas, protesta-telle. S'il te plaît, je quitterai l'appartement, je trouverai un autre endroit où vivre, mais j'ai besoin de cet argent.

La panique faisait trembler sa voix. Son père devait l'aider. Elle ne voulait pas lui dire la vérité, elle ne pouvait pas prendre le risque qu'il prévienne les autorités ou le FBI. Sans compter qu'il était le genre d'homme qui aimait régler les problèmes. Il s'était toujours chargé de tout. À la mort de sa mère, il s'était donné comme mission de la protéger, envers et contre tout.

— Cela ne changerait rien, murmura-t-il. Je suis désolé. Je suis si désolé.

— Mais qu'est-ce que tu racontes ? lui dit-elle en le prenant par le col. Je ne t'ai plus jamais rien demandé depuis que j'ai commencé à travailler. Je me suis débrouillée…

Il l'interrompit en posant un doigt sur ses lèvres et la regarda de ses yeux injectés de sang.

— Je te donnerais cet argent si je le pouvais, Courtney. Tu n'imagines pas à quel point j'aimerais pouvoir le faire mais c'est impossible, lui dit-il avant de détourner le regard. Car je suis ruiné.

2

Malgré l'arrivée du printemps, rien ne semblait sur le point de vouloir renaître au ranch de la Dernière Chance et la terre étouffait sous le soleil implacable de l'Ouest texan. Il y avait maintenant bien longtemps que Jared King avait compris pourquoi sa terre natale portait si bien ce nom.

Sans compter que depuis quelque temps un vieux problème avait refait surface. Son voisin, Ned Criswell, revendiquait la propriété d'un cours d'eau qui lui revenait pourtant de droit. Et cette querelle qui durait depuis des années et qui opposait leurs deux familles semblait sans fin.

Quand Jared s'était porté volontaire pour rejoindre l'armée, le jour de ses dix-huit ans, il était convaincu qu'il serait épargné par la malédiction qui semblait avoir été jetée sur le ranch. Bon sang, qu'il avait pu être naïf... Après avoir été réformé, il était rentré chez lui avec sa belle et jeune femme en espérant se construire une vie heureuse là où seul le désespoir plongeait ses racines. Mais à la mort d'Alyssa, il s'était fait une raison et avait cessé de lutter contre ce qui semblait être son destin.

Il inclina son stetson pour se protéger des rayons du soleil et s'assit sur la solide rambarde de l'enclos des taureaux. Puis il leva les yeux lentement et regarda Ned Criswell et son bon à rien de fils. Les deux hommes, aussi butés que costauds, refusaient tous les deux de coopérer.

— Vous ne pouvez pas garder cette rivière endiguée ! Le niveau du lac de la Dernière Chance a déjà baissé de plusieurs mètres.

— L'eau restera de mon côté tant que vous n'empêcherez pas les hommes de la compagnie de venir traîner sur mes terres, lui répondit Ned, d'un ton furieux, en bombant le torse.

Jared sentit pointer un début de migraine. C'était le même cirque qui se jouait depuis des années. Le conflit entre les deux familles se poursuivait depuis des décennies mais Ned était de loin le plus impitoyable de tous les Criswell. Impitoyable et entêté. Jared se demandait parfois s'il ne faisait pas tout ça pour se venger de son père qui était pourtant mort des années auparavant.

Le fils, Chuck Criswell, ne semblait intéressé, pour sa part, que par l'aspect financier des choses. Et, avide de pouvoir, il se délectait de ce rapport de force qui n'en finissait pas.

— Mes bêtes ne vont pas tarder à manquer d'eau, leur dit Jared en tentant de garder son calme. Je crois qu'il serait plus intelligent d'arrêter cette histoire, Ned. En plus, toi et moi savons très bien que c'est moi qui vais en sortir gagnant.

— Mon père a autant d'amis que toi à Austin, Jared, nous ne voulons que ce qui nous revient, lui répondit Chuck avant de cracher un reste de tabac au sol.

— Ferme-la, lui ordonna son père en le fusillant du regard.

Même s'ils avaient le même objectif, les deux hommes n'arrivaient pas à faire équipe. Ce qui ne dérangeait pas Jared, bien au contraire... Cette faiblesse signerait leur perte.

Un fort grognement se fit entendre dans l'enclos derrière eux. Chuck s'éloigna de la clôture.

— Ce taureau est dangereux, dit-il en fronçant les sourcils. Vous n'auriez pas dû le sauver.

Parfois Jared était d'accord avec les Criswell. Il fallait avouer qu'Angel Maker méritait bien son nom. Ce taureau avait déjà encorné une demi-douzaine des meilleurs employés du ranch. Derrière eux, la bête grattait la terre du sabot en regardant son propriétaire d'un air diabolique. Jared avait choisi de lui laisser la vie sauve après un dramatique épisode qui s'était déroulé un peu plus tôt dans l'année, au rodéo de San Antonio. Sa descendance consoliderait la position des King en tant que premiers fournisseurs du circuit professionnel des Bull Riders. Même si ses principaux revenus provenaient maintenant du gaz et du pétrole qui avaient été découverts sur ses terres, Jared savait au fond de lui que la passion du rodéo coulerait toujours dans ses veines et qu'il élèverait des taureaux jusqu'à la fin de ses jours.

Et puis, il avait toujours eu un faible pour les causes perdues...

Angel Maker cogna sa tête contre la rambarde et Ned s'empressa d'aller rejoindre son fils. Jared réprima un sourire. Si l'animal avait vraiment voulu faire des dégâts, ce n'est pas cette petite clôture qui l'en aurait empêché.

— On dirait qu'il vous aime bien.

Le vieil homme jura.

— Tu vas dire quelque chose à ces gars du pétrole ou pas ? lui demanda-t-il ensuite en plissant les yeux.

— Tu as signé un contrat, Ned. Ils ont le droit de traverser votre propriété tant qu'ils restent sur la route.

— J'ai changé d'avis.

Bien sûr, pensa Jared. Il voulait surtout plus d'argent. La lueur qui brillait dans les yeux de Ned était reconnaissable entre mille. Les Criswell avaient toujours eu un penchant pour le jeu et Chuck avait la réputation d'avoir une très mauvaise main. Selon des rumeurs récentes, à la suite des derniers matchs de football, du Super Bowl et du dernier tournoi de basket de la NBA, les Criswell avaient vidé tous leurs comptes en banque et étaient maintenant à sec.

— Si vous ne détruisez pas ce barrage, Ned, je vais devoir m'en charger moi-même.

— Je n'aime pas les menaces ! Tu veux que je te dise ? Tu es encore pire que ton paternel. Pourtant, c'était déjà un salopard de première.

— Vous avez profité de lui et il a presque failli perdre ses terres à cause de vous, rétorqua Jared en haussant le ton. Mais je ne suis pas aussi gentil que lui, l'armée m'a endurci et m'a appris à me défendre.

Le visage de Ned devint blême. Comme la plupart des hommes lâches, il préférait la fuite au combat.

— Je n'ai pas dit mon dernier mot, maugréa-t-il avant de se tourner vers son fils. Va faire démarrer la voiture, toi.

Chuck marcha vers le pick-up Ford flambant neuf qui était garé à quelques mètres et s'installa au volant.

— Je ne toucherai pas au barrage ! lança Ned avant de monter dans le véhicule.

Chuck appuya alors sur la pédale d'accélérateur et les Criswell s'éloignèrent dans un nuage de poussière.

Jared se massa les tempes, pour tenter de soulager son mal de tête qui s'était amplifié.

Ned marchait sur un terrain glissant en détournant un cours d'eau qui traversait bien plus de terres que sa seule propriété. Le problème était qu'une procédure administrative pouvait durer des mois et que le bétail avait besoin d'eau, tout de suite.

— Moi je dis qu'on n'a qu'à prendre du matériel et aller creuser un trou dans cette fichue digue, proposa Roscoe Hines, le contremaître de Jared qui venait de le rejoindre. Les Criswell ne céderont pas, ils sont désespérés.

Jared réprima un soupir d'exaspération.

— Tu as raison. Ned était un tyran à l'époque de mon père, il ne s'est pas arrangé avec le temps. Il ne changera pas d'avis, même si c'est dans son propre intérêt. Cependant, se servir de l'eau comme moyen de pression pour faire changer notre accord est une grossière erreur. Il va faire beaucoup de dégâts et ne gagnera pas la partie. Notre contrat est inattaquable.

Le cliquetis des planches de bois et le souffle du taureau se firent entendre derrière eux.

— En parlant de mauvais caractère..., dit Roscoe avant de se retourner. Tim, sors de là !

Le jeune apprenti de dix-huit ans qui était entré dans l'enclos d'Angel Maker en ressortit presque aussitôt en sautant par-dessus la clôture et se mit hors de portée du taureau. La bête, qui pesait près de deux tonnes et demie, vint cogner sa tête contre la rambarde et celle-ci craqua sous la violence du coup.

Le visage couvert de taches de rousseur de Tim était maintenant rouge et luisant de transpiration. Il avait le souffle court mais ses yeux brillaient d'excitation.

Roscoe secoua la tête en levant les yeux au ciel puis regarda Jared.

— Soit ce gamin va devenir le meilleur d'entre nous, soit il va finir en bouillie !

— Je penche pour la première option, lui répondit Jared. Il me rappelle Derek, le jour où vous êtes arrivés au ranch après que mon père t'a embauché.

— Ah ça, c'est vrai que mon fiston était un sacré casse-cou, approuva Roscoe en affichant ce sourire fier que seuls les pères peuvent avoir pour leur progéniture. À ce propos, il m'a dit qu'il allait bientôt venir nous voir ! Enfin... Chaque fois qu'il nous dit ça, un empêchement de dernière minute le retient finalement au travail.

— Nous allons trouver un moyen de le faire venir, et alors, tu sais quoi, Roscoe ? Nous le mettrons en situation pour voir s'il n'a pas perdu la main !

Comme Derek et lui avaient passé du bon temps ensemble, enfants, dans cet endroit qui n'avait ni barrières ni frontières... Ils étaient vite devenus inséparables. Certes, le travail et les corvées n'avaient pas manqué et ils avaient chacun eu leurs lots de problèmes mais tout cela n'était rien comparé au bonheur que cela avait été de grandir ensemble. Ils avaient tout appris l'un avec l'autre, à commencer par la discipline. Du rodéo quand ils étaient écoliers, au football au lycée, jusqu'à l'enrôlement dans l'armée. Après cela, la vie semblait les avoir précipités dans des directions tout à fait différentes. Et leurs chemins avaient tellement divergé que cela faisait plusieurs années que Jared n'avait pas vu Derek.

— Il aime son nouveau travail ?

— Apparemment. Il gagne tellement d'argent que c'en est presque indécent, déclara Roscoe en hochant la tête avec un air perplexe. Je ne sais même pas ce qu'il fait exactement. Quelque chose en lien avec les ordinateurs.

— Il a toujours été brillant, approuva Jared en se promettant d'appeler bientôt Derek pour lui parler de son père.

Roscoe n'était pas en forme ces derniers temps. Jared n'avait pas réussi à le convaincre d'aller voir le médecin, peut-être que Derek, lui, réussirait.

Le grondement d'un moteur interrompit le flot de ses pensées et, en levant les yeux, Jared vit qu'une petite Mustang bleue se dirigeait vers la maison principale, à quelques mètres de là.

— Tu attends quelqu'un ? lui demanda Roscoe en observant le véhicule.

— Pas que je sache, non.

Qui pouvait bien conduire une voiture de ce genre dans un endroit pareil ? se demanda Jared en hochant la tête.

— Peut-être est-ce encore une personne intéressée par tous tes billets verts...

Jared se renfrogna. Depuis que la découverte du pétrole sur ses terres avait été rendue publique, quelques soi-disant proches avaient fait leur apparition dans sa vie. Il avait fait ce qu'il pouvait pour les aider jusqu'à ce que ces personnes lui fassent clairement comprendre que ce n'était pas d'un coup de pouce dont elles avaient besoin mais d'une rente perpétuelle. Quand il avait coupé court, toutes avaient disparu.

La voiture s'immobilisa et le conducteur coupa le moteur. Il se passa ensuite quelques minutes avant qu'une paire de jambes élancées n'apparaisse.

Une fois sortie du véhicule, la femme passa sa main dans ses cheveux. Le soleil vint se refléter dans ses boucles blondes. Roscoe laissa échapper un faible sifflement.

Jared, lui, se figea. Incapable de bouger, il cligna des yeux. Une fois. Deux fois.

Ce n'était pas possible. Pas elle.

Elle se tenait là, immobile, perchée sur ses immenses talons, dans sa robe élégante, comme une fille de la ville qui aurait été parachutée en plein milieu de la cambrousse. Elle glissa une mèche de ses cheveux courts derrière son oreille puis, hésitante, fit un tour sur elle-même pour regarder les environs.

Jared résista à la tentation de nettoyer la poussière et la boue qui le recouvraient et attendit, le souffle court, qu'elle le rejoigne. C'était bien elle, il n'y avait pas de doute. Il ne connaissait pas son nom, mais ce qu'ils avaient fait ensemble réveillait son désir et il sentit son cœur palpiter pour la première fois depuis dix-huit mois. Depuis cette nuit où il l'avait serrée dans ses bras.

Incapable de s'en empêcher, il traversa le champ pour venir à sa rencontre. En se rapprochant, il remarqua qu'elle avait les mains tremblantes.

Elle n'arrivait manifestement pas à cacher sa nervosité. Ce constat le rassura car ses mains également semblaient ne plus vouloir se tenir tranquilles.

Il s'arrêta à quelques mètres d'elle.

Elle fit de même puis leva les yeux vers lui.

En croisant son regard, il eut le souffle coupé. C'était elle. Elle était ici. Sur ses terres. Il était en train de vivre le rêve qu'il avait fait tant de fois qu'il ne pouvait plus les compter.

Ses yeux bleu cobalt étaient si écarquillés qu'elle aussi semblait avoir du mal à croire que c'était bien lui.

Le grondement du moteur d'un tracteur, les hennissements des chevaux, les soupirs d'Angel Maker, tout cela passa au second plan. Le monde de Jared était en train de basculer et son cœur battait si fort qu'il semblait sur le point d'exploser.

Elle cligna des yeux puis jeta un coup d'œil par-dessus son épaule, en direction de sa voiture.

Son mouvement le ramena sur terre. Il se rapprocha d'elle.

— Je suis surpris, lui dit-il en s'efforçant de garder un ton détaché.

— Moi aussi, lui répondit-elle.

Sa voix lui sembla plus grave que dans son souvenir. Il étudia un instant son visage et remarqua qu'elle avait l'air inquiète et fatiguée.

Ils se dévisagèrent pendant un long moment jusqu'à ce que le silence devienne tout à fait gênant.

En même temps... Que pouvait-il dire ? se demanda Jared. « Quand je suis revenu dans la chambre d'hôtel, tu avais disparu ? » Ou, peut-être quelque chose de plus approprié comme : « Nous avons couché ensemble il y a un an et demi, nous sommes tous les deux montés au septième ciel mais je ne sais pas comment tu t'appelles... »

Velma apparut sur le perron, et sans hésiter, elle marcha vers eux tout en essuyant ses mains sur un torchon. Hormis les reflets argentés qui brillaient dans ses cheveux auburn et la désinvolture avec laquelle elle se mêlait de tout – et même de ce qui ne la concernait pas –, elle ne faisait pas son âge.

Elle releva le menton et regarda Jared avec un air interrogateur. La curiosité n'était pas le dernier de ses défauts. Il soupira. Sa gouvernante était pour lui comme sa grand-mère. Il avait l'impression qu'elle travaillait pour la famille King depuis la nuit des temps. Elle le connaissait si bien qu'elle avait maintenant développé un sixième sens concernant les situations gênantes dans lesquelles il avait le don de se fourrer.

Elle les regarda tous les deux alternativement.

— Eh bien, voilà une sacrée voiture ! N'est-ce pas, mon garçon ?

Comme pour appuyer son propos, elle lui jeta un regard suspicieux. Elle ne savait pourtant rien de la situation. Jared sentit le feu lui monter aux joues.

— Et qui peut bien être ton amie ? poursuivit-elle en affichant un sourire satisfait.

— Je m'appelle Courtney Jamison, lui répondit la jeune femme, l'air nerveux.

Courtney Jamison. Jared laissa flotter ce nom dans son esprit un instant. Il lui allait comme un gant. Il fleurait bon New York et l'hôtel Waldorf Astoria où ils s'étaient rencontrés. Par contre, il ne s'accordait pas le moins du monde avec le ranch de la Dernière Chance. Pas du tout.

Des pleurs retentirent. Ils semblaient provenir de la voiture.

— Vous avez un bébé ? demanda Velma en s'illuminant comme une journée d'été sous le soleil texan.

— Oui, il s'appelle Dylan, répondit Courtney en se dirigeant vers le véhicule.

Elle ouvrit la portière, se pencha et sortit l'enfant du siège-auto.

— Il a presque un an, non ? demanda la vieille gouvernante.

— Neuf mois, corrigea Courtney d'une voix douce en regardant Jared.

— C'est un grand garçon.

Neuf mois, se dit Jared. Ce qui signifiait qu'elle était tombée enceinte dix-huit mois plus tôt. New York. Le Waldorf Astoria.

Ce n'était pas possible. Ils n'avaient passé qu'une nuit ensemble. Une seule...

Comme s'il était en état de transe, il se rapprocha de Courtney et plongea son regard dans les yeux du petit garçon. L'un était vert, l'autre marron. Il avait les yeux vairons. Comme lui.

Jared serra les poings. Il tremblait. Dylan se blottit contre la poitrine de sa mère et cacha sa tête dans son cou.

— Dylan, murmura Courtney. Je te présente ton papa.

Les mots frappèrent Jared avec plus de force qu'une charge d'Angel Maker. Son esprit fut soudain envahi par de multiples envies de contestation alors même que la vérité était là, sous ses yeux. Il se trouvait devant la seule chose qu'il pensait ne jamais avoir. Un enfant.

Dylan tourna la tête et lui sourit. Puis il se pencha vers son père et tendit ses petits bras vers lui. Jared s'approcha. Le bébé attrapa son chapeau et le jeta au sol en riant.

— Il tient de toi, mon garçon, constata Velma. Ça ne fait aucun doute.

Un étrange bruit blanc résonna dans les oreilles de Jared. Il secoua la tête.

— Comment m'as-tu retrouvé ? demanda-t-il à Courtney, la gorge sèche.

Il ne voulait pas en dire plus. Velma et Roscoe étaient aussi curieux l'un que l'autre. Et, même si Jared savait que de toute façon il allait devoir affronter une avalanche de questions dès qu'il se retrouverait avec eux, il voulait gagner un peu de temps.

Il ramassa son chapeau et le tendit à Dylan. Il ne pouvait plus le quitter des yeux. Le petit garçon prit le bord du stetson et tira vers lui. *Quelle poigne de fer...*, se dit Jared. *Et dire que c'est mon fils.*

Bon sang, mais qu'était-il censé faire à présent ?

— J'ai vu un reportage à la télévision sur le taureau que tu as sauvé. Voilà comment je t'ai retrouvé.

Courtney regarda Angel Maker qui s'agitait dans l'enclos derrière eux. Il semblait prêt à affronter Tim dans un nouveau combat.

— C'est lui ? demanda-t-elle.

— En chair et en os.

Mais Angel Maker n'était pas au centre de ses préoccupations pour le moment. Jared avait près d'un million de questions à poser à Courtney.

— Pourquoi es-tu venue ici, Courtney ?

En le prononçant, son nom lui fit l'effet d'une caresse et il savoura cette sensation pendant un instant.

Elle regarda au loin pour éviter de croiser son regard. Quelque chose ne tournait pas rond. Elle semblait chercher ses mots.

— Tu aurais pu téléphoner, ajouta-t-il. Ou me contacter via un avocat. Mais tu as choisi de traverser tout le pays avec notre fils alors que tu ne savais même pas comment j'allais réagir. Dis-moi pourquoi tu es venue.

Elle se redressa et releva le menton. En plongeant son regard dans le sien, il vit qu'elle avait les yeux rouges et cernés. Il se passait vraiment quelque chose.

— Je suis venue te demander de l'aide, Jared. Quelqu'un menace de tuer notre enfant.

Courtney n'avait jamais vu personne réagir aussi rapidement. Elle avait à peine fini sa phrase que Jared était déjà en train de scruter les alentours avec un regard méfiant. Sa mâchoire était serrée, son corps tendu comme un arc.

— Viens avec moi, lui dit-il en saisissant son bras d'une main ferme.

Il n'avait pas eu besoin de regarder Dylan une deuxième fois, il n'avait pas hésité. Il l'attira vers la grande maison en jetant un coup d'œil par-dessus son épaule.

— Roscoe, va voir les gars ! Je veux savoir si quelqu'un a vu quelque chose… d'autre.

— Mais nous avons déjà renforcé la sécurité à cause de…

— Vérifie tout à nouveau, s'il te plaît, répéta Jared, d'un ton inquiet.

Le cow-boy grisonnant approuva d'un signe de menton avant de se précipiter vers une immense grange qui était située derrière l'enclos du taureau.

Jamais Courtney n'avait encore vécu d'expérience aussi surréaliste. Jared ne lui avait posé aucune question, il n'avait pas une fois remis sa parole en doute et n'avait pas agi comme si elle était folle. Il avait simplement pris les choses en main.

Il l'entraîna sous le grand porche en bois, ouvrit la porte moustiquaire et la tint pour la laisser entrer. Elle avait du mal à croire qu'elle se trouvait dans un endroit pareil. Dans un ranch texan au beau milieu de nulle part, après un trajet interminable en avion puis en voiture.

Sans compter qu'elle n'était qu'à quelques mètres d'un taureau hargneux et dangereux, d'une troupe de cow-boys tous plus stéréotypés les uns que les autres et d'immenses chevaux qui galopaient en semi-liberté dans des champs qui semblaient infinis. S'il n'y avait eu la Mustang garée devant la maison, rien n'aurait pu indiquer l'époque à laquelle ils vivaient.

— Verrouille la porte d'entrée, ferme les rideaux et reste à l'intérieur, ordonna Jared à Velma qui les avait suivis. Je ne veux pas que vous soyez à découvert tant que je ne sais pas ce qu'il se passe.

Tandis que la gouvernante s'exécutait sans rechigner, Jared attira Courtney dans une autre pièce. D'ordinaire, celle-ci ne se serait pas laissé faire aussi facilement mais elle était stupéfiée par son attitude. Elle ne lui avait même pas encore montré la lettre.

— Mes valises...

— Je te les apporterai plus tard.

Son ton ne laissait pas de place à la négociation. En entendant Jared, Dylan se blottit dans les bras de sa mère et se mit à pleurnicher. Courtney le serra plus fort contre elle.

— Tout va bien, mon ange. Nous allons nous en tirer, ne t'en fais pas.

Elle espérait que ce serait le cas et qu'elle ne lui mentait pas en lui disant ça.

Elle déposa un baiser sur son front et inspira sa délicieuse odeur poudrée. Puis, effleurant de sa joue ses doux cheveux, elle ferma un instant les yeux.

Le ravisseur l'avait obligée à garder le téléphone portable avec elle. Elle n'était pas stupide et avait bien compris qu'il devait lui servir de traceur GPS. Il devait donc savoir maintenant que Dylan et elle se trouvaient au Texas. S'il disait la vérité, elle ne pouvait pas se cacher.

Mais elle avait besoin d'aide et il était hors de question de contacter les autorités. Elle avait pris un risque énorme en venant ici, elle en était consciente. Cependant, le kidnappeur avait été on ne peut plus clair : il voulait son argent. Et puisqu'elle n'en avait pas et que son père ne pouvait pas l'aider, il ne lui restait pas d'autre choix. Jared était la seule solution.

Après avoir jeté un coup d'œil entre les stores à la fenêtre, il se dirigea vers la gouvernante.

— Velma, emmène Courtney dans mon bureau. Je vais aller vérifier la porte de derrière.

Les sourcils froncés, Velma traversa le hall et se dirigea vers une grande porte en acajou.

— Venez, ma chère.

Courtney entra dans la pièce en essayant de calmer son fils qui commençait à s'agiter. Elle caressa lentement son dos en faisant de petits mouvements circulaires tandis que la gouvernante tirait les lourds rideaux sur les trois grandes fenêtres avant d'allumer une série de spots pour éclairer la grande pièce lambrissée.

Dylan agrippa le col de la robe Louis Vuitton de Courtney, la bave aux lèvres, le visage rouge.

— Je sais ce que tu veux, lui murmura-t-elle en dégageant doucement une mèche de son front.

Elle marcha jusqu'au canapé en cuir qui trônait au milieu

de la pièce, s'y assit et, ouvrant son sac à langer, en sortit un petit gâteau pour soulager ses dents.

Dylan s'empara du biscuit des deux mains et commença à le ronger avec enthousiasme.

— Vous connaissez bien votre garçon, fit remarquer Velma avec approbation.

— C'est mon fils.

— Et le mien.

Jared venait d'entrer dans la pièce et se tenait debout devant la porte en bois, un fusil sur le bras.

— La maison est sécurisée, j'ai donné des instructions à quatre de mes gars, ils vont faire le guet. Velma, je voudrais bien une part de ce gâteau au café que tu as fait hier.

— Ce n'est pas très raisonnable, mon garçon, lui répondit-elle en lui tapotant affectueusement le bras.

Courtney frissonna. Jared ne répondit pas à la mise en garde mais referma les portes avec soin derrière Velma.

Il se retourna ensuite lentement vers Courtney et, en le voyant si grand et si musclé, celle-ci eut soudain l'impression que la pièce était minuscule. Pourtant la plupart des appartements new-yorkais tiendraient aisément dans ce bureau.

Elle s'agita sur le canapé, se sentant soudain désavantagée. Si Dylan n'avait pas été aussi confortablement installée sur ses genoux, elle se serait levée pour faire face à Jared plutôt que de le regarder d'en dessous. Le fait qu'il portait une arme n'arrangeait rien.

Comme s'il lisait dans son esprit, il alla poser le fusil dans un coin de la pièce, vint s'accroupir devant elle et regarda fixement leur fils. Le bébé lui rendit son regard, tout en continuant à mâchouiller son biscuit. Jared caressa d'une main ses courts cheveux.

Puis, prudemment, doucement, il toucha la jambe de Dylan et serra sa main menue dans la sienne. Le petit garçon attrapa un de ses doigts et le serra. Un grand sourire vint éclairer le visage de Jared. Puis il laissa échapper un soupir teinté de tristesse et, à contrecœur, se détourna de l'enfant.

— Qui veut faire du mal à notre fils ? demanda-t-il à Courtney.

Elle n'avait pas d'autre choix que de lui faire confiance. C'était d'ailleurs pour cette raison qu'elle était venue jusqu'ici. Elle sortit la lettre du ravisseur de la pochette zippée du sac à langer et la lui tendit.

— J'ai trouvé ça hier, accroché à l'une des peluches de Dylan. Quelqu'un s'est introduit chez moi. Ils ont tué...

Sa voix se brisa tandis qu'elle repensait à cette terrible journée.

Jared prit le temps de lire la note, écarquillant les yeux avec stupeur.

— Tu as appelé la police ? lui demanda-t-il en serrant les dents.

— Je ne peux pas les impliquer, c'est trop risqué, lui répondit-elle en secouant la tête. Je dois protéger Dylan.

— Je comprends, dit Jared en regardant maintenant le bébé avec un air pensif. Partir était la seule solution.

En voyant que Jared semblait approuver sa décision, Courtney sentit l'étau qui emprisonnait son cœur se desserrer. Peut-être avait-elle finalement fait ce qu'il fallait...

En qui d'autre pouvait-elle bien avoir confiance après tout ce qui s'était passé ? Elle se mit à trembler.

— J'ai laissé Marilyn. Elle était morte, sur le sol. Toute seule. Sa famille vit dans le Maine. Ils ne doivent même pas être au courant.

Courtney appuya le dos de ses mains contre ses yeux pour retenir ses larmes. Elle se sentait déchirée par la culpabilité.

— J'avais tellement peur qu'il ne revienne, je me suis précipitée chez mon père. J'ai pensé que nous serions en sécurité là-bas, mais la personne qui a manigancé tout ça savait que j'allais prendre un taxi. Il m'avait mise en garde dans la lettre et je le crois.

Jamais encore, elle ne s'était sentie aussi seule.

Sur le trajet de l'aéroport, chaque fois qu'elle avait croisé une voiture de police, elle avait hésité à leur faire signe, mais chaque fois elle s'était raisonnée et avait changé d'avis.

— Durant tout le voyage, je n'ai eu de cesse de regarder derrière moi. Je n'arrête pas d'imaginer que je suis suivie.

Elle posa sa main sur le bras de Jared et le serra.

— Je ne veux pas prévenir les forces de l'ordre. C'est trop risqué. Il en sait trop.

Jared serait-il du même avis qu'elle ? Était-elle inconsciente ? Ils avaient tué Marilyn de sang-froid, elle n'osait pas imaginer ce qu'ils pourraient faire à Dylan... Un frisson glacé lui parcourut l'échine. Non, elle avait fait le bon choix. Il fallait le croire.

— Attends, lui dit Jared en pressant doucement son genou. Je comprends, tu sais, je comprends même plus que ce que tu peux imaginer.

Soulagée de constater que Jared voyait les choses comme elle, Courtney se détendit.

— Merci.

— Est-ce que tu penses que le ravisseur sait qui je suis ? Sait-il que Dylan est mon fils et que tu es venue me voir ?

— Il ne peut pas le savoir. Je ne connaissais pas ton nom il y a encore une semaine.

Elle se mordit la lèvre. Elle devait lui expliquer la situation mais... Et s'il la renvoyait ? Elle laissa échapper un long soupir puis reprit :

— Je ne sais où tu vis que depuis hier, mais..., commença-t-elle.

Elle sortit son téléphone de son sac à main et conclut :

— Il m'a ordonné de garder toujours ce téléphone avec moi. S'il est équipé d'un traceur, alors il connaît exactement ma position.

Jared garda le silence un moment. Courtney retint son souffle, son corps tout entier tendu par l'appréhension.

— Bon, avec cette nouvelle information, nous perdons la seule avance que nous pouvions avoir sur lui, lui dit-il en se relevant pour arpenter la pièce. Par mesure de précaution, vous allez éviter de vous montrer pour le moment. Où a atterri votre avion ?

— San Antonio, dit-elle en regrettant de ne pas y avoir pensé plus tôt. Tu penses que j'aurais mieux fait de venir en voiture, n'est-ce pas ? En plus, j'ai donné nos véritables identités à l'embarquement.

— Il est très difficile d'avoir accès à la liste des passagers à moins de connaître quelqu'un dans les forces de l'ordre ou d'être le meilleur des pirates informatiques, lui répondit Jared d'une voix calme et rassurante. Cependant, la plupart des compagnies de location de voitures équipent leurs véhicules de traceurs GPS.

— Oh ! je n'avais même pas pensé à ça, dit Courtney en mettant ses mains devant sa bouche.

— Ne t'en fais pas, un de mes gars va ramener la voiture à l'aéroport, mais nous devons quand même envisager qu'il sache où vous vous trouvez et qu'il ne va pas tarder à te contacter...

Jared se rapprocha et se pencha vers Courtney.

— Mais allons à l'essentiel, veux-tu ? Tu es venue me trouver pour me demander de l'aide, pour attraper ceux qui ont écrit cette lettre, ou seulement pour que je paye la rançon ?

Courtney sentit la panique lui serrer la gorge et elle serra Dylan plus fort contre elle.

— Je ferai tout pour le protéger, répondit-elle à Jared en évitant de croiser son regard. Ce qu'il y a, c'est que je peux peut-être réussir à réunir quinze pour cent du montant total mais je n'ai pas l'intégralité de la somme qu'il exige.

— Il a été très précis dans sa demande. Est-ce que tu es en train de me dire que non seulement tu ne sais pas pourquoi il te réclame une somme pareille mais qu'en plus tu n'as pas les moyens de payer ? lui demanda Jared, en montant le ton. Écoute, je n'y connais pas grand-chose en mode new-yorkaise, mais il me semble que tu portes une robe d'une marque très luxueuse et je sais que le Waldorf est loin d'être le plus abordable des hôtels de la ville. Alors, dis-moi, à quel jeu joues-tu ?

Son regard était si dur que Courtney se sentit rapetisser sur son siège. Elle détourna les yeux.

— Ce n'est pas un jeu, lui répondit-elle en essayant de ne pas prêter attention à son ton suspicieux. Je pensais que mon père pourrait me donner l'argent mais sa situation a... changé. La semaine dernière, la banque a apparemment perdu patience.

— Voilà donc la raison de ta présence ici, dit Jared en raidissant. Tu n'as pas besoin de moi, tu as besoin de mon argent.

Il avait un ton accusateur mais elle ne pouvait pas lui en vouloir. La plupart des gens dans cette situation se seraient sentis insultés et embarrassés, elle comprenait. Combien de personnes avaient essayé de se rapprocher d'elle pour en tirer parti ? Il y avait bien longtemps qu'elle avait appris qu'on ne pouvait pas faire confiance à n'importe qui. Et qu'il ne fallait pas non plus laisser les gens entrer trop facilement dans sa vie. C'était une des principales raisons pour lesquelles elle avait choisi de ne pas vivre de l'argent de sa famille.

Malgré cela, elle ne pouvait s'empêcher de se sentir blessée par cette accusation.

— Je suis venue ici pour essayer de comprendre ce que je dois faire. Je ne peux nier que tu es la seule personne qui peut m'aider à payer cette rançon mais tu es aussi la seule personne qui risque de perdre autant que moi. Et je ne trouve pas de solution pour mettre mon... notre fils en sécurité.

Notre fils. Elle allait devoir s'habituer à cette nouvelle formule.

Jared resta silencieux pendant un moment. Courtney sentait son regard chargé de reproches rivé sur elle. Elle releva les yeux vers lui.

De toute évidence, il ne doutait pas que Dylan soit son fils. Mais comment l'aurait-il pu ? Leurs yeux si particuliers en témoignaient. Mais la menace, la demande de rançon, tout cela pouvait être une arnaque savamment élaborée. Si Jared ne la croyait pas sur parole, elle n'avait aucun plan B.

Elle se mordilla la lèvre inférieure en considérant ses options. Elle n'en avait aucune.

— Nous ne paierons pas, dit enfin Jared d'une voix déterminée. Je refuse de rentrer dans ce système de chantage. Cela ne cessera jamais, il demandera toujours plus.

Courtney ouvrit la bouche pour lui répondre mais il secoua la tête.

— Ce n'est pas négociable. Je ferai tout ce qui est en mon

pouvoir pour protéger notre fils. Mais céder à un maître chanteur n'est pas la solution. Je sais que...

Sa voix se brisa et il s'excusa. Puis il se racla la gorge, alla chercher le fusil et sortit de la pièce en refermant soigneusement la porte derrière lui.

Courtney se demanda ce qu'il venait de se passer. Elle enlaça tendrement son fils et regarda la porte close. Jared King n'était pas comme elle l'avait imaginé. Il était loin d'être l'homme tendre qu'elle avait rencontré au bar du Waldorf, mais en même temps ce n'était pas de ce type d'homme dont elle avait besoin. Elle avait besoin d'un combattant et elle avait vu briller la colère dans ses yeux.

Pour la première fois depuis qu'elle avait quitté son appartement, elle sentit qu'elle pouvait respirer profondément. Jared King était un guerrier. Un guerrier qui avait de l'argent.

Un guerrier qui pouvait les aider.

Quoi qu'il puisse penser d'elle, quelque chose dans son attitude lui redonnait de l'espoir. Il allait les aider.

Elle devait le croire. Pour le bien de Dylan... et pour le sien.

Jared s'appuya contre les lourdes portes de son bureau, le corps tremblant. L'idée que quelqu'un pouvait enlever son fils lui était insupportable... C'était impossible. Cela ne pouvait pas recommencer.

Contrairement à Alyssa qui avait été enlevée sans avertissement, le ravisseur n'avait pour l'instant proféré qu'une menace. Cette fois, Jared ne laisserait pas la situation dégénérer.

L'issue serait différente. Une seule question le taraudait. Est-ce que Courtney Jamison lui disait bien la vérité ? Était-elle réellement une victime dans cette affaire ou était-elle intéressée par son argent ? Comment pouvait-il le savoir ?

Il allait tout faire pour tirer ça au clair, même si cela ne changeait rien à ce qu'il avait prévu de faire. S'il arrivait quelque chose à son fils, il ne se le pardonnerait jamais. Même si sa mère lui mentait... La vérité finirait bien par éclater au grand jour. Comme toujours.

Velma sortit de la cuisine en portant un plateau.

— Qu'est-ce qui ne va pas ?

— Quelqu'un menace de kidnapper mon fils. Il demande une énorme somme d'argent.

La gouvernante soupira, alla poser le plateau sur la table de l'entrée et se rapprocha de Jared.

— Cela n'a rien à voir avec ce qu'il s'est passé il y a cinq ans, ne mélange pas tout, lui dit-elle doucement en posant une main affectueuse sur son épaule.

— Tu as tout à fait raison. J'agirai de façon plus intelligente cette fois, lui répondit Jared sans réussir à croiser le regard de Velma. Mais ça me fait le même effet, j'en tremble. Comme quand je suis entré dans la nurserie et que j'ai découvert le message.

— Ce n'est pas la même chose. Ce n'est pas *lui*. Tout cela n'a rien à voir avec toi ou ton passé. Tu ne connaissais même pas l'existence de cet enfant avant qu'elle ne débarque ici.

— Tu as peut-être raison, approuva Jared en levant enfin les yeux vers Velma. Tu l'as vu ? Il me ressemble, non ?

— Oui, mon garçon, lui répondit la gouvernante en lui caressant la joue. Il ne fait aucun doute que tu es bien son père.

— Mais je vais le perdre, tu sais. Même si nous arrivons à capturer celui qui le menace, Courtney ne restera pas. Ils ne sont pas d'ici, elle et lui.

— Ce n'est pas parce qu'Alyssa ne se plaisait pas au ranch que...

— Comme tu dis, le passé est loin derrière nous, lui dit-il en s'éloignant. Peux-tu demander à Tim d'apporter ses bagages à Courtney ? Si tu peux l'installer dans la chambre en face de la mienne, je veux rester auprès d'eux, on ne sait jamais ce qu'il pourrait se passer.

Il prononça ces derniers mots d'une voix plus sèche qu'il ne le voulait et revint donc vers la gouvernante pour ajouter, en déposant un baiser sur sa joue :

— Je reviens vite. J'ai quelque chose à régler.

Puis il tourna les talons.

— Jared ? le rappela Velma. Il va devoir dormir dans un lit pour enfant...

Jared ralentit son allure mais ne s'arrêta pas.

— Ne laisse pas le passé déteindre sur le présent, mon garçon, continua-t-elle. Ou tu le regretteras.

Pensait-elle vraiment qu'il ne savait pas déjà tout ça ? Avait-elle seulement une idée de combien il avait eu envie de prendre ce petit garçon dans ses bras pour le serrer contre lui ? Et d'enlacer Courtney pour, comme dans les comédies romantiques, la convaincre qu'ils pouvaient essayer de construire une belle relation, même si elle était une femme de la ville et lui un homme de la campagne.

Sauf que la vie n'avait rien d'un film. Il n'existait pas de happy ends. Pas dans son monde en tout cas.

Il n'y avait qu'une réalité, dans laquelle les méchants gagnaient bien trop souvent.

Déterminé à ne pas laisser l'histoire se répéter, Jared emprunta un grand couloir désert. Sa priorité était de protéger son fils. Il s'éloigna de la porte qui menait à l'aile qu'il avait fini de faire construire l'année dernière et marcha jusqu'au bout du couloir du bâtiment principal.

Il n'avait pas ouvert la porte qui séparait l'ancienne partie de la nouvelle depuis les rénovations. En y arrivant, il eut l'impression de faire un bond dans le passé.

Une porte blanche se dressait au fond du couloir. Son cœur battait à tout rompre, il sentait ses battements jusque dans ses tempes. Il se força à marcher avec ses bottes sur le vieux tapis qui devait avoir plus de dix ans à présent puis s'immobilisa un instant. Il prit une profonde inspiration, tourna la poignée et entra.

Un berceau qui n'avait jamais été utilisé se trouvait dans un coin de la pièce. Une couverture jaune en tricot était abandonnée sur le sol. Tandis qu'il parcourait du regard chaque objet un par un, la douleur lui tordit le cœur. S'il avait laissé libre cours à ses émotions, il se serait écroulé sur le sol. Cette pièce représentait son incapacité à protéger sa famille. Et la menace qui planait toujours sur sa vie, une menace qu'il ne pourrait jamais oublier.

Il porta son attention sur un trou dans le mur. Un marteau gisait au sol, rappelant le geste de fureur et de douleur qui lui avait fait frapper la cloison.

Jared n'avait pas mis les pieds dans cette chambre depuis cinq ans. Il avait cru ne jamais réussir à sortir des abysses dans lesquels il avait sombré après avoir perdu Alyssa et leur fille en gestation. Il savait à présent qu'il ne pourrait jamais supporter de ressentir à nouveau une telle douleur.

Il ne laisserait personne faire du mal à son fils. Pour commencer, il fallait essayer d'identifier la personne qui avait écrit la demande de rançon.

Enfin, il s'agissait plus d'une lettre de chantage. Une menace d'enlèvement. Étrange… L'homme n'avait pas emmené Dylan avec lui alors qu'il en avait la possibilité.

Pourquoi ne l'avait-il pas fait ? Quel était le but de la manœuvre ? Tuer un bébé de neuf mois ? Faire du mal à Courtney ? Plus il repensait au message, plus il trouvait étonnant le montant de la somme exigée. Ce chiffre inhabituel devait être la clé.

Il allait faire tout ce qui était en son pouvoir pour trouver qui avait menacé son fils et allait s'occuper de lui faire passer l'envie de recommencer.

Et après ? Jared ferma les yeux. Au moment où il avait reconnu Dylan comme étant bien son fils, il avait senti que quelque chose vibrait encore, tout au fond de lui.

Mais il ne pouvait pas se laisser aller. Il ne devait pas.

Une fois que tout cela serait réglé, il les renverrait tous les deux en ville, là d'où ils venaient.

Et quand ils seraient partis, alors le peu qu'il restait de son cœur finirait en poussière.

3

Les rayons étincelants du soleil de l'après-midi filtraient à travers les rideaux du bureau. Quelques cris provenaient de l'extérieur, mais ce n'étaient pas des cris de panique.

Courtney se remémora à nouveau les événements. Personne ne pouvait l'avoir suivie… Ce n'était pas possible, comment le ravisseur aurait-il pu la retrouver si vite ?

Si Jared était aussi prudent, ce n'était que par pure précaution. Il se comportait exactement comme elle l'avait espéré.

Elle regarda Dylan. Il avait lâché son biscuit et s'était endormi. Au moins, quelqu'un ici se sentait en sécurité.

— Oh mon petit ange, dans quoi nous sommes-nous fourrés…, soupira-t-elle en repoussant une mèche des cheveux de son fils.

Elle avait l'esprit confus. Elle ne savait plus quoi penser. D'un côté, Jared semblait être tombé sous le charme de Dylan, mais de l'autre, il avait eu l'impression qu'elle cherchait à se servir de lui et avait disparu de la pièce comme s'il ne voulait plus entendre parler d'eux.

Dans n'importe quelle autre situation, Courtney aurait pris son fils sous le bras et serait repartie en direction de l'aéroport, mais ce n'était pas une solution. Ni pour elle ni pour Jared. Pas quand la personne la plus importante à leurs yeux était en si grand danger.

Dylan renifla et cacha son visage dans la poitrine de Courtney. En le sentant se blottir contre elle, elle ferma les yeux.

Rien ne pourrait lui arriver. Elle ne laisserait personne lui faire du mal. Quoi qu'il puisse se passer.

Elle avait déjà fait trop d'erreurs. Manifestement, la personne qui la menaçait connaissait suffisamment ses habitudes pour savoir quelle compagnie de taxi elle contactait pour les longs trajets. Il devait la surveiller depuis longtemps.

Elle se doutait que le ravisseur allait la suivre et qu'il la retrouverait. Elle n'avait donc pas d'autre choix que de suivre son plan.

Quelqu'un frappa doucement à la porte du bureau.

Velma entra dans la pièce et vint déposer un plateau sur la table basse.

— Voici du café et du gâteau, murmura-t-elle, l'air inquiet.

Elle dévisagea tour à tour Courtney et Dylan puis secoua la tête et fit claquer sa langue.

— Tout ça ne me dit rien de bon.

Courtney se raidit et fronça les sourcils en regardant la gouvernante qui lui avait semblé de prime abord presque trop sympathique.

— Je ne suis venue ici que pour Dylan, vous pouvez me croire, lui répondit-elle dans un souffle.

— Calmez-vous, ma chère, je ne vous juge pas.

Velma l'observa avec un air étrange, comme si elle essayait de lire jusqu'au fond de son âme.

Après un long moment, elle se mit à opiner du chef doucement. Courtney eut l'impression qu'elle venait de prendre une décision.

— Vous avez bien fait de venir. Jared vous protégera, vous et votre fils, et puis il devait savoir qu'il était son père. Mais...

Velma s'interrompit pour verser du café dans une tasse puis s'assit finalement sur la chaise en face de Courtney.

— Désolée pour mon attitude mais je suis à bout de nerfs, murmura Courtney en serrant son fils dans ses bras. Il n'y a que lui qui compte, vous savez.

— C'est bien normal, approuva Velma en se frottant les mains dans son tablier avant de lever le regard pour le plonger dans celui de Courtney. J'ai quelque chose à vous dire mais je ne vous le dirai qu'une fois et nous n'en reparlerons plus jamais, d'accord ? Je ne vous laisserai pas faire du mal à Jared. Et vous pouvez me croire, je peux être redoutable quand il s'agit de ceux que j'aime.

Stupéfaite, Courtney mit un moment avant de trouver quoi répondre. Mais quand elle ouvrit enfin la bouche, Velma l'interrompit en levant sa main.

— *Mais*, si vous êtes bien celle que je crois que vous êtes, alors je resterai à vos côtés pour défendre le fils de Jared, ajouta-t-elle en prenant les mains de Courtney dans les siennes. J'ai simplement peur que vous brisiez le cœur de mon garçon.

— Je n'ai pas l'intention de lui faire du mal.

— Je vous crois, mais vous lui en ferez malgré tout. Jared peut paraître aussi solide qu'un roc et bien trop robuste pour souffrir, il est pourtant blessé au plus profond de son âme. Il a scellé son cœur. Et vous, vous représentez tous les rêves qu'il avait et le cauchemar qui a bien failli l'anéantir.

La solennité de la déclaration de Velma donna la chair de poule à Courtney.

— Que s'est-il passé ?

— Ce n'est pas à moi de vous le raconter, lui répondit la gouvernante, le regard soudain empli d'une profonde tristesse. Jared donnera sa vie pour vous sauver vous et votre fils, sans même y réfléchir. Mais je vous en prie, s'il vous plaît, ne brisez pas son armure. Laissez-le tranquille. Il ne mérite pas de souffrir à nouveau.

Courtney n'eut pas le temps de prendre conscience du sens des mots de Velma car Jared surgit soudain la pièce.

— Velma, j'ai besoin de voir Courtney. Seul.

La gouvernante quitta le bureau après avoir jeté un dernier regard chargé de sous-entendus à Courtney.

En se remémorant ce que la gouvernante venait de lui dire, celle-ci prit le temps d'examiner avec plus d'attention le visage de Jared. Elle reconnut l'inquiétude qui brillait au fond de ses yeux. Mais elle remarqua aussi une prudence qu'elle aurait pu prendre pour de la méfiance si elle n'avait eu cette discussion avec Velma.

Jared vint s'asseoir en face d'elle et regarda Courtney droit dans les yeux.

— Vous allez rester ici. Je vais aider Dylan du mieux que je peux mais je te demande d'être honnête avec moi. Et de ne rien me cacher, es-tu d'accord ?

— Je te demande la même chose.

— Cela va de soi, lui répondit-il en croisant ses bras comme s'il érigeait un solide mur entre eux deux. Pour commencer, qui se cache derrière cette odieuse menace d'après toi ?

— Je ne sais pas, lui répondit-elle en regrettant de ne pouvoir lui donner d'informations.

— Tu dois bien avoir une idée, insista-t-il en fronçant les sourcils. Tu as eu le temps d'y réfléchir depuis que tu as retrouvé la lettre.

— Bien sûr. Mais ma vie est simple et banale, tu sais. Nous vivons tranquillement tous les deux, Dylan et moi. Je ne vois vraiment pas qui pourrait me vouloir du mal.

Jared resta silencieux mais Courtney vit à son regard qu'il était sceptique.

— C'est la vérité.

— Je n'ai encore jamais vu ça, dit-il après s'être raclé la gorge. La demande de rançon *avant* l'enlèvement. Sans compter cet étrange montant. Cela pourrait-il avoir un lien avec ta maison, ta famille, ton travail ?

— Les seuls chiffres dans ma vie qui pourraient correspondre à plus de trois millions de dollars sont ceux de la galerie et des affaires de ma grand-mère.

— Ses affaires ? répéta Jared.

— Ça a l'air intéressant mais ce n'est pas ce que tu penses. L'argent est exclusivement destiné à la gestion du musée. Même l'appartement que j'occupe est réservé pour le conservateur. Je n'ai pas accès aux fonds.

Courtney caressa doucement le bras de Dylan et celui-ci laissa échapper un petit soupir.

— Il y a eu quelques protestations et des lettres de menace à cause de la dernière exposition, celle sur les Indiens d'Amérique. Les objets ont été collectés au XIXe siècle mais le musée est actuellement en train de lancer une procédure pour les rendre aux tribus auxquelles ils appartiennent.

— Quelle est leur valeur ?

Courtney comprit ce que Jared sous-entendait.

— Au total, bien plus de trois millions.

— Cela n'explique donc pas le montant, dit Jared en se frottant les tempes. Et pourrait-il s'agir d'un seul objet ?

— Je peux contacter mon assistante et lui demander de jeter un œil aux montants chiffrés par les assurances pour voir si la valeur d'un des objets correspond...

— Bonne idée.

— Mais pourquoi menacerait-il mon fils et pourquoi aurait-il tué Marilyn ?

— Même si c'est dur à entendre, malheureusement je pense que Marilyn n'est qu'un dommage collatéral dans toute cette histoire. Dylan lui sert de moyen de pression pour obtenir l'argent mais ce montant si précis... Ça signifie forcément quelque chose.

Jared resta silencieux un moment puis ajouta :

— Et qu'en est-il de tes relations ?

Courtney sentit ses poils se hérisser. Elle comprenait pourquoi Jared posait cette question mais chaque interrogation sur sa vie semblait cacher une accusation.

— Tu ne crois pas que j'ai déjà passé toute ma vie au crible ? Que je n'ai pas envisagé toutes les possibilités ? Juste pour que ce soit clair entre nous, je n'ai fréquenté personne depuis que j'ai appris que j'étais enceinte de Dylan. Il est ma seule priorité.

— Mais avant ça ? continua-t-il. Peut-être as-tu un ex qui ne voulait pas rompre ? Quelqu'un qui est obsédé par toi, qui te harcèle ?

— Non, je suis désolée de briser l'image que tu as des femmes new-yorkaises mais j'étais plus centrée sur mes études et ma carrière que sur mes relations amoureuses, lui répondit-elle, sans pouvoir retenir une pointe de sarcasme.

Courtney sentit que plus elle se justifiait, plus la colère montait en elle.

— Cela ne nous mène nulle part, conclut-elle sèchement.

— Tu as raison, approuva-t-il en grimaçant. Et puis je ne suis pas flic, je suis éleveur. Nous devons demander de l'aide à des professionnels.

— Pourquoi ai-je soudain peur de ce que tu t'apprêtes à dire ? lui demanda alors Courtney en serrant son fils dans ses bras. Je t'en prie, Jared, ne me dis pas que tu envisages d'appeler la police.

— Pas la police, non, mais un de mes amis. Il travaille pour une compagnie qui s'appelle CTC. Covert Technology Confidential. Ils sont de la région. Je leur fais totalement confiance et ils acceptent de faire... des missions un peu inhabituelles. En restant discrets. CTC a les capacités de découvrir l'identité de celui qui a écrit cette lettre.

Courtney se mit à trembler. Allaient-ils vraiment prendre cette direction ?

— Et si la seule chose que veut cet homme c'était de l'argent ? Et si nous lui donnions ce qu'il demande et qu'il disparaisse à tout jamais ? Ça ne serait pas plus sûr ?

— Tu crois vraiment qu'une telle chose est possible ?

— Je ne sais pas mais c'est ce que je voudrais en tout cas. Écoute, Jared, je sais que tu ne veux pas céder au chantage et une partie de moi est d'accord avec toi sur ce point. Mais d'un autre côté, j'ai désespérément envie de protéger Dylan et je ne peux m'empêcher de penser que nous devrions payer.

Voilà, pensa-t-elle. Elle avait fini par lui révéler le fond de sa pensée.

Tout en acquiesçant avec un air solennel, Jared la dévisagea un instant.

— Je comprends. Mais laisse-moi te demander une chose. Pourras-tu vivre toute ta vie en sachant que quelqu'un a menacé de tuer ton fils, en te demandant chaque jour si cette personne va proférer d'autres menaces, te faire d'autres chantages ?

Les mots de Jared étaient durs et francs. Courtney sentit qu'elle recommençait à trembler.

— Non, non, bien sûr que non. Je ne veux pas passer le reste de ma vie à vérifier si je suis suivie. Je ne veux pas mourir de peur le jour où Dylan rentrera de l'école en retard. Quand on voit ce genre de choses aux informations, on se demande ce qu'on ferait si le pire nous arrivait. Hier, la peur est devenue trop réelle pour moi. C'est un cauchemar. Je ne peux pas m'échapper.

Jared resta silencieux et Courtney comprit que c'était à elle de choisir. Elle tordit ses mains sur ses genoux. Les deux possibilités comportaient des risques énormes.

— Tu penses vraiment que tes amis peuvent nous aider ?

— Absolument. D'après ce que je sais, les experts qui travaillent pour eux sont excellents.

Courtney étudia son visage. Elle reconnut la détermination qui brillait dans ses yeux. Elle ne connaissait peut-être pas très bien Jared mais il y avait quelque chose dans l'intensité de son regard, dans la loyauté qu'éprouvait Velma à son égard, qui lui donnait envie de croire en lui. Elle prit une profonde et lente inspiration.

— OK. Faisons ça. Appelle-les.

Jared vint lui donner une tape réconfortante sur l'épaule puis traversa la pièce à grands pas jusqu'au bureau où il décrocha le téléphone.

— Ransom, dit-il peu de temps après avoir composé un numéro. C'est Jared King, j'ai besoin de ton aide. Et j'ai besoin que tu restes extrêmement discret sur cette affaire.

Tandis qu'il exposait la situation à l'homme qui allait peut-être pouvoir les aider, Courtney berça doucement son fils, toujours endormi. Pauvre bébé. Il était épuisé. Elle attrapa sa petite couverture dans le sac à langer, l'étala sur le tapis épais et l'allongea doucement. Son visage était si doux, si innocent. Elle frissonna en se remémorant soudain la journée de la veille. Elle aurait pu le perdre. Elle avait presque failli le perdre. Et maintenant, elle se sentait plus vulnérable que jamais.

Une partie d'elle-même n'avait qu'une envie : fuir loin du monde, disparaître, mais elle savait que ça ne résoudrait rien.

On frappa fort à la porte et Roscoe entra dans la pièce. Elle posa un doigt sur sa bouche et lui montra le bébé endormi sur le sol.

— Les hommes ont fouillé les alentours et n'ont rien remarqué de suspect, dit-il à voix basse en lui jetant un regard sceptique.

Il avait choisi son camp et elle ne pouvait lui en vouloir. Mais elle ne le laisserait pas se mettre en travers de son chemin.

— Je le verrai quand il arrivera, conclut Jared avant de raccrocher. Roscoe, Léon de CTC va passer nous voir dans la soirée, assure-toi que tout le monde est bien coopératif.

— Je peux te parler une seconde ? Seul ? lui répondit Roscoe qui affichait à présent un air contrarié.

Jared acquiesça d'un signe de menton, sortit un pistolet automatique du tiroir de son bureau et le glissa dans sa ceinture.

— Je reviens tout de suite, dit-il à l'attention de Courtney.

Alors que les deux hommes quittaient la pièce, Courtney se demanda s'il y avait une arme cachée dans chaque pièce de la maison. En même temps, vu les circonstances, cela ne lui semblait pas une si mauvaise idée.

— J'ai l'impression que l'homme de main de Jared ne m'apprécie pas beaucoup, chuchota-t-elle à son fils endormi.

Velma entra dans la pièce et lui fit un large sourire.

— Roscoe est un peu sauvage. Il n'est pas du genre aimable avec les gens qu'il ne connaît pas mais s'il vous apprécie il ne vous lâchera jamais. Il était le contremaître du père de Jared, et quand M. King est mort Roscoe a tenu les rênes du ranch le temps que Jared rentre de l'armée pour prendre la suite de son père. Il fait tout pour éviter à ce garçon de trop travailler ou d'être inquiet comme son père. Il ferait tout pour protéger Jared.

— Et je débarque ici avec de gros problèmes, je comprends, dit Courtney.

— Tu ne la connais pas !

Le cri de Roscoe leur parvint de l'autre bout de la maison.

— Elle est là pour l'argent ! Exactement comme...

Une porte claqua et Courtney entendit encore quelques mots étouffés.

Velma resta interdite.

Courtney la regarda en écarquillant les yeux. Exactement comme qui ? Dylan s'agita sous sa couverture et laissa échapper un petit gémissement. Quelques secondes après, celui-ci se transforma en de puissants cris.

En le prenant dans ses bras, Courtney vit qu'il affichait cette expression de souffrance qu'elle connaissait bien. Elle fouilla dans son sac à la recherche du gel anesthésiant pour ses dents et en frotta une noisette sur sa gencive. Elle lui donna ensuite une dose d'antalgique pour bébés.

— Tiens, mon ange, ça devrait te faire du bien.

Alors que Dylan commençait à se détendre, Jared surgit dans la pièce.

— Qu'est ce qu'il a ? demanda-t-il, l'air inquiet. Faut-il que j'appelle le docteur ?

La porte claqua et Dylan se remit à hurler.

— Il fait ses dents, répondit Courtney en grimaçant. C'est très désagréable mais tout à fait normal. Le médicament devrait rapidement le soulager. Dis-moi, y aurait-il un endroit sûr où je pourrais l'installer pour qu'il finisse sa sieste ? Je pense que toi et moi avons encore quelques points à régler.

— Plus que tu ne l'imagines, lui répondit Jared avant de se retourner vers Velma. Peux-tu voir si tu peux arranger les choses avec Roscoe, je vais montrer sa chambre à Courtney.

— Vieux fou, murmura Velma en quittant la pièce.

Jared attrapa la couverture de Dylan sur le tapis et le sac à langer en soupirant.

— Suis-moi, dit-il à Courtney.

Alors qu'ils s'engageaient dans un grand couloir, elle posa sa main sur le bras de Jared et il s'arrêta.

— Est-ce que je pose un problème à Roscoe ? Je devrais peut-être aller lui parler ?

— Il s'en remettra, répondit Jared sèchement avant de lui

montrer une porte sur la gauche. Voilà ma chambre, vous allez vous installer dans celle d'en face.

Il ne semblait pas vouloir poursuivre la discussion. Mais, même si Courtney aurait également préféré passer à autre chose, elle devait en avoir le cœur net.

— Si je reste ici, j'ai besoin de savoir que Dylan est en sécurité dans cette maison.

— Roscoe a mauvais caractère mais il ne m'a jamais laissé tomber. Ce n'est pas aujourd'hui que ça va commencer.

— Tu ne m'en voudras pas d'être un peu plus réservée à son sujet.

Honnêtement, elle n'en avait que faire de ce que pouvait bien lui dire Jared. Elle ne baisserait pas sa garde. Pas tant que le ravisseur serait en liberté.

— Je n'en attendais pas moins de ta part.

Jared poussa la porte de la chambre d'amis et Courtney découvrit une pièce parfaitement décorée et ordonnée. Ses bagages et la nacelle avaient été déposés dans un coin. Un grand lit trônait au milieu.

— Il y a une salle de bains attenante, dit Jared en se mettant sur le côté pour la laisser entrer. En revenant sur nos pas, si tu tournes à droite, tu trouveras la cuisine. Si tu as besoin de quoi que ce soit et que je ne suis pas dans les parages, demande à Velma.

— C'est charmant, lui répondit Courtney en pénétrant dans la chambre.

Elle poussa la couette au bout du lit. Dylan gémissait toujours dans ses bras.

— Il va probablement mettre un moment à s'endormir, il est plutôt grognon.

Jared s'éloigna d'elle et alla s'appuyer contre l'embrasure de la porte. Courtney commença à faire les cent pas pour bercer Dylan qui, peu à peu, se détendait dans ses bras. Elle pensa que Jared finirait par se lasser et la laisserait mais il restait là, immobile à les observer.

Courtney se demanda à quoi pouvait bien correspondre

l'étrange expression qu'il affichait. De l'envie ? De la tristesse ? Un peu des deux, peut-être...

Quand la respiration de Dylan fut calme et régulière, Courtney le posa au centre du lit et glissa les oreillers sous le drap-housse tout autour de lui pour créer un berceau improvisé.

— Tu es pleine de ressources.

— Ce n'est pas mon idée, répondit Courtney en haussant les épaules. L'infirmière qui prenait soin de ma mère en soins palliatifs faisait la même chose pour l'empêcher de tomber de son lit.

— Je suis désolé. Elle est morte récemment ?

— Non, il y a une éternité. J'avais dix ans. Elle avait une tumeur au cerveau.

— Perdre sa mère, c'est dur, dit Jared, la voix pleine de compassion.

— Tu l'as aussi perdue ?

— Dans un accident de voiture, je devais être à peine plus âgé que Dylan. C'est à ce moment-là que Velma est venue vivre ici, lui répondit-il avant de marquer une pause pour regarder son fils. On dirait que nous savons tous les deux ce que c'est que de grandir sans mère.

— Il semblerait, en effet.

Courtney l'observa discrètement. Son regard lui rappelait la nuit où ils s'étaient rencontrés, au Waldorf. Elle était assise, seule, et quand il était entré dans le bar, son cœur avait manqué un battement.

Il était la représentation même de tous ses fantasmes. Un verre de trop lui avait donné le courage de venir s'asseoir sur un tabouret, à côté de lui. Il avait d'abord semblé méfiant. Elle lui avait posé une seule question. Quelle était sa boisson préférée. Et ils avaient continué à parler naturellement pendant tout le reste de la nuit. Il lui avait demandé les endroits qu'elle appréciait à New York, les choses à ne pas manquer. Ils semblaient être d'accord sur les mêmes choses, l'importance des valeurs familiales, de l'honnêteté, et ressentaient tous les deux la désagréable sensation de ne pas être nés à la bonne époque. Le monde leur semblait si superficiel, prêt à consommer, comme jetable.

Cette nuit-là, elle s'était sentie... complète. Pour la première fois de toute sa vie.

Elle recouvrit Dylan avec sa couverture et vérifia à nouveau qu'il était bien installé.

— Je sais qu'il y a encore beaucoup de choses dont nous devons parler mais je ne peux pas le laisser. Je me sentirais obligée de revenir le voir toutes les cinq minutes.

— Et si tu pouvais le voir depuis l'autre pièce ?

— Il y a une caméra ?

Jared disparut et revint quelques minutes plus tard avec un petit appareil sans fil et pointa l'objectif vers le lit.

Il tendit ensuite l'écran de son téléphone vers Courtney et elle vit que l'image de Dylan endormi occupait tout l'écran.

— Alors ?

Courtney prit le téléphone. Depuis la naissance de son fils, elle ne comptait plus les nuits qu'elle avait passées à le veiller, terrifiée à l'idée d'avoir pu faire quelque chose de mal. Ou même de ne pouvoir lui suffire. Elle s'était sentie si seule. Elle était épuisée. C'est à cette époque qu'elle avait croisé Marilyn pour la première fois, dans l'ascenseur. Cette grand-mère de neuf enfants lui avait pris la main avec gentillesse et lui avait dit que tout allait s'arranger. Courtney avait éclaté en sanglots et Marilyn l'avait sauvée en acceptant de garder Dylan dans la journée. À partir de ce jour et jusqu'à hier, Courtney était certaine que son fils était en de bonnes mains.

Mais maintenant... Marilyn était partie. Elle avait perdu la vie en protégeant Dylan.

Courtney était seule, à nouveau. Il y avait Jared mais elle ne savait toujours pas si elle pouvait se fier à lui.

Le téléphone serré dans sa main, elle le suivit jusqu'à son bureau. Quand il lui montra le canapé d'un geste de la main, elle s'y installa.

— Avant que tu commences, je veux que tu saches que j'avais

prévu de te parler de Dylan, se dépêcha-t-elle de lui dire. J'ai essayé de te retrouver quand j'ai appris que j'étais enceinte mais le personnel de l'hôtel a refusé de me révéler ton identité.

— Ils n'ont pas voulu me donner la tienne non plus, lui répondit Jared en grimaçant.

— Tu m'as cherchée ?

Courtney avait du mal à y croire. Ils savaient tous les deux ce qu'il s'était passé cette nuit-là.

— En me réveillant, je suis allé nous chercher de quoi petit-déjeuner. Quand je suis revenu, tu étais partie. Le concierge n'a rien voulu me dire.

— J'ai pensé que tu avais eu des remords, lui dit-elle en rougissant. Pourquoi n'as-tu pas commandé quelque chose à l'accueil ?

— J'avais besoin de réfléchir. Ce qui s'était passé entre nous était...

— Inattendu ? le coupa-t-elle, avec un petit sourire.

— Très, approuva Jared en s'agitant dans son fauteuil. Mon comptable m'avait forcé à porter ce costume pour rencontrer les pontes d'une entreprise qui voulait m'acheter la moitié du ranch. Je ne me sentais pas à l'aise, je détestais cette tenue. Ce n'était pas moi. J'ai eu besoin d'aller prendre l'air ce matin-là pour trouver le courage et la manière de t'annoncer que l'homme avec qui tu avais passé la nuit n'était pas celui que tu croyais.

Courtney lissa les plis de sa robe.

— Pour être honnête, je dois reconnaître que j'ai été très surprise quand j'ai découvert où tu vivais et ce que tu faisais dans la vie. Quand je t'ai rencontré à New York, tu étais comme un poisson dans l'eau.

— Peut-être l'ai-je été, un jour ou deux. Mais le ciel m'a manqué dès que j'ai atterri là-bas, dit-il. Tu as été déçue ? En découvrant qui j'étais réellement ?

Comment pouvait-elle répondre à cette question ? se demanda Courtney. Elle devait être sincère. C'était ce qui les liait l'un à l'autre.

— J'ai plutôt été abasourdie. Cette nuit-là, tu semblais totalement dans ton élément au Waldorf.

— Le fait que je boive de la tequila ne m'a pas trahi ?

— Je buvais la même chose et ça n'a pas eu l'air de te choquer, si ?

Courtney se laissa aller en arrière contre le dossier du canapé en essayant de rassembler les souvenirs brumeux de cette soirée mouvementée.

Sa main qui effleurait la sienne sur le bar. Lui qui glissait une mèche de ses cheveux derrière son oreille. Sa respiration qui s'accélérait. Quand elle s'était penchée vers lui, quand il l'avait embrassé pour la première fois...

La course folle de son cœur quand il lui avait murmuré à l'oreille une invitation qu'elle ne pouvait refuser.

Même encore maintenant, ces souvenirs la faisaient rougir. Jamais elle n'aurait pensé pouvoir succomber au charme d'un homme en seulement quelques heures, et pourtant, c'était bien ce qui s'était passé.

Jared sourit et son visage s'illumina.

— À peine.

C'était le Jared qu'elle connaissait. Intelligent, vif et joueur. Il l'avait défiée cette nuit-là, l'avait séduite avec quelque chose de spécial, quelque chose qu'elle n'avait encore jamais ressenti chez aucun des hommes qu'elle avait fréquentés. Elle comprenait maintenant que ce petit quelque chose d'unique, c'était le cow-boy en lui. Qui aurait pu imaginer qu'une femme de la ville comme elle pourrait succomber aux charmes d'un gars de la campagne comme lui. Elle avait eu terriblement envie de lui et n'avait pas été déçue. À aucun moment.

— J'apprends vite, lui répondit-elle. C'était une première pour moi.

— C'était la première fois que tu buvais de la tequila ? lui demanda Jared en haussant un sourcil. Ou que tu tombais dans les bras d'un inconnu ?

— Les deux, reconnut-elle en haussant les épaules.

— Moi aussi, dit Jared. Nous ne pourrions pourtant pas être plus différents.

Elle balaya du regard sa robe Vuitton puis étudia son jean et sa chemise à carreaux.

— C'est vrai. Mais quand j'ai découvert la note à côté de Dylan, j'ai été soulagée de savoir que tu vivais à l'autre bout du pays, très loin de mon univers. Notre fils est plus en sécurité ici qu'il ne l'est à New York. *Nous* sommes plus en sécurité ici, avec toi.

— J'aimerais en être aussi certain.

Jared détourna le regard et la pièce devint silencieuse. Il détestait voir l'incertitude sur le visage de Courtney. Il détestait devoir lui révéler la vérité.

— Nous sommes bien en sécurité ici, n'est-ce pas ? lui demanda-t-elle, la main serrée sur le téléphone.

— C'est compliqué, mais nous avons convenu que nous devions être tout à fait sincères l'un avec l'autre.

Depuis qu'elle lui avait dit que Dylan était en danger, il examinait la possibilité de les envoyer elle et son fils chez CTC. Ransom avait protégé son site avec l'équipement sécuritaire d'un complexe militaire. Ils ne savaient pas encore à qui ils avaient affaire. Le ravisseur pouvait être extrêmement dangereux.

— J'ai quelques problèmes avec le propriétaire du ranch voisin du mien, commença-t-il en s'avançant sur son fauteuil et en posant ses coudes sur ses genoux. Je ne pense pas qu'il soit du genre à vous entraîner dans notre querelle familiale mais il est imprévisible. La semaine dernière, quelqu'un a déterré les poteaux d'une clôture qui borde le terrain. Plusieurs douzaines de mes bêtes sont allées se balader sur ses terres. Il a un tempérament explosif, il pourrait devenir ingérable. Son but a toujours été de chasser ma famille d'ici.

Courtney regardait toujours l'image de son fils endormi sur l'écran du téléphone, les doigts serrés sur l'appareil.

— Le shérif de Carder a ouvert une enquête pour vandalisme mais ça ne mène nulle part.

À ces mots, Courtney se redressa.

— Si le ravisseur nous trouve ici, s'il voit que le shérif...

Jared l'interrompit en levant une main.

— Je vais retirer ma plainte. Je vais donner une excuse quelconque et je vais me débrouiller tout seul avec les Criswell. Qui sait, peut-être que si je fais marche arrière, ils vont se lasser.

Jared était sûr à 99 % que les Criswell étaient les responsables. Mais il ne savait pas exactement s'il s'agissait de Ned, de Chuck ou des deux. Ned avait toujours été un vrai crétin mesquin et avare. Les mauvaises relations entre les familles King et Criswell avaient commencé quand Ned et le père de Jared s'étaient disputé le poste de quater back dans l'équipe de football au lycée.

Après la mort de son père, le conflit ne s'était pas apaisé. Et quand on avait découvert du pétrole sur la propriété des King, les vieilles rancœurs s'étaient transformées en une puissante envie de vengeance.

L'argent apportait autant d'amis que d'ennemis.

Jared aurait probablement dû arranger les choses lui-même avec les Criswell. Comme quand Alyssa avait disparu, cinq ans auparavant, il avait fait confiance aux forces de l'ordre. Après la découverte de l'acte de vandalisme, il avait appelé Blake Redmont, qui avait été nommé shérif à l'époque de son père. Blake avait ouvert une enquête. Ned, bien sûr, avait nié avoir quoi que ce soit à voir avec la destruction de la clôture qui séparait les deux propriétés. Aucune preuve n'avait été trouvée.

Mais les Criswell étaient les seuls à avoir quelque chose à gagner dans cette affaire.

Courtney se leva du canapé et se mit à faire les cent pas.

— Ce n'était peut-être pas une si bonne idée de venir ici, dit-elle finalement en tournant l'écran du téléphone, offrant à Jared une vision de leur fils toujours paisiblement endormi. Je ne sais pas quoi penser. Qu'est-ce que je suis censée faire, Jared ? Je n'ai pas d'autres endroits où aller. Je dois te le demander, est-ce que tu peux vraiment nous protéger ?

En entendant ces mots, Jared sentit sa cicatrice se raviver, lui rappelant ce qu'il s'était passé cinq ans auparavant et qu'il n'avait encore pas réussi à surmonter. Mais cette fois, tout serait différent. Cette fois, il avait des amis qui pouvaient faire bien plus que les forces de l'ordre.

Il traversa la pièce pour aller prendre les mains de Courtney dans les siennes et plongea son regard dans le sien.

— Je sais que tu n'as aucune raison de me faire confiance mais je te promets que nous allons attraper ces types. Je ferai tout ce qui est en mon pouvoir pour m'assurer de votre sécurité.

Elle serra fort ses mains et il sentit le bout de ses ongles s'enfoncer dans sa peau.

— Quoi qu'il se passe ?

— Quoi qu'il se passe.

Courtney trouva l'intensité dans le regard de Jared étrangement rassurante. Elle dégagea ses mains et s'écarta de lui.

— Je te crois.

— Je vais appeler le shérif et lui demander si lui et ses hommes peuvent éviter de venir au ranch pendant un moment, dit Jared en allant décrocher le téléphone fixe sur son bureau.

Courtney jeta un nouveau regard à son fils sur l'écran du smartphone. Il dormait toujours à poings fermés. Elle allait devoir faire attention à ses horaires de sieste ou la nuit allait être un véritable cauchemar, et elle ne pouvait pas se permettre d'être fatiguée. Elle devait rester alerte.

Elle marcha jusqu'aux fenêtres et jeta un œil entre les rideaux. Elle se doutait que si elle était restée à New York, Dylan serait peut-être déjà entre les mains de son ravisseur. Ou même pire. Elle regarda à l'extérieur et compta quatre hommes en faction, des fusils à la main. Tout ce déploiement de forces lui procura du réconfort. Au moins, pour l'instant, elle était en sécurité. Dylan aussi.

Ils ne pourraient toutefois pas passer leur vie ici, cachés dans cette maison. Le seul moyen de retrouver une existence à peu près normale serait de découvrir l'identité de celui qui avait écrit cette lettre. Courtney pouvait tenter une chose pour faire avancer la situation. Elle pouvait passer en revue toutes les personnes qu'elle connaissait et essayer de voir si l'une d'entre elles pouvait se cacher derrière cet odieux chantage.

Malgré ce qu'elle avait dit à Jared, elle n'était pas sûre que quelque part au fond de son esprit ne se cachait pas l'image de quelqu'un ou de quelque chose qui pourrait la mettre sur la piste du ravisseur.

Elle sortit un carnet de son sac et alla se rasseoir sur le canapé. Elle allait commencer par cette nuit passée au Waldorf. Elle allait trouver la clé de cette énigme. Il le fallait.

Un téléphone se mit à sonner. Elle fouilla dans son sac. C'était celui du ravisseur.

Son corps tout entier se mit à trembler. Elle décrocha.

— Allô !

— Vous pensiez vraiment que vous pourriez aller vous cacher chez le père de votre bébé ?

Le son de la voix mécanique lui donna la chair de poule.

Elle s'arrêta de respirer.

Personne ne savait pour Jared. Personne, hormis le détective privé qu'elle avait engagé.

— J'en sais plus sur vous que vous-même, mademoiselle Jamison. Vous avez choisi de coucher avec un homme qui a un compte en banque bien fourni. Ce n'est pas par hasard, j'imagine. C'est la seule chose qui vous intéresse, vous les femmes... Un homme qui a de l'argent.

La main serrée sur l'appareil, Courtney fit des signes frénétiques à Jared puis appuya sur la touche du haut-parleur. Il marcha jusqu'à elle, lui prit le téléphone des mains et le posa sur la table.

— Vous pensez que vous méritez ce que Jared King peut vous acheter, n'est-ce pas ? continua la voix inhumaine.

Courtney regarda Jared. Il était en train d'envoyer un SMS aux hommes de CTC pour savoir s'ils pouvaient localiser l'appel.

— Continue à le faire parler, lui demanda Jared, à voix basse.

— Je vous en prie..., commença Courtney.

— Pas la peine de me supplier. Alors, comme ça, tu as fini par découvrir que ton père était ruiné, bien. C'est pour cette raison que tu es venue pleurer auprès d'un autre homme, n'est-ce pas ? Pour qu'il paye mes honoraires...

Courtney croisa le regard de Jared et vit qu'il semblait choqué par ce que venait de dire le ravisseur.

Avait-il un lien avec la situation financière de son père ? Était-il responsable de sa chute ?

— Bon, assez discuté. Il serait dommage que quelqu'un réussisse à me localiser… Mais, mademoiselle Jamison, n'oubliez pas une chose, vous ne pouvez pas vous cacher, peu importe où vous allez.

Le son d'un coup de feu retentit à l'extérieur. Courtney eut l'impression que son cœur allait exploser.

— Mon Dieu, Dylan !

Elle partit en courant dans le couloir, Jared sur ses talons.

— Courtney, attends…

Hors de question qu'elle attende, elle courut jusqu'à sa chambre et ouvrit brusquement la porte.

Son bébé était toujours allongé sur le lit, paisiblement endormi.

Elle sentit ses genoux faiblir.

Roscoe entra dans la pièce derrière eux.

— Angel Maker est sorti de son enclos ! Il a foncé sur Tim, il est déchaîné !

— Il faut l'enfermer, lui répondit Jared avant de poser sa main sur le bras de Courtney. Je ne peux pas venir, je dois rester avec eux. Angel Maker a peut-être fait des dégâts mais il n'est pas sorti tout seul de son enclos. C'est une diversion, j'en suis certain.

Roscoe jeta un regard chargé de frustration à Jared avant de sortir de la pièce en courant.

Courtney s'approcha de son fils. Un petit taureau en peluche était posé sur le lit, à côté de lui.

Elle le prit dans ses mains et le montra à Jared.

— Il était là… Il est venu dans cette pièce.

4

Jared poussa Courtney derrière lui. Les battements de son cœur étaient si rapides qu'il avait l'impression que celui-ci allait exploser.

C'était impossible. Comment le ravisseur avait-il pu entrer ? La maison était surveillée par ses hommes. Et la chambre d'amis n'avait que trois accès. La porte principale et les deux petites fenêtres. Jared attrapa son Glock. Il inspecta la pièce qui baignait dans la douce lumière orange de la fin de journée, étudia les verrous des portes mais tout était intact.

Il fouilla la salle de bains, regarda sous le lit et dans le placard. Il n'y avait absolument rien à signaler.

— Dorénavant, il faudra toujours que l'un d'entre nous soit avec Dylan, lança-t-il à Courtney en composant un numéro sur son smartphone. Roscoe, j'ai besoin que tu me fasses un rapport. D'où vient ce coup de feu que nous avons entendu ? Le tireur était-il un de nos gars ou un intrus ?

— Le coup a été tiré derrière la grange, je ne sais pas qui en est l'auteur, lui répondit le contremaître. Bon sang, c'est infernal !

Et encore, pensa Jared, le terme était faible. Il entendit des cris derrière Roscoe puis la voix de celui-ci interrogeant ses gars. Il sentit la frustration l'envahir. En temps normal, il se serait précipité dehors et aurait rejoint ses hommes mais cette fois, il devait faire confiance à Roscoe pour gérer la situation. On avait besoin de lui ici.

Il jeta un coup d'œil à Courtney. Elle se tenait à l'entrée de la chambre, Dylan serré contre elle, prête à s'enfuir. Comme elle était courageuse... Leur fils se mit à gémir et elle commença à le bercer pour tenter de le calmer.

— Va te cacher dans le coin, loin des fenêtres, lui dit Jared en couvrant le micro du téléphone.

Sans quitter du regard le petit animal en peluche qu'il avait laissé tomber au sol, elle suivit ses instructions. Pour le moment, cette pièce semblait être l'endroit le plus sûr du ranch puisque c'était le seul qu'il avait inspecté à la loupe.

— Ce n'est pas un de nos gars qui a tiré, lui dit enfin Roscoe à l'autre bout du fil. Frank dit qu'il a vu de grandes traces de pneus derrière la grange, je vais aller voir ça de mes propres yeux.

Le regard posé sur son fils, Jared réprima un juron. Le F-350 des Criswell était un gros camion. Était-ce encore eux qui étaient derrière tout ça ?

— Je veux que tout le monde reste bien à son poste de surveillance, ordonna-t-il à Roscoe. Ne laisse pas Angel Maker distraire les gars si ça doit compromettre la sécurité du ranch. Compris ? Et s'il te plaît, découvre vite qui est entré sur la propriété.

— Je m'en occupe.

— Velma ! cria Jared juste après avoir raccroché.

La gouvernante apparut dans l'embrasure de la porte quelques secondes après.

— Que se passe-t-il ? demanda-t-elle, le souffle court.

— Quelqu'un est entré dans la maison et a réussi à venir jusqu'ici. Est-ce que tu as vu ou entendu quelque chose ?

— Dylan va bien ? lui répondit-elle en mettant sa main sur sa bouche.

— Oui, le bébé n'a rien, lui dit Courtney, la voix tremblante d'émotion avant de pointer un doigt vers la peluche au sol. L'intrus a laissé ça.

— Mon Dieu ! laissa échapper Velma en prenant appui sur le mur. Oh ! Jared, je suis désolée, je ne pensais pas que...

Elle s'interrompit un instant pour s'éclaircir la voix puis reprit :

— C'est moi qui lui ai apporté ce jouet, ma chère. Je l'ai acheté à un rodéo il y a quelques années et comme ce petit bout de chou n'avait rien pour jouer, j'ai pensé que...

Jared sentit une vague de soulagement l'envahir. Le ravisseur ne s'était pas introduit dans la maison.

— C'était vous ! répéta Courtney au bord des larmes. Alors il n'est pas venu ici, il ne nous a pas retrouvés...

Velma se précipita vers elle et lui tapota le genou avec affection.

— Je suis si désolée. Je ne voulais pas vous effrayer.

Personne ne remettait en cause la bonne foi de Velma. Mais cette bonne nouvelle ne signifiait pas la fin de leurs problèmes.

Le ravisseur pouvait se trouver à l'extérieur de la maison, il y avait probablement un traceur sur le téléphone portable qu'il avait fait remettre à Courtney. Et, même s'il était possible que ce soit les Criswell qui aient libéré Angel Maker, c'était malgré tout une drôle de coïncidence.

Le désordre qu'avait causé le taureau offrait une parfaite distraction pour le ravisseur ou pour les Criswell.

Bon sang ! Jared détestait se sentir pris au piège. Avec Courtney et Dylan qui étaient si vulnérables, lui et ses hommes ne suffiraient pas, il le sentait.

— Prends Dylan avec toi et viens avec moi, dit-il à Courtney en quittant la pièce. Personne ne reste seul tant que je n'ai pas sécurisé toute la maison.

En arrivant dans la cuisine, Jared remarqua qu'une casserole du fameux chili de Velma mijotait sur la cuisinière. Celle-ci se dépêcha d'aller le remuer puis baissa le feu.

— Aucun signe d'effraction, dit Jared en observant le verrou de la porte qui donnait sur l'extérieur.

Dehors, un de ses hommes lui fit un signe du menton, tandis qu'il surveillait la cour, un fusil à la main.

Après avoir vérifié l'état de la porte principale, il se rendit à la cave, Courtney et Velma sur les talons. Il descendit les marches lentement, prudemment en se retournant régulièrement pour regarder les deux femmes restées en haut de l'escalier.

Une fois en bas, il appuya sur l'interrupteur et la lumière

révéla dans la pièce sombre et poussiéreuse, une fenêtre située sous le niveau du sol.

— Il faut sécuriser cette ouverture, quelqu'un pourrait casser le carreau et entrer facilement par ici.

Puis Jared regarda les étagères sur lesquelles Velma rangeait ses conserves de fruits et légumes. Il n'avait jamais fait équiper cette pièce de système de surveillance... Ce qui lui semblait aujourd'hui être une grossière erreur. Il prit deux grandes planches qui reposaient contre le mur et remonta les escaliers. Après avoir refermé la porte de la cave, il glissa une des planches sous la poignée en laiton et consolida le tout avec la deuxième.

— Ça devrait suffire pour le moment.

— Tu penses qu'il est dehors ? lui demanda Courtney. L'homme qui menace Dylan ?

— Je ne sais pas. Mais je ne crois pas aux coïncidences, c'est pourquoi avant d'être certain que cette maison est totalement sûre, je ne vous quitte pas des yeux.

Malheureusement pour Jared, la patience n'était pas son fort. Cela devait maintenant faire une heure qu'il se tenait là, assis à la table de la cuisine, la main posée sur son revolver. En face de lui, Courtney donnait à manger à Dylan. Un autre jour, cette vision l'aurait fait sourire. Il semblait y avoir plus de nourriture sur le visage du bébé que dans son ventre. Mais il n'arrivait pas à se détendre. Et, même si le petit taureau en peluche ne représentait finalement aucune menace, chaque fois qu'il regardait le jouet, il ne pouvait s'empêcher d'imaginer les divers scénarios possibles.

Velma s'était excusée de nombreuses fois et semblait regretter amèrement de ne pas avoir demandé l'autorisation avant de déposer le jouet à côté de Dylan. Mais ce n'était pas sa faute. C'était celle du ravisseur. Et chacun risquait fort de rester nerveux et paranoïaque jusqu'à ce que celui-ci soit neutralisé. Mais pour le moment, tous n'avaient qu'une seule chose à faire : attendre.

Velma surveillait le four en silence. Après s'être presque battue avec la pâte, elle avait réussi à faire lever deux pains et avait aussi préparé les gâteaux préférés de Jared : des roulés à la cannelle.

Une délicieuse odeur flottait dans l'air... L'image était presque celle d'une maison heureuse. Pourtant, celle-ci ressemblait plus à une forteresse.

Jared faisait rebondir sa jambe sous la table. Il avait fait le tour des chambres de nombreuses fois en laissant Roscoe et ses hommes se charger d'inspecter l'extérieur.

Courtney, elle, tentait de persuader Dylan de prendre une nouvelle cuillère de purée de pommes de terre.

— Jared n'aimait pas ça non plus, fit remarquer Velma. Il recrachait tout. Quand j'ai fini par ajouter du bacon et un peu de fromage, il a tout dévoré !

— Je trouve que les pommes de terre sont fades, approuva Jared en regardant sa gouvernante.

— Ce que Dylan préfère ce sont les épinards, leur répondit Courtney en esquissant un sourire. Je ne sais pas d'où ça lui vient. Moi, je les aime bien crus mais surtout pas cuits.

Un coup puissant fut frappé à la porte arrière. Jared se leva, arme au poing. Courtney et Velma se figèrent. Dylan attrapa sa cuillère et tenta de la fourrer dans sa bouche.

— C'est moi, cria Roscoe derrière la porte.

Jared lui ouvrit et fit un pas en arrière pour laisser entrer son contremaître.

— Bon sang, mais qu'est-ce qui vous a pris autant de temps ?

— Eh bien pour commencer, il a fallu faire rentrer cette fichue bête dans son enclos. Une fois qu'Angel Maker a été enfermé, il a fallu calmer les chevaux..., lui répondit Roscoe en entrant dans la cuisine en boitant, son chapeau à la main. Je ne comprends toujours pas ce qui a bien pu se passer... Quelqu'un a laissé le taureau sortir. Tim a bien failli y rester en essayant de l'arrêter, et moi je me suis pris un coup de corne dans la hanche. J'aurai de la chance si j'arrive à sortir du lit demain matin. Frank a emmené le gamin à la clinique en ville et j'ai demandé à Lloyd de surveiller le côté est de la maison jusqu'à ce qu'ils reviennent.

— Quelqu'un a pu entrer dans l'enclos et ouvrir la porte ?

— Oh ! celui qui a fait ça est bien plus intelligent. Nous avons découvert qu'un des poteaux de la porte avait été déterré. Ça a pu être fait à n'importe quel moment. Angel Maker n'a eu qu'à mettre un coup de corne pour faire tomber la grille. C'est ce coup de feu qui l'a effrayé et qui a lancé le début de tout ce bazar.

Jared regarda par la fenêtre, en se remémorant les événements du mois passé et de la veille.

— Peut-être était-ce pour cette raison que Chuck Criswell était si nerveux aujourd'hui. Il savait que la porte pourrait céder à tout moment.

— Tu crois vraiment que ça n'a rien à voir avec Dylan ? demanda Courtney.

— Tout ne tourne pas autour de vous, Miss New York, lui répondit sèchement le contremaître.

— Roscoe, intervint Jared. Si le ravisseur a voulu créer une diversion pour que Courtney et son fils se retrouvent seuls ici, il a échoué... Maintenant, je suis presque certain que Chuck Criswell est assez bête pour être celui qui a tiré. Il n'y a qu'un cow-boy pour se servir d'un taureau comme d'une arme.

— Le shérif devrait mettre Criswell sous les verrous et le laisser croupir là-bas pendant un moment, ajouta Roscoe en fronçant les sourcils. Je parie que si nous comparons les traces de pneus derrière la grange avec celles de leur camion, elles correspondront.

Jared se racla la gorge et croisa le regard de Courtney.

— À ce propos, tu vas devoir aller observer ces traces de pneu toi-même car j'ai demandé au shérif de suspendre l'enquête pour un moment. Nous allons être obligés de nous débrouiller seuls.

Le contremaître laissa échapper un juron.

— Il y a un enfant dans la pièce, Roscoe.

— Mais à quoi penses-tu ? lui répondit celui-ci. Les Criswell ne vont pas s'arrêter là. Ils vont finir par faire du mal à quelqu'un... Ou même pire.

— Tu as raison, approuva Jared. C'est bien pour ça que je veux que tout le monde soit armé et vigilant jusqu'à ce que CTC débarque ici avec des renforts. Demande au gars s'ils veulent bien monter la garde. La priorité est de surveiller la maison vingt-quatre heures sur vingt-quatre et de tous les côtés. Je ne veux pas un seul angle mort. Ceux qui restent garderont un œil sur les autres bâtiments. Organise des tours pour les douches et les repas jusqu'à nouvel ordre.

— Nous avons des stocks qui sont en attente de livraison, lui rappela Roscoe. Si nous ne tenons pas nos engagements, c'est la réputation du ranch qui va en pâtir.

— Envoie des hommes armés avec les livreurs. Si Ned ou Chuck ont libéré Angel Maker, alors ils sont prêts à tout.

— OK, répondit Roscoe en se levant, après avoir jeté un regard chargé d'amertume à Courtney.

— Je crois qu'il ne m'aime pas beaucoup, dit celle-ci une fois qu'il eut quitté la pièce.

— C'est la situation qu'il n'aime pas, ce n'est pas toi, lui répondit Jared en refermant la porte derrière son contremaître.

Courtney le regarda en haussant les sourcils et il ajouta en haussant les épaules.

— Oui bon, peut-être qu'il n'aime pas beaucoup les citadines.

— Les citadines ?

— Une façon comme une autre de vous décrire, dit Velma en laissant échapper un petit rire tandis qu'elle sortait les gâteaux du four.

— La vie au ranch ne convient pas toujours aux gens de la ville, ajouta Jared en jetant un œil aux biscuits. Dis-moi la vérité, Courtney, nous sommes à des heures de route du premier musée, du premier opéra ou même du premier théâtre. Comment pourrais-tu être heureuse dans une petite ville où les seules animations sont la construction d'une nouvelle grange ou le barbecue annuel du 4 Juillet ?

— Touchée, répondit Courtney en regardant Jared avec un air pensif. C'est vrai que c'est loin de mes habitudes.

Même si Jared savait qu'elle allait approuver ce qu'il venait de dire, il sentit une petite douleur se nicher dans son cœur.

Où avait-il la tête ? Il devait se souvenir qu'elle et Dylan ne resteraient pas au Texas.

Mais pourquoi ne pouvait-il s'empêcher d'espérer que cela pourrait arriver ? Et pourquoi appréciait-il autant cette femme ?

Courtney avait enflammé quelque chose en lui le jour où ils s'étaient rencontrés. Le sourire qui éclairait ses yeux était si puissant. Même à New York, quelque chose d'authentique émanait d'elle. Et il avait été immédiatement attiré par elle.

Elle était confiante, belle et passionnée. Il l'avait tout de suite compris. Maintenant, il découvrait de nouvelles choses à son propos. Elle accordait plus d'importance à son fils qu'à son propre bien-être. Il n'y avait rien de citadin dans l'amour qu'elle portait à Dylan. C'était aussi pur que l'air d'ici.

— Roscoe a ses raisons, ajouta Velma en posant l'assiette de gâteaux au milieu de la table. Il y a quelques années, il a rencontré une fille à Dallas et en est tombé fou amoureux. Il l'a amenée ici et lui a fait visiter le ranch. Mais elle est repartie si vite que ses pieds ont à peine eu le temps de toucher le sol. Ça l'a rendu amer. Je ne dis pas qu'il a raison de se comporter comme ça, mais cette histoire justifie un peu sa manière d'être.

La gouvernante jeta un regard chargé de sous-entendus à Jared. Il savait très bien ce que celui-ci signifiait. Mais il n'avait pas envie de parler de l'arrivée d'Alyssa au ranch de la Dernière Chance. Sa femme aussi avait été choquée quand il l'avait ramenée chez lui. Roscoe et Velma étaient restés sceptiques mais Alyssa avait tout fait pour s'intégrer. Les préjugés venaient des deux côtés. Jared se demandait souvent si elle aurait fini par aimer la vie ici autant que lui.

— Encore une ?

Dylan ferma la bouche et se détourna de la cuillère.

— Il a fini, déclara Courtney en lui essuyant la bouche. Je dois aller le changer et finir de le nourrir, est-ce que je peux retourner dans la chambre maintenant ?

— J'imagine, lui répondit Jared en se massant les tempes. Mais je ne veux prendre aucun risque, donc jusqu'à ce que les hommes de CTC arrivent, je ne vous lâche pas d'une semelle.

Courtney se leva et prit Dylan dans ses bras.

— Tu as compris que j'allais le nourrir, n'est-ce pas ?

— Il vient de manger, lui répondit Jared en se demandant où elle voulait en venir.

— *Je* vais lui donner à manger, reprit-elle en rougissant.

— Oh ! je comprends. Nous trouverons une solution mais je ne te laisse pas seule.

Il la suivit jusqu'à la chambre d'amis. Il ne se souvenait pas avoir déjà été aussi mal à l'aise avec une femme. Dans quelle situation s'était-il fourré ? S'il n'avait pas été aussi inquiet pour leur sécurité, il serait déjà parti faire un tour dehors.

— Ne ferme pas la porte, lui dit-il en décidant de rester dans le couloir.

Elle hocha la tête et disparut dans la chambre après avoir fermé la porte à moitié.

Jared resta posté dans le couloir, bercé par les doux murmures et les petits rires que Courtney échangeait avec leur fils. Il ne connaissait rien aux bébés à moins qu'ils ne soient de la race de ceux qui naissent dans une grange et qui ne se déplacent qu'à quatre pattes. Il ignorait combien de temps il faudrait pour changer Dylan, et pendant combien de temps celui-ci allait manger mais il sentait qu'il n'avait pas sa place dans ces moments d'intimité.

Il ne savait pas s'il patientait dans le couloir depuis longtemps quand il aperçut du mouvement à sa gauche. Il se retourna, la main sur son Glock.

Velma sursauta et leva ses mains en signe de reddition.

— Le dîner est prêt, j'ai emporté une gamelle aux hommes dehors.

— Elle est toujours avec Dylan, lui répondit Jared en évitant de croiser son regard.

— Tu l'as pris dans tes bras ? lui demanda Velma avec un tendre sourire.

Jared se racla la gorge.

— Il ne me connaît pas. Et quand toute cette affaire sera

terminée, ils repartiront à New York. Moi je resterai ici. Je préfère éviter de l'embrouiller.

— Cette fille est courageuse. Je l'aime bien, lui répondit Velma en le regardant les sourcils froncés et les bras croisés. Et un enfant a besoin de son père.

— Un enfant a besoin d'être en sécurité.

— Je sais, mon garçon, mais..., insista-t-elle, les yeux pleins de larmes.

Jared tenta de réprimer la vague d'émotion qui menaçait de le submerger. Il devait garder le contrôle de lui-même. Il ne pouvait laisser ses sentiments influer sur son jugement ou sur ses pensées.

— Je ne prendrai aucun risque. Pas avec eux. Pas avec ceux auxquels je tiens.

— Et c'est pour cette raison que c'est lui qui a gagné, murmura alors Velma dans un souffle.

La nuit n'allait pas tarder à tomber. Jared aperçut la lune entre les rideaux du bureau. Il avait cherché une excuse pour éviter Velma. Courtney semblait avoir déjà trouvé une alliée auprès de sa gouvernante.

— Tu es occupé ?

Courtney passa sa tête par la porte en portant Dylan sur sa hanche. Celui-ci semblait ravi d'être aussi proche de sa mère.

Qui ne le serait pas ?

Elle entra dans la pièce, posa son sac et s'assit sur le canapé en se laissant aller contre le dossier. Dylan s'empara de son collier et essaya de le fourrer dans sa bouche. Courtney fit mine de lui résister et joua avec lui en affichant une telle expression d'amour que Jared sentit l'émotion l'envahir.

Le bébé explosa de rire puis se jeta dans les bras de sa mère. Courtney l'enlaça avec tendresse et le berça d'avant en arrière en lui souriant.

— Je t'aime, mon ange.

— Il est très énergique, constata Jared.

— Il adore jouer, surtout à cette heure-ci, lui répondit

Courtney avant de lui lancer un regard interrogateur. Tu veux le prendre un peu dans tes bras ?

Jared se raidit et baissa les yeux sur son écran d'ordinateur.

— J'ai du travail.

— Tu ne sais pas ce que tu rates, lui répondit Courtney d'une voix douce.

Oh si, il savait. Bon sang, comme il connaissait cette sensation. Mais s'il s'attachait à cet enfant...

Dylan s'agita et glissa du canapé au sol. Courtney sortit le taureau en peluche de son sac et le lui tendit. Le petit garçon le jeta loin de lui puis marcha à quatre pattes pour aller le récupérer.

— Peut-être qu'il jouera au base-ball, dit Jared en le regardant se déplacer.

— Il essaie d'apprendre à marcher, dit Courtney. Quand il peut prendre appui sur quelque chose, il se met debout.

Comme s'il avait entendu sa mère, Dylan se leva en prenant appui sur la table basse et se mit à parler à sa peluche dans un langage que lui seul pouvait comprendre. Jared aurait pu s'asseoir et regarder l'enfant toute la journée. Tous les jours. Mais il ne pouvait se laisser aller et céder à ses désirs. Et il ne pouvait pas risquer de se lier à Dylan et Courtney et de se laisser déconcentrer. Il avait du pain sur la planche.

— J'ai commencé à faire une liste de toutes les personnes avec qui j'ai été en contact depuis qu'on s'est rencontrés, lui dit Courtney en sortant un bloc-notes de son sac. J'y ai même inscrit la compagnie de taxis. Ils pourront probablement nous dire qui a donné le téléphone au chauffeur, ça sera peut-être un début de piste pour CTC.

— C'est une bonne idée.

Jared vint la rejoindre sur le canapé et jeta un œil à sa liste. Il n'y avait pas beaucoup de noms.

— Je t'avais bien dit que ma vie n'était pas très palpitante, reconnut Courtney en rougissant.

— As-tu un suspect en vue ?

— Non, c'est bien ça le problème, aucune de ces personnes ne me semble capable de s'en prendre à Dylan.

Jared regarda sa montre, CTC n'allait pas tarder à arriver.

— Comment pouvons-nous le protéger si nous ne trouvons pas qui veut lui faire du mal ? demanda-t-elle en regardant son fils.

Il comprenait ce qu'elle ressentait bien plus qu'elle ne pouvait imaginer. Comme le meurtrier d'Alyssa n'avait jamais été arrêté, Jared n'avait voulu prendre aucun risque et il n'avait donc eu aucune relation sérieuse. Il avait même tenté de s'éloigner de Velma et de Roscoe mais ces deux-là ne l'avaient pas laissé faire. Il ne comprenait pas leur choix mais ils étaient restés à ses côtés et avaient refusé de tenter leur chance ailleurs, loin d'ici.

Pendant cinq ans, il avait espéré que celui qui avait enlevé sa femme commettrait une erreur, qu'il ferait quelque chose, quelque part, qui permettrait enfin de découvrir son identité mais en vain... L'homme s'était volatilisé. Et l'affaire avait été classée. Sans avoir été résolue.

Jared ne laisserait pas une telle chose se reproduire.

La sonnette retentit, suivie d'un lourd coup frappé à la porte. Courtney sursauta.

— Ce doit être CTC, lui dit Jared d'un ton rassurant.

Même s'il savait que ses hommes surveillaient l'entrée principale de la maison, il dégaina son arme avant d'aller ouvrir.

Sur le perron se trouvait l'agent de Ransom. Jared ne put cacher sa surprise en le voyant. Ce type était si costaud et imposant qu'il semblait pouvoir jouer tous les rôles... Il pourrait aussi bien être le garde du corps de Courtney lors d'un vernissage new-yorkais qu'un soldat rampant dans la boue d'un champ de bataille aux côtés de Jared. Il avait les yeux bleus perçants et son regard reflétait quelque chose de l'ordre du danger.

Jared comprit immédiatement qu'il valait mieux avoir Léon de son côté plutôt que dans le camp adverse.

— Rafe m'a raconté ce que vous aviez fait pour Sierra et lui au rodéo de San Antonio, lui dit Jared en lui serrant la main. J'espère que vous allez pouvoir nous aider.

— Il voulait venir en personne mais il ne peut pas laisser Sierra, elle est sur le point d'accoucher.

Jared reconnut un léger accent dans la voix de Léon mais ne

put l'identifier. Quoi qu'il en soit, si Ransom faisait confiance à ce type, Jared savait qu'il pouvait se fier à son jugement.

— Il paraît, oui, lui répondit-il en l'emmenant au bureau.

Une fois dans la pièce, il lui exposa la situation rapidement. L'agent ne prit pas de notes mais Jared l'avait étudié depuis qu'il était entré et avait constaté qu'il observait les choses avec la plus grande attention. Il semblait faire l'inventaire de tout ce qui l'entourait, comme s'il cherchait à identifier les points faibles de la maison.

Jared avait bien sûr remarqué le holster caché au niveau de sa cheville, son arme de poing et la gaine de son couteau.

— Mademoiselle Jamison, puis-je voir le téléphone qu'on vous a donné ? demanda-t-il en venant s'asseoir à côté d'elle.

Courtney le lui tendit et Léon le retourna pour ouvrir le boîtier.

— Il y a un traceur GPS qui lui permet de vous géolocaliser, ou tout du moins de savoir où se trouve le téléphone.

— C'est ce qu'il a laissé entendre en effet, approuva Jared.

— Ce type est intelligent et manifestement doué en technologie, ajouta Léon. Il a bloqué tous nos appareils et nous a empêchés de localiser son dernier appel, nous n'avons donc aucune idée de l'endroit où il se trouve. Notre expert en informatique, Zane, cherche actuellement une solution à ce problème... Vous pouvez me croire, il va en trouver une.

Jared sentit que son mal de tête se réveillait.

— Et si nous les emmenions, elle et mon fils, chez CTC ? On laisse le téléphone ici et je me chargerai de répondre quand le type appellera. Ils seraient plus en sécurité là-bas, non ?

— L'idée n'est pas mauvaise, lui répondit Léon, mais si nous faisons ça, nous perdons toute chance de pouvoir lui tendre un piège. Sans aucune piste, nous n'avons rien d'autre à faire que d'attendre son prochain coup de téléphone. Nous devons être attentifs à tout ce qui va se passer. Pour le moment, toutes les chances sont de son côté.

Jared sentit un frisson glacé lui parcourir l'échine. D'expérience, il savait que Léon avait raison. Il était plus simple d'abattre une cible que de prévenir une attaque. D'ailleurs s'il avait pu être certain que le ravisseur laisserait Courtney et Dylan tranquilles, il n'aurait pas hésité à payer la rançon sur-le-champ.

— Il n'a pas essayé de vous contacter pour vous donner le lieu de remise de rançon ? demanda Léon à Courtney, en lui rendant le téléphone.

Celle-ci hocha la tête en silence.

— Intéressant..., murmura l'agent, comme pour lui-même. Que peut-il bien attendre ? Il n'y a pas que la rançon, il doit y avoir autre chose...

Il croisa ses jambes et tapota du bout des doigts le cuir de sa botte.

— Si l'argent était la seule chose qu'il voulait, il vous aurait demandé un million ou deux, pas un montant aussi précis. Cela signifie forcément quelque chose pour lui et voilà son erreur. Quand nous aurons découvert à quoi correspondent ces chiffres, nous comprendrons ce qu'il veut vraiment.

— Courtney a fait une liste de suspects potentiels, ajouta Jared en passant une main dans ses cheveux.

— Je ne crois pas qu'elle puisse être d'une grande utilité, répondit Courtney en tendant son carnet à Léon.

— Chaque petite information est utile, nous pouvons au moins procéder par élimination. Le ravisseur veut que vous vous posiez des questions sur lui, il veut avoir le contrôle sur vous, comme si vous étiez sa marionnette.

Jared serra les dents pour tenter de maîtriser la fureur qu'il sentait monter en lui.

— Il nous envoie un message, nous devons juste le déchiffrer, continua Léon en regardant Courtney. Mais pour cela, la CTC va devoir fouiller dans votre vie et découvrir le lien qui vous relie à cette étrange demande de rançon... Vous n'y voyez pas d'objection ?

— Non, non, bien sûr, faites tout ce qu'il faut.

— En attendant, leur dit alors Léon en se levant, je pense que vous allez avoir besoin de renforts pour la sécurité. Ransom va envoyer des agents supplémentaires pour faire équipe avec vos hommes. Et maintenant que j'ai pu vérifier le numéro de téléphone, nous devrions être en mesure de le localiser, la prochaine fois qu'il vous appellera. Ce qu'il ne va pas manquer de faire, croyez-moi.

— Nous devons rester ici à ne rien faire, les bras croisés ? lui demanda Jared en fronçant les sourcils. Et si vous emportiez le téléphone avec vous pour l'emmener sur une mauvaise piste ?

Jared était prêt à tout pour éloigner ce traceur GPS de Courtney et de son fils.

— Je vous comprends, Jared, vraiment, vous pouvez me croire. Mais pour l'instant, c'est lui qui a l'avantage. Alors s'il veut parler à Courtney, nous devons patienter et le laisser faire.

En croisant le regard de Courtney, Jared sentit monter en lui une irrépressible envie de les emmener, elle et Dylan, loin dans les montagnes. De partir avec eux dans une grotte, vivre un avenir sans surprise. Il connaissait les monts Guadalupe comme sa poche. Ils pourraient rester cachés là-bas pendant des mois. Malgré cela, il regarda Léon et acquiesça lentement. Ce plan ne lui disait rien qui vaille mais le danger planait toujours.

— Dans ce cas, comment pouvons-nous nous assurer de la sécurité de mon fils ? demanda Courtney.

— Je ne vous laisserai jamais seuls, déclara Jared.

— Et nous allons appliquer une stratégie basique de champ de bataille, ajouta Léon. Nous allons établir un périmètre de sécurité et personne ne pourra y entrer ou en sortir sans se faire connaître. Après cela, nous n'avons plus qu'à attendre... Quand il appellera, Courtney, vous devrez tout faire pour que l'appel dure le plus longtemps possible. Si tout se passe bien, nous lui mettrons la main dessus avant même qu'il n'ait le temps de bouger le petit doigt.

Courtney se mordillait les lèvres mais ce fut sa pâleur qui alerta Jared sur son état d'inquiétude.

— Vous devez rester discret. Pas de police, pas de FBI, dit-elle doucement.

— Vous pouvez compter sur nous, lui dit Léon d'une voix rassurante. Celui qui est derrière toute cette affaire est intelligent et organisé. D'ailleurs, il faudrait maintenant que vous m'emmeniez voir un de vos taureaux car je suis censé être ici pour vous faire une offre.

— Tout va bien ? demanda Jared à Courtney en prenant sa main dans la sienne. Ne t'en fais pas, nous allons régler tout ça.

Elle acquiesça et serra sa main en retour.

Puis Jared fit signe à Léon de le suivre et il l'emmena jusqu'à l'enclos d'Angel Maker. Le taureau semblait toujours aussi nerveux.

— Eh bien, cet animal porte bien son nom, fit observer l'agent en faisant mine d'examiner la bête. Il a un regard diabolique.

— Il faut que je vous dise que j'ai aussi des problèmes de sabotage, lui répondit Jared en se frottant le menton. Le shérif a ouvert une enquête mais je lui ai dit de la mettre en attente pour le moment. Je pense que c'est l'œuvre de mes voisins, les Criswell, et que ce sont eux qui sont auteurs du désordre de ce matin. Tout cela complique beaucoup les choses… L'idée de garder Courtney et Dylan au ranch ne me tranquillise pas.

Jared ne lui parla pas de sa plus grande peur. Celle de ne pouvoir les protéger tous les deux. Si quoi que ce soit arrivait à l'un d'entre eux, jamais il ne pourrait se le pardonner.

— Vous avez fait l'armée, vous savez comment ça fonctionne. Nous avons besoin de renseignements. Pour l'instant, ce téléphone est notre seul lien avec ce type. Zane va commencer à creuser dans les finances de Courtney et de sa famille. Nous aurons peut-être de la chance. Mais en attendant, nous n'avons pas le choix, nous devons attendre son appel. Surtout si nous voulons le trouver.

— Je sais, dit Jared, les dents serrées. Mais bon sang…

— Nous allons renforcer votre système de surveillance et installer des caméras sur toute la zone. La cour principale et la maison seront sécurisées. Vos dépendances un peu moins…

— Le meilleur moyen d'attraper ce type est de fouiller dans les finances de la famille Jamison, c'est certain, dit Jared à Léon en le raccompagnant jusqu'à son véhicule. Je n'aime pas savoir que ce salopard a toutes les cartes en main. Nous sommes comme des cibles à découvert qui attendraient qu'on leur tire dessus.

— Plus pour longtemps, lui répondit Léon avant de monter dans son camion.

5

La journée avait été un immense succès.

Les étoiles brillaient dans le ciel du Texas.

Sa proie vivait terrée comme un rat dans la maison principale de la propriété de Jared King.

Elle avait couru se réfugier auprès de lui, exactement comme il l'avait imaginé. La lettre, l'appartement saccagé, la baby-sitter assassinée, tout avait poussé Courtney à entrer dans la vie de ce fichu cow-boy.

Maintenant, ils étaient pris au piège, là où il le voulait.

Elle avait laissé Jared la séduire. Elle avait donné naissance à *son* fils. Elle devait être punie pour sa faute.

Oh ! Évidemment Jared avait un peu compliqué les choses mais ce n'étaient pas quelques hommes armés qui allaient changer les choses sur le long terme. De toute façon, les caméras de surveillance ne seraient bientôt plus en état de fonctionner. Ils ne savaient pas à qui ils avaient affaire.

L'argent était le nerf de la guerre. C'était même une célèbre expression…

Sauf que, ce n'était pas tout à fait vrai. Être pauvre, être désespéré, perdre tout espoirs et rêves, voilà ce qui changeait un homme. Voilà ce qui pouvait vous faire perdre votre humanité, vous transformer en un moins-que-rien.

Ceux qui vivaient barricadés dans cette maison allaient bientôt comprendre cette dure leçon.

Quand il aurait tout détruit, alors ils comprendraient.
Ils comprendraient qu'ils n'étaient rien.

La buée s'éleva dans la salle de bains et recouvrit le miroir. L'eau chaude tombait sur les épaules tendues de Courtney qui, les yeux fermés, essayait de se détendre. Jamais elle n'aurait cru pouvoir vivre un jour une pareille situation. Les quelques fois où elle s'était imaginée en train de révéler à Jared qu'il était le père de Dylan, tout se passait dans son appartement new-yorkais. Elle lui montrait comment elle et son fils étaient installés, et lui disait bien sûr qu'il pouvait jouer son rôle de père s'il le souhaitait, tout en lui laissant la liberté absolue de son choix. Elle lui disait aussi qu'elle n'avait pas besoin de lui et qu'elle n'attendait rien de sa part.

Mais ce fantasme était très différent de ce qui était en train de se passer. Courtney était à présent à deux cent mille kilomètres de chez elle, sans aucun restaurant ni taxi dans les parages, coincée dans un ranch à quelques mètres seulement d'un taureau assoiffé de sang et menacée par un fou furieux qui voulait enlever son fils.

Et ce qui lui semblait le plus étonnant, c'était que Jared n'avait pas douté un instant de sa paternité et qu'il avait immédiatement pris les choses en main pour protéger Dylan. Il avait fait tout ce qui était en son pouvoir, et même plus que ce qu'elle lui avait demandé, y compris en contactant CTC.

Léon lui avait semblé tout à fait honnête. Il l'avait prévenue qu'il allait fouiller dans sa vie privée mais elle n'avait rien à cacher. Pour ce qui était de son père par contre, elle n'en était pas aussi sûre. Celui-ci avait dû prendre de très mauvaises décisions financières, peut-être même avait-il dilapidé l'intégralité de la fortune familiale, sinon les appels de la banque concernant tous les prêts n'auraient pas eu un caractère aussi grave.

Ce que Léon découvrirait n'aurait de toute façon aucune importance puisque cela permettrait de traduire en justice le meurtrier qui les menaçait.

Elle espérait seulement qu'ils trouveraient bientôt des réponses à toutes leurs questions. Son corps tout entier semblait sous une tension constante. L'inquiétude refoulée avait pris possession de chacun de ses muscles.

Elle eut soudain envie de se laisser aller. Mais elle ne pouvait pas se permettre une chose pareille, elle avait un enfant à protéger. Elle coupa donc le robinet et chercha une serviette.

Jusqu'ici aucune preuve n'indiquait que le ravisseur pouvait se trouver dans les parages. La sécurité autour de la propriété avait été renforcée, des hommes armés patrouillaient tout autour du ranch.

Elle devait croire qu'ils ne risquaient rien auprès de Jared. Elle n'avait pas le choix, elle devait lui faire confiance.

La porte était fermée mais non verrouillée. De l'autre côté, dans la chambre d'amis, Jared surveillait Dylan. Quand il s'était porté volontaire, Courtney s'était sentie nerveuse à cette idée, mais Velma lui avait indiqué, avec un clin d'œil discret, qu'elle surveillerait les garçons. Savoir que la vieille femme restait dans les alentours l'avait rassurée.

Courtney enfila un pantalon couleur ivoire et une chemise en lin rose pâle. Cette tenue était totalement inappropriée pour l'heure du coucher mais sa petite nuisette aurait été bien pire. Elle n'avait pris que peu d'affaires avec elle puisqu'elle pensait seulement aller voir son père pour quelques jours. À présent, elle se rendait compte qu'elle manquait de beaucoup de choses.

Elle entendit une voix grave résonner dans la pièce d'à côté et elle entrouvrit la porte. Jared était assis dans le siège à bascule et se balançait en regardant son fils qu'il tenait dans ses bras.

Il jouait avec les doigts du bébé, comptait ses orteils. Elle comprenait. Elle faisait la même chose depuis qu'il était né.

Comme ils ne l'avaient pas remarquée, elle resta là, immobile, à les observer un instant. Jusque-là, Jared avait évité de prendre Dylan dans ses bras. Mais à présent, une expression douce, quelque chose qui ressemblait à de l'adoration s'affichait sur son visage même si l'inquiétude persistait en fond.

Courtney connaissait bien ce sentiment. Quand elle avait

ramené son bébé de l'hôpital, personne ne l'attendait. La peur s'était installée au fond de ses entrailles. Malgré cela, elle avait appris à vivre avec ce sentiment. Celui-ci surgissait le plus souvent quand Dylan était endormi et qu'elle était allongée, seule, dans son lit à fixer le plafond en écoutant les bruits de la ville pour tenter de s'endormir.

Et si elle n'y arrivait pas ? Dylan n'avait qu'elle, personne d'autre. Les dernières vingt-quatre heures avaient fait évoluer cette peur en une panique suffocante. Elle respirait avec peine, son corps entier vibrait d'inquiétude. Elle ne pouvait s'empêcher d'imaginer en boucle les multiples issues terribles sur lesquelles pouvait déboucher cette situation.

En voyant l'expression de contentement qu'affichait son petit ange à l'instant présent, elle prit une profonde inspiration. Être bercé était ce que préférait Dylan. Surtout si on le tenait serré, et Jared l'enlaçait plutôt fermement.

C'était d'ailleurs un des souvenirs qu'elle avait de cette nuit passée dans ses bras.

Le rocking-chair craqua légèrement et Jared commença à fredonner doucement avant de se mettre à chanter. Courtney n'y connaissait pas grand-chose en musique country mais comme tout le monde elle avait déjà entendu *Mama don't let your babies grow up to be cow-boys*.

Elle s'appuya contre le chambranle de la porte en constatant que le seul adjectif qui semblait caractériser Jared depuis qu'elle l'avait rencontré était qu'il était un homme tout à fait inattendu.

— Tu ne vas pas vouloir devenir un cow-boy, n'est-ce pas, Dylan ? lui dit Jared, un grand sourire aux lèvres, reprenant les paroles de la chanson. Pas alors que tu pourrais devenir tout ce que tu veux. Moi, je n'ai pas eu tellement le choix. Cette boue coule dans mon sang depuis que je sais marcher. Toi, tu ne seras pas lié aux couchers de soleil texans, à l'odeur des foins fraîchement coupés ou à l'incroyable sensation que l'on peut ressentir quand on monte un étalon qui galope dans les champs d'été.

— On dirait que le rêve d'un petit garçon est devenu réalité, murmura Courtney.

En l'entendant, Jared releva le visage et grimaça.

— Dans les films, peut-être. Mais j'ai bien failli perdre le ranch avant qu'ils découvrent le pétrole, lui dit-il en ralentissant le rythme du fauteuil.

Il regarda le bébé et murmura :

— Je crois qu'il s'est rendormi.

— Tu peux le garder encore un peu si tu en as envie.

— Il ne vaut mieux pas, lui répondit-il après avoir hésité un court instant.

Puis il se leva doucement et, avec précaution, lui apporta Dylan.

Courtney prit le bébé, s'attendant à ce que Jared quitte la chambre et retourne se poster dans le couloir où il avait passé les dernières heures. Mais au lieu de ça, il resta immobile, affichant une étrange expression. Courtney baissa les yeux vers son fils. Même alors qu'il dormait, elle pouvait voir combien il ressemblait à son père. La forme de sa bouche, de son visage, le léger sourire qu'il affichait dans son sommeil.

— Léon n'a pas perdu de temps. Les hommes de CTC ont mis à jour les caméras et ont câblé ce soir une nouvelle zone avec un système d'alarme. Demain matin, nous saurons si un inconnu a tenté de pénétrer dans la propriété.

— Quel soulagement...

Donc, ils étaient en sécurité. Pour un moment. Courtney avait besoin de temps. Pour respirer. Pour réfléchir. Elle n'était pas sûre de savoir ce qu'elle attendait de cette journée, ou de ce voyage mais ce dont elle était certaine c'était que son corps était épuisé. Elle avait besoin de repos. Elle jeta un regard au lit... Dylan et elle allaient se débrouiller. Si seulement Jared voulait bien les laisser.

— Dylan et moi serons bien installés pour la nuit...

Elle lui lança un regard appuyé, espérant qu'il allait comprendre le message.

— Où va-t-il dormir ? lui demanda Jared, comme s'il n'avait pas remarqué son insinuation.

— Avec moi, je vais prendre des coussins, nous allons nous organiser.

— Ça ne serait pas mieux qu'il dorme dans un lit de bébé ? insista Jared en se frottant la nuque.

— Bien sûr que si, mais où en trouver un ?

— Laisse-moi une minute, lui dit-il avant de quitter la chambre.

Quand il réapparut quelques instants plus tard, il portait, avec l'aide de Roscoe, un beau berceau en bois. Le vieux cow-boy avait toujours l'air contrarié.

— Les draps sont propres, est-ce que ça ira si on le pose ici ? lui demanda Jared en lui montrant le coin de la chambre.

Elle acquiesça en silence, ne pouvant cacher sa surprise.

Les deux hommes installèrent le lit contre le mur, et Roscoe disparut avant que Courtney ne puisse le remercier.

Dylan toujours dans ses bras, elle fit glisser ses doigts sur le bois vernis.

— Il est magnifique... Je ne comprends pas, il a l'air neuf.

Jared resta silencieux un instant. Quand il releva enfin le visage, elle croisa son regard et la douleur qu'elle y vit lui retourna le cœur.

— Ça fera l'affaire ? demanda-t-il d'une voix rauque et si basse que Courtney l'entendit à peine.

— Oui, il sera plus en sécurité ici et je vais pouvoir dormir sur mes deux oreilles, lui répondit-elle en déposant délicatement leur fils dans le berceau.

— Bonne nuit, alors.

Les mots murmurés par Jared lui parvinrent et avant même qu'elle puisse lui répondre, il quitta la pièce en tirant la porte derrière lui.

Elle ne pouvait pas le laisser partir ainsi. Ses mots et ses actions étaient bien trop mystérieux.

Elle sortit elle aussi de la chambre, mais une fois dehors, elle découvrit que toutes les autres portes étaient closes. Velma apparut au bout du couloir et vint la rejoindre.

— Je vais surveiller le bébé, lui dit-elle en sortant un revolver de son tablier. Ne vous en faites, pas, tout va bien se passer.

Puis elle entra dans la chambre, laissant Courtney seule devant la porte de la chambre de Jared.

Après avoir pris une profonde inspiration, elle tourna la poignée et ouvrit.

Jared se tenait debout, immobile, dos à la porte.

— Laisse tomber, Velma, dit-il.

— C'est moi.

Jared se raidit mais ne se retourna pas.

— La journée a été longue. Et si nous faisions une pause pour la nuit ? S'il te plaît.

En entendant la dureté dans le ton de sa voix, Courtney décida d'avancer. Elle fit quelques pas vers lui, puis plaça une main dans son dos. Quelque chose qui ressemblait à un courant électrique passa entre eux.

— Est-ce que je peux faire quelque chose ? lui demanda-t-elle en venant se poster face à lui.

Jared se frotta les yeux et lui adressa un sourire tiède, empreint de douleur.

— Non, j'ai seulement des souvenirs qui remontent… Retourne dans ta chambre, Courtney.

Même si elle sentait au ton de sa voix qu'il la suppliait de partir, elle ne pouvait pas le laisser. Elle passa ses mains autour de sa taille. Pendant un moment, il resta immobile, raide, inflexible. Alors, elle posa sa tête contre son torse et entendit que son cœur battait à tout rompre.

Il finit par l'enlacer.

— Ce n'est pas une bonne idée, murmura-t-il. Je ne peux pas te laisser rester.

— Mais tu as envie de moi, lui répondit-elle, sûre de ce qu'elle avançait.

Elle se recula légèrement pour prendre son visage entre ses mains et répéta :

— Je sais que tu as envie de moi.

Il caressa la ligne de son cou du bout des doigts et lui adressa un petit sourire empreint de tristesse.

— Tu es si belle... Tu me fais souffrir, tu sais. J'ai tant rêvé de toi...

Courtney sentit son cœur manquer un battement. Elle aussi avait désiré se retrouver à nouveau dans ses bras. Pourtant on ne tombe pas amoureux si rapidement. Ils ne se connaissaient pas assez bien pour affirmer que ce qu'il se passait entre eux pouvait être comparé à de l'amour.

Qu'il y ait une connexion, ça c'était certain. Elle pouvait ressentir le courant qui circulait entre eux.

Elle se hissa sur la pointe des pieds et posa ses lèvres sur celles de Jared. Peut-être que tout ce qui leur était arrivé n'était qu'un rêve ? Cette nuit n'avait sans doute pas été aussi incroyable que le souvenir qu'elle en avait.

Mais quand la bouche de Jared se posa sur la sienne, elle comprit qu'elle se trompait. Un éclair de désir la traversa tout entière avant de venir vibrer au creux de son ventre. Elle se serra plus fort contre lui, cherchant une réponse.

Et s'il ne répondait pas ? Et si...

Un gémissement résonna dans sa poitrine, il prit son visage entre ses mains et chercha sa bouche avec ses lèvres.

Puis il l'attira encore plus près de lui, écrasant ses douces formes arrondies contre son corps dense et ferme. Serré contre elle, il se mit à trembler. Courtney s'accrocha à ses épaules.

Cela n'était pas ce à quoi elle s'attendait.

Jared s'éloigna d'elle, hors d'haleine. Elle cligna des yeux, et le regarda, encore sous le choc de l'intensité de sa réponse.

— Tu n'aurais pas dû faire ça, lui dit-il, d'une voix rauque.

Il n'avait pas tort. Elle était en train de tout compliquer. Elle était égoïste et ne pensait qu'à elle, pas à Dylan.

— Je ne peux pas te faire ça, Courtney, poursuivit-il en la prenant par les épaules. Nous finirons par souffrir tous les deux. Je sais que tu ne comprends pas pourquoi, mais je *dois* vraiment vous protéger. Je ne pourrais pas supporter qu'il vous arrive quelque chose, à toi ou à Dylan.

Il s'écarta lentement d'elle.

— Jared...

— Veille sur ton fils. S'il te plaît. Et moi je veillerai sur vous deux. C'est tout ce que je peux faire.

Il la conduisit fermement jusqu'à la porte. Courtney n'avait pas d'autre choix que de sortir. Son corps tout entier frissonnait de désir inassouvi, mais elle savait que Jared avait raison. Tant que leur fils était en danger, il ne pouvait rien se passer entre eux.

Quand Courtney ferma la porte de sa chambre derrière elle, Jared resta un moment planté là, le corps tout entier vibrant d'excitation. Bon sang, comme il avait envie d'elle. Il se frotta le visage puis prit sa nuque entre ses mains.

Résister au charme de Courtney allait s'avérer une tâche presque aussi difficile que celle de découvrir l'identité de celui qui les menaçait.

Il avait échoué cette fameuse nuit à New York. Il s'était rendu au bar pour prendre un verre de tequila avant de remonter dans sa chambre pour troquer son costume pour un jean.

Mais au lieu de ça, dès qu'ils avaient commencé à discuter, il avait été envoûté. Courtney respirait l'élégance et le raffinement et pendant leur conversation il avait eu l'impression de pouvoir lire au fond de son cœur. Il s'était alors convaincu que leurs différences n'avaient pas tant d'importance. Tout au moins, le temps d'une nuit.

Son dévouement pour son fils, la férocité avec laquelle elle le défendait... Il était évident qu'elle le faisait passer en premier et il admirait ça. Même si cela le terrifiait.

Son téléphone se mit à sonner et quand il regarda l'écran, il vit qu'il s'agissait de CTC. Déjà ?

— King.

— Jared, c'est Zane Westin.

Ah oui, pensa Jared, *le geek de la boîte*.

— Vous avez trouvé quelque chose ?

— J'ai besoin de parler à Courtney, dit-il, et il faudrait qu'elle puisse avoir accès à un ordinateur.

— OK, on vous rappelle dès que possible.

Jared raccrocha et secoua la tête avec incrédulité en traversant le couloir pour aller taper doucement contre la porte de Courtney.

Elle entrouvrit la porte, les yeux rougis par la fatigue et l'émotion.

— Qu'est-ce que tu veux maintenant ? lui demanda-t-elle avec un regard qui signifiait qu'il valait mieux que ce soit important.

Il sentit ses neurones se geler. Elle portait un vêtement soyeux, bleu saphir, très court et très vaporeux, qui mettait tellement en valeur sa poitrine qu'il dut faire un effort surhumain pour relever les yeux.

En voyant sa réaction, elle rougit et disparut quelques minutes avant de revenir vêtue de la chemise rose pâle qu'elle portait plus tôt et qui n'était pas moins sexy.

— Qu'est-ce que tu veux, Jared ? répéta-t-elle, la voix fatiguée.

— Zane Westin, qui bosse pour CTC, il voudrait te parler.

Courtney boutonna sa chemise jusqu'au col et le rejoignit dans le couloir en refermant doucement la porte de sa chambre derrière elle.

— Tu as ton téléphone avec toi, pour que je puisse surveiller Dylan ? lui demanda-t-elle en relevant le menton fièrement, comme si elle n'était pas à moitié nue.

— Il faut aussi que nous ayons accès à un ordinateur, lui dit-il en lui tendant son smartphone.

Ils se rendirent jusqu'à son bureau et il installa une deuxième chaise devant l'ordinateur pour qu'ils puissent s'asseoir l'un à côté de l'autre. Tandis que la machine démarrait, Jared tenta d'ignorer la délicieuse odeur florale qui émanait de Courtney... Bon sang, garder ses distances lui demandait un effort quasiment surhumain. Il se rendit soudain compte qu'à cet instant précis il pourrait tout donner pour pouvoir la toucher.

Elle s'agita à côté de lui et il composa le numéro de CTC.

— Voilà, nous sommes tous les deux ici et l'ordinateur est allumé, annonça Jared en mettant le téléphone sur haut-parleur.

— OK, leur répondit Zane, pouvez-vous vous aller sur le profil de Courtney, sur le réseau social qu'elle utilise ?

Courtney tapa son identifiant et son mot de passe et une page avec des photos d'elle au musée – avec Dylan tout sourire – s'afficha. Ils avaient l'air heureux et insouciants. Courtney semblait offrir une belle vie à leur fils.

— Je ne suis pas sûre de comprendre, dit Courtney en promenant le curseur de la souris sur la page à la recherche de quelque chose d'inhabituel.

Jared lui non plus, ne voyait pas le but de la manœuvre.

— Attendez, je vous envoie un lien, leur répondit Zane.

Un message privé apparut dans une bulle et Courtney cliqua dessus. La page à l'écran se déplaça et un petit texte se dégagea dans un encadré. Courtney écarquilla les yeux en découvrant la cruauté des mots.

Quand on joue avec le cœur des gens, ils ne sont pas les seuls à être blessés. Bientôt ton heure sonnera et ton agonie sera terrible, encore plus forte que ce que tu crois.

— Pour qui se prend-il, celui-là ? lança Jared en serrant les dents.

— C'est pour cette raison que j'ai téléphoné, leur répondit Zane. Sur les réseaux sociaux, les gens disent souvent des choses qu'ils n'oseraient jamais dire en face. J'ai besoin de savoir si cette personne est juste une tête brûlée ou s'il pourrait être un éventuel suspect...

— Est-ce que ce type t'a fait du mal ? demanda Jared à Courtney.

Celle-ci secoua la tête et Jared vit qu'elle était sous le choc.

— Non, bien sûr que non, lui répondit Courtney en se couvrant la bouche. Je n'avais même jamais vu ce message, j'ignorais que je l'avais tant fait souffrir.

— Qui est-il ?

— Desmond Hanover. Nous sommes sortis ensemble pendant quelques mois, il y a de ça quelques années. Il a pris les choses très au sérieux. Au début, j'étais flattée mais j'ai vite compris quel était son réel intérêt dans notre histoire.

— Le sexe ? demanda Jared.

— Quelque chose d'encore plus attractif : l'argent. Il était plus attiré par ce qu'il pensait être mon héritage et par la situation professionnelle de mon père avec qui il rêvait de travailler que par ma petite personne.

— Alors, tu as rompu ?

— Il se servait de moi, dit-elle en haussant les épaules. Quand je l'ai quitté, il est venu me voir plusieurs fois mais il s'est calmé quand je l'ai menacé de prévenir la police.

— Certains hommes ne supportent pas d'être rejeté.

Jared aurait adoré apprendre à ce type les bonnes manières. Un bon petit coup de pied sur la Cinquième Avenue n'aurait pas son pareil.

— Peut-être mais la plupart d'entre eux n'élaborent pas de plans de revanche sordides en exigeant des rançons improbables. Et surtout ils n'assassinent personne, ajouta Zane.

— Et si je l'appelais pour lui demander, tout simplement ? proposa Courtney.

— J'ai effectué une recherche de crédit sur lui, répondit Zane, il apparaît qu'il doit à la banque plus de deux millions de dollars et qu'il est sur le point de faire faillite. Les chiffres ne correspondent pas vraiment à ce qu'on cherche mais il reste un bon candidat.

Le cliquetis des touches d'un clavier d'ordinateur résonnait à l'autre bout du fil.

— Ce type a de gros problèmes de gestion de la colère, marmonna Jared en relisant le commentaire. Courtney, tu sembles sceptique ?

— Je ne l'imagine pas tuer Marilyn de sang-froid. Il n'a jamais été le genre d'homme à aimer se salir les mains. Je me souviens de lui en train de faire une crise car il avait une saleté sur sa manche. Non, je crois que le mieux serait que je l'appelle.

— Qu'en penses-tu, Zane ?

— Si je peux éliminer ce type de notre liste grâce à un coup de téléphone et commencer à examiner les dossiers des autres suspects, je suis d'accord. Si nous n'aimons pas le tour que prend la conversation, je pourrai toujours fouiller sa vie plus en profondeur.

Jared tendit son téléphone portable à Courtney, Zane leur communiqua le numéro de téléphone de Desmond et, après l'avoir tapé, elle appuya sur la touche du haut-parleur.

— Quoi ? demanda une voix endormie à l'autre bout du fil après quelques sonneries.

— Desmond ?

— Qui est-ce ?

Ils entendirent quelqu'un gémir non loin de lui.

— Desmond, c'est Courtney.

Il y eut un bref moment de silence avant que Desmond ne reprenne la parole.

— Courtney ? Courtney qui ?

Jared haussa les sourcils. Soit cet homme était très bon acteur, soit il avait oublié le prénom de la femme qu'il faisait chanter.

— Courtney Jamison.

Desmond laissa échapper un petit rire.

— J'ai entendu dire que ton paternel était en chute libre sur les marchés. Finalement, tu m'as rendu une fière chandelle en refusant de me le présenter.

— Merci de me rappeler pourquoi je t'ai quitté, Desmond. Excuse-moi de t'avoir dérangé, conclut Courtney avant de raccrocher.

À l'autre bout du fil, Zane laissa échapper un petit rire.

— Bon, je vais inscrire une grosse croix rouge sur le nom de Desmond. Désolé pour le dérangement.

— Je veux vous aider, dit Courtney. Je ferai tout ce qui est en mon pouvoir.

— Merci, je vous rappelle quand j'ai du nouveau.

— Zane, ça s'annonce comment ? intervint Jared.

— Le fait que je vous appelle pour examiner le profil d'un loser comme Desmond vous donne la tendance, lui répondit Zane en soupirant. Courtney, ma chère, hormis cette menace de kidnapping qui plane sur vous, je dois vous avouer que vous êtes une nana sacrément ennuyeuse.

— Eh bien, merci.

En jetant un œil à Courtney, Jared vit que son teint était devenu aussi pâle que de la porcelaine.

— Mais ne vous inquiétez pas, ajouta Zane. Je ne suis qu'au début de mes recherches... Bientôt nous verrons la lumière au bout du tunnel, vous savez la pluie après le beau temps... Je m'attaquerai ensuite au cas de votre père. Ne le prenez pas mal, mais ses affaires semblent nettement plus intéressantes que les vôtres.

Zane raccrocha et Jared regarda Courtney en secouant la tête.

— Les geeks vivent sur une autre planète.

Courtney resta silencieuse, le regard perdu vers l'écran de l'ordinateur qui affichait une grande photo de Dylan et elle. Elle se redressa sur sa chaise avant d'entourer ses jambes de ses bras.

— Ne te laisse pas décourager, lui dit Jared en tournant son fauteuil de manière à lui faire face. Ils vont le trouver, ils commencent à peine leurs recherches.

Il se leva de sa chaise et l'invita à faire de même.

— Viens là, lui dit-il d'une voix douce.

Quand elle fut debout, il l'enlaça et elle se laissa aller dans ses bras en posant sa tête contre son torse.

— Si quelqu'un me hait au point de vouloir faire du mal à un bébé, comment puis-je ne pas savoir de qui il s'agit ? dit-elle en frissonnant.

Sa voix resta bloquée dans sa gorge et Jared sentit la douleur de ses mots résonner tout au fond de son âme, réveillant de terribles souvenirs de confusion et de désespoir.

Ils restèrent ainsi, blottis l'un contre l'autre, pendant un long moment puis Courtney agrippa le col de sa chemise et leva les yeux vers lui.

— Ça va mieux ? lui demanda-t-il en prenant son visage dans ses mains.

Elle acquiesça en silence.

Quand leurs regards se croisèrent à nouveau, elle pressa

sa poitrine contre lui. Jared sentit sa respiration ralentir, son corps tout entier s'engourdir de désir.

Il n'y avait aucun doute que le feu qui s'était déclenché entre eux dix-huit mois plus tôt venait de se raviver.

— Je ferais mieux d'y aller, dit-elle. Ça risque de faire beaucoup à gérer, si tu vois ce que je veux dire...

Jared recula et sentit qu'en s'écartant d'elle, il retrouvait le vide, celui de l'extrême solitude.

Courtney traversa le bureau et se retourna sur le pas de la porte.

Jared hésita à la suivre. Un seul baiser aurait probablement suffi à la faire changer d'avis. Une seule caresse.

Mais il la laissa partir. Elle avait raison. Cela faisait beaucoup à gérer pour une seule journée.

6

La lumière de l'aube filtrait par les persiennes. Jared était assis sur une chaise face à l'entrée de sa chambre, son fusil à portée de main, et fixait la porte entrouverte de la chambre de Courtney et Dylan. Elle n'avait pas vraiment dormi. Chaque fois qu'il était entré vérifier que tout allait bien, il avait vu qu'elle surveillait son fils, les yeux mi-clos.

Lui non plus n'avait pas fermé l'œil de la nuit. Même s'il l'avait voulu, il n'aurait pas pu. Le souvenir du baiser échangé avec Courtney le hantait. Même si les Criswell et le ravisseur étaient arrêtés, il ne pouvait baisser sa garde. Aujourd'hui encore l'enlèvement d'Alyssa ne cessait de se rejouer dans sa tête, comme un film perpétuel.

Il ne pouvait pas y avoir de fin heureuse pour lui, avec Dylan et Courtney.

Tout cela n'était possible que sur du court terme… Il devait trouver une solution. Toute la nuit, il avait étudié toutes les alternatives. Léon avait raison. Jared ne pouvait pas les renvoyer tout seuls à New York, mais Courtney et Dylan ne pourraient pas non plus rester cachés éternellement. Il fallait absolument découvrir l'identité de celui qui les menaçait et le mettre hors d'état de nuire. Jared savait mieux que personne combien une affaire non résolue pouvait paralyser une vie.

Quelqu'un allait devoir trouver une piste rapidement car ils avaient besoin d'élaborer un plan. Jared détestait rester assis là à attendre qu'un fou furieux joue le prochain coup.

Des pleurs hésitants retentirent de l'autre côté de la porte avant de se transformer en cris stridents.

Jared bondit de sa chaise et se précipita dans la pièce.

Courtney se tenait sur le seuil de la salle de bains, intégralement nue. Elle était magnifique.

Elle sursauta et attrapa une serviette dans laquelle elle s'enveloppa.

— Mais qu'est-ce que tu fais là ?

Luttant contre la tentation, Jared détourna les yeux de sa peau humide et marcha vers le berceau. Dylan se tenait debout, accroché aux barreaux en bois, le visage congestionné. L'enfant utilisait ses poumons à pleine puissance, ça ne faisait aucun doute.

— Eh bien, qu'est-ce qui te rend si furieux, mon petit bonhomme ?

Dylan regarda son père. De grosses larmes coulaient de ses petits yeux brillants. Il fit la moue et recommença à pleurer.

Jared se baissa, prit le bébé dans ses bras et le souleva dans les airs, au-dessus de sa tête. Surpris, l'enfant cessa un instant de pleurer.

— Comment est la vue, là-haut, Dylan ?

Le bébé plissa les yeux et recommença à pleurer.

— Ça ne marche pas, Courtney, dit Jared en sentant la panique le gagner. Qu'est-ce que je dois faire ?

— Il a faim et il a besoin d'être changé, lui répondit-elle en se dirigeant vers le sac de change, toujours enroulée dans sa serviette. Je n'ai plus de couches et presque plus de lingettes non plus, il faudrait que j'aille faire des courses.

— Tu ne peux pas quitter le ranch. Pas avant que nous en sachions plus sur la situation.

Courtney croisa les bras sur sa poitrine et à cet instant Jared sut qu'il n'oublierait jamais cette image d'elle. Une furie, seulement vêtue d'une bien trop petite serviette.

— Eh bien, Dylan ne pourra pas se passer de tout ça, alors qu'allons-nous faire ? Envoyer quelqu'un au magasin ? Peut-être que Velma ou Roscoe peuvent s'y rendre ?

Il existait une solution plus facile. Jared soupira en pensant qu'il allait devoir l'emmener dans la seule pièce qu'il ne voulait pas qu'elle connaisse. Cette chambre où il n'avait pas mis les pieds depuis près de cinq ans. Et comme il ne connaissait pas la taille exacte de Dylan, ni l'ensemble des choses dont Courtney avait besoin, il n'avait pas le choix.

— Enfile quelque chose et viens avec moi. S'il te plaît.

Courtney entendit probablement la tension dans le ton de sa voix car elle disparut dans la salle de bains sans discuter.

Ne voyant plus sa mère, Dylan se mit alors à hurler comme si son père était en train de le torturer. Jared essaya de le bercer, de le faire voler comme un avion, mais en vain.

Roscoe apparut bientôt, les mains sur les oreilles, et Jared lui répondit en haussant les épaules.

— Je vais travailler sur les tracteurs dehors, ça sera plus calme ! lui cria le contremaître.

Le bébé se tordait dans les bras de Jared. Alors qu'il s'apprêtait à frapper à la porte de la salle de bains, il souleva une dernière fois Dylan dans les airs.

Dylan s'arrêta net. Il renifla puis esquissa un sourire. Jared le descendit face à lui puis le fit remonter. En haut, un sourire. En bas, un froncement de sourcils.

Après quelques élévations supplémentaires, Courtney apparut enfin et Jared sentit le soulagement l'envahir. Mais quand il lui tendit leur fils, il eut soudain l'impression d'avoir les bras vides. Il avait aimé toucher ces petites jambes potelées, ce petit ventre chaud et avait adoré entendre le rire de Dylan. Son rire, constata Jared, semblait capable de pouvoir éclairer n'importe quelle sombre journée.

— Allons-y, lança-t-il finalement à Courtney en lui faisant signe de le suivre.

Il la guida au travers des couloirs sinueux de la maison et dans la partie ancienne jusqu'à ce qu'ils parviennent sur le seuil de la nurserie.

Après lui avoir jeté un regard, il glissa la clé dans la serrure et ouvrit la porte.

Courtney écarquilla les yeux.

Il savait pourquoi. Elle avait devant elle une chambre de bébé parfaitement équipée où ne manquaient que quelques éléments. Une table à langer était installée dans un des coins de la pièce, le rocking-chair et le berceau avaient, eux, été déplacés dans sa chambre la veille. Les murs étaient peints en jaune avec des motifs autour du thème de l'arche de Noé et conféraient à la chambre une ambiance douce et joyeuse malgré un gros trou dans le mur.

Jared marcha vers la commode et ouvrit quelques tiroirs sans regarder Courtney.

— Prends ce dont tu as besoin.

Courtney pénétra dans la pièce d'un pas hésitant puis vint examiner le contenu des tiroirs. Tout en portant Dylan sur sa hanche, elle déplia quelques habits.

— Ce sont des vêtements pour nouveau-né, c'est trop petit.

— Regarde dans le placard, lui répondit Jared, après s'être éclairci la voix.

Courtney ouvrit la porte et découvrit des piles de couches en tissu, des serviettes et des gants de toilette soigneusement pliés et rangés.

— Mais qui...

— Prends ce dont tu as besoin, répéta Jared en ramassant le sac à langer encore neuf qui était accroché à la table et en le lui tendant.

Il savait que chacun de ses mots était empreint d'amertume et de colère mais chaque instant passé dans cette pièce déclenchait un tsunami de douleur en lui.

Courtney ramassa quelques affaires et les fourra dans le sac, Dylan toujours dans les bras. Celui-ci ne tarda pas à se remettre à pleurer.

— Je dois le changer.

Elle allongea le bébé sur la table à langer et le nettoya avec un gant de toilette.

— Où sont les épingles à nourrice ? murmura-t-elle en essayant de lui mettre la couche en tissu.

L'esprit de Jared était figé mais il se força à chercher. Il ouvrit un tiroir et en sortit des petites attaches en forme d'animaux.

— Pas très pratique, lui dit-elle en maintenant son fils allongé d'une main. J'apprends chaque jour un peu plus à apprécier les couches jetables.

Dylan lui fit un sourire puis éclata de rire en battant des pieds dans les airs, envoyant valser la couche au sol.

— Tu n'es pas très pudique, mon petit ange, lui dit-elle enfin en accrochant la dernière épingle. Y aurait-il une culotte qui puisse lui aller dans ce placard ?

Jared scruta la pièce. Il se souvenait d'avoir rangé une tonne d'articles non indentifiables après qu'Alyssa était devenue folle dans le magasin pour bébés. Elle avait acheté des affaires pour au moins un an. Il se baissa et ouvrit le tiroir du bas de la commode.

— Ça pourrait faire l'affaire ? demanda-t-il à Courtney en lui tendant deux culottes en plastique.

— Parfait, lui répondit Courtney, avec ça nous pourrons tenir un petit moment.

Bien. Alors peut-être ne serait-il pas obligé de revenir dans cette chambre. Il avait du mal à respirer devant le flot de souvenirs qui le submergeait.

— Je vais envoyer un de mes hommes chercher ce dont tu as besoin. Ou même mieux, peut-être que quelqu'un de chez CTC peut s'en charger. Ça fera moins jaser.

— Qui cela pourrait-il intéresser ?

— Il n'y a pas de supermarché à Carder, tu sais. Juste une épicerie. Tout le monde est donc au courant de la vie de tout le monde. Si quelqu'un d'ici achète des affaires pour bébés, la ville tout entière sera au courant avant l'heure du déjeuner.

— Je n'arrive pas à imaginer qu'autant de gens puissent être intéressés par ce que je fais ou dis.

— Dans les petites villes, répondit Jared, il n'y a pas beaucoup de distractions.

— J'ai vu qu'il y avait quelques jouets, est-ce que je peux

en emporter ? Nous sommes partis si vite, je n'en ai pas pris avec moi.

— Prends tout ce que tu veux, dit-il à nouveau en sentant la pièce se refermer sur lui.

Courtney prit une balle, quelques cubes et un paquet d'anneaux de couleurs vives qu'elle fourra dans un grand sac, puis elle se posta un instant devant le trou que Jared avait pris soin de ne pas regarder depuis qu'ils étaient entrés dans la pièce.

— Allons-y, lui dit-il en lui prenant le sac des mains.

Et il sortit avant qu'elle ne lui pose des questions sur ce mur qu'il avait lui-même détruit à grands coups de marteau.

Avec une légère hésitation, elle le suivit et ils retournèrent en silence jusqu'à la chambre que Courtney et Dylan occupaient. Mais Jared savait que la question ne pourrait pas toujours être évitée, même s'il ne voulait pas lui parler de tout ça. Il ne voulait pas qu'elle connaisse ce qui avait représenté le plus grand échec de toute sa vie.

Courtney installa Dylan sur le tapis au centre de la pièce et fit rouler la petite balle vers lui. Il se mit à glousser, la prit dans ses mains puis la mordilla à pleines dents.

— À qui était destinée cette chambre ? demanda-t-elle enfin.

Un lourd silence envahit la pièce. Ces derniers jours n'avaient pas été tranquilles pour Courtney et elle avait eu son lot de surprises désagréables, mais la découverte d'une chambre de bébé dans la maison de Jared King était de loin ce qui l'étonnait le plus.

Semblant autant apprécier ce nouveau jouet que le taureau en peluche que Velma lui avait offert, Dylan jouait sagement avec la petite balle au sol. Courtney sourit à son fils, mais en relevant les yeux elle découvrit le visage dévasté de Jared et elle sentit son cœur se serrer.

Le ranch de la Dernière Chance semblait cacher de douloureux secrets...

Silencieux et anormalement calme, Jared observait leur

fils avec une telle intensité que Courtney sentit un frisson lui parcourir l'échine.

Elle ferma les yeux. Elle avait été si soulagée de trouver des affaires pour Dylan qu'elle n'avait pas réfléchi à ce que tout cela signifiait. Ce n'est qu'une fois de retour dans leur chambre qu'elle avait pris conscience de l'étrangeté de la chose. À présent, elle regrettait d'avoir posé la question et se demandait comment se faire pardonner.

— Ce que tu m'as demandé concernant la chambre...

— Tout le monde a le droit d'avoir des secrets, Jared, lui répondit Courtney, ne pouvant pas supporter de voir une telle douleur briller dans ses yeux.

— Toi plus que quiconque mérite de savoir.

Dylan rampa au sol et poussa la petite balle jusqu'aux pieds de Jared. Celle-ci rebondit contre sa botte et le bébé afficha un grand sourire. Jared s'accroupit puis renvoya la balle vers son fils.

— J'ai été marié.

Courtney le savait. Elle savait aussi que sa femme était morte. Le détective privé qu'elle avait employé lui avait donné ces informations. En écoutant Jared, elle regretta à nouveau de ne pouvoir retirer sa question. Elle n'aimait pas le tour que prenait la discussion.

— Tu n'es pas obligé de...

Dylan renvoya la balle à son père. Cette fois, Jared s'assit par terre et se concentra sur le jeu en prenant soin d'éviter le regard de Courtney.

— Tu me rappelles un peu Alyssa, lui dit-il après un moment. Vous avez toutes les deux une allure incroyable quand vous entrez dans une pièce et vous n'avez l'air, ni l'une ni l'autre, à l'aise dans un ranch.

Jared fit tournoyer la balle dans sa main jusqu'à ce que Dylan vienne la prendre.

— Nous étions heureux. La plupart du temps. Mais la vie dans une petite ville l'ennuyait un peu. Nous espérions que le fait d'avoir une famille réglerait ce problème, continua Jared en haussant les épaules. Cela aurait peut-être été le cas. On ne le saura jamais.

Il jeta un regard vers le berceau puis reprit :

— J'ai construit ce lit pour notre fille. J'ai passé des heures à le peaufiner pour qu'il soit parfait. Elle n'a jamais dormi dedans. Elle est morte avec Alyssa.

Courtney ne put retenir le sanglot qui était monté dans sa gorge. Jared avait perdu sa femme et l'enfant qu'elle portait. Elle ne pouvait imaginer la souffrance qu'une telle perte devait représenter. Elle alla s'asseoir à côté de lui et posa une main sur son bras.

— Je t'en prie, tu n'es pas obligé de m'en dire plus. Je suis tellement désolée de t'avoir posé cette question.

Jared ne recula pas. Au lieu de ça, il posa sa main sur la sienne et après un long moment silencieux, il leva les yeux pour la regarder. Jamais encore elle n'avait vu autant de souffrance dans les yeux d'un homme. Elle sentit son cœur se briser.

— C'est important que tu entendes tout ça, lui dit-il après avoir pris une profonde inspiration. J'étais occupé à nous éviter de faire faillite, nous n'avions pas les moyens d'embaucher des extra, j'ai donc conduit moi-même le troupeau jusqu'aux pâturages. Ça m'a pris une journée et une nuit, à cheval. Quand je suis revenu au ranch, Alyssa était partie. Il y avait un message peint sur le mur de la chambre du bébé. Si je voulais récupérer ma femme en vie, j'allais devoir payer.

Courtney se mit à frissonner.

— Mais ça veut dire que tu as déjà vécu ça ? La même chose que moi ?

— Pas exactement. Je n'ai pas eu d'avertissement. Quand je suis rentré chez moi, Alyssa s'était volatilisée. Je n'ai pas eu de lettre. Le message avait été écrit sur le mur que je venais de finir de peindre.

Courtney sentit la nausée monter en elle. Non, pria-t-elle intérieurement. Tout mais pas ça.

— Le gars savait exactement comment me toucher. Mais il ne savait pas que j'avais dépensé tout ce qui me restait dans l'achat d'un nouveau haras. Comme je n'avais pas le moyen de réunir une telle somme dans les temps, j'ai contacté le shérif de l'époque. Je pensais que je n'avais pas d'autre choix.

Jared marqua une courte pause puis reprit :

— Le gars m'a fait croire que je pourrais sauver Alyssa. Mais je n'ai pas suivi ses instructions et c'est elle qui en a payé le prix. Elle est morte avec notre fille.

Courtney posa sa tête sur son épaule et glissa sa main dans la sienne.

— Ils l'ont attrapé ?

— Quand tout a été terminé, le type a disparu. Il doit toujours vivre quelque part..., répondit Jared en lui jetant un regard vibrant de désespoir. Même si nous attrapons celui qui menace Dylan, la menace qui plane au-dessus de ma tête sera toujours là. Et je ne veux pas risquer de mettre d'autres personnes en danger.

Que pouvait dire Courtney ? Elle aurait agi de la même manière. Elle resta blottie contre Jared pendant un moment, pour lui montrer son soutien. Elle savait que dans pareille situation les mots étaient inutiles. Un peu de contact humain était probablement la meilleure des choses à offrir.

Devant eux, Dylan jouait toujours avec sa balle. En pressant l'un des côtés du jouet, une petite musique se mit en marche et retentit dans la pièce. Le bébé éclata de rire et rampa vers eux pour montrer le jouet à son père.

La mâchoire de Jared commença à trembler et Courtney se rendit soudain compte des efforts qu'il faisait pour garder le contrôle de lui-même. Elle voyait qu'il souhaitait créer un lien avec Dylan mais elle comprenait maintenant pourquoi il ne pouvait pas se le permettre.

— Je suis si désolée de ce que tu as vécu. Si j'avais su...

— Tu serais venue malgré tout car tu es prête à tout pour protéger Dylan.

Oui. Jared comprenait mieux que personne ce qu'elle ressentait.

— C'est vrai.

— J'aurais fait la même chose.

Ces paroles réveillèrent la connexion qui existait entre eux. Courtney avait envie d'en dire davantage, pour l'aider, mais elle ne savait pas quoi.

Cependant elle n'eut pas le temps d'ajouter quoi que ce soit car le téléphone de Jared se mit à sonner.

Celui-ci se leva, manifestement soulagé de cette diversion. Courtney pensa la même chose même si elle regretta la chaleur de son corps contre le sien. Jared avait enduré plus qu'elle ne pouvait imaginer. Rien de ce qu'elle pourrait dire ou faire ne pourrait réparer son passé.

— King, dit Jared dans l'appareil avant d'appuyer sur la touche du haut-parleur. Nous vous écoutons, Léon.

— Mademoiselle Jamison ? demanda l'agent d'une voix si grave que Courtney sentit son estomac se nouer. Avez-vous engagé un détective privé pour fouiller dans la vie de Jared ainsi que dans ses finances ? Un homme du nom de Joe Botelli ?

Courtney regarda Jared.

— Pourquoi aurais-tu fait une chose pareille ? lui demanda-t-il, le visage assombri par la colère.

La gorge serrée, elle déglutit avec peine.

— Quand je t'ai vu à la télévision, j'ai eu besoin de savoir qui tu étais, Jared, lui répondit-elle, en sachant pertinemment ce qu'il pouvait penser de la situation. Tu es le père de mon fils et je ne savais rien de toi. Je n'ai jamais été intéressée par l'argent, je devais seulement savoir, pour Dylan.

— Continuez, Léon. Ce type, il a un insigne ?

— J'arrive au ranch, lui répondit Léon. Je pense qu'il vaut mieux que je vous explique tout ça en face.

La sonnette retentit et Courtney prit Dylan dans ses bras pour suivre Jared.

— Je n'essayais pas de connaître l'état de ton compte en banque, dit-elle à Jared, il faut que tu me croies. J'avais besoin de savoir si te contacter était la bonne chose à faire pour Dylan.

— Je comprends, dit Jared en se frottant les tempes. Vraiment.

Était-il sincère ? se demanda Courtney. Est-ce que le fait

d'avoir engagé Botelli pour enquêter sur lui n'avait pas détruit la confiance qu'ils avaient l'un pour l'autre ?

En arrivant dans l'entrée, ils retrouvèrent Velma qui semblait hésiter.

— Dois-je ouvrir ou non ?

— Oui, c'est CTC, lui dit Jared d'un ton rassurant en tirant la lourde porte.

Léon entra dans la maison, le visage grave.

— Il faut qu'on parle.

— Voulez-vous que je garde le bébé ? proposa Velma à Courtney en tendant les bras vers elle.

Courtney hésita un instant. Son instinct lui criait de garder son fils auprès d'elle.

— Le système d'alarme et les caméras sont en marche ? demanda Jared.

— Oui, lui répondit Léon, et nous assurons une surveillance constante des écrans.

— Alors c'est toi qui décides, Courtney.

Elle regarda l'agent qui lui fit un petit signe du menton.

— Je pense que c'est une bonne idée.

Elle confia donc Dylan à Velma, à contrecœur.

— Ne vous inquiétez pas, lui dit la gouvernante en lui tapotant la main affectueusement. Je serai dans la cuisine, je vais lui donner un biscuit. Si j'entends quoi que ce soit d'étrange, je vous l'amène immédiatement.

Courtney acquiesça puis suivit Jared et Léon jusque dans le bureau.

— Que se passe-t-il ? demanda Jared.

— Vous devriez vous asseoir, lui répondit Léon.

— Dites-moi.

— Botelli est mort. Il a été agressé il y a deux jours, vers 15 heures, près de son bureau.

— Ce n'est pas possible ! s'exclama Courtney en posant sa main devant sa bouche. Nous nous sommes vus au déjeuner dans ce quartier.

— Ah, dit Jared tout en faisant les cent pas dans la pièce. Agressé ? Ça ne peut pas être une coïncidence...

L'agent haussa les épaules avec une expression de dédain.

— C'est en tout cas ce que le meurtrier voudrait qu'on pense. Je n'ai pas l'impression que les autorités aient lancé une enquête à ce sujet. Ce type était un ancien marine. Un vrai dur à cuire, d'après ce que j'ai entendu dire. Impossible qu'il ait été tué par une petite crapule ordinaire. Je n'y crois pas une seconde. J'ai demandé à notre expert judiciaire de se procurer le rapport d'autopsie préliminaire.

— Vous pouvez faire ça ? demanda Courtney.

— CTC peut faire beaucoup de choses, nous avons des amis qui nous doivent quelques faveurs, ils ont l'habitude de nous renvoyer l'ascenseur.

Léon marqua une courte pause puis alla s'asseoir sur le canapé à côté de la table basse.

— Venez vous asseoir, leur dit-il. Tous les deux. J'ai autre chose à vous dire.

Courtney se demanda de quoi il pouvait bien s'agir. Elle sentit la panique l'envahir. D'abord, il y avait eu Marilyn. Maintenant le détective privé. Qui les avait en ligne de mire ?

Elle s'assit sur le canapé et Jared vint la rejoindre, tout en prenant soin de laisser quelques centimètres entre eux deux.

— Voici une copie du dossier que Botelli avait constitué sur toi, Jared. Il n'y a rien d'alarmant. Quelques articles, des informations sur votre situation financière et sur ce qui est arrivé à votre femme, leur dit Léon en déposant un paquet de feuilles sur la table devant eux. Nous devons donc imaginer que celui qui est après vous connaît donc maintenant lui aussi toutes ces données.

Jared jeta un coup d'œil aux documents et quand il leva les yeux vers Courtney, celle-ci comprit que son regard furieux signifiait qu'ils reparleraient de tout ça plus tard.

— Est-ce que vous êtes en train de me dire que Dylan a été enlevé car il est mon fils ? demanda Jared en reportant son attention sur l'agent de CTC.

— J'ai envisagé cette possibilité jusqu'à ce que je découvre ça..., lui répondit Léon en leur tendant deux nouveaux documents.

— Des informations sur... mon père et moi ? demanda Courtney en voyant leurs noms inscrits sur les papiers.

— C'est un peu indiscret mais nous n'avons pas pu faire autrement.

— Je vous écoute, dit Courtney en prenant une grande inspiration pour se donner du courage.

Elle avait déjà été pour le moins surprise d'apprendre que son père avait perdu l'intégralité de la fortune familiale, elle ne voyait pas ce qui pouvait être pire.

— L'état actuel de vos finances ne vous permet pas de pouvoir payer la rançon puisque vous n'êtes pas propriétaire de l'appartement dans lequel vous vivez. Et l'héritage de votre grand-mère est bloqué. Tout le monde peut facilement avoir accès à ces informations, aussi la personne qui exige de vous cette rançon sait que vous allez devoir demander l'argent à quelqu'un d'autre.

— À moi ? demanda Jared.

— Vous n'êtes pas le seul à posséder d'importantes sommes d'argent. Regardez, continua Léon en leur montrant une feuille avec une longue liste de numéros. Voici les dernières demandes de crédits de votre père, Courtney, ainsi que ses marges d'emprunt. Ceci dit, tout s'est écroulé la semaine dernière, il a dû vendre toutes ses actions.

Courtney fit une grimace. Elle avait espéré que son père exagérait mais il n'avait pas menti, il était bel et bien ruiné.

— C'est vrai qu'il y a des chiffres impressionnants, toutefois aucun ne correspond au montant de la rançon, fit-elle remarquer aux deux hommes.

— Nous n'avons pas encore pu faire le lien, mais nous pensons que les finances de votre père pourraient être la raison de cette menace d'enlèvement.

— Quelqu'un se servirait de mon fils pour atteindre mon père ? demanda-t-elle en se laissant aller contre le dossier du canapé. Mais pour quelle raison ?

— Nous ne le savons pas encore, Zane est sur le coup, lui répondit l'agent en la regardant. Nous pensons aller voir votre père, il est le plus à même de répondre à nos questions et puis Zane pourra examiner ses disques durs.

— Je devrais vous accompagner, dit Courtney. Il me parlera.

— Hors de question, objecta Jared en se relevant. Ce type a tué un ancien marine, tu ne sors pas d'ici.

— Je suis d'accord, approuva Léon. À ce propos, je vous demanderai de ne pas contacter votre père. J'aimerais voir sa réaction quand je vais l'interroger. Une fois que nous aurons compris le lien entre lui et la demande de rançon, nous pourrons avancer sur la liste de suspects.

— Je ne lui ai rien dit de ce qu'il nous arrivait. Le ravisseur m'avait demandé dans sa lettre de ne pas le faire.

— Vous lui avez probablement sauvé la vie. Joe Botelli avait commencé à enquêter sur votre père. C'est peut-être pour cette raison qu'il a été éliminé.

— Mais et vous ? Et votre équipe ? demanda Courtney, stupéfaite. Vous n'allez pas vous mettre en danger en allant voir mon père ?

— C'est notre travail, lui répondit l'agent en affichant soudain une expression froide et sérieuse. Et nous sommes plutôt bons dans notre domaine.

— Tenez-nous au courant, lui dit Jared.

— Oui, et vous, ne baissez pas la garde, lui répondit Léon. On ne peut pas savoir ce que ce type nous réserve mais mon instinct me dit que cette affaire est personnelle. Ça rend les choses moins prévisibles, je n'aime pas ça... Bref, nous en saurons plus après avoir parlé à M. Jamison.

— Nous devons éclaircir tout ça au plus vite, lui dit Jared en prenant la main de Courtney dans la sienne.

— Il y a une dernière petite chose dont j'aimerais vous parler, Courtney, ajouta Léon.

Malgré le contact rassurant de Jared, Courtney serra les poings en sentant un terrible pressentiment naître en elle.

— Qu'y a-t-il ?

— La police a découvert le corps de votre nounou et ils ont trouvé vos empreintes partout sur la scène de crime. Vous êtes sur la liste des suspects et vous faites l'objet d'un avis de recherche...

7

Cela faisait aujourd'hui deux jours que Jared n'avait pas sorti Mulligan. S'il ne se sentait pas capable de faire galoper le pur-sang aussi loin que d'habitude, il pouvait au moins, grâce aux caméras et aux alarmes installées par CTC, lui faire faire une petite promenade autour du paddock.

Être bloqué dans la maison commençait à lui taper sur les nerfs. Les murs semblaient se refermer sur lui. Il n'était pas fait pour passer ses journées à l'intérieur et se demandait bien comment faisaient les gens qui travaillaient en ville, assis derrière un bureau toute la journée.

Un peu après midi, son téléphone sonna, lui annonçant qu'il venait de recevoir un SMS. Les derniers systèmes de sécurité étaient enfin en place. Dieu merci ! Il prit sa tablette pour découvrir les nouveaux angles de vue qu'offrait cette installation et regarda les images du direct pendant un moment. Rien ne semblait anormal.

Excepté dans son bureau.

Jared sourit en voyant le désordre qui régnait dans la pièce. Le sol était littéralement recouvert de jouets. Allongée sur le ventre, Courtney jouait avec Dylan.

Ils attendaient des nouvelles de CTC. Après ce que leur avait confié Léon, Jared était maintenant persuadé que le père de Courtney était la clé du problème.

Ils n'allaient pas tarder à en savoir davantage. L'avion privé de CTC avait atterri à New York quelques heures auparavant et Léon et Zane étaient en route pour aller rencontrer Edward Jamison.

— Et si je t'emmenais prendre un peu l'air avec moi ? proposa-t-il à son fils en rejoignant Courtney et Dylan dans son bureau.

Il prit le bébé dans ses bras et regarda Courtney avec un air interrogateur.

— Où ça ? Dehors ?

— Les caméras et les alarmes sont toutes activées. Il n'y a pas un seul angle mort où pourrait se cacher le ravisseur. L'équipe de sécurité est en poste. Dylan et moi pourrions aller voir les animaux dans la grange, nous n'irons pas plus loin, je te le promets.

Dylan secoua la tête comme pour approuver les paroles de son père et passa ses bras autour de son cou.

En voyant la réaction de son fils, Jared sentit son cœur se serrer. Le petit garçon ne faisait pas semblant et cette attitude était absolument adorable.

— Tu veux venir avec nous ? demanda-t-il à Courtney.

— Je dois d'abord aller chercher quelque chose dans la chambre, allez-y et je vous rejoindrai là-bas.

Jared hésita un instant mais Courtney le rassura en lui adressant un sourire des plus encourageants. Il voyait clair dans son jeu. Elle voulait qu'ils créent une relation de père et de fils, lui et Dylan. Elle pouvait se rassurer, il avait suffi d'un seul sourire de ce petit être pour lui faire oublier toute prudence et lui donner envie de lui offrir le monde entier.

Chaque fois qu'il était à côté de Dylan, combattre son instinct paternel lui demandait un effort surhumain. Que lui arrivait-il ? Avait-il donc perdu la tête pour vouloir passer du temps avec cet enfant ? Il pouvait toujours mettre ça sur le compte de la claustrophobie, pourquoi pas... C'était toujours plus facile que d'affronter la vérité : apprendre à connaître son fils, ses attitudes, ce qui le faisait rire et pleurer, ce qui le mettait en colère...

— C'est peut-être une grosse erreur, Dylan, mais tant pis, faisons-le quand même, dit-il au bébé en se dirigeant vers la porte d'entrée.

Une fois dehors, Jared se dirigea vers le coin de la maison. Les hommes qui montaient la garde semblèrent très étonnés de le voir avec un bébé dans les bras. Eh bien, ils allaient devoir s'y faire, pensa Jared en esquissant un sourire. Tim quitta le groupe et vint vers eux, le bras entouré d'un plâtre.

— Qu'il est mignon, dit-il en souriant à Dylan.

— Comment vas-tu ?

— Angel Maker m'a juste un peu bousculé, lui répondit le jeune homme en haussant les épaules. Je vais très bien.

— Tu ne prends plus de médicaments, si ? Tu dois être tout à fait conscient si tu portes ce fusil avec toi.

— Non, non, j'ai seulement pris un peu d'antalgique pour la douleur, promis.

— Tu n'as rien remarqué d'anormal ?

— Hormis le fait que ce fichu taureau est devenu fou ?

— Oui, hormis ça.

Tim secoua la tête.

— Non, tout est très calme. Tout le monde est sur ses gardes, monsieur King. Personne ne veut qu'il arrive quelque chose à votre garçon ou à votre femme.

Sa femme. Ces mots lui serrèrent le cœur mais Jared se força à sourire.

— Retourne à ton poste. Moi et le bébé nous allons aller explorer les environs. Ah, et vois si tu peux trouver un moment pour sortir Mulligan aujourd'hui.

Après l'avoir salué d'un mouvement de la main, Tim s'éloigna vers l'autre côté de la maison.

— Tu verras, c'est difficile de trouver des gens sur qui on peut compter, Dylan. Quand j'avais douze ans, je croyais que je dirigerais un jour cet endroit avec mon meilleur ami, Derek. Mais il n'aimait pas autant cette terre que moi, il préférait les ordinateurs. Honnêtement, je te recommanderais de suivre son exemple. C'est dans ces domaines qu'on peut se faire de l'argent. À moins d'avoir de la chance et que quelqu'un trouve de l'or noir sur ta propriété...

Jared traversa la route et marcha vers la grange et les écuries.

— Voici mon ranch, fiston, dit-il en sentant sa gorge se serrer à l'idée qu'il était en train de montrer à Dylan son héritage. Il s'appelle le ranch de la Dernière Chance car il a été la dernière possibilité pour mes ancêtres de se racheter de leurs folles aventures. Les King vivent ici depuis six générations. La plupart d'entre eux ont eu pas mal de problèmes. Mais tu es trop petit pour entendre ces histoires... Je te les raconterai peut-être un jour.

Dylan tourna la tête vers son père et lui tapota la joue. Puis il se frotta contre sa barbe naissante, éclata de rire et essaya d'attraper son stetson.

— Tu as déjà l'âme d'un vrai cow-boy, n'est-ce pas, petit homme ?

Jared sentit son cœur se gonfler de joie. Jamais il n'aurait pensé pouvoir un jour se tenir là, avec son fils dans les bras.

Courtney lui avait fait un cadeau inestimable. Il se pencha vers le bébé et caressa du nez sa petite joue.

— Je t'aime, lui murmura-t-il doucement à l'oreille. Tu ne t'en souviendras peut-être pas mais sache que je t'aime et que je t'aimerai toujours.

Il serra son fils contre lui puis marcha vers l'enclos d'Angel Maker. La porte avait été réparée et consolidée. En les voyant arriver, le taureau se mit à souffler et posa son regard bovin sur le bébé. Dylan écarquilla les yeux et tendit la main vers la bête.

— Oh non, mon garçon ! Tu ne peux pas le toucher, il est dangereux. Ne t'approche jamais des animaux sans ta maman, Roscoe, Velma ou moi. Surtout Angel Maker. Il peut être parfois un peu méchant, même si son patrimoine génétique est exceptionnel. D'ailleurs tu sais quoi, fiston ? Un jour, je t'emmènerai au rodéo...

Jared se tut. Il savait que cela n'arriverait jamais. Dylan et sa mère ne tarderaient pas à rentrer à New York. Et tant que l'assassin d'Alyssa courait toujours, il ne pouvait prendre le risque de les faire revenir ici.

Cette pensée lui serra le cœur et il se dirigea vers les écuries pour montrer les chevaux à son fils et ainsi, tenter de se changer les idées.

— Regarde tout ce foin, c'est ce que mangent les chevaux.

Jared éclata de rire. Il ne savait pas si Dylan comprenait tout ce qu'il lui disait mais il avait l'air horrifié à l'idée de manger de la paille.

— Je suis d'accord avec toi, les gâteaux de Velma sont bien meilleurs !

Il avança le long des boxes en serrant son fils contre lui.

— Allons voir Mulligan, lui dit-il doucement. Je suis certain que tu vas lui plaire.

Il attrapa une carotte dans le sac accroché à la porte et se rapprocha de sa monture préférée.

— Je ne sais pas si toi, tu peux déjà manger ça, petit homme, dit Jared à Dylan qui essayait d'attraper le légume, mais c'est la friandise favorite de Mulligan.

Le cheval avança vers eux et les observa de ses grands yeux doux. Jared lui tendit la carotte mais Mulligan détourna le regard.

— À moins qu'il ne fasse la tête..., poursuivit Jared en caressant l'encolure du cheval. Je sais, je sais, mon ami. Voilà bien longtemps que je ne t'ai pas emmené faire une petite balade et je ne peux pas encore le faire aujourd'hui, je suis désolé. Tu ne veux vraiment pas de cette carotte ? Je vais la jeter alors...

Il laissa sa main ouverte devant le cheval et celui-ci finit par engloutir le légume.

— C'est bien ce que je pensais..., reprit Jared en souriant. Sois gentil, je voudrais te présenter quelqu'un. Fiston, voici Mulligan, c'est mon cheval.

Jared approcha délicatement Dylan de la bête pour que celui-ci puisse le toucher. De ses petites mains, il caressa le doux pelage puis se tourna vers son père, le visage illuminé par un grand sourire.

— J'étais certain que tu l'aimerais.

Le bébé se mit à gigoter dans les bras de son père.

— Tu veux descendre ? Non, désolé, ce n'est pas possible, je ne peux pas te poser au sol ici. Quand tu seras plus grand.

Dylan fronça les sourcils.

— Pas la peine de faire cette tête. Et si nous allions voir le tracteur ?

Jared sortit de l'écurie et fit le tour du bâtiment. Un grand tracteur vert était garé sagement, comme s'il attendait un conducteur. Jared avisa un des hommes de CTC, lui lança un regard interrogateur et celui-ci leva son pouce pour lui dire qu'il n'y avait aucun problème. Il monta donc avec son fils sur la machine et s'assit sur le siège.

— Tu as vu comme on est haut ? lui demanda-t-il.

Le bébé se frotta les yeux et cacha son visage contre Jared.

— Eh bien, qu'est-ce qu'il t'arrive ? Tu fais ton timide ? Tu as peur ?

Jared sentit la panique l'envahir. Avait-il fait quelque chose de mal ?

— Non, il a simplement sommeil.

Courtney se dirigeait vers eux, suivie par Tim. Quand elle arriva à côté du tracteur, Jared fit un petit signe de tête à Tim pour lui signifier qu'il pouvait retourner à son poste.

Quand Courtney leva les yeux vers lui, elle avait un regard qu'il connaissait. Mais il ne fallait pas qu'ils aillent dans cette direction. Ils devaient être prudents tous les deux. Ils avaient partagé une nuit et avaient maintenant un enfant. Les émotions et les sentiments avaient pris le dessus mais il fallait garder la tête froide.

— Tu t'en sors bien avec lui.

— Les enfants aiment les ranchs, ça n'a rien à voir avec moi.

Dylan baissa les yeux et tendit les bras vers sa mère.

— On dirait que c'est l'heure de la sieste, mon ange, lui dit-elle en lui souriant tendrement.

Jared descendit du tracteur et lui tendit leur fils.

— Je voudrais essayer de conserver son rythme normal, dit-elle à Jared. Même s'il n'y a rien de normal dans cette situation.

Ils se dirigèrent tous les deux vers la maison.

— Je comprends. Mais je vais devoir continuer à te suivre comme ton ombre...

— Tu es sûr ? Il va falloir que je le nourrisse...

Jared resta silencieux et Courtney réprima un sourire. Ils marchèrent en silence jusqu'à la chambre où elle s'installa dans le rocking-chair. Jared reprit sa place à l'entrée mais détourna le regard quand elle installa Dylan contre elle. Elle mit le bébé à son sein, le couvrit d'un lange puis commença à se balancer doucement.

En l'entendant fredonner, Jared osa jeter un œil au tableau. Courtney jouait tendrement avec une des mèches des cheveux du bébé. Jared n'avait jamais vraiment réfléchi au lien intime qui existait entre une mère et son enfant. Même s'il faisait partie de leurs vies, il savait qu'il n'aurait jamais ce genre de relation avec Dylan. Il se demanda si les autres pères ressentaient eux aussi ce sentiment d'exclusion.

Courtney inclina la tête et ferma les yeux. Jared fut soulagé de voir qu'elle se sentait détendue ici. Même si les cernes sous ses yeux indiquaient son évident manque de sommeil. Ces derniers jours avaient été éprouvants.

Elle ouvrit soudain les yeux et le regarda.

— Il s'est endormi, chuchota-t-elle en se rhabillant.

— Tu as l'air épuisée, lui répondit Jared en contemplant le petit sourire de béatitude qui ourlait la bouche de son fils. Tu n'as pas dû beaucoup dormir la nuit dernière, tu devrais te reposer un peu.

— Non, lui dit-elle en secouant la tête. Je ne me sentirais pas à l'aise.

Elle se leva et alla déposer Dylan dans le berceau. Jared retint son souffle. S'il y avait bien une chose qu'il avait apprise ces dernières vingt-quatre heures c'était combien le sommeil de son fils était léger. Celui-ci s'agita un instant puis se blottit dans sa couverture et s'abandonna au sommeil, le petit taureau serré dans sa main.

Courtney laissa échapper un profond soupir.

— Je prendrais bien une nouvelle tasse de café.

Elle avança vers Jared qui était entré dans la pièce mais celui-ci tendit une main pour lui faire signe de s'arrêter. En face l'un de l'autre, ils se dévisagèrent un instant. Le regard de Courtney s'était adouci et lui sentait que c'était son cœur qui s'était attendri.

— Tu es une mère incroyable, lui dit-il. Dylan est un petit garçon merveilleux.

— Tu parles, lui répondit-elle en levant les yeux au ciel. La plupart du temps, je ne sais même pas ce que je fais.

— C'est faux. Je ne vois pas comment tu aurais pu mieux faire, poursuivit-il en glissant une mèche de ses cheveux derrière ses oreilles. La nuit où nous nous sommes rencontrés, tu m'as dit que tu cherchais à vivre quelque chose de durable, que tu en avais marre des histoires jetables.

— Et puis j'ai eu Dylan, dit-elle en fronçant les sourcils. Je ne peux pas le perdre, Jared.

— Nous sommes en sécurité pour le moment. Pourquoi ne ferais-tu pas une petite sieste ?

— Je ne peux pas. Et s'il se passe quelque chose pendant que je dors ? demanda-t-elle en se frottant les yeux. Oh ! qu'est-ce qu'il m'arrive, je ne suis pas du genre à pleurnicher, pourtant j'ai l'impression de passer mon temps à me plaindre depuis que je suis arrivée ici.

— Rien de plus normal avec le manque de sommeil et le stress. Crois-moi, je sais ce que c'est. Mais cette fois tu peux compter sur moi, je suis là, lui dit-il en l'attirant contre lui. Va te mettre au lit, je veille sur vous deux.

Il la guida jusqu'au lit qui n'était qu'à quelques mètres derrière eux, l'allongea sur le matelas puis s'agenouilla pour lui retirer ses ballerines.

— Si tu restes encore un peu ici, nous allons devoir te trouver une paire de bottes, lui dit-il en remontant ses jambes sur le matelas.

— Reste avec moi, lui demanda-t-elle en lui prenant la main et en lui jetant un regard implorant. Je ne peux pas faire ça toute seule, Jared. Je sais que tu essaies de nous protéger de ton passé mais pour le moment notre présent est tout aussi terrifiant. Ne pourrait-on pas s'occuper d'un seul fou furieux à la fois ?

Ses paroles lui rappelèrent les menaces qui pesaient sur eux.

— Je ne veux pas te faire de mal, Courtney.

— Moi non plus. Alors reste avec moi. Juste aujourd'hui. Je suis fatiguée d'être toute seule à affronter tout ça, Jared. J'ai besoin de toi.

Ces trois mots lui retournèrent le cœur. Il s'assit sur le bord du lit et retira ses bottes pour s'installer à côté d'elle. Il la serra contre lui et tira la couverture sur eux.

Ils restèrent ainsi, allongés l'un contre l'autre, à côté du berceau où dormait paisiblement leur fils.

— Merci, murmura Courtney.

La chambre devint bientôt silencieuse et Jared se laissa réconforter par la chaleur que lui procurait le contact du corps de Courtney. Si quelqu'un n'avait été en train de tout détruire autour de lui, il aurait pu croire qu'il était enfin arrivé au paradis.

Il n'aurait pu dire combien de temps ils restèrent ainsi mais il savait que Courtney ne dormait pas. Sa respiration ne suivait pas le rythme régulier et paisible typique du profond sommeil.

— Les bruits sont si différents à New York, dit-elle enfin.

— Pas d'embouteillages, pas de klaxons, pas d'énervement...

— J'entends quelques cris lointains et des bavardages autour de la maison mais hormis ça, tout est si calme.

— Et c'est agréable ou pas ? lui demanda Jared à l'oreille en luttant contre une irrépressible envie de l'embrasser.

— En fait, je suis habituée à toutes ces nuisances sonores, il m'est même devenu difficile de pouvoir m'endormir sans.

Comme si elle lisait dans son esprit, elle se retourna vers lui.

— Je ne peux pas dormir, avoua-t-elle en regardant ses lèvres. Je ne cesse de ruminer d'atroces scénarios.

Elle se tut un instant puis posa sa main sur sa joue.

— Je voudrais oublier tout ça, Jared. Juste pendant quelques minutes... Pourrais-tu m'aider à penser à autre chose ?

Le corps tremblant, Courtney agrippa le col de la chemise de Jared. Allait-il la repousser ? Elle sentit son estomac se tordre de nervosité, où avait-elle la tête ? Devait-elle imputer cette proposition insensée à son manque de sommeil ?

— Courtney. Regarde-moi, lui répondit Jared, d'une voix grave.

Elle se força à relever le visage. Ses yeux s'étaient assombris et brillaient d'une nouvelle intensité. Il prit sa main dans la sienne et commença à embrasser sa paume, légèrement, doucement.

Comme en réponse à ce geste, Courtney sentit les battements de son cœur s'accélérer.

— Est-ce que ça, ça t'aide à oublier ? lui demanda-t-il en esquissant un sourire.

— Non, lui répondit-elle, le souffle court.

Il déposa un baiser sur son front.

— Et maintenant ?

— Toujours pas.

Il se déplaça et commença à faire courir ses lèvres sur son visage.

— Et là ?

Courtney ferma les yeux et se laissa aller contre lui. Son parfum, qui ressemblait à celui d'une forêt de pins, l'enivrait.

— Non, s'il te plaît...

D'un doigt, il lui fit relever le menton, embrassa sa joue puis la naissance de ses lèvres.

— Jared, gémit-elle.

Il recula et plongea ses yeux dans les siens.

— On dirait des fils d'or, lui dit-il en jouant avec quelques mèches de ses cheveux. Ils paraissent irréels...

Puis, du bout de ses doigts rugueux, il suivit la ligne de son cou. Courtney retint son souffle, anticipant son prochain geste, terrifiée à l'idée qu'il puisse s'arrêter, qu'il puisse laisser ses pensées reprendre leurs cours.

Jared la regarda un instant, en gardant le silence. Courtney sentit que son corps tout entier tremblait d'impatience. Doucement, il caressa ses lèvres du bout des doigts puis suivit le contour de sa bouche, attisant le désir en elle si ardemment qu'elle eut soudain envie de hurler.

— Je t'en prie, l'implora-t-elle dans un souffle. Je t'en prie, embrasse-moi.

— J'ai rêvé de toi, murmura-t-il. Tant de fois.

— Moi aussi. Parfois même je pensais que tout cela ne s'était pas réellement passé.

— Et tu as eu un enfant.

— Qui est donc la preuve que cette nuit n'était pas le seul fruit de mon imagination.

— En es-tu bien certaine ? Nos émotions ont pris le dessus ce soir-là et j'ai l'impression que c'est ce qui se passe à nouveau.

— Je m'en fiche, dit-elle. Voilà un an et demi que j'attends de me sentir à nouveau en vie. Ne me fais pas attendre plus longtemps.

Avec une force qui le surprit, elle pressa sa bouche contre la sienne et Jared ouvrit les lèvres pour goûter le sel de sa peau. Courtney ferma les yeux pour savourer le tourbillon d'émotions qui la submergeait. Pour la première fois depuis qu'elle s'était réveillée ce matin-là, dans le lit vide de cette chambre d'hôtel, elle ne se sentait plus désespérément seule.

— Si je commence à t'embrasser, Courtney, lui dit-il d'une voix profonde, je ne pourrai plus m'arrêter.

— Je ne te demande pas de t'arrêter.

Il se rapprocha d'elle et Courtney enroula ses bras autour de son cou pour sentir son corps contre le sien.

— Jared !

Le cri de Roscoe rompit leur étreinte. Jared se dégagea et bondit hors du lit pour aller ouvrir la porte de la chambre.

Le contremaître entra dans la pièce, la démarche toujours alourdie par l'incident avec Angel Maker.

— Il y a un départ d'incendie sur la propriété, au nord, près des sites d'exploitation pétroliers. Cela fait plusieurs mois que le terrain est très sec là-bas et il y a aujourd'hui des bourrasques terribles. Le feu est en train de se propager et il prend la direction des écuries...

Jared s'assit sur le bord du lit et enfila ses bottes sans se tourner vers Courtney. Il n'osait imaginer ce qu'il pourrait lire dans son regard, sans doute quelque chose de l'ordre du désir et de la frustration.

Dylan se mit à gémir et se leva dans son berceau. Courtney

marcha vers lui et le prit dans ses bras en fredonnant une berceuse pour le calmer.

— Est-ce que ça pourrait être la foudre ? demanda Jared à Roscoe.

Il n'appréciait pas l'expression contrariée qu'affichait son contremaître. Celui-ci savait pertinemment ce qu'il venait d'interrompre et cela ne semblait pas lui plaire.

— Non, il n'y a eu aucune tempête, aucun nuage. Ça semble sorti de nulle part.

— Alors c'est l'œuvre de quelqu'un... C'est peut-être un accident ou alors un des Criswell..., lui répondit Jared en attrapant son fusil avant de se diriger vers le couloir. Velma ?

En entendant son nom, la gouvernante arriva en courant. Jared lui tendit l'arme puis donna les clés de sa camionnette à Courtney.

— Restez dans la chambre avec Dylan. Si nous ne parvenons pas à maîtriser l'incendie, je vous appellerai et vous irez chez CTC. Velma connaît l'adresse. Vous avez compris ?

La gouvernante acquiesça en gardant le canon du fusil pointé vers le sol. Courtney, elle, serra fort les clés dans sa main.

— Cela fait partie des inconvénients quand on habite au milieu de nulle part, lança Jared en essayant de paraître décontracté et confiant. On ne peut compter que sur soi-même, d'ailleurs vous pouvez être sûres que quand les camions de pompiers arriveront, nous aurons déjà réglé la situation. N'est-ce pas, Roscoe ?

— Bien sûr, Jared, approuva le contremaître en regardant Velma.

Celle-ci avait l'air soucieux, son teint était pâle.

— Ne prends aucun risque, lui ordonna Roscoe.

— Oh ! trêve de blabla ! lui répondit Velma en levant les yeux au ciel. Si ça se trouve, quelqu'un a simplement oublié d'éteindre son mégot de cigarette. Certains des hommes qui travaillent ici n'ont pas beaucoup de bon sens.

Roscoe la regarda comme si elle était devenue folle.

— C'est tout à fait possible, insista-t-elle.

— Regarde les choses en face, tu sais très bien ce qu'il s'est passé. C'est Criswell qui est derrière toute cette histoire. Il fait monter la pression pour que Jared cède.

— Il y a une autre possibilité, intervint Courtney. Et si c'était le ravisseur ? Et s'il était là, sur la propriété ?

Jared laissa échapper un profond soupir puis passa sa main dans ses cheveux.

— Nous regarderons les images des caméras de vidéosurveillance après avoir stoppé l'incendie. Pendant ce temps-là, surtout restez à l'abri, ordonna-t-il aux deux femmes. Je vais laisser le plus d'hommes possible autour de la maison, les agents de CTC sont présents et je vais m'assurer que d'autres nous rejoignent rapidement. Dites-vous bien que vous n'êtes pas seules.

Il marqua une pause et jeta un regard complice à sa gouvernante.

— Essayez juste de ne pas me tirer dessus quand je reviendrai, conclut-il.

— Filez d'ici, vous deux, leur répondit Velma en serrant le fusil dans ses mains avec un air déterminé. Nous sommes tout à fait capables de nous défendre nous-mêmes, c'est ce que je fais depuis que je suis née.

Jared savait que sa gouvernante ferait tout pour protéger les siens. Comme Courtney.

— Veille sur notre enfant, lui dit-il en déposant un rapide baiser sur ses lèvres. Je serai vite de retour.

Puis il jeta un dernier regard à son fils et sortit de la chambre. Tandis que Roscoe partait s'installer dans la camionnette, Jared verrouilla la porte d'entrée de la maison derrière lui.

— Personne n'entre ici à part Roscoe ou moi, c'est compris ? ordonna-t-il aux hommes qui montaient la garde sur le perron.

Ceux-ci acquiescèrent en silence et Jared entendit Angel Maker qui soufflait dans son enclos comme pour approuver ses dires. Bon sang, pensa Jared, ce taureau sortait vraiment de l'ordinaire.

— Allons-y ! cria Jared à Roscoe en s'installant au volant du véhicule.

Plusieurs de ses hommes étaient déjà assis à l'arrière.

Il démarra et conduisit le plus vite possible jusqu'au nord de ses terres. Il pouvait voir au loin la fumée qui s'élevait dans le ciel. Vu son épaisseur, ce n'était pas un petit incendie…

— Je ne suis pas rassuré de les laisser toutes seules, confia-t-il à Roscoe en regardant dans son rétroviseur.

— Pense à ce qui se passe, Jared. Si l'incendie atteint ces bâtiments, le vent le conduira jusqu'à la maison en un rien de temps. Et quand tout partira en flammes, nous n'aurons peut-être pas la possibilité d'être de retour à temps. Nous devons régler ça au plus vite.

En entendant les mots de Roscoe, Jared frissonna. À mesure qu'ils se rapprochaient, une épaisse fumée alourdissait l'air, rendant la respiration difficile.

— Sors les masques dès que je coupe le moteur, OK ? demanda-t-il à son contremaître.

— Les gars savent ce qu'ils doivent faire. Toi et moi les avons formés, alors laisse-les faire leur boulot.

Jared s'arrêta à quelques centaines de mètres des granges et regarda avec horreur l'étendue des dégâts. Le feu qui crépitait s'attaquait au mur arrière de la grande structure.

Roscoe se précipita hors du camion et commença à crier des ordres aux hommes déjà présents sur les lieux. Ceux qui étaient montés à l'arrière du véhicule enfilèrent des masques qui, même s'ils n'étaient pas aussi perfectionnés que ceux des pompiers, permettaient de protéger les poumons à court terme.

Soudain, une explosion fit trembler le sol. Une épaisse fumée s'échappait du toit de la grange. Tout cela n'était absolument pas normal, pensa Jared en composant le numéro de CTC sur son téléphone.

— Qu'est-ce qu'il se passe, Jared ? lui demanda Ransom à l'autre bout du fil. J'ai reçu un message d'urgence de la part de mes hommes.

— Est-ce que tout va bien au ranch ? lui demanda Jared en réprimant un juron.

— Pour le moment, oui.

— Restez sur vos gardes, j'ai dû laisser Courtney et Dylan dans la maison car j'ai un autre gros problème à régler en priorité. Soit les Criswell sont devenus fous soit quelqu'un a quelque chose de plus ambitieux en tête et essaie de tout brûler sur mes terres.

— Cela pourrait aussi être une tentative de diversion, répliqua Ransom. Est-ce que tu as l'impression que le type qui vous menace voit ce que tu fais ?

— C'est exactement ce que je ressens ! Je retourne immédiatement à la maison.

— Non, Jared, nous nous occupons de leur sécurité, ne t'en fais pas, je te contacterai si la situation évolue, le rassura Ransom. Cet incendie a besoin d'être contenu rapidement, sinon tout va dégénérer.

Ransom avait raison. Jared raccrocha et rangea son téléphone dans sa poche. Quand il claqua la portière derrière lui, il fut frappé par une vague de chaleur. À l'intérieur du bâtiment, les chevaux commençaient à hennir.

— Sanderson, charge-toi de l'arrière du bâtiment. Vous deux, dit-il en désignant deux hommes, occupez-vous des lances. Les autres, mettez tous les animaux à l'abri. Les gars, je veux que cet incendie soit maîtrisé avant l'arrivée des pompiers de Carder.

Tous les hommes partirent en courant. Heureusement qu'il avait eu les moyens d'acheter le matériel pour lutter contre les incendies, se dit Jared. Les deux lances allaient probablement leur permettre de rapidement régler la situation.

Jared se précipita à l'intérieur du bâtiment. Une fumée sombre flottait dans l'air qui était devenu irrespirable. Il se mit à tousser et plissa les yeux. Au fond de la grange, Roscoe essayait tant bien que mal de faire sortir un des chevaux.

— Ils sont morts de peur ! lui cria-t-il avant d'être pris d'une violente quinte de toux.

Jared attrapa un chiffon dans un seau et ouvrit la porte du box de son précieux cheval. Celui-ci se mit à souffler et se cabra.

— Doucement, lui murmura Jared.

Il l'attrapa par la bride et lui cacha les yeux avec le chiffon qu'il noua derrière ses oreilles.

L'obscurité sembla l'apaiser et la bête se laissa guider jusqu'à l'extérieur où Jared la confia à un de ses hommes.

— Emmenez-les dans les champs du côté est, lui cria-t-il avant de voir que les flammes passaient maintenant du toit de la grange à celui des écuries.

Au loin la sirène de l'unique camion de pompiers de Carder se fit entendre.

Un cri retentit soudain à l'intérieur de la grange d'hiver qui aurait pourtant dû être vide à cette époque de l'année.

— Stop ! cria une voix enrouée.

— Que se passe-t-il ?

Personne n'était censé se trouver là-bas. Jared courut jusqu'à l'édifice et ouvrit la porte. Les flammes qui étaient parties de la toiture dévoraient maintenant le mur du fond. Quand il leva les yeux au plafond, Jared vit que la charpente n'allait pas tarder à s'écrouler.

Les yeux brûlants, les poumons en feu, il essaya tant bien que mal de regarder ce qui se passait dans le long couloir quand une tache bleue familière attira son attention.

— Roscoe !

Prenant une profonde inspiration, il sauta à travers les flammes et se précipita vers son contremaître. Une grosse poutre en bois gisait au sol à ses côtés et du sang coulait sur son front. L'incendie, derrière eux, se mit à rugir comme une bête sauvage. Les flammes embrasèrent une des fenêtres.

Jared attrapa Roscoe sous les bras et le traîna jusqu'à l'autre bout de la grange. En quelques secondes à peine, le feu semblait avoir doublé de volume et il courait maintenant sur le plancher à une allure folle tandis que les flammes qui léchaient les murs semblaient se refermer sur eux.

Au-dessus d'eux, le bois craquait.

Désespéré, Jared chercha un moyen de s'échapper. Il tira Roscoe jusqu'à l'une des fenêtres mais le feu la détruisit en quelques secondes à peine, faisant ainsi disparaître la dernière issue possible.

— Roscoe ? Tu m'entends ?

L'homme battit des paupières.

Jared soupira de soulagement. Il était toujours vivant.

En jetant un rapide coup d'œil aux alentours, Jared vit qu'il restait en réalité un dernier mur encore indemne. Mais le temps était compté. Des étincelles jaillissaient des lattes de bois. La cloison pouvait s'enflammer à tout moment. Sans marteau, il ne pourrait jamais l'abattre... Tournant la tête de tous les côtés, il essaya de distinguer quelque chose à travers la fumée.

Finalement, il attrapa une chaise pour se protéger et courut vers la fenêtre dévorée par les flammes pour ramasser une couverture qui était encore au sol. Il enroula Roscoe dans le morceau de tissu, en prenant bien soin de protéger ses bras puis fit passer son contremaître par l'ouverture de la fenêtre et le laissa tomber de l'autre côté. Jared sentit que la chaleur se rapprochait. Des flammes commençaient à brûler le bas de sa chemise. Il sauta par la même ouverture en essayant de ne pas atterrir sur Roscoe et roula sur l'herbe. Des aiguilles commencèrent à lui piquer le dos et il retira sa chemise en feu et l'enfouit sous la terre.

Ils n'étaient pas sortis d'affaire. Roscoe était encore trop près du bâtiment. Il saisit le corps de son contremaître par les deux mains et le tira le plus loin possible puis il s'écroula au sol.

Une épaisse fumée sortit de l'ouverture par laquelle ils étaient passés tandis que l'oxygène venait nourrir le feu. Elle s'éleva dans une impressionnante colonne, assombrissant le ciel. Jared resta un moment allongé à essayer de respirer de l'air frais. Ses yeux le brûlaient. Mais il était vivant.

Il grogna pour se relever et marcha tant bien que mal jusqu'à Roscoe. Celui-ci avait les yeux fermés et la bouche ouverte. D'une main tremblante, Jared prit son pouls. Son cœur battait encore très faiblement. Il ôta le masque de son visage et approcha sa joue près de sa bouche. Bon sang ! Il ne respirait plus.

— Ne me fais pas ça, Roscoe, pas aujourd'hui !

Il retira également son masque et commença à faire du bouche-à-bouche à son contremaître.

— Respire, bon sang !

Il recommença une nouvelle fois.

Tout à coup le corps de Roscoe se souleva et celui-ci se retourna et se mit à tousser violemment.

— Ça va, dit-il à Jared en s'essuyant la bouche, je suis réveillé, je suis réveillé. Pas besoin de continuer à m'embrasser.

Jared se mit à rire doucement.

— Ne me fais plus jamais une peur pareille. Respirer n'est pas quelque chose de facultatif, tu sais.

Roscoe tenta de se relever et écarquilla les yeux en voyant l'étendue des dégâts autour d'eux.

— Nous ferions mieux de ne pas traîner ici.

Jared suivit son regard et se mit à jurer. Puis il prit le bras de Roscoe et commença à s'éloigner.

Derrière eux, le bâtiment semblait gémir et frissonner. Le feu rugissait avec la même intensité qu'une tornade.

Après avoir parcouru une vingtaine de mètres, Jared et Roscoe s'effondrèrent sur le sol.

Il était temps.

Toutes les vitres des fenêtres du bâtiment éclatèrent simultanément et le toit s'écroula. Les deux hommes se couchèrent face au sol et se couvrirent la tête.

Les débris volèrent au-dessus d'eux, suivis d'une pluie d'étincelles. Quand ce fut fini, Jared se leva et regarda autour de lui.

Ses hommes aspergeaient d'eau les principaux foyers de l'incendie.

— C'était moins une, dit-il à Roscoe en se penchant vers lui.

Le contremaître se redressa et regarda Jared avec un air grave.

— J'ai vu quelqu'un. Avec un bidon d'essence. C'est un incendie criminel.

8

Courtney faisait les cent pas dans la chambre en ruminant. Être enfermée ainsi dans cette maison lui donnait l'impression d'être en prison. Elle ne supportait pas de ne rien pouvoir faire. Elle se posta à la fenêtre et regarda à l'extérieur. Elle aurait aimé pouvoir aider à rassembler des vivres, de l'eau, des bandages… Mais à cause de cette fichue menace, elle était forcée de rester coincée ici et elle se sentait aussi inutile qu'une cruche, ce que Roscoe avait d'ailleurs l'air de penser qu'elle était.

Des volutes de fumée brunes se dirigeaient du nord vers le ranch et l'odeur âcre des cendres empoisonnait l'air. Il y avait maintenant une heure que le camion de pompiers et l'ambulance étaient arrivés sur les terres de Jared et pourtant, elle n'avait toujours aucune nouvelle de ce qui se passait à l'extérieur.

Inconscient du drame qui se déroulait, Dylan avait de l'énergie à revendre. Il rampait au sol, explorait chaque recoin de la pièce. Courtney avait fermé la porte de la salle de bains pour éviter de prendre des risques et à présent, son fils avait ouvert les portes du placard et jouait à cacher son petit taureau à l'intérieur.

D'ordinaire, elle se serait assise à côté de lui pour jouer mais elle essayait de se remémorer tout ce qui s'était passé depuis que sa baby-sitter lui avait envoyé le message. Tout en gardant un œil sur son fils et sur Velma, elle tentait de remettre tous ses souvenirs en ordre et les notait dans un petit carnet.

La gouvernante était toujours assise sur le lit, le fusil en main et ne quittait pas la porte des yeux.

— Combien de temps pensez-vous que cela puisse encore durer ? lui demanda Courtney en sentant l'impatience la gagner.

— Je ne peux pas vous dire. Les incendies sont vicieux, surtout après une période de sécheresse comme celle que nous venons de vivre. Pour moi, pas de nouvelle, bonne nouvelle... Personne n'a essayé d'entrer dans cette chambre et Jared ne nous a pas appelées pour nous dire d'évacuer le bâtiment, je crois que c'est plutôt bon signe.

Dylan rampa jusqu'à sa mère, agrippa le bas de son pantalon et se mit debout en affichant un sourire plein de fierté.

— Bravo, mon ange, lui dit Courtney en le chatouillant sous le menton.

Elle s'agenouilla et, voyant qu'il se mettait à bâiller, elle le prit dans ses bras pour le bercer.

— Jared m'a raconté ce qu'il s'était passé avec Alyssa et leur bébé, dit Courtney à Velma.

— C'est surprenant, lui répondit la gouvernante en haussant les sourcils. Il ne parle jamais d'eux. Jamais.

— Je n'arrive pas à croire que le meurtrier soit toujours en liberté.

— C'était une vilaine affaire. Je ne pensais pas que Jared pourrait s'en sortir... Il ne s'est jamais pardonné de ne pas avoir pu sauver Alyssa de la noyade. Pendant des mois, il l'a appelée la nuit dans son sommeil et chaque fois, il lui promettait qu'il la sauverait cette fois.

— Elle s'est noyée ?

— Son assassin l'a jetée hors du bateau au lac de la Dernière Chance et après avoir lesté son corps avec un pneu. Jared a fait tout son possible mais il est arrivé trop tard, Alyssa était restée trop longtemps sous l'eau.

— Je ne sais pas comment il a fait pour survivre à une chose pareille, murmura Courtney en déposant Dylan qui s'était endormi dans son lit. Et dire que cet homme court toujours... Il est peut-être même près d'ici.

— C'est la plus grande peur de Jared. C'est même la raison pour laquelle il a barricadé son cœur avec tant de détermination. La vérité, c'est que cet homme est probablement décédé aujourd'hui. Il n'a pas donné signe de vie depuis la mort d'Alyssa. Le ranch se porte bien et nous n'avons eu aucun problème jusqu'à il y a quelque temps, quand les Criswell ont commencé à faire des histoires pour essayer d'extorquer de l'argent à Jared.

Courtney se demanda un instant si l'incendie en cours pouvait avoir un lien avec Dylan mais se ravisa en pensant qu'elle ne connaissait l'identité de Jared que depuis très peu de temps.

— Jared n'oubliera jamais, n'est-ce pas ?

— Il ne voudra jamais prendre aucun risque, jamais, avec personne et surtout pas avec son fils.

Une sonnerie retentit et Velma sortit son téléphone de sa poche.

— Jared, c'est toi ?

Elle acquiesça en silence puis regarda Courtney et lui fit le signe que tout allait bien.

— Ne t'en fais pas, nous sommes toujours en sécurité dans la chambre, dit-elle au téléphone avant de soupirer. Oh... Et comment va-t-il ?

Courtney se rapprocha de Velma et celle-ci déplaça le téléphone de manière à ce qu'elle puisse entendre ce que Jared lui racontait.

— Roscoe est assis dans l'ambulance, dit Jared, il est sous assistance respiratoire mais il refuse de se laisser emmener à l'hôpital.

— Quel vieux bouc entêté ! Ramène-le ici et je vais lui préparer une chambre, je vais appeler Derek.

— Que s'est-il passé ? lui demanda Courtney quand elle eut raccroché.

— Roscoe a failli laisser sa peau dans l'incendie mais ils ont réussi à le sortir de là ! En attendant que Jared le ramène ici, je vais prévenir son fils, lui répondit Velma d'un ton réjoui. Derek ne va pas être content que son père ne prenne pas soin de lui. Nous allons peut-être enfin réussir à convaincre ce garçon de bien vouloir rentrer à la maison...

— Nous allons surtout enfin pouvoir sortir de cette chambre...

— Pas si vite, mon chou. Tant que Jared n'est pas dans cette pièce, Dylan, toi et moi ne bougeons pas d'ici.

Courtney retourna à ses notes en affichant un air renfrogné et il se passa une nouvelle demi-heure avant que quelques coups ne soient frappés à la porte de la chambre.

Velma afficha un grand sourire et Courtney se précipita pour ouvrir.

— Content d'être de retour, mesdames, leur lança Jared en entrant dans la pièce.

Il avait l'air de revenir de la guerre. Son visage était noir de suie, ses vêtements empestaient la fumée. Sa chemise était déchirée et couverte de sang séché.

— Tu es blessé ? lui demanda Courtney en faisant courir ses mains sur tout son corps.

— Tu devrais voir dans quel état se trouve l'autre type, lui répondit Jared dans un demi-sourire. J'ai installé Roscoe dans l'ancienne chambre d'amis, un des gars s'occupe de lui, et moi je vais aller prendre une bonne douche.

— Je vais aller le voir puis je vous préparerai un bon dîner, répondit Velma avant d'ajouter, en regardant le fusil, si tu es d'accord, je garde ça avec moi.

— Bonne idée.

Jared traversa la pièce et se pencha pour jeter un œil dans le berceau.

— Il a dormi pendant tout ce temps ?

— Oh non, il a vécu de sacrées aventures mais il s'est assoupi il y a peu de temps.

Jared attrapa le petit taureau en peluche qui était sur le sol et le posa près de son fils.

— Quels sont les dégâts ? lui demanda Courtney en étudiant son visage.

— Nous avons eu de la chance, les pompiers et quelques-uns de nos hommes sont en train de finir le boulot. Ils vont s'assurer que l'incendie ne puisse pas repartir.

— Avez-vous découvert ce qui a pu le provoquer ?

— C'est une question délicate, lui répondit Jared en se frottant les yeux. Apparemment un mégot de cigarette semble avoir déclenché le départ du feu mais, quand l'incendie a atteint la grange, il semblerait que quelqu'un se soit chargé de lui faire passer la vitesse supérieure.

— Ce n'était donc pas un accident.

— En effet, et en prime, on a piraté le système de vidéosurveillance, ajouta Jared. Il faut se rendre à l'évidence, quelqu'un a voulu réduire mon ranch en cendres.

Jared grimaça en sentant le jet de la douche sur sa peau éraflée. Il était devenu trop vieux pour sauter par les fenêtres. Il appuya ses deux mains contre le mur carrelé et pencha sa tête pour sentir l'eau couler sur sa nuque. Roscoe avait bien failli y rester. Il avait bien failli perdre ses chevaux. Plusieurs de ses hommes avaient été blessés. Tout ça pour quoi ?

Avec l'accord de Léon, ils avaient désactivé le système de vidéosurveillance en attendant de trouver l'origine de la panne.

Il avait envie de hurler.

Il déposa une noisette de shampooing sur le sommet de son crâne et commença à se laver ses cheveux. Il n'avait pas de temps à perdre, il avait des décisions à prendre, des actions à lancer.

Il se rinça puis coupa l'eau. Après s'être séché, il enroula une serviette autour de sa taille et sortit de la salle de bains en finissant de se frotter les cheveux.

Assise sur le grand lit, Courtney l'attendait en silence. En le voyant apparaître ainsi vêtu, elle écarquilla les yeux mais ne détourna pas le regard.

— Tu as besoin de quelque chose ? lui demanda-t-il en enfilant un T-shirt blanc.

— Désolée, je pensais que tu serais habillé, lui répondit-elle d'un ton gêné. Je ferais mieux de revenir plus tard.

— Reste, nous devons parler. Attends-moi ici.

Il sortit un jean de son placard et disparut dans la salle de bains. L'esprit préoccupé, il l'enfila puis revint dans la chambre où Courtney l'attendait toujours, les mains sur ses genoux, aussi à l'aise que pouvait l'être une femme dans la chambre d'un homme.

Jared se demanda par où commencer.

— Dylan est avec Velma ? dit-il en passant sa main dans ses cheveux humides pour tenter d'y mettre un peu d'ordre.

— Oui, elle est devenue sa personne préférée depuis qu'il a découvert ses petits gâteaux.

— Velma sait comment conquérir le cœur des hommes.

— La gourmandise le perdra...

Jared essaya de sourire mais n'y parvint pas.

— Quand tu es arrivée au ranch, lui dit-il en s'asseyant à ses côtés, ma vie a été bouleversée.

— Je sais, lui répondit-elle en hochant la tête. Je suis désolée.

— Moi pas, poursuivit-il en lui relevant le menton du doigt. Je regrette seulement de n'avoir pas réussi à tenir ma promesse... Je ne sais pas qui est derrière cette menace mais ce qui est évident, c'est que cette personne a une longueur d'avance sur nous. Tu n'es pas en sécurité ici. Mon instinct me dit que nous sommes au cœur de la cible et je ne connais pas l'identité de celui qui nous tient en joue. Si les Criswell ont décidé de se servir du feu comme d'une arme et s'ils ont engagé quelqu'un pour venir saboter notre système de vidéosurveillance, alors ils sont devenus fous furieux. Mais je ne peux malheureusement pas contacter le shérif puisque cela risquerait de mettre Dylan en danger. Si c'est la personne qui te fait chanter qui est à l'origine de l'incendie, alors cela signifie qu'il est déjà ici. Dans les deux cas, nous n'avons pas le choix : nous devons agir.

— Que pouvons-nous faire ?

— À moins que CTC ne débarque ici dans les prochaines heures avec un suspect tangible, je veux vous emmener Dylan et toi vous cacher dans les montagnes. J'aurais d'ailleurs dû le faire hier..., lui dit-il en prenant ses mains dans les siennes. Mais je croyais que j'étais capable de vous protéger. Je le croyais vraiment.

— Mais tu nous as protégés, Jared, nous sommes sains et

saufs, lui répondit-elle en pressant ses mains en retour. Tout cela n'est pas ta faute.

— Le conflit qui m'oppose à Ned a compromis votre sécurité. C'est ma faute mais je vais cesser de jouer en respectant les règles car nos ennemis n'ont pas l'air d'en être capables.

— Que vas-tu faire ? lui demanda Courtney.

— Vous mettre à l'abri, Dylan et toi, puis avoir une longue et sérieuse conversation avec Ned Criswell afin que CTC puisse se concentrer sur celui qui vous menace.

Un léger coup frappé à la porte de la chambre l'interrompit.

— Entrez, dit-il.

Velma passa la tête, avec dans les bras Dylan qui était occupé à manger un biscuit.

— Roscoe voudrait te voir, Jared. Et Derek dit qu'il pourra être là demain matin.

— Bien. Il est le seul capable de faire tourner cette maison en mon absence et peut-être qu'il arrivera à convaincre son père d'aller voir un médecin.

— Ça, n'y compte pas trop, lui répondit Velma en fronçant les sourcils. Il n'a pas l'air disposé à laisser quiconque l'examiner.

La gouvernante adressa un franc sourire à Courtney puis les laissa et referma la porte derrière elle.

— J'aimerais tant pouvoir me rendre utile, dit Courtney en rougissant.

— Tu peux peut-être faire quelque chose. Léon a laissé une copie des dossiers qu'il nous a montrés. Ils sont sur mon bureau. Examine-les une nouvelle fois. Peut-être qu'on a laissé passer quelque chose. Pendant ce temps-là, je vais aller voir Roscoe.

— Dis-lui que je lui souhaite de vite se remettre, lui dit-elle.

Jared la laissa et se dirigea vers l'autre partie de la maison. Roscoe avait refusé de se mettre au lit et il était assis à table en train de manger un bol de soupe. En le voyant arriver, il se renfrogna.

— Cette femme me fait les mêmes repas que ceux d'un bébé, gémit-il.

— Laisse-la donc te dorloter ou elle va te faire vivre un enfer, lui conseilla Jared.

— Comme si je ne le savais pas, lui répondit Roscoe en grimaçant de douleur.

— Tu dois aller à l'hôpital.

— Ma place est ici. J'ai vu le type, Jared. Il portait un masque mais j'ai vu le triomphe briller dans son regard quand il a versé l'essence. Il devait faire environ un mètre quatre-vingts, était moyennement costaud et il avait les yeux marron.

— Ce n'était donc pas Ned Criswell. Ni Chuck. Personne ne pourrait les qualifier de moyennement costauds.

— Peut-être était-ce un de leurs employés ?

Jared vint s'asseoir en face de Roscoe.

— Je vais emmener Dylan et Courtney dans les Guadalupe, à la vieille cabane de chasse. Toi et moi sommes dorénavant les seuls à le savoir, comme ça, ils seront en sécurité.

— Tu vas laisser Ned Criswell détruire ce ranch pour de bon ? lui demanda Roscoe en fronçant les sourcils.

Jared grimaça en voyant les ecchymoses et les plaies sur le visage de son contremaître.

— Écoute, lui dit Roscoe. Je ne vais te le dire qu'une fois mais... Et si elle avait tout inventé, Jared ? Et si cette Marilyn n'était pas morte ? Et si tout cela n'était qu'un complot pour s'incruster ici et avoir accès à ton argent ?

— Fais attention à ce que tu dis, mon ami.

— Attends. Le détective privé a probablement été assassiné. Mais c'est peut-être elle qui a engagé quelqu'un pour le tuer. Elle peut avoir un complice qui se charge de passer les coups de téléphone. Bon sang, Jared, il peut même s'agir d'un enregistrement ! Nous n'avons aucune preuve que les menaces contre le petit gars sont bien réelles. Hormis dans sa tête. Par contre, nous avons bien la preuve que quelqu'un essaie de détruire ton ranch. Il me semble que tu ferais mieux de te préoccuper de l'héritage des King plutôt que de ce conte de fées monté de toutes pièces par une femme que tu n'as connue que dans un lit.

Jared se leva d'un bond et agrippa le vieil homme par le col de sa chemise.

— Si tu n'avais pas failli mourir il y a quelques heures seulement, tu aurais payé pour ce que tu viens de dire. Ne crois-tu pas que j'ai déjà envisagé tout ça ? Évidemment ! Dès qu'elle a mentionné le fait qu'elle devait réunir cette somme d'argent colossale, je l'ai suspectée.

Jared entendit soudain un bruit étouffé derrière lui. Quand il se retourna, il découvrit Courtney qui se tenait, livide, dans le couloir. Elle le regarda un instant avant de s'enfuir en courant.

— Courtney ! cria-t-il avant de reporter son regard vers Roscoe. Bon sang, s'il leur arrive quoi que ce soit, je ne sais pas si je pourrai te le pardonner.

Courtney partit en courant dans le couloir en se demandant où se cacher. Elle ne pouvait aller dans sa chambre, c'était le premier endroit où Jared irait la chercher. Mon Dieu, pensait-il vraiment qu'elle avait manigancé tout ça ? Il était vrai qu'ils ne se connaissaient pas bien tous les deux, mais elle lui avait fait confiance en le laissant seul avec Dylan. Elle avait décidé de croire en lui. Les mots qu'il avait prononcés lui avaient fendu le cœur, et elle se sentait maintenant trahie comme jamais encore elle ne l'avait été.

Elle décida de se rendre dans son bureau. C'était *sa* pièce. Et donc le dernier endroit où il penserait à venir la chercher. En entrant, elle remarqua pour la première fois la collection d'antiquités sur l'étagère à côté de la cheminée en pierre. Il y avait un vieux fer à cheval qui devait dater du XIXe siècle. Une couronne de fil barbelé. Des bourses et des couteaux apaches qui semblaient provenir de différentes époques. Certains avec des lames en pierre, d'autres avec de l'acier.

Il y avait aussi des couteaux plus modernes dans l'armurerie de Jared. Tout le monde ici portait une arme. Courtney n'avait encore jamais tiré avec une arme à feu mais elle commençait à en avoir assez de toujours devoir compter sur les autres pour se défendre.

Elle ouvrit l'armoire et s'empara d'un grand couteau dont la lame était protégée par un fourreau. Elle le sortit délicatement de son étui de cuir et le regarda briller à la lumière.

— C'est avec ça que tu comptes me tuer ?

— Peut-être bien, répondit Courtney en se retournant pour regarder Jared. Tu crois toujours que j'ai inventé toute cette histoire pour mettre la main sur ta fortune ?

— J'y ai pensé.

Ses mots lui firent l'effet d'une claque en plein visage.

— Mais j'ai vite rejeté cette hypothèse quand tu as découvert le petit taureau à côté de Dylan. Tu viens peut-être de New York mais tu n'es pas une actrice. Tes émotions transparaissent sans contrôle de ta part.

— Roscoe n'a pas confiance en moi.

— Il a peur. Il a failli mourir et il ne sait pas plus que moi comment résoudre ce qui est en train de se dérouler.

— Je n'ai plus envie de lui prouver que je suis quelqu'un de bien, Jared.

— Tu n'as pas à le faire, lui répondit-il en marchant vers elle pour lui prendre le couteau des mains. Mais dis-moi, d'où te vient cette curiosité pour les armes ?

— Je devrais apprendre à me défendre toute seule.

— Il est bien plus difficile de se servir d'un couteau que d'une arme à feu, lui dit-il. Mais on peut plus facilement le cacher et surprendre ainsi son ennemi. Tiens, essaie celui-là. C'est un couteau rétractable avec une belle lame. Il est autorisé au Texas. Tu peux poignarder n'importe qui avec, puis prendre tes jambes à ton cou.

Courtney fit tourner le couteau dans ses mains puis l'ouvrit et le ferma plusieurs fois d'affilée.

— Si tu veux le porter sur toi, tu dois t'assurer de toujours te tenir debout pour protéger des organes vitaux. Plie tes genoux et garde une main devant ton cou. Ton cœur et tes poumons seront plus difficiles à atteindre.

Elle resta immobile comme il lui avait indiqué. Cela lui sembla étrange. Jared vint se poster en face elle.

— Tiens-toi droite et tends ton arme devant toi. Essaie de voir si tu peux m'atteindre.

Elle ne pouvait rien faire à cette distance.

— OK, maintenant change de position et essaie de viser mon cou ou mon torse. C'est un meilleur angle. Le but n'est pas de me tuer mais seulement de me neutraliser pour pouvoir t'enfuir.

— Essayons.

Quand Jared lui eut montré une dizaine de mouvements différents, Courtney se pencha en avant pour reprendre sa respiration.

— Je ne sais pas si j'en suis capable.

— Si tu ne veux pas te servir de cette arme, alors ne la garde pas sur toi, lui répondit Jared en posant sa main sur son épaule. Je vais la ranger.

Elle reprit le couteau, le referma et le rangea dans sa poche.

— Si je dois choisir entre mon fils et quelqu'un d'autre, je n'hésiterai pas à m'en servir.

— Est-ce que tu t'es déjà servie d'un pistolet ? lui demanda Jared.

Elle secoua la tête.

— C'est plus facile à utiliser mais encore faut-il être capable d'appuyer sur la gâchette.

— Pour Dylan, je suis capable de tout.

— Descendons à la cave, conclut-il.

Avant que Courtney ne puisse ajouter quoi que ce soit, Jared disparut hors de la pièce et revint quelques secondes plus tard avec une grande cible.

— Vu que les caméras ont été piratées, je ne veux pas prendre le risque de sortir.

Il sortit son Glock et la prit par la main pour la conduire jusqu'au sous-sol de la maison. Il installa un filet de sécurité puis disposa quelques bottes de foin et enfin il rapprocha une petite table et posa l'arme dessus.

— Tu es prête ?

Courtney prit une profonde inspiration et acquiesça.

— C'est un Glock. Ces pistolets n'ont pas de cran de sécurité qui pourrait t'empêcher d'appuyer sur la gâchette. Cependant, il y a quand même un système qui t'empêchera de le déclencher par accident. Si tu le lâches ou qu'il tombe, le coup ne partira pas. Il y a un bouton d'éjection sur le côté, si tu appuies dessus, tu retires le chargeur. C'est là-dedans que sont stockées les balles.

Il retira le chargeur et le posa sur la table.

— L'autre chose importante que tu dois savoir, c'est comment retirer et remettre le chargeur. Quand tu l'as retiré, tu peux vérifier qu'il n'y a pas de cartouches dans la chambre.

Il ouvrit le pistolet et le lui tendit.

— Voilà, maintenant nous avons une arme vide et sécurisée.

Jared sortit une boîte de balles et la lui tendit.

— Il faut les mettre une par une, lui dit-il en chargeant la première. À ton tour.

Courtney glissa une balle dans le chargeur, puis une seconde en enfonçant la première. L'arme fut rapidement pleine.

Elle soupira. Elle pouvait faire ça. Elle le devait. Pour Dylan.

— Excellent, lui dit Jared. Maintenant fixe le chargeur sur l'arme jusqu'à entendre le clic.

— C'est plus facile que ce que je pensais.

— Fais-le glisser vers l'arrière. Quand tu fais ça, ça veut dire que ton arme est chargée.

Très doucement, Courtney suivit les instructions de Jared.

— Regarde, tu vois comme la gâchette est positionnée vers l'avant ? Tu es prête à tirer. La seule chose qu'il te reste à faire, c'est de viser quelque chose par là-bas et d'appuyer.

Courtney retint sa respiration et pressa son doigt sur la détente. Le pistolet sauta dans sa main.

Quand elle eut vidé le chargeur en entier, elle maîtrisait déjà mieux son arme.

— C'est puissant, dit-elle en reposant le Glock sur la table.

— Et souviens-toi d'une chose, ce n'est pas comme dans les films. N'essaie jamais de tirer de trop loin, tu raterais ta cible.

— Je peux essayer encore une fois ?

— Autant de fois que tu veux.

— Je n'en ai pas particulièrement envie, lui dit-elle en rechargeant l'arme. Mais je dois le faire. Pour être honnête, j'espère n'avoir jamais besoin de m'en servir.

— Tu n'auras pas à le faire puisque je reste avec vous, lui dit-il d'une voix rassurante avant d'être interrompu par la sonnerie de son téléphone.

— Je suis avec Courtney, Léon, nous vous écoutons, dit-il en mettant son téléphone sur haut-parleur.

— Nous sommes chez M. Jamison mais... Celui-ci semble... comment dire... indisposé.

— Vous voulez dire qu'il est ivre, corrigea Courtney. Il l'était déjà quand je suis venue le voir l'autre jour.

— Eh bien, je ne sais pas s'il a dessoûlé depuis. Comme il s'est évanoui, nous l'avons fait hospitaliser.

Courtney se frotta les yeux en soupirant.

— Zane est en train de fouiller dans ses ordinateurs, poursuivit Léon, mais il n'a encore rien trouvé de concluant. Ses mails semblent plus intéressants. Apparemment, il a tout fait pour tenter de sauver votre maison familiale. Vraiment tout.

— Est-ce que ça pourrait avoir un lien avec notre affaire ?

— Je vais vous envoyer ce que j'ai, lui répondit l'agent de CTC. Est-ce que Courtney pourrait jeter un œil aux documents ? Peut-être que quelque chose va lui sauter aux yeux.

— Évidemment, répondit Courtney avec enthousiasme.

— Zane va continuer à chercher, moi je vais rentrer vu que je ne suis plus d'une grande utilité ici, mais dès que votre père reprendra conscience, je continuerai mes recherches, dit Léon.

Il marque une pause et ajouta :

— Ransom m'a dit pour le piratage du système de vidéosurveillance. Nous avons d'autres options pour mettre Dylan et sa mère en sécurité, vous savez. Nous pouvons les faire disparaître, nous l'avons déjà fait pour d'autres personnes.

Jared croisa le regard de Courtney. Celle-ci hocha la tête.

— Nous n'avons pas encore dit notre dernier mot sur

cette affaire, lui répondit Jared. Peut-être arriverons-nous à la résoudre, mais nous gardons votre proposition en tête.

Jared raccrocha puis regarda à nouveau Courtney.

— Qu'en penses-tu ? Serais-tu prête à changer d'identité, à tout laisser derrière toi pour prendre un nouveau départ ?

Courtney regarda ses mains en se demandant si elle serait prête à tout abandonner.

— Si je pouvais être certaine à cent pour cent que Dylan serait en sécurité, alors oui, je crois que je pourrais l'envisager.

— Moi aussi, approuva Jared.

— Mais comme tu viens de le dire à Léon, je ne suis pas non plus prête à céder au chantage de ce sale type, lui dit-elle en se penchant sur son bureau. Tu peux regarder si tu as reçu des nouveaux mails ?

— Faisons ça, oui, lui répondit Jared en souriant.

Courtney examina sur la tablette tous les documents de son père que Léon leur avait envoyés, puis parcourut les notes de CTC et reporta une nouvelle fois son attention vers les documents. Sa vision se troubla.

— Les chiffres ne semblent pas liés à une personne ou à un groupe en particulier, dit-elle enfin. Et rien ne correspond au montant de la rançon.

Courtney ouvrit son carnet de notes et y inscrivit toutes les sommes qui étaient inférieures. Elle sentit un frisson d'excitation lui parcourir l'échine.

— Jared, je crois que j'ai peut-être trouvé quelque chose. Ces quatre sommes, additionnées les unes aux autres, donnent exactement 3 680 312,00 dollars.

Jared lui adressa un grand sourire.

— À quoi correspondent-elles ?

— Je reconnais l'un des noms. C'est une banque de Pennsylvanie.

— Est-ce que ta famille a des affaires là-bas ?

— Je me souviens que ma grand-mère m'a parlé d'une usine qui se trouve en Pennsylvanie et qui appartient à notre famille depuis la révolution industrielle. Elle a même été à un moment donné le fleuron de l'entreprise familiale.

Jared lança une recherche sur Internet.

— Bingo. Une usine qui appartenait à ta famille a été fermée sans préavis, il y a cinq jours. Plusieurs centaines de personnes ont perdu leurs emplois, déclara Jared en décrochant son téléphone. J'appelle Léon ! Courtney, tu viens peut-être de résoudre le mystère...

Son campement était bien caché, hors de vue des caméras. Personne ne pourrait le trouver ici.

Le matériel informatique qu'il avait trouvé dans la caravane s'était avéré bien utile. Il ne s'était pas attendu au défi lancé par CTC.

Ils avaient été bons. Bien meilleurs que lui, mais il avait eu des années pour se préparer.

Certes, il avait dû faire face à quelques contretemps mais rien d'ingérable.

Après avoir enclenché le signal de brouillage, il avait commencé à fouiller les restes fumants des bâtiments.

Personne n'était mort.

C'était bien dommage.

Malheureusement, l'incendie n'avait pas fait réagir Jared comme il l'avait espéré.

Pourtant...

Il n'avait besoin que d'une toute petite opportunité.

Alors qu'il scrutait l'horizon, il eut une nouvelle idée.

Mais oui ! Ça ferait l'affaire. Tout allait même être parfait.

Cette fois, Jared ne pourrait pas résister...

9

Jared passa la soirée à faire des recherches avec Courtney sur l'usine de textile qui se trouvait dans une petite communauté à l'extérieur d'Allentown, en Pennsylvanie. L'histoire était sinistre. Quand Jamison avait décidé de mettre la clé sous la porte, la communauté s'était dissoute.

Il y avait eu de nombreuses manifestations et Courtney et Jared réussirent à constituer une liste d'une centaine de suspects en ne gardant que ceux qui avaient été arrêtés par la police. Mais après avoir croisé leur liste avec celle de CTC, il s'avéra qu'aucune piste n'était valable.

— Tout ça n'a aucun sens... Pourquoi se concentrer sur Dylan et moi ? demanda Courtney en jetant les documents devant elle avec impatience. C'est une façon totalement absurde de parvenir à ses fins. Même si nous leur donnons l'argent, cela ne fera pas rouvrir l'usine.

— Ça ne me semble pas très logique non plus, approuva Jared. Ceci dit, peut-être que ton père pourra nous éclairer.

Courtney recroquevilla ses jambes sous elle en pensant à Dylan qui dormait paisiblement dans leur chambre, sous la surveillance des caméras. Elle soupira en repensant à la dispute qu'elle avait eue avec Jared. Tous les deux semblaient avoir signé une trêve.

En ce qui concernait Roscoe, c'était une autre affaire.

— Peut-être, mais tant que mon père n'aura pas repris ses esprits, il ne nous sera pas d'une grande aide, tu peux me croire, lui répondit-elle en soupirant. Et ça peut lui prendre plusieurs jours...

— Ce genre de choses lui arrive souvent ? lui demanda Jared en imaginant la solitude qu'elle avait pu ressentir enfant.

— Depuis la mort de ma mère, oui, dit-elle en s'agitant sur le canapé. Il ne savait pas comment gérer son cancer et il faut avouer que je ne lui ai pas facilité les choses.

Jared vint s'asseoir à côté d'elle et elle reprit :

— Ce n'est que lorsque j'ai eu treize ans que j'ai compris que tous les pères ne sentaient pas cette odeur aigre d'alcool fort...

— Ça a dû être très dur, déclara Jared en passant son bras derrière elle.

— Pas autant qu'on peut le croire, lui répondit-elle en haussant les épaules. La plupart du temps, mon père travaillait. Perdre ma mère a été la chose la plus difficile que j'aie jamais vécue, mais notre gouvernante s'est chargée de surveiller mon éducation et c'est elle qui s'est assurée que je faisais bien tous mes devoirs. Je passais mes week-ends avec elle, à faire des missions de bénévolat pour différentes associations. Nous cuisinions dans les soupes populaires, nous aidions à construire des maisons, ce genre de choses...

— Tu n'as pas eu l'enfance que j'imaginais.

— Ah, tu croyais probablement que j'avais grandi en pension et que je passais tout mon temps libre à faire du shopping, c'est ça ?

Il fit la grimace car elle avait raison. C'était exactement ce qu'il avait pensé.

— Tu ne cesses de me surprendre, lui dit-il, tu es tellement étonnante.

Courtney se tourna vers lui.

— C'est drôle, je crois que personne n'est au courant de cette partie de ma vie, même pas mon père.

En entendant ces mots, Jared sentit son cœur se serrer. Courtney vivait peut-être à New York, mais plus il apprenait à la connaître, plus elle s'éloignait de l'image qu'il avait d'elle.

Des idées se bousculaient en lui, des idées qu'il ne pouvait pas prendre au sérieux. Même s'il en mourait d'envie.

— Si les choses étaient différentes, lui dit-elle en se rapprochant de lui, si personne n'essayait de nous faire du mal, est-ce que tu crois que... Je veux dire, est-ce que tu...

Elle détourna les yeux en rougissant.

— Si les choses étaient différentes, lui répondit-il en se penchant vers elle, je mettrais tout en œuvre pour te séduire et je ferais tout pour que tu ne veuilles plus jamais partir.

Les mots avaient dépassé sa pensée et Jared eut soudain peur d'avoir été trop loin.

— J'aimerais tant faire semblant, lui dit-elle en le regardant au fond des yeux. Juste pour cette nuit.

— L'avenir..., commença Jared.

Courtney posa ses lèvres sur les siennes et finit sa phrase pour lui :

— L'avenir, c'est demain. Maintenant, c'est la nuit et je veux la passer avec toi. Je veux tout de toi, Jared.

Il n'y avait pas une once d'hésitation dans son regard et Jared eut soudain l'impression d'être revenu un an et demi plus tôt, même si leurs sens, cette fois, n'étaient pas altérés par la tequila.

D'un geste, il la fit monter sur ses genoux et passa ses bras autour de sa taille. Elle prit son visage dans ses mains.

Puis elle posa sa bouche sur la sienne et laissa libre cours à la passion. Tout en le chevauchant, elle fit danser son bassin contre lui et Jared sentit son corps se raidir.

Il fourra sa main dans ses cheveux doux et soyeux et pressa ses lèvres contre les siennes. Quand leurs langues se rencontrèrent, elles commencèrent une danse qui avait tout d'un rituel ancestral.

Cette fois, Jared savait exactement où Courtney voulait être caressée. Il se mit à mordiller la ligne de son cou et laissa glisser ses mains le long de son chemisier jusqu'à ses hanches pour soulever le tissu jusqu'à sa tête. D'un geste souple, il la débarrassa de sa chemise et vint poser sa bouche sur les courbes de sa poitrine. Courtney se cambra contre lui et se mit à gémir doucement.

Encouragé par sa réaction, il dégrafa son soutien-gorge et goûta chacun de ses seins, provoquant en elle des frissons d'extase.

Agrippant son T-shirt de ses deux mains, elle le lui fit passer par-dessus la tête et commença à caresser son torse musclé. Puis elle le poussa contre le fond du canapé et il la laissa le toucher, laissa ses mains douces effleurer les blessures causées par l'incendie. Il ne ressentait rien d'autre que du plaisir.

Son corps se tendait de plus en plus sous le sien et quand il ne put plus se retenir, il la prit dans ses bras et se leva avec elle.

Il pouvait entendre que sa respiration était aussi haletante que la sienne et elle continua un moment à faire courir ses doigts sur sa peau jusqu'à parvenir à la ceinture de son jean. Quand elle ouvrit les boutons un à un et descendit la fermeture Éclair, il se figea.

— Pas si vite, murmura-t-il. Tu es bien trop couverte.

En un rien de temps, il la déshabilla intégralement et tandis qu'elle se tenait là, nue devant lui, il prit le temps de l'admirer un moment. Son corps avait changé depuis sa grossesse. Elle était encore plus belle. Il se débarrassa de son jean et l'attira vers lui, avant de l'inviter à s'allonger sur le sol.

Elle se pressa contre lui puis ils changèrent de position en riant. Elle se cala sur son torse et lui adressa un grand sourire.

— J'aime bien faire semblant.

— Moi aussi, lui dit-il avant de la faire rouler à terre et de lui écarter les jambes.

Il enfila un préservatif puis la regarda un instant, plongeant ses yeux au fond de son âme.

— Tu es sûre ?

— Absolument.

Alors que leurs gestes avaient été jusqu'à présent plutôt frénétiques et pressés, Jared eut soudain envie que l'instant dure pour toujours.

Lentement, tendrement, il entra profondément en elle jusqu'à trouver sa place et, laissant tomber sa tête contre son épaule, il laissa échapper un puissant soupir.

Enfin, il était là où il devait être.

Courtney sentit le bras musclé de Jared posé sur sa peau nue. Pendant un court instant, elle se demanda où elle se trouvait. Les rayons du soleil filtraient par les rideaux du bureau.

Elle resta allongée ainsi, lovée contre lui, couverte par une douce couverture.

La veille, elle lui avait dit qu'ils pouvaient faire semblant. Mais elle avait menti. Elle ne voulait pas faire semblant. Elle voulait que les moments qu'ils avaient partagés cette nuit durent encore et encore. Elle voulait que chaque baiser, chaque caresse soit réelle, mais elle savait qu'elle ne pourrait jamais convaincre Jared. Elle manquait d'arguments... Et elle était prête à tout pour protéger sa famille. Même sacrifier son propre bonheur. Ou sa propre vie.

Comme lui.

Il le lui avait prouvé et c'était une des raisons pour lesquelles elle... Oui, pour lesquelles elle l'aimait.

Mon Dieu. Elle l'aimait.

Courtney sentit sa poitrine se serrer. Cette révélation se posa sur son cœur comme un poids et elle eut soudain du mal à respirer. Elle savait pourtant que ses sentiments étaient sincères. Jamais encore elle ne s'était dévoilée à quiconque. En lui racontant son terrible passé, il lui avait fait un émouvant cadeau.

Elle se rendit soudain compte qu'elle pourrait tout donner pour le guérir, pour faire disparaître sa douleur. Elle se blottit plus près de lui et il l'enlaça tendrement en réponse.

— Bonjour, murmura-t-il en l'embrassant dans la nuque.

Puis il laissa ses lèvres se promener sur ses bras, et elle frissonna.

Dehors, une cloche se mit à tinter. Jared laissa échapper un juron.

— Petit déjeuner pour les gars, il doit être 6 heures.

Courtney regarda le téléphone que Jared avait déposé sur la table de nuit et vit à l'écran que Dylan s'agitait dans son berceau. Il n'allait pas tarder à se réveiller.

Elle s'assit dans le lit et chercha ses vêtements. Ils se trouvaient en tas, près du canapé.

— Nous n'arriverons probablement pas jusqu'à nos chambres sans nous faire repérer.

— Nous pouvons toujours essayer, lui répondit-elle en souriant.

Jared enfila son jean et lui tendit ses vêtements. Ils s'habillèrent rapidement puis il passa la tête par la porte.

— La voie est libre, lança-t-il à Courtney en avançant dans le couloir.

Mais alors qu'ils prenaient la direction de leurs chambres, Velma sortit de la cuisine. Elle leur jeta un regard malicieux et leur sourit avant de rebrousser chemin.

— Pour la discrétion, c'est raté, dit-elle.

Un coup puissant fut frappé à la porte d'entrée.

— Je m'en occupe, lança Jared en rentrant les pans de sa chemise dans son jean.

Courtney alla se cacher. Peut-être était-ce CTC qui avait découvert quelque chose.

Jared ouvrit la porte sur un homme blond qui portait un costume luxueux et qui affichait un immense sourire.

— JK ! cria-t-il.

— Derek !

Les deux hommes tombèrent dans les bras l'un de l'autre, puis Jared verrouilla la porte derrière lui.

— Je suis ravi de te voir, Roscoe va être si heureux. Et surpris !

Cet homme était donc le fils de Roscoe et l'ami d'enfance de Jared. Courtney n'avait encore jamais vu Jared aussi ravi.

Quand elle avança vers eux, Derek la regarda un instant puis adressa un grand sourire à Jared.

— Tu as quelque chose à m'annoncer ?

Jared resta silencieux un instant et Courtney se demanda tout à coup s'il hésitait à la présenter à son vieil ami. Peut-être que...

— Je te présente la mère de mon fils, dit-il finalement en tendant une main vers elle.

Elle avança vers lui d'un pas hésitant et quand elle glissa sa main dans sa paume, il entrelaça ses doigts avec les siens.

— La quoi ?

Le sourire de Derek laissa place à une expression de surprise totale.

— Ravie de vous rencontrer, lui dit Courtney en tendant sa main vers lui.

Derek lui sourit et l'attira vers elle pour l'enlacer.

— Celle qui a réussi à ramener ce mec à la vie mérite bien plus qu'une simple poignée de main !

Courtney lui sourit.

— Tu as bien choisi, JK, continua Derek, quelle classe !

Courtney se fit la remarque que cet homme ne semblait pas avoir beaucoup de traits en commun avec son père.

— J'aurais dû venir plus tôt, poursuivit-il en croisant ses bras sur son torse. Papa m'a envoyé des nouvelles mais il a omis de me parler de vous deux. Évidemment il ne m'a pas non plus parlé de l'incendie.

Courtney croisa le regard de Jared avant que celui-ci ne réponde à son ami.

— C'est une des raisons pour lesquelles je suis heureux que tu sois ici.

En entendant le ton soudain très solennel de Jared, Derek se raidit.

— C'est aussi pour ça que tu portes un Glock sur toi à cette heure matinale ?

Jared prit le temps de résumer la situation à son ami qui ne put retenir un sifflement.

— Et l'incendie ?

— Il est peut-être en lien avec Courtney, ou avec les Criswell. Nous ne savons pas, et c'est pourquoi j'ai besoin de quelqu'un d'autre de confiance pour tenter de garder tout le monde sain et sauf. Quelqu'un qui connaisse cette terre aussi bien que moi.

Derek baissa soudain le regard.

— Ça fait bien longtemps que je ne vis plus ici, JK. Je ne suis pas certain d'être la bonne personne.

— Foutaise ! Tu es ici autant chez toi que moi. Tu l'as toujours été.

Pendant quelques instants, Derek resta silencieux. Jared attendait. Courtney, elle, ne pouvait qu'espérer qu'il allait accepter. Toute aide était la bienvenue.

— C'est bon, déclara enfin Derek en affichant un air plus détendu. Je ferai ce que je peux. Et maintenant, donne-moi des nouvelles de mon père. Et sois honnête.

Jared serra la main de Courtney dans la sienne et elle vit une lueur d'espoir briller au fond de ses yeux. Elle posa sa tête contre son torse et soupira. Petit à petit, les choses se mettaient en place.

— Tu connais ton père, il se comporte comme d'habitude, dit Jared en entraînant Derek vers le bureau. Têtu mais courageux. Il est installé dans l'ancienne maison le temps qu'il récupère, de cette façon Velma peut garder un œil sur lui.

— Je suis sûr qu'il doit adorer être dans cette situation, répondit Derek en souriant.

— Oh ! je t'en prie, lui répondit Jared en levant les yeux au ciel. Évitons le sujet, je fais comme si je ne savais pas ce qu'il se passe entre eux deux, je préfère ne pas rentrer dans leur petit jeu.

— Bon, je vais aller voir papa et après ça, je me mettrai au boulot.

— Tu as intérêt ! conclut Jared en riant et en lui donnant une grande tape affectueuse. File et je t'expliquerai tout ça après. Mec, tu ne peux pas savoir combien je suis content que tu sois là !

— Moi aussi, répondit Derek en souriant à son ami. Ça faisait beaucoup trop longtemps.

Après avoir pris une douche rapide – qu'il aurait volontiers partagée avec Courtney – Jared sortit de sa chambre en ayant l'impression d'être un homme nouveau. Peut-être la chance avait-elle tourné... Derek était venu les aider et ils avaient découvert le lien entre le père de Courtney et le montant de la rançon.

Le seul problème restait que Courtney et Dylan n'allaient pas tarder à repartir pour New York et qu'ils allaient terriblement lui manquer. Plus qu'il n'aurait pu l'imaginer.

Il se dirigea vers la cuisine et se servit une tasse de café.

— Derek le voyageur est de retour, lui dit Velma en esquissant un sourire.

— Tout à fait.

— N'aurais-je pas entendu quelqu'un prononcer mon nom ? demanda Derek en les rejoignant.

Velma se précipita vers lui et le serra fort dans ses bras.

— Tu as beaucoup manqué à ton père, tu sais. Tu devrais revenir plus souvent.

— Les affaires ont été prenantes, lui répondit Derek avant de se retourner vers Jared. Je vais monter dans ma chambre, prendre une douche et troquer ce costume contre un jean et des bottes. Le costume trois-pièces n'est pas très adapté ici.

— Sur ce point, ce n'est pas moi qui vais te contredire. Sans parler de tes chaussures… C'est une marque italienne ?

— Bien vu, approuva Derek. Je suis passé voir mon père, il dort. En attendant qu'il se réveille je vais aller voir Franck pour qu'il me dise où il voudrait que je monte la garde. On se retrouve tout à l'heure, OK ?

— Hé, Derek ? lui lança Jared en le voyant s'éloigner. Merci, je suis très touché que tu sois venu.

— Ma place est ici, auprès de vous.

Tandis que Derek se dirigeait vers l'ancienne maison, Jared attrapa un des sandwichs aux œufs que Velma avait posés sur un plateau, s'assit à table et commença son petit déjeuner. La vieille gouvernante l'observa un instant en silence avant de finalement venir s'asseoir en face de lui.

Elle lui sourit en lui jetant le même regard inquisiteur que celui qui le terrorisait depuis son adolescence.

— Qu'est-ce que tu veux savoir que je n'ai pas envie de te dire ? lui demanda-t-il entre deux bouchées.

— Je n'arrive pas à croire qu'il soit de retour. Ça va faire deux ans que son père essaye en vain de le faire revenir ici. Je ne pensais pas le revoir un jour.

Jared regarda le gâteau au café qui était posé sur le buffet de l'autre côté de la pièce, se leva, s'en servit une part et revint la manger à table. La douceur de la cannelle et du sucre suivie d'une gorgée de café chaud faillirent le faire succomber de plaisir.

— Je lui ai envoyé un message après que tu l'as appelé et je lui ai dit qu'il devait venir convaincre Roscoe de se faire examiner par un médecin.

— Pour sa toux ? lui demanda Velma en fronçant les sourcils.

— Elle ne me dit rien qui vaille, lui répondit Jared en acquiesçant.

— Je suis d'accord, son état m'inquiète également... Je suis vraiment contente que Derek soit là.

— Tu arrives à croire qu'il m'ait directement proposé de monter la garde ? Avec Tim qui est blessé, cette aide supplémentaire est vraiment la bienvenue.

Velma plia une serviette devant elle avec attention avant de prendre une profonde inspiration.

— Ce qui nous amène à un autre sujet de conversation...

Jared rougit et baissa les yeux.

— Si c'est à propos de ce qui s'est passé ce matin...

— Je ne suis pas née de la dernière pluie, mon garçon, et je m'inquiète pour toi. Ainsi que pour Courtney et Dylan. Est-ce que tu vas leur proposer de rester quand toute cette affaire sera réglée ?

— J'aimerais le faire mais ce n'est pas possible, lui répondit Jared en regardant le fond de sa tasse.

— Je crois que tu te trompes, lui dit-elle en se levant brusquement. Ce petit garçon a besoin d'un papa. Courtney a besoin d'un compagnon. Et toi, Jared, tu as besoin que quelqu'un t'aime ! Ne laisse pas le salaud qui a détruit ta famille il y a cinq ans gagner une nouvelle fois !

Velma ponctua son discours d'un regard furieux et se détourna de Jared. Puis elle se dirigea vers la buanderie et claqua la porte derrière elle.

Courtney fit son entrée dans la cuisine et laissa échapper un petit sifflement.

— On dirait que tu as des problèmes.

— Désolé que tu aies eu à entendre ça, lui répondit Jared en rougissant à nouveau. Elle ne peut pas comprendre.

Courtney prit une petite part du gâteau dans son assiette et le porta à sa bouche avant de lui répondre.

— Elle comprend parfaitement. Elle voudrait seulement que tu ne laisses pas la peur gouverner ta vie.

— Je t'ai expliqué ce qu'il s'était passé. Je ne peux vous mettre, toi et Dylan, en péril, pas quand la personne qui me hait le plus au monde peut toujours tuer mes proches.

— Je comprends, Jared. Peut-être que quand nous aurons arrêté le ravisseur, je ressentirai les choses différemment, mais pour le moment, j'ai besoin de te sentir de mon côté. D'ailleurs, je commence à m'habituer à cette idée et je ne suis plus si certaine de vouloir tout laisser tomber quand ce sera réglé.

Sur ses mots, elle quitta la cuisine. Jared la regarda s'éloigner et soupira. Était-il vraiment aberrant d'accorder autant d'importance au passé ?

Des cris lui parvinrent soudain aux oreilles. Il bondit de sa chaise et courut jusqu'à l'entrée de la maison où il tomba sur Tim qui venait à sa rencontre.

— Que se passe-t-il ? lui demanda Jared en constatant que le plâtre du jeune homme était noir de poussière.

— En faisant notre ronde dans les terres de l'ouest, Frank et moi avons trouvé quelques vaches mortes et certaines sont en train de convulser. Je n'avais encore jamais vu ça.

Jared serra les poings et afficha une expression si terrible que Tim recula d'un pas.

— Quelle est la cause de tout ça ? lui demanda-t-il en essayant de maîtriser sa colère.

— Quelqu'un a mis du sel dans l'eau, déclara un vieux cow-boy qui venait de les rejoindre.

Jared eut soudain l'impression de savoir qui était derrière

tout ça. Il n'y avait pas pire traitement pour les animaux. Et cela n'affecterait pas que le troupeau…

— Quelle est l'entendue des dégâts ?

— On ne peut pas encore dire combien nous avons perdu de bêtes, lui répondit Tim en secouant la tête. Ni combien d'animaux sauvages ont été empoisonnés. Nous avons bloqué l'arrivée d'eau de ce côté-là, mais depuis que le vieux Criswell a monté son barrage, c'est difficile de trouver de l'eau fraîche ailleurs. Les vaches commencent à être déshydratées et ce sel n'arrange rien, bien au contraire.

Jared se mit à marcher de long en large. Était-ce un nouveau coup des Criswell ? Ça ne pouvait être qu'eux. Pourquoi un ravisseur de Pennsylvanie voudrait-il empoisonner un troupeau texan ? Tout ça n'avait aucun sens.

— Occupe-toi des dépouilles, ordonna-t-il à Tim. Nous allons avoir besoin de récolter des échantillons pour envoyer au laboratoire et nous en servir comme preuves. Je voudrais aussi que tu gardes un œil sur les traces de pneus, de pas, de bottes, tout ce qui pourrait nous donner un indice sur l'identité de celui qui a empoisonné l'eau.

— J'ai vu des traces de pneus. Qui ressemblaient à celles qu'on a vues derrière la grange, là où l'incendie a démarré. De la même taille.

— Ah oui ? demanda Jared en se frottant le menton. Nous nous sommes dit que c'était celles d'un gros camion… Comme un F-350, c'est bien ça ?

Tim acquiesça.

— Tu sais quoi ? déclara Jared en faisant claquer son chapeau contre son jean. Cette fois Criswell a dépassé les bornes. Je ne sais pas s'il s'agit de Ned, de Chuck ou des deux mais la coupe est pleine !

Il se tourna vers Tim et Franck et leur fit le signe de retourner à leur poste.

Les deux hommes partirent en trombe et Jared jeta un œil par-dessus son épaule. Derek était près de la maison et Courtney sur le perron.

— Derek, lui dit-il en marchant vers eux, ouvre bien l'œil. Je vais me rendre au ranch des Criswell, je pense que je ne devrais pas en avoir pour plus d'une heure. Ce cirque a suffisamment duré, et s'ils continuent leurs conneries, nous n'arriverons jamais à mettre la main sur le ravisseur.

Courtney marcha vers lui et agrippa son bras.

— Sois prudent. S'il te plaît. J'ai un mauvais pressentiment.

— Ne t'en fais pas pour moi.

— Évidemment que je vais m'en faire, dit-elle en levant les yeux au ciel. Tu es un homme têtu qui ne se rend pas compte de tout ce qu'il possède mais je dois reconnaître que je t'apprécie malgré tout.

— Que tu m'apprécies ? répéta Jared en déposant un baiser sur sa joue.

— C'est tout ce à quoi tu auras le droit tant que tu ne seras pas de retour ici, sain et sauf.

— J'emporte mon téléphone et ma radio, lui dit-il en prenant son visage entre ses mains. Si vous avez des nouvelles du ravisseur ou de CTC, appelez-moi immédiatement.

— C'est bien ce qui me terrifie, Jared. Pourquoi n'avons-nous aucune nouvelle de personne ?

Il posa ses jumelles et sourit. Le pick-up de Jared venait de quitter la propriété. Tout se passait exactement comme il l'avait souhaité. Enfin, pas exactement. Il y avait eu un peu plus de dommages collatéraux que ce qu'il avait prévu mais au final, la victoire en vaudrait la peine.

Jared n'avait aucune idée de ce qu'il lui réservait. Il avait peut-être réussi à s'en sortir la dernière fois mais cette fois-ci… Cette fois, il allait comprendre.

Il ouvrit le coffre de son SUV. Le matériel avait été plutôt facile à voler.

Avant la tombée de la nuit, tout serait fini. Le ranch de la Dernière Chance n'en aurait plus aucune.

10

Le cœur battant, Courtney regarda la voiture de Jared s'éloigner vers le nord. Puis, d'un signe de tête, elle salua les hommes qui montaient la garde tout autour de la maison. Elle n'était pas seule, même si elle en avait l'impression. Et à vrai dire, elle avait vite pris l'habitude d'être avec Jared.

Ce qui n'était pas une bonne chose.

Elle retourna à l'intérieur et marcha jusqu'à la cuisine où Velma donnait à manger à Dylan.

— Tout va bien ?

— Oh oui, le petit et moi allons très bien, lui répondit la gouvernante. Et vous ?

— Je n'avais encore jamais vu Jared si en colère... Vous pensez qu'il va réussir à garder son calme avec les Criswell ?

— Je ne sais pas... Surtout s'il trouve la preuve que ce sont bien eux qui ont tué les vaches.

Courtney alla s'asseoir près de son fils qui était installé sur une chaise haute et lui proposa un morceau de melon.

— Mais qui ici s'occupe le plus du troupeau ?

— Roscoe, pourquoi ? lui répondit Velma en haussant les sourcils.

— Je ne sais pas..., déclara Courtney avant de déposer un baiser sur le front de Dylan. Pouvez-vous le surveiller encore un petit moment ? Je crois que Roscoe et moi avons besoin d'avoir une petite conversation.

Elle quitta la cuisine et prit la direction de la partie ancienne de la maison pour essayer de trouver la chambre où était installé le contremaître.

Après avoir remonté lentement le couloir, elle passa devant la chambre d'enfant où Jared l'avait emmenée pour prendre les affaires et décida de toquer à une des portes, mais personne ne lui répondit. En ouvrant celle-ci, elle découvrit une grande pièce vide et décrépie.

Quand elle frappa à la porte suivante, la réponse ne se fit pas attendre :

— Je t'ai déjà dit que je n'avais pas faim, Velma !

Un bruit sourd retentit à l'intérieur et Roscoe laissa échapper un juron. Courtney poussa la porte et écarquilla les yeux en le découvrant, allongé sur le sol.

Le corps bandé et plein d'ecchymoses, il était étendu au milieu de ce qui devait être son petit déjeuner.

Lorsqu'il la reconnut, il rougit.

— Que faites-vous ici ?

— Voulez-vous un peu d'aide ?

— Je peux très bien me débrouiller tout seul, merci, lui répondit-il en s'accrochant au matelas pour essayer de se relever.

— Tout le monde peut avoir besoin d'un coup de main, un jour ou l'autre, vous savez.

Tout en essayant de paraître détendue, Courtney s'agenouilla au sol et commença à ramasser les restes de saucisses, de toasts et d'œufs brouillés. Heureusement, le café n'était pas tombé.

— Je vous en sers une tasse ?

— Le toubib pense que ce n'est pas une bonne idée à cause des médicaments qu'il m'a prescrits, lui répondit Roscoe en se remettant au lit.

— Ah...

Courtney fit une grimace et Roscoe la regarda en levant un sourcil.

— Vous êtes accro, vous aussi ?

— Disons qu'il me faut au minimum quatre tasses de café pour retrouver une apparence humaine le matin... Mais j'ai dû réduire ma consommation quand j'ai découvert que j'étais enceinte.

— Ça n'a pas été trop difficile ?

— Les premières semaines n'ont pas été simples, entre les nausées matinales et les migraines, personne n'avait envie de traîner à mes côtés, je peux vous le dire.

Roscoe laissa échapper un petit rire.

— Quand Velma va savoir que je n'ai plus le droit au café, elle va essayer de me faire avaler du thé, c'est certain. Et je déteste tous ces trucs qui ont le goût de foin...

— Ce n'est pas moi qui vais vous contredire, lui répondit Courtney en posant le plateau sur la table de nuit. Mais dites-moi une chose, Roscoe... Pourquoi ne m'aimez-vous pas ?

— Ce n'est pas que je ne vous aime pas, c'est surtout que je ne vous connais pas, la corrigea-t-il en fronçant les sourcils. Jared a changé dès que vous avez posé le pied ici et ce n'est pas bon pour le ranch. Enfin... Apparemment, je me suis trompé sur votre cas, il m'a éclairé sur certains points et Velma m'a dit que votre petit garçon était aussi énergique et déterminé que l'était son père au même âge.

— Vous l'avez connu bébé ?

— Non. Mon fils et moi avons emménagé au ranch après la mort de ma femme et Jared était déjà un petit garçon. Elle avait une leucémie.

— Je suis désolée. Ma propre mère est morte d'un cancer.

— Alors vous savez ce que c'est. Ça a été très dur pour Derek. Elle était la seule à réellement le comprendre... Mon fils est bien trop intelligent pour être heureux.

Roscoe se redressa dans son lit et tendit une main tremblante vers Courtney.

— On fait une trêve ?

— Et si nous repartions plutôt de zéro ?

— OK. Je suis surpris que vous soyez revenue me voir après tout ce que j'ai dit sur vous... Je pensais que vous ne m'adresseriez plus jamais la parole.

— C'est ce que j'aurais probablement fait s'il n'y avait pas eu l'incident avec le troupeau.

— Quel incident ? Que s'est-il passé ? lui demanda Roscoe en se redressant d'un bond.

Courtney se demanda si elle ne venait pas de commettre une grosse erreur. Mais il était trop tard pour revenir en arrière. Elle lui raconta donc tout ce qu'il s'était passé.

Tout en l'écoutant, le contremaître devint rouge de colère et quand elle eut fini, il laissa échapper une série de jurons.

— Jamais je n'aurais pensé que Ned Criswell puisse aller aussi loin.

— Jared est parti le voir pour essayer de régler le problème. Je suis assez inquiète.

— Il est parti seul ?

Elle acquiesça.

— Bon sang ! Ce n'est pas une bonne idée. Ned Criswell est un véritable salopard mais c'est un bon rancher et il respecte le bétail et la terre. D'un autre côté, son fils, lui, n'a pas le même code d'honneur. Alors Ned a peut-être demandé à ses gars de trafiquer les clôtures pour que les bêtes puissent s'enfuir, mais si on me demande mon avis, je pense que c'est plutôt son fils qui a empoisonné l'eau.

— Mais pourquoi ferait-il une chose pareille ?

— Parce qu'il déteste travailler au ranch et qu'il sait que s'il arrive à convaincre Jared de leur donner de l'argent, il pourra arrêter de travailler jusqu'à la fin de ses jours. Il n'aime pas vivre à Carder et il rêverait que son père prenne sa retraite pour partir vivre dans une grande ville.

Roscoe marqua une pause et attrapa son téléphone.

— Je vais appeler le shérif Redmond pour qu'il aille faire un tour là-bas.

— Impossible, lui dit Courtney en lui arrachant l'appareil des mains.

— Mais qu'est-ce qu'il vous prend ?

— L'homme qui menace d'enlever Dylan a dit que si je prévenais la police, il en paierait le prix.

— Voilà donc pourquoi Jared ne l'a pas appelé plus tôt, dit Roscoe en se laissant aller contre son oreiller. Je me demande bien pourquoi il ne m'en a pas parlé.

— Pour vous protéger, je pense.

— Ce garçon a déjà tellement perdu... C'est pour ça qu'il essaie toujours de protéger tout le monde, lui répondit le contremaître avant de tendre la main vers elle. Rendez-moi mon téléphone.

Courtney hésita un instant puis le lui tendit.

— Je vais envoyer Derek chez les Criswell pour assurer les arrières de Jared. Je sais qu'il ne va pas lui sauter à la gorge en le voyant arriver... Bon sang, si seulement je pouvais y aller moi-même.

— Jared a demandé à Derek de rester ici pour veiller sur nous.

— Nous avons suffisamment d'hommes sur place, lui répondit Roscoe en fronçant les sourcils. Et puis mon garçon saura protéger Jared.

— Merci, lui dit Courtney avant de déposer un baiser sur sa joue. Je suis soulagée de savoir que nous ne sommes plus ennemis, vous et moi.

— Allez, filez d'ici, avant que, comme Jared et Velma, je ne tombe moi aussi sous votre charme !

Courtney marcha vers la porte et lui adressa un grand sourire avant de disparaître.

Une délicieuse odeur de bacon flottait maintenant dans toute la maison. Le plateau sur les bras, Courtney reprit la direction de la cuisine.

— Roscoe et moi sommes réconciliés, annonça-t-elle à Velma en entrant.

— Je savais qu'il changerait d'avis sur vous, lui répondit la gouvernante en lui adressant un grand sourire.

Elle saisit la tranche de viande qui grillait dans la poêle et la déposa sur une feuille de papier absorbant. Ne pouvant résister, Courtney en prit un morceau du bout des doigts.

— Comment va mon bébé ? demanda-t-elle, entre deux bouchées.

— Oh ! lui répondit Velma en déposant de nouvelles tranches

de viande sur le feu, ce petit ange semble être tombé amoureux du taureau que je lui ai offert, il ne le quitte plus.

— Tu t'amuses bien avec Velma, mon cœur ? demanda Courtney à son fils avant de l'embrasser sur le front.

Dylan lui répondit en gazouillant et lui tendit la petite peluche.

— J'aimerais tellement comprendre le langage des bébés. Je pense que le taureau et lui doivent avoir des conversations passionnantes...

— C'est un chouette petit gars, commenta Velma en souriant. Vous avez fait du bon boulot avec lui, il a une excellente nature.

— J'ai surtout beaucoup de chance.

— Ne vous bercez pas d'illusions, ma chère. Même si vous l'élevez seule, cet enfant n'est pas sauvage et renfermé avec les inconnus. Il est charmant et heureux de vivre. Tout ça n'a rien à voir avec la chance, ça vient de l'amour que vous lui portez et de la manière dont vous l'élevez.

— Merci, Velma, ça me touche beaucoup.

Courtney déposa un baiser sur le bout du nez de son fils. La plupart du temps, quand elle le regardait elle avait l'impression de voir Jared, mais ses petites fossettes, elles, venaient de son propre père à elle.

— Je peux vous demander une chose, Velma ? Pourriez-vous encore le surveiller un petit moment ?

— Ce n'est même pas la peine de demander.

— Je vais aller dans le bureau pour essayer d'appeler mon père. J'espère qu'il va mieux.

— Ne vous inquiétez de rien, lui dit la gouvernante en lui faisant signe de les laisser.

Détendue à l'idée qu'elle laissait son fils entre de bonnes mains, Courtney poussa la porte du bureau de Jared et entra dans la pièce.

Ils étaient partis vite ce matin et un certain désordre y régnait. Les couvertures sur lesquelles ils avaient dormi étaient toujours au sol et Courtney les ramassa et les plia avant de les déposer sur le canapé.

Puis, elle alla s'asseoir derrière le bureau et ouvrit les dossiers que CTC leur avait laissés.

S'ils voulaient coincer un jour le type qui la faisait chanter, elle avait besoin de certaines informations que seul son père pouvait lui donner.

S'enfonçant dans le grand fauteuil en cuir de Jared, elle prit le téléphone portable qu'il lui avait prêté et composa le numéro de son père.

Après quatre sonneries elle se demanda si elle devait laisser un message quand elle entendit soudain une voix à l'autre bout du fil.

— Oui... Oui ?

Il semblait fatigué mais cohérent.

— Papa ?

— Courtney, c'est toi ? Que se passe-t-il ? Des hommes m'ont enlevé dans ma chambre d'hôtel et m'ont emmené de force à l'hôpital. Une chance qu'ils m'aient laissé mon téléphone.

Courtney se rendit soudain compte qu'elle ne l'avait pas entendu aussi sobre depuis des années.

— Papa, tu te rappelles que je suis venue te voir ?

À l'autre bout du fil, son père resta silencieux.

— Je t'ai rendu visite il y a quelques jours, répéta-t-elle en essayant de garder son calme. Souviens-toi, j'étais avec Dylan, c'est le jour où tu as dû quitter la maison.

Il laissa échapper un petit rire teinté d'amertume.

— Tu veux dire le jour où ils ont volé nos affaires et m'ont chassé de chez moi ? Le jour où ils ont pris les tableaux, les meubles, la porcelaine et le cristal ? Tout, tout, tout ?

Courtney grimaça. Son père n'allait pas bien du tout.

— Ce jour-là, oui. J'ai quelques questions à te poser, papa, et je voudrais que tu essaies de te souvenir.

— Oh ! pas la peine de me ménager, Courtney. Tu voudrais pouvoir compter sur moi, au moins une fois. Pas comme quand je vous ai dit que je ne pouvais pas vous aider, Dylan et toi. Car je n'avais plus d'argent.

Il laissa échapper un sanglot puis ajouta :

— J'avais bu toute la bouteille de Cognac... Après ça, je crois que je me suis évanoui.

— Tu te sens mieux, à présent ? Ils s'occupent bien de toi à l'hôpital ?

— Je vais survivre. Nous sommes déjà passés par là, n'est-ce pas ? lui dit-il avant d'être pris d'une violente quinte de toux. Bien sûr, la vie va être différente maintenant. Je vais devoir trouver un travail quand je serai remis sur pied.

— Et si tu prenais un seul problème à la fois ? lui demanda Courtney d'une voix patiente alors qu'elle sentait monter en elle l'envie furieuse de le secouer pour obtenir des réponses. Papa, j'ai besoin de ton aide. Est-ce que tu peux essayer de te concentrer, s'il te plaît ? C'est très important.

— Ces hommes me cuisinent depuis que j'ai repris conscience, grogna-t-il. Je ne sais rien de ces trois millions de dollars... Rien à part que je voudrais encore pouvoir te les donner.

— Papa, j'ai besoin que tu me donnes des informations sur les emprunts que tu as contractés pour l'usine en Pennsylvanie. Si on les additionne, on arrive à plus de trois millions de dollars. C'est une somme importante.

En l'entendant, son père éclata de rire.

— En effet ! J'ai divisé les emprunts pour que l'usine puisse continuer à fonctionner et garder un peu de flexibilité. Ça a plutôt bien marché.

— C'est tout ?

Non, il doit y avoir autre chose, pensa Courtney. Ça devait être personnel, sinon ils n'auraient pas menacé son fils...

— Est-ce que quelqu'un t'a causé des problèmes pendant que tu cherchais à régler cette histoire de prêts ?

— Bien sûr que non. J'ai réussi à garder l'usine ouverte mais... Quand la banque a appelé la semaine dernière et que je n'ai pas pu payer, ils l'ont fait fermer. Fin de l'histoire.

— Qui a été le plus contrarié ? lui demanda-t-elle en se massant les tempes. Les ouvriers ? La ville ? Les politiciens du coin ?

— Tout le monde.

Courtney regarda les documents et réprima un soupir. Rien

ne semblait vraiment pertinent. Le montant de cette rançon correspondait aux crédits sur l'usine mais, en perdant tout, son père avait déjà été puni. Qui menaçait son fils et surtout pour quelle raison ? Celui qui était derrière tout ça n'était-il intéressé que par l'argent ?

Quelque chose ne collait pas.

Elle se demanda si Jared aurait remarqué un détail qu'elle avait peut-être laissé passer. Après avoir salué son père et raccroché, elle composa son numéro.

Celui-ci décrocha immédiatement.

— Tout va bien ? demanda-t-il d'une voix inquiète.

— Je t'entends mal.

— C'est normal, je me rends dans la vallée, nous allons peut-être être coupés pendant quelques minutes.

À cet instant, la liaison fut rompue.

Courtney rappela mais tomba directement sur le répondeur. Elle attendit quelques instants puis recommença, mais cette fois il semblait ne même plus y avoir de tonalité. C'était étrange. Une telle chose ne lui était encore jamais arrivée.

Elle se figea et tendit l'oreille. Des rires et des éclats de voix lui parvenaient de l'extérieur. Rien d'inquiétant... Pourtant, elle sentit naître en elle un désagréable pressentiment, quelque chose qui avait un goût amer. Elle se leva et traversa la pièce pour essayer de trouver du réseau. Mais en vain.

Après avoir ouvert la porte, elle passa la tête dans le couloir et, constata que l'entrée était déserte. Et silencieuse. Tout avait l'air normal.

Puis elle regarda la serrure de la porte d'entrée et vit que celle-ci était ouverte.

Alors que Jared avait bien spécifié qu'elle devait être fermée en permanence.

Elle eut soudain la gorge sèche. Elle tourna la tête et regarda l'étagère où les armes à feu étaient rangées. Elle fit un pas en arrière.

— Oh ! non, ce n'est pas une bonne idée, murmura une voix derrière elle.

Le ton étrangement calme de la personne qui parlait rendait son identification impossible. Peut-être était-ce fait exprès, pensa Courtney en sentant un frisson glacé lui parcourir l'échine.

Elle se retourna mais un homme qui portait un masque de ski l'attrapa et la plaqua contre le mur du bureau avant de refermer la porte sur eux.

— Cette fois, lui dit l'homme en pressant son avant-bras contre sa gorge, j'ai décidé de ne pas téléphoner et de venir en personne.

Courtney se figea. C'était *lui*. Comment avait-il réussi à arriver jusqu'ici sans se faire repérer par les hommes de Jared et de CTC ?

— Est-ce que tu vas être sage ? lui chuchota-t-il. Si tu es gentille, je laisserai peut-être ton fils en vie. Sinon, je n'aurai aucun scrupule à le tuer dès que j'aurai mis la main sur lui.

Il appuya plus fort contre la trachée de Courtney. Des taches apparurent devant ses yeux.

— S'il vous plaît, réussit-elle à articuler.

Il relâcha légèrement sa pression.

— Je... Je ferai tout ce que vous voudrez.

Elle pensa que si elle gagnait un peu de temps, Velma pourrait s'enfuir avec Dylan. Peut-être Jared pourrait-il même être vite de retour et les sauver. Il n'était pas si loin.

— C'est bien ce que je pensais, oui, lui dit-il à voix basse. Tu n'as pas encore réussi à rassembler toutes les pièces du puzzle... Aucun de vous n'a réussi.

Il se mit à rire doucement et Courtney sentit la fureur l'envahir.

— Mets tes mains devant toi, lui ordonna-t-il avant de les lier l'une à l'autre avec une corde. Si tu ne suis pas chacune de mes instructions à la lettre, je t'assure que je tuerai chaque personne de cette maison, y compris ton fils. De la même manière que j'ai tué ta baby-sitter dans ton appartement.

Puis il alla ouvrir la porte du bureau et vint se placer derrière elle, son corps collé au sien. Courtney frissonna. Quand il se pencha vers elle, elle sentit son masque effleurer sa joue.

— Ne parle pas, ne crie pas. Va seulement là où je te dis d'aller en gardant le silence, est-ce que tu as compris ?

— Oui.

Il la gifla. Violemment. Elle sentit sa tête partir sur le côté et son oreille se mit à bourdonner.

— Je viens de te dire de ne pas parler. Hoche simplement la tête. Est-ce que tu as compris ?

Courtney acquiesça.

— Très bien.

Chaque fois qu'il parlait, le ton de sa voix la faisait trembler. Il ne semblait pas humain.

Il la poussa jusqu'à la porte du bureau puis la mena jusqu'à la chambre qu'elle occupait avec Dylan. Elle garda le silence. Elle ne pouvait prendre aucun risque. Elle ne pouvait pas mettre en jeu la vie de Dylan ou de quiconque d'autre.

— Tu as toujours fait tout ce que tu voulais dans la vie, n'est-ce pas ? Eh bien, tu vas enfin découvrir ce que ça fait de se sentir impuissant...

Courtney essaya de dégager un de ses bras pour atteindre le couteau qu'elle avait dans la poche mais l'homme la frappa une nouvelle fois.

— Ne joue pas à ça avec moi, Courtney. Je ne suis pas bête, je peux voir ce que tu manigances, tu sais.

Il la força à entrer dans la chambre puis referma la porte derrière eux.

Il devait bien y avoir un moyen de prévenir Velma, pensa Courtney. La caméra ne serait d'aucune utilité puisque les images étaient retranscrites sur le téléphone de Jared.

À moins qu'il ne le regarde ! Courtney sentit un soupçon d'espoir renaître en elle avant que le ravisseur ne la pousse violement sur le lit.

— Retourne-toi, lui ordonna-t-il.

Mon Dieu, pensa Courtney, qu'allait-il faire ? Elle n'avait pas le choix, elle devait lui obéir.

— Ne bouge pas de là. Et souviens-toi bien de ce que je t'ai dit. Si tu fais ne serait-ce qu'un seul mouvement, tout le monde mourra.

Il posa ses mains sur sa gorge et Courtney se rendit soudain compte qu'il pouvait lui briser la nuque à tout moment.

— Vas-tu être obéissante ? lui demanda-t-il en se penchant sur elle.

Elle hocha la tête.

— Ne t'inquiète pas, Courtney, conclut-il en lui faisant un petit sourire malsain, je vais revenir très vite.

Et il la laissa là, étendue sur le lit. Une fois qu'elle fut certaine qu'il était loin, elle se releva et, en observant la pièce, elle remarqua un cadre accroché au mur. Si elle brisait la vitre, elle pourrait s'en servir pour couper la corde autour de ses mains. Et quand il reviendrait, elle pourrait peut-être essayer de l'immobiliser... Enfin, s'il n'avait pas Dylan avec lui.

Elle attrapa le cadre de la photo en se demandant comment briser le verre sans faire trop de bruit...

Mais soudain, elle entendit un énorme bruit retentir dans la maison, un bruit qui semblait provenir de la cuisine. Puis Velma poussa un puissant cri de terreur.

— Vous ne prendrez pas ce bébé ! hurla-t-elle.

Dylan sanglotait. Sentant la panique la gagner, Courtney se précipita dans la salle de bains et frappa le cadre contre la baignoire.

Le bruit fut caché par un énorme boucan.

Suivi d'un bruit sourd.

Et d'une détonation.

Mon Dieu, non, pensa Courtney.

Des pas résonnèrent dans le couloir.

— Courtney ! Jared ! cria Léon.

— Je suis ici ! lui répondit Courtney, le cœur battant.

Quand il ouvrit enfin la porte, Dylan était dans ses bras.

Quand il l'eut débarrassée de la corde avec son couteau, Léon lui tendit son enfant et elle le serra fort contre elle en tapotant gentiment son dos pour tenter de le calmer.

— Chut, mon ange, maman est là. Tout va bien, tu ne risques rien, je te le promets, lui murmura-t-elle d'une voix rassurante avant de regarder l'agent. Depuis quand êtes-vous ici ?

— Je viens tout juste d'arriver. Heureusement... Vous allez bien ?

— Vous l'avez attrapé ? Je vous en prie, dites-moi que vous l'avez tué.

Léon hocha la tête avec une expression de regret.

— Non, malheureusement, il a réussi à prendre la fuite. Je ne sais pas trop comment il a pu le faire, mais il a disparu.

Courtney laissa échapper un profond soupir et caressa la tête de Dylan.

— Alors ce n'est pas fini, dit-elle.

— Surveillez votre fils, lui dit Léon en hochant la tête. Je dois aller voir Velma, elle a pris un coup violent en essayant de protéger le bébé.

Courtney le suivit jusqu'à la cuisine. En découvrant le corps de la gouvernante qui gisait au sol au milieu de quelques éclats de vaisselle brisée, elle sentit ses jambes se dérober sous elle. Du sang coulait d'une plaie sur sa tête, elle avait les yeux clos et le teint pâle.

Léon s'agenouilla auprès d'elle et prit son pouls.

— Elle est vivante mais nous devons l'emmener à l'hôpital le plus vite possible. Courtney, dit-il en levant les yeux vers elle. Où est Jared ?

— Il était chez les Criswell, j'espère qu'il est sur le trajet du retour. J'ai essayé de l'appeler mais je n'ai plus de réseau.

— Ça c'est bizarre, Jared a fait installer une antenne relais sur ses terres, il n'y a jamais de problème de réseau ici.

— Je pense que c'est le ravisseur qui est responsable.

— Oui, vous avez probablement raison.

Léon se releva et alla chercher de quoi panser le crâne de Velma.

— Sa blessure est sérieuse, dit-il avant de jeter un œil par-dessus son épaule. Essayez une nouvelle fois de joindre Jared, nous devons le prévenir que l'homme qui vous menace rôde dans les parages.

Courtney tenta une nouvelle fois de l'appeler et après quatre tentatives infructueuses, une sonnerie retentit enfin au bout du fil.

— Nom de Dieu, que se passe-t-il ? demanda Jared en décrochant. Ça va faire une demi-heure que j'essaye de te joindre !

— Il était là, lui répondit-elle, la gorge serrée. Il est entré ici et il a essayé d'emmener Dylan avec lui.

11

Jared appuya sur la pédale d'accélérateur et le pick-up rebondit sur le chemin de terre poussiéreux. De sa manche, il essuya le sang qui coulait au coin de sa bouche.

Comme il était soulagé de savoir que Derek, Courtney, Dylan et Velma étaient sains et saufs... Même s'il se maudissait de ne pas avoir été sur place pour protéger sa famille.

Sa famille. Depuis quelques jours, il commençait à voir les choses ainsi.

— Allez, plus vite ! se cria-t-il à lui-même en frappant sur le volant.

En se regardant dans le rétroviseur, il constata qu'il avait une mine affreuse. Ned savait encore se battre pour un homme de cet âge. Chuck, lui, s'était vite effondré. Et avait rapidement reconnu qu'il avait saboté les clôtures et jeté le mégot de cigarette près des gisements pétroliers. Par contre, il avait démenti avoir tiré pour semer le désordre, versé l'essence sur le feu et empoisonné l'eau.

Jared le croyait.

Mais il ne perdait rien pour attendre... Il serait puni pour ce qu'il avait fait. Il avait eu beaucoup de chance que personne ne meure.

Malgré ça, une question restait donc toujours sans réponse... Était-ce l'homme qui faisait chanter Courtney qui était responsable de la propagation de l'incendie ?

Jared prit une profonde inspiration et se persuada qu'il était plus judicieux de régler un problème à la fois.

Il entra sur sa propriété sans ralentir et roula jusqu'à la maison aussi vite qu'il le pouvait. En passant devant les systèmes de sécurité, il déclencha l'alarme. Entendant les sirènes retentir, ses hommes débarquèrent immédiatement, leurs armes à la main.

Jared freina brusquement et arrêta sa voiture dans un nuage de poussière juste devant le perron de la maison. Il sortit du véhicule en courant et rejoignit Courtney qui l'attendait à la porte, avec Dylan à son cou. Il les serra dans ses bras.

— Tu vas bien ? lui demanda-t-il en se reculant pour la regarder. Il t'a frappée ?

Comme s'il devinait ce qu'il s'était passé, il lui caressa doucement la joue et fronça les sourcils.

— Ça va. Il a menacé de tuer tout le monde ici si je ne lui obéissais pas au doigt et à l'œil, lui répondit-elle en devenant blême. Je ne savais pas quoi faire alors j'ai fait ce qu'il me disait.

— Tu as eu raison, lui dit Jared d'une voix rassurante. Il y a des moments pour résister et des situations où il est plus sage de ne pas faire de vagues. Nous savons qu'il a déjà tué quelqu'un.

Pour ne pas risquer de lui faire mal, Jared l'embrassa sur le front.

— Comment va Velma ?

— Elle est toujours inconsciente... Tim et Roscoe sont partis avec elle à l'hôpital, lui répondit-elle. Elle a fait tout ce qu'elle pouvait pour qu'il ne prenne pas le bébé, Jared. Léon et elle ont sauvé Dylan.

— Mais où est Derek ? lui demanda Jared en sentant la colère monter en lui à l'idée que son ami ait pu le laisser tomber de la sorte. Il était censé veiller sur vous.

— Il est parti à ta rencontre, pour t'aider avec les Criswell. Nous pensions être en sécurité.

— Je ne l'ai pas vu, dit Jared, la gorge soudain sèche. Nous devons le retrouver, le plus vite possible ! Courtney, dis-moi, as-tu découvert quelque chose qui pourrait nous aider à identifier ton agresseur ?

— Non, malheureusement il portait un masque de ski et il prenait soin de parler à voix basse. La seule chose que j'ai remarquée, c'est qu'il avait les yeux marron.

— Nous ne sommes pas plus avancés… Et Derek a disparu… Tout ça n'aurait jamais dû arriver, s'écria Jared en se retournant vers l'agent de CTC. Léon, on arrête tout et on essaie de trouver plus d'informations sur ce type. Ah, et je veux que Dylan et Courtney partent d'ici. Tout de suite.

— L'avion de Ransom vous attend à l'aéroport, lui répondit celui-ci en acquiesçant. Nous n'établirons le plan de vol et l'itinéraire que lorsque vous serez dans les airs.

Léon s'interrompit soudain et scruta les alentours avec un regard suspicieux.

— Rentrons à l'intérieur, dit-il finalement. Nous ne pouvons pas savoir quand ce type va revenir.

Gardant son bras enroulé autour de la taille de Courtney, Jared entra dans la maison, suivi par Léon.

— Prenez mon camion, personne ne peut le tracer, même pas le meilleur des pirates informatiques. Laissez le téléphone que vous a donné le ravisseur ici et partez le plus discrètement possible. Surtout faites profil bas, leur recommanda Léon. Il faut qu'on ait l'impression que vous n'êtes pas partis d'ici.

— Mais comment faire ? demanda Courtney.

— J'ai une immense caisse de matériel dans laquelle vous pouvez vous dissimuler, Courtney, quant à Dylan, Jared peut le porter, caché dans un sac, et nous mettrons le siège bébé dans un grand sac-poubelle. Vous resterez tous à l'arrière du SUV jusqu'à l'aéroport. Votre agresseur s'attend à ce que nous restions terrés ici pendant un moment après ce qu'il vient de se passer. Espérons qu'il nous laisse suffisamment de temps pour que vous puissiez vous enfuir.

— Ce plan me plaît bien, déclara Jared en hochant la tête.

— Alors, en route.

Une demi-heure plus tard, Jared démarra le camion de Léon et roula jusqu'au portail du ranch de la Dernière Chance. Les vitres teintées dissimulaient les bagages. Le chemin accidenté et plein d'ornières firent bouger la voiture et Dylan se réveilla.

— Encore une minute, mon bonhomme, dit Jared à son fils en l'entendant pleurer. Ta maman va bientôt te prendre dans ses bras.

En l'entendant, le petit garçon sembla se calmer un peu puis recommença de plus belle.

Quand ils eurent enfin quitté la propriété, Jared donna le feu vert à Courtney.

— C'est bon, tu peux sortir !

Celle-ci repoussa le grand couvercle de la cantine en métal dans laquelle elle s'était glissée et prit Dylan dans ses bras.

— Reste baissée, lui demanda Jared, nous devons être prudents.

— OK, lui répondit-elle en serrant son fils contre elle.

Jared se concentra sur la route. Le petit aéroport de la région était plutôt calme et avec un peu de chance ils ne croiseraient personne là-bas.

Quand ils atteignirent la périphérie de Carder, la route de terre se changea en bitume et Jared soupira en regardant le ciel bleu. C'était un temps idéal pour voler.

Après s'être engagé sur la route qui menait à l'aéroport, un véhicule blanc apparut soudain derrière eux.

— Quelqu'un arrive, dit Jared, en serrant ses mains sur le volant. Restez cachés.

Un gyrophare s'alluma sur le toit de la voiture et Jared reconnut le shérif. Celui-ci connaissait les voitures de CTC, tout allait bien se passer, pensa Jared. Mais alors qu'il s'apprêtait à laisser le shérif le doubler, il entendit la sirène se mettre en marche.

— Que se passe-t-il ? demanda Courtney.

— Rien, je vais me garer et me débarrasser rapidement de Blake. J'ai peut-être fait un excès de vitesse...

Jared arrêta sa voiture sur le bas-côté et le shérif se gara juste derrière lui. Il descendit de sa voiture puis marcha jusqu'à la portière de Jared.

— Salut, Blake, écoute..., commença Jared après avoir ouvert sa vitre.

— Où crois-tu aller à cette vitesse, Jared ? lui demanda le shérif en baissant ses lunettes de soleil pour le regarder.

— Depuis quand me parles-tu de cette manière ?

— Ne commence pas, lui répondit Blake en hochant la tête. Je dois te demander quelque chose. Est-ce que tu as une arme avec toi ?

— Évidemment. Mais j'ai un permis, je te rappelle.

— C'est un 9 mm, c'est ça ? Si on se fie à ce que dit ton permis.

— Oui, répondit Jared en se disant qu'il n'aimait pas l'expression étrange qu'affichait le shérif. Que se passe-t-il, Blake ?

— Je vais te demander de sortir du véhicule.

Jared jeta un coup d'œil dans le rétroviseur et croisa le regard effrayé de Courtney. D'un discret signe du menton, il essaya de lui dire de rester cachée. Il valait mieux que personne ne sache que Dylan et elle étaient à l'arrière, même s'il s'agissait du shérif.

— Écoute, Blake, commença Jared, je ne sais pas de quoi il s'agit mais ça va devoir attendre. J'ai un avion...

— Je suis désolé, Jared, mais tu ne vas nulle part. Nous avons quelque chose à régler d'abord.

— Mais de quoi parles-tu ?

— Tu as un beau bleu sur le menton et ton œil ne semble pas en grande forme lui non plus. Tu t'es battu ?

Jared soupira. Il n'aimait pas le tour que prenait la conversation.

— Et quand bien même ? Depuis quand est-ce un crime ?

— On m'a dit que tu étais allé chez Ned Criswell, c'est vrai ?

En voyant l'expression du shérif, Jared se rendit compte que celui-ci espérait qu'il allait nier avoir été là-bas. Mais malheureusement, il ne le pouvait pas.

— Ned a voulu revenir sur un accord que nous avions passé, lui et moi. Je suis allé le voir pour en parler de vive voix.

— Bon sang, Jared, on ne peut pas dire que tu me facilites les choses...

— Écoute, toute cette affaire est très intéressante et j'adore jouer au jeu du chat et de la souris avec toi mais je dois vraiment prendre cet avion. C'est une question de vie ou de mort.

— Sur ce point, nous sommes tout à fait d'accord. Nous venons de découvrir le corps de Criswell. Il a été tué avec un 9 mm.

Jared se raidit.

— Est-ce que Derek était aussi là-bas ? Est-il mort lui aussi ?

— Derek Hines ? demanda Blake en haussant les sourcils. Personne ne m'a parlé de lui mais par contre j'ai une demi-douzaine de témoins qui t'ont vu te battre avec Ned et le menacer de le tuer. Jared, j'ai un mandat d'arrêt contre toi pour meurtre.

Courtney laissa échapper un petit cri à l'arrière du véhicule. Jared grimaça. Blake l'avait forcément entendue.

— Jared, qui est à l'arrière de la voiture ?

Jared n'avait pas envie que Blake voie Courtney. Il ouvrit sa portière et sortit de la voiture.

— Je ne sais pas qui est à l'arrière de ta voiture, lui dit Blake en posant sa main sur son arme, mais je veux que cette personne sorte immédiatement. Les mains en l'air.

— Elle ne peut pas, lui répondit Jared en ouvrant la portière avant de se tourner, les mains en l'air, vers le shérif. Bon sang, Blake, tu me connais depuis le lycée. Tu sais bien que je ne suis pas le genre d'homme à tuer quelqu'un de sang-froid.

— Je sais bien, mais tu agis étrangement... Le mois dernier tu es venu me voir en me racontant tout un tas de théories à propos des Criswell et de ton ranch mais, sans aucune preuve, je ne pouvais pas arrêter Ned...

— Tu ne comprends pas, intervint Jared.

— Au contraire... Figure-toi que les plaintes à propos des sabotages sur ton ranch ont été retirées il y a quelques jours et qu'en prime, tu as même appelé mon bureau pour dire à mon équipe de stopper les recherches car celles-ci n'étaient plus d'actualité. Même après l'incendie, tu n'as pas appelé pour rouvrir l'enquête. Et attends, ce n'est pas fini. J'ai vu l'état des dégâts et nous savons, toi et moi, que Criswell est très probablement mêlé à tout ça. J'ai même un suspect en ligne de mire : son fils, Chuck. Mais tu as refusé qu'on assiste à l'expertise et qu'on ouvre une investigation. Jamais tu n'as reculé devant un conflit dans ta vie et pourtant là, tu baisses les armes. Je me suis demandé pourquoi tu agissais de la sorte.

Jared releva le bord de son stetson et regarda le fils de l'homme qui essayait de sauver Alyssa avec lui quelques années plus tôt. Lui et Blake n'étaient pas vraiment amis. Ils se connaissaient, voilà tout. Jared n'avait rien contre le shérif mais il évitait tout ce qui pouvait faire remonter les douloureux souvenirs.

— Blake, pourquoi m'as-tu arrêté ?

— J'ai reçu un appel anonyme qui m'a dit que tu étais en route pour l'aéroport, lui répondit le shérif en lui jetant un regard noir. Tu crois que ça me plaît de faire ça ? On m'a dit que tu avais protégé ton ranch comme une véritable forteresse, que tu avais donné des fusils à tous tes hommes. Tout le monde se balade là-bas, armé jusqu'aux dents, y compris ceux qui s'occupent des livraisons dans tout l'État. Bon sang, mais que se passe-t-il ? Explique-moi et je pourrai peut-être t'aider.

— Tu ne peux pas m'aider, lui répondit Jared en secouant la tête. Pas plus que ne l'a pu ton père il y a cinq ans. Tu dois me faire confiance, Blake. Je dois y aller. *Nous* devons y aller.

— Qui est à l'arrière de ton camion, Jared ? répéta le shérif en plissant les yeux.

— Mon fils de neuf mois et sa mère. Ils sont en danger.

Jared savait que Blake allait être probablement aussi surpris que s'il lui avait annoncé qu'il promenait un couple d'éléphants roses sur sa banquette arrière.

— Depuis quand tu as un enfant, toi ? On dirait que tu as décidément beaucoup de choses à m'expliquer.

— Et je ne manquerai pas de le faire, tu peux me croire, mais pour le moment, s'il te plaît, je te demande de me faire confiance.

— Je suis désolé, Jared mais je ne peux pas te laisser partir. J'ai un mandat d'arrêt.

Jared s'appuya contre la portière de sa voiture qui se referma.

— Ce n'est pas moi qui l'ai tué.

— Regarde les choses de mon point de vue, lui dit Blake en sortant ses notes de sa poche. Tout le monde connaît l'existence de votre querelle de voisinage et juste après que vous vous êtes vus, Ned et toi, nous découvrons le corps de Ned.

— Bon sang, grogna Jared. Mais qui est le salaud qui s'acharne sur nous ?

Il jeta un regard à l'arrière de la voiture puis fit signe au shérif de le suivre et ils s'éloignèrent du véhicule pour que Courtney ne puisse pas les entendre.

— Écoute, dit-il à Blake à voix basse, je te confie ça parce que j'imagine que, comme ton père, tu es digne de confiance. Quelqu'un menace d'enlever et de tuer mon fils, à moins que je ne lui paye une rançon. Une douzaine de mes bêtes sont mortes ce matin, des coups de feu ont été tirés sur mes terres, nous avons subi un incendie dont nous ne connaissons pas la cause, et Velma vient tout juste d'être agressée et est maintenant à l'hôpital. Tout ça dépasse de loin la simple querelle de voisinage. CTC essaie de m'aider mais ils n'arrivent pas à identifier le gars qui est derrière tout ça.

Jared fit une pause puis regarda Blake au fond des yeux.

— Je sais que toi aussi, tu as une famille et je suis sûr que tu peux imaginer comment tu te sentirais si quelqu'un en avait après tes proches. Tu dois me laisser partir, Blake. J'ai besoin de sauver les *miens*.

Blake laissa échapper un juron.

— Tu me mets dans une position délicate. Je ne crois pas que tu aies tué Ned mais quelqu'un nous a appelés et il jure qu'il t'a vu le faire. Le juge a émis un mandat, Jared. C'est un copain de pêche de Ned…

— Qui est le témoin ?

— C'était un appel anonyme, lui répondit Blake en se massant les tempes. Je sais ce que tu vas me dire, j'ai compris mais si je te laisse partir, d'autres policiers vont t'arrêter un peu plus loin et alors, où iront les tiens ? Au moins, ici, tu sais que tu as des amis de ton côté.

— Impossible, ce type a beaucoup trop d'informations sur nous. Je dois emmener Courtney et Dylan loin de Carder le plus vite possible. Si je ne le fais pas, je vais les perdre.

— *Je* m'occupe de leur sécurité.

— Il y a cinq ans, j'ai fait ce qu'il fallait et j'ai respecté les règles, lui répondit Jared en hochant la tête, mais cette fois j'ai compris quelque chose... Toute l'équipe de CTC et l'ensemble de mes hommes ne suffisent pas à les protéger. Je ne sais même pas par quel miracle ils sont encore en vie. J'ai failli les perdre, Blake. Je ne peux faire confiance à personne, je suis désolé.

Soudain un crissement de pneus se fit entendre derrière les deux hommes. En se retournant, Jared vit le camion de Léon qui démarrait en trombe et s'éloignait d'eux.

— Courtney ! hurla-t-il en comprenant ce qu'il venait de se passer.

— Allons-y ! cria Blake en se précipitant vers son propre véhicule.

Mais il se figea et montra à Jared ses quatre pneus qui étaient à plat.

— Bon sang, mais que...

Jared resta immobile et regarda le SUV s'éloigner. L'esprit soudain engourdi, il se tourna vers Blake et lui jeta un regard dévasté.

— Il les a emmenés. Bon sang, Blake. Ça y est, il a enlevé Courtney et mon fils.

La portière du SUV claqua.

— Jared ? demanda Courtney.

Il ne répondit pas et démarra si rapidement que la voiture fut projetée en arrière. Dylan se mit à gémir et Courtney le prit dans ses bras.

— Jared, tu peux ralentir ?

— Ton amant est loin à présent, lui murmura une voix familière.

Courtney s'avança et regarda entre les deux sièges. Elle sentit son estomac se serrer en avisant la lanière du masque de ski sur la nuque du conducteur.

— Arrêtez-vous. Je vous en prie, laissez-nous descendre. Je ne dirai rien à personne.

— Tu devrais avoir compris depuis le temps, que toi et moi n'avons pas tout à fait la même manière de voir les choses, lui répondit l'homme en la menaçant de son arme. Assieds-toi immédiatement et tais-toi ou je vous tue tous les deux, toi et ton sale gosse Et n'essaye pas d'appeler Jared, j'ai activé un brouilleur de lignes. Personne ne peut plus rien pour vous.

Courtney se demanda si cela empêcherait aussi la CTC de pouvoir suivre sa trace... Dans le doute, elle laissa son téléphone allumé, espérant de tout cœur qu'ils pourraient la retrouver. Malgré ça, elle savait qu'elle ne pouvait pas attendre d'être sauvée, elle allait devoir prendre les choses en main.

Elle fit mine d'obéir et se rassit au fond de son siège en serrant fort son fils contre elle. Le véhicule fit un écart et se mit à rebondir. La route devenait plus difficile... Où allaient-ils ? se demanda-elle en sentant la panique l'envahir.

Elle tâtonna sa ceinture et constata que son couteau était toujours là puis elle essaya de mesurer la distance entre le conducteur et elle. La situation n'était pas idéale. L'homme lui tirerait dessus bien avant qu'elle ne puisse l'atteindre. Dans la voiture, ce couteau ne lui serait pas d'une grande utilité.

Si elle pouvait lui prendre son arme, elle aurait peut-être une chance. Il lui suffisait de guetter une opportunité.

Elle se mit à bercer Dylan pour tenter de le calmer. Mais en vain... En même temps, ce n'était pas étonnant, son propre cœur battait la chamade et elle avait les nerfs en boule. Elle savait que cet homme pouvait très bien les tuer tous les deux.

Soudain l'homme arrêta la voiture. Courtney se figea. Qu'allait-il se passer à présent ?

— Ne bouge pas, lui murmura-t-il. Si tu fais un geste, je tue ton enfant et je te laisse la vie sauve pour que tu prennes bien conscience de ce que tu auras fait.

Courtney frissonna. L'homme sortit du véhicule et le verrouilla. En regardant à travers la fenêtre, elle vit qu'il semblait chercher quelque chose sur les pneus.

Quand il eut fini, il rouvrit la portière et s'agenouilla pour fouiller vers le tableau de bord.

— Vos soi-disant experts de la sécurité m'ont évité d'avoir à retirer un traceur GPS. N'est-ce pas ironique ? Ils essayaient tellement de vous protéger qu'ils ont fini par manquer totalement de perspicacité.

— Pourquoi faites-vous tout ça ? lui demanda-t-elle en se disant que si elle comprenait le motif de sa démarche, elle pourrait peut-être essayer de le dissuader d'aller jusqu'au bout.

Mais l'homme ne lui répondit pas et, après avoir redémarré, il fit demi-tour et s'engagea dans la direction opposée.

Le véhicule prit un nouveau virage serré et Courtney vit par la fenêtre des gerbes de boue jaillir sur leur passage. L'homme conduisait si brusquement qu'elle avait du mal à se tenir droite, surtout avec Dylan dans les bras.

Elle pensa tout à coup que lorsqu'il s'arrêterait la prochaine fois et qu'il ouvrirait leur portière, elle pourrait peut-être tenter sa chance.

Après avoir roulé ce qui lui parut une éternité, ils s'arrêtèrent enfin devant une petite cabane, dans ce genre d'endroit où les choses ne se finissent jamais bien.

Courtney déposa un petit baiser sur le front de son fils. Celui-ci leva les yeux vers elle et lui lança un regard plein de confiance.

Elle se mit à prier pour qu'ils s'en sortent vivants. Elle se mit à prier pour que Jared les retrouve avant qu'il ne se passe quelque chose d'irrémédiable.

Le ravisseur sortit du SUV, alla prendre quelque chose dans le coffre puis marcha jusqu'à eux. Courtney garda sa main posée sur sa taille, prête à attaquer. Mais quand il ouvrit la portière, elle se figea.

Il tenait un fusil d'assaut dans ses mains.

Elle ne pourrait pas s'enfuir.

— Pose l'enfant, lui ordonna-t-il, toujours à voix basse. Puis sors de la voiture bien gentiment.

Elle acquiesça en silence et il sourit.

— Tu n'as pas oublié, c'est bien. Maintenant, tiens-toi

tranquille et tends tes mains vers l'avant. Si tu tentes quoi que ce soit, je tue ton fils d'une balle en pleine tête.

Il enroula une corde autour de ses deux mains et fit un nœud qu'il serra bien fort.

— S'il vous plaît, laissez mon enfant. Il est innocent.

— Je t'ai dit de ne pas parler, lui dit-il sèchement en la giflant. Tu crois que parce que tu as de l'argent, tu n'es pas obligée de respecter les règles, c'est ça ? Allez, maintenant, tais-toi et avance !

Courtney regarda son fils qui était posé sur la banquette arrière. Les températures du printemps n'étaient pas encore trop étouffantes mais dès que le soleil commencerait à se refléter sur le pare-brise, le véhicule deviendrait une fournaise.

— Je vous en prie, il va faire trop chaud dans la voiture.

L'homme la gifla une nouvelle fois. Plus fort cette fois. Courtney sentit sa tête partir violemment sur le côté et elle eut l'impression que sa mâchoire allait se décrocher.

— Ne me tente pas... Je pourrais très bien vous tuer tous les deux ici, ça ne me dérange pas plus que ça, et je sais que Jared serait fou de découvrir la voiture criblée de balles et vos deux corps sans vie à l'intérieur.

Quand il leva la main, elle se replia sur elle-même et il éclata de rire.

— Cet enfant est le fils de Jared. Il est donc mon atout le plus précieux. Je vais enfin pouvoir achever ce que j'ai commencé il y a cinq ans.

En comprenant ce que l'homme venait de dire, Courtney sentit le sol se dérober sous ses pieds. Mon Dieu... Toute cette histoire n'avait absolument rien à voir avec son propre père. Leur ravisseur était l'homme qui avait tué la femme de Jared et leur enfant à naître.

Elle sentit sa gorge se serrer. Personne n'y avait pensé. La demande de rançon n'était qu'un stratagème pour créer une diversion.

Et à présent, cet homme allait les tuer, Dylan et elle.

— Je vois à ton regard que tu as fini par saisir. Tu es plus maligne que Jared. Lui n'a rien compris. Il n'a jamais pris conscience que c'était moi qui aurais dû avoir tout ce qu'il possédait.

Il pointa le canon de son arme sur elle et ajouta :

— Avance.

Courtney marcha jusqu'à la porte de la cabane.

— Ouvre.

Se servant de ses deux mains liées, elle tourna la poignée et entendit le bois pourri craquer.

Elle tourna la tête sur le côté pour essayer de voir les traits de son assaillant, mais le regard de cet homme, sous son masque de ski, était vide et morne. Il n'y brillait aucune trace de pitié ou de compassion.

— Entre et va t'asseoir.

En marchant jusqu'à la chaise, Courtney sentit son couteau qui la gênait mais chaque fois qu'elle était sur le point de tenter quelque chose, la vision du petit corps de Dylan criblé de balles l'en empêchait.

Comment pouvait-elle s'y prendre pour sauver son fils ? Il devait bien y avoir un moyen...

— Reste assise ici. Si tu bouges, je tue ton fils. Si tu parles, je tue ton fils. Si tu pleurniches ou si tu me supplies, je tue ton fils. Est-ce que tu comprends ?

Courtney acquiesça.

L'homme sortit de la cabane et revint quelques instants plus tard avec Dylan et le siège-auto. Il installa le bébé dedans et celui-ci se mit à hurler.

Le ravisseur semblait totalement insensible à ses pleurs.

Aussi discrètement que possible, Courtney commença à essayer de dénouer le lien autour de ses mains.

Mais l'homme se tourna brusquement vers elle et haussa les sourcils. Puis il se dirigea vers le siège-auto et pointa le canon de son arme sur Dylan en la regardant. Courtney retint son souffle et il lui fit un grand sourire.

Elle avait compris le message. C'était lui qui contrôlait la situation.

Elle ne pouvait pas bouger. Elle ne pouvait pas appeler à l'aide. Elle ne pouvait pas essayer de le convaincre de les libérer. Et elle ne pouvait pas atteindre son couteau.

Dylan et elle étaient bel et bien pris au piège.

12

La maison lui donnait l'impression d'être devenue un mausolée. Tout en lui le sommait de partir explorer les routes, de fouiller les montagnes, de remuer ciel et terre pour les retrouver, mais il n'avait aucune piste...

Tandis qu'il errait de pièce en pièce, Jared entendait les éclats de rire de Dylan et voyait le sourire de Courtney dans chaque recoin. Il s'arrêta devant la chambre d'amis dont la porte était restée ouverte et ferma les yeux en voyant le berceau vide. Puis il traversa l'entrée et alla dans la cuisine. Au centre de la table était posée une assiette remplie de cookies.

Il soupira et se rendit dans son bureau. Dans cette pièce où ils avaient partagé tant de choses, elle et lui. Là où elle lui avait fait confiance et raconté dans quelle situation elle se trouvait. Là où il lui avait promis de les protéger, elle et Dylan. Là où ils avaient fait l'amour pour la deuxième fois.

En débarquant ici dans sa Mustang bleu ciel, Courtney et Dylan avaient changé sa vie. Il avait vécu comme un mort-vivant toutes ces dernières années, il le comprenait maintenant. Et sans même lui demander son avis, elle l'avait ramené à la vie. À présent, il se demandait si c'était une bonne ou une mauvaise chose.

Velma dirait une bonne, Roscoe une mauvaise. Mais pour Jared, ce n'était pas aussi simple.

Courtney lui avait redonné goût aux choses. Elle avait fait

renaître l'espoir en lui, il avait même commencé à se projeter dans l'avenir, mais à présent elle et Dylan avaient disparu.

Les sentiments étaient toujours là, mais cette douce chaleur agréable s'était transformée en quelque chose de sombre et de glacé.

Le pire était qu'ils étaient arrivés si près du but... Ils n'étaient pas loin de l'aéroport quand... Bon sang ! Jared n'était qu'à quelques pas de la voiture quand le ravisseur s'était glissé au volant. Cette pensée le rendait fou.

D'où ce salopard avait-il bien pu sortir ? Jared aurait dû être plus vigilant. Jamais il ne pourrait se pardonner cette négligence, il le savait. Quand il avait compris qu'il ne pourrait pas retrouver leur trace, il avait su que la partie était perdue. Il avait échoué.

Courtney et Dylan étaient maintenant à la merci d'un fou furieux.

Il devait les retrouver.

Il s'arrêta devant la table basse devant le canapé. Le téléphone portable que le ravisseur avait remis à Courtney était posé là. Jared l'observa un instant. L'homme allait-il seulement rappeler ?

Il glissa l'appareil dans sa poche en se disant qu'il ne pouvait prendre le risque de manquer ce possible appel. Quand Léon entra dans la pièce, Jared leva les yeux vers lui en soupirant.

— Il a dû me voir partir avec Courtney et Dylan et il a décidé de changer ses plans... Ce que je ne comprends pas, c'est comment il a pu s'adapter aussi rapidement.

— C'est bien pour ça que nous recherchons un profil d'expert en hautes technologies. Et peut-être même quelqu'un d'ici... Malgré notre discrétion, rien ne s'est passé comme prévu. Mes hommes vont interroger tous ceux qui travaillent au ranch et Zane fouille plus en profondeur les dossiers de chacun. Si quelqu'un cache quelque chose, nous allons très vite le découvrir.

L'agent fronça les sourcils et Jared sentit la peur l'envahir.

— J'espère que ce type est juste intéressé par l'argent, dit-il à Léon en se frottant les yeux. Je lui donnerai ce fric sans problème s'il veut bien laisser Dylan et Courtney s'en tirer.

— Moi aussi, Jared, moi aussi.

Mais Jared voyait bien ce que Léon pensait réellement. Il était prudent et méfiant. Jared se garda bien de lui demander quelles étaient leurs chances de survie. Il ne voulait pas savoir car il refusait de penser à ce qui pourrait se passer.

Il allait les retrouver. Il allait les ramener ici sains et saufs et alors il les enverrait loin du ranch de la Dernière Chance et de Carder afin qu'ils puissent vivre leurs vies en paix.

— Depuis combien de temps attendons-nous ? demanda Jared en se frottant la nuque.

— Ça va faire deux heures.

Le ton de Léon ne reflétait pas l'optimisme. Tous deux savaient pertinemment ce qui se passait. Le ravisseur avait les cartes en main. Ils ne pouvaient rien faire d'autre que d'attendre son coup de téléphone.

Un coup résonna soudain sur la porte. Léon quitta le bureau et traversa l'entrée pour aller ouvrir.

— Puis-je le voir ?

Jared se raidit en entendant la voix de Blake Redmond. Il aurait aimé pouvoir blâmer le shérif pour ce qu'il s'était passé mais celui-ci n'y était pour rien. Enfin peut-être était-il malgré lui un peu responsable... Mais Jared savait au fond de lui-même qu'il aurait dû emmener Dylan et Courtney dans les montagnes bien plus tôt, quand son instinct lui avait dit de le faire.

Le shérif entra dans la pièce, son chapeau à la main. Ses bottes claquèrent sur le parquet.

— Des nouvelles ?

— Non, pas de message, pas de demande de rançon, pas d'appel, rien.

— Bon sang, je suis désolé, ajouta Blake en fronçant les sourcils. En plus, j'ai d'autres mauvaises nouvelles. Nous avons retrouvé le camion de Derek, abandonné près du ranch des Criswell. Et je suis au regret de t'annoncer que nous avons découvert des traces de sang sur le dossier du siège.

— OK, ce n'est donc pas un accident...

— Je suis désolé, répéta Blake en secouant la tête.

— Et Derek ?

— Nous n'avons aucune idée de l'endroit où il peut se trouver… Mes hommes continuent à le chercher. Peut-être est-il inconscient ou blessé quelque part.

— Pourquoi ne suis-je pas surpris ? demanda Jared en regardant Blake. Depuis le départ, ce salopard a de l'avance sur nous, il joue avec nous depuis qu'il a écrit sa demande de rançon.

— Voilà l'argent, le coupa Léon en entrant dans la pièce avec un grand sac noir sur l'épaule. Quand il appellera, nous serons prêts pour l'échange.

Jared se figea en voyant le sac. En l'espace d'une seconde, il avait l'impression de revenir cinq ans en arrière. Il ouvrit la fermeture Éclair et regarda les liasses de billets.

— Tout ça n'a vraiment aucun sens… Que veut ce type ? De l'argent ? Que Jamison perde tout ? Est-ce une revanche ? Pourquoi suis-je mêlé à tout ça ?

— C'est toi qui as l'argent, Jared, lui répondit Léon en haussant les épaules. Mais tu as raison, il n'y a rien de logique dans toute cette histoire. Zane a fouillé dans les vies de tous les ouvriers de l'usine et aucun d'entre eux ne semble sortir du lot.

— Quelque chose nous échappe… Quelque chose qui est peut-être là, juste sous notre nez.

— Tout ça ressemble à une tentative de diversion, continua Léon. Comme l'incendie ou ce qui s'est passé sur l'autoroute… Ce type ne laisse aucune preuve, aucune trace… Il est comme un fantôme.

Jared se remit à faire les cent pas. Un fantôme. Ce sentiment de déjà-vu lui donnait la nausée. Il sortit le téléphone portable de sa poche et se mit à crier :

— Pourquoi tu n'appelles pas, bon sang ?

La poignée de la porte bougea et Jared posa instinctivement la main sur son Glock.

Tim entra en soutenant Roscoe qui marchait en boitant. Jared se précipita vers son contremaître.

— Roscoe ! Pourquoi es-tu sorti de ton lit ?

— Tu n'aurais jamais dû la quitter des yeux.

— Je sais, lui dit Jared. Mais ne t'en fais pas, c'est une guerrière, elle va s'en sortir.

— Je n'en doute pas, approuva Roscoe. Vous avez eu des nouvelles ?

Jared hocha la tête en prenant soin d'éviter son regard. Il n'était pas encore prêt à lui parler de la disparition de Derek. Il préférait attendre d'en savoir plus.

— Courtney est une femme forte et déterminée, dit Roscoe après s'être éclairci la gorge. Elle et son fils vont s'en tirer, je ne suis pas inquiet.

— Je le crois aussi, lui assura Jared en lui jetant un regard étonné. Mais je ne pensais pas t'entendre dire une telle chose un jour.

— Les filles de la ville sont pleines de surprises, répondit le contremaître en détournant les yeux.

— Depuis quand ?

— Depuis qu'une fille de New York m'a appris à voir les choses autrement, déclara Roscoe en regardant sa canne. C'est une perle, voilà tout.

Jared était tout à fait d'accord. Si les choses avaient été différentes, il aurait d'ailleurs tout fait pour convaincre Courtney de rester vivre ici mais il doutait que l'histoire se finisse de la sorte. Il allait plutôt être question d'une maison vide, d'un lit vide et d'une vie vide. Jared allait tout faire pour la sauver puis il la laisserait partir. Pour la protéger.

Il baissa la tête et se frotta une nouvelle fois les yeux.

Quelque part dans la maison, une vieille pendule se mit à sonner. Dehors, la nuit commençait à tomber.

— Où pouvez-vous bien être ? Courtney… Oh ! faites que vous soyez sains et saufs.

Soudain, le téléphone dans sa poche se mit à vibrer. Le téléphone du *ravisseur*.

Jared le sortit et décrocha en prenant soin d'enclencher la touche du haut-parleur.

— King.

Son interlocuteur resta silencieux un moment à l'autre bout du fil.

— Jared King, murmura enfin une voix. Ça faisait longtemps...

Jared regarda Léon en écarquillant les yeux.

— Je vous connais ?

— Laisse-moi te rafraîchir la mémoire, lui répondit l'homme avant de marquer une pause. Tu n'as pas suivi mes instructions. Une nouvelle fois. Tu n'as donc rien appris de tes erreurs. Tu as fait la même bêtise qu'il y a cinq ans.

Cette voix de robot... Jared sentit ses jambes flancher et il faillit s'écrouler au sol. Ce n'était pas possible ! Il y a cinq ans ? C'était lui. C'était l'homme qui avait tué Alyssa.

— Surprise ! continua l'homme à l'autre bout du fil. Je ne t'ai pas trop manqué ?

— Espèce de fils de pute !

— Je te remercie pour le compliment, malheureusement ce n'est pas tout à fait juste. Ma mère était une sainte. Mais revenons plutôt à nos moutons, veux-tu ? Je n'ai pas reçu mon paiement la dernière fois, j'espère que tu as remarqué que je n'avais pas oublié les intérêts.

Jared regarda une nouvelle fois Léon. Que cela signifiait-il ? Ils avaient pensé que ce montant étrange correspondait aux emprunts d'Edward Jamison.

Léon fit signe qu'il ne comprenait pas non plus.

— Tu es perdu, n'est-ce pas ? Ne t'inquiète pas. J'ai peut-être un peu gonflé les chiffres pour rendre tout ça plus amusant... Surtout quand j'ai compris que notre petit jeu n'était pas terminé. Tu as été un vilain garçon... Succomber au charme de cette *nouvelle* femme, à New York en plus. Et la mettre en cloque !

— Mais qui es-tu ?

Comment savait-il tout ça ? Il n'y avait que quelques jours que Courtney lui avait révélé l'existence de Dylan.

— Tu n'es pas obligé de faire ça, Courtney et Dylan sont innocents, lui dit-il en espérant le faire parler davantage.

L'homme éclata de rire et ce son inhumain fit frissonner Jared.

— Mais toi non, lui répondit l'homme après avoir retrouvé son calme.

— Que veux-tu ?

— Oh ! je suis sur le point d'obtenir exactement ce que je veux. Je pourrais même raccrocher maintenant et laisser les choses se terminer ainsi. J'imagine que tu finirais par les retrouver. Un jour.

— Et l'argent ?

— Ah oui, c'est vrai.

L'homme resta silencieux un si long moment que Jared eut envie de l'étrangler. Léon vint se poster à côté de lui et appuya sur une touche pour rendre le téléphone muet.

— Je sais que tu ne veux pas te laisser faire, lui dit-il, mais tu dois lâcher prise. Il veut avoir le contrôle de la situation et tu dois le laisser faire. Je te rappelle que nous n'avons toujours aucune idée de qui il est, et que si Jamison n'est pas impliqué, les recherches de Zane n'ont été qu'une pure perte de temps. Jared, tu dois tout faire pour qu'il accepte une rencontre.

— Je sais, acquiesça Jared. Mais quand je l'entends je n'arrive pas à me retenir.

— Jared, dit finalement le ravisseur à l'autre bout du fil, et tout le monde se figea dans le bureau. Je crois qu'il est grand temps que nous organisions une rencontre. Que dirais-tu d'un petit pèlerinage ? Apporte la rançon sur la jetée du lac de la Dernière Chance. Tu as une heure. Et laisse tous tes petits amis chez toi. Si je vois le shérif ou cet agent que tu as embauché quitter ton ranch, ton fils et elle mourront.

— Attends...

Mais l'homme raccrocha. Jared lança un regard désespéré à Léon.

— Tu peux le géolocaliser ?

Léon hocha la tête.

— Non, il a parfaitement chronométré son appel. Nous aurions eu besoin de trois secondes de plus. Mais nous savons qu'il est probablement dans les environs.

— C'est certain puisqu'il devra lui aussi être au lac dans une heure, dit Jared avant d'afficher un air inquiet. Mais nous n'avons plus d'options. Il cherche seulement une excuse pour les tuer.

Il marqua une pause et regarda chaque personne présente dans la pièce.

— Soit j'y vais seul, soit je dois avoir *l'air* d'être seul, reprit-il. Je ne veux prendre aucun risque cette fois.

— Nous n'avons pas beaucoup de temps devant nous pour organiser tout ça, répondit Léon d'un ton contrarié. Il est peut-être même déjà sur place. En train d'observer et d'attendre.

— Voilà pourquoi je vais faire exactement ce qu'il me demande.

Un éclat de lumière rouge zébrait l'horizon. La nuit était en train de tomber. Courtney ne regardait qu'une seule chose : le bateau amarré à une plate-forme, au milieu du lac, devant elle.

Assise sur une chaise en bois que le ravisseur avait placée au bout de la jetée, elle ne quittait pas des yeux son fils qui, toujours installé dans le siège-auto, se trouvait sur le bateau à côté du ravisseur.

Dylan ne lui avait encore jamais paru si vulnérable, il était totalement à la merci de cet homme masqué et armé.

Courtney avait toujours les mains attachées mais elle frottait le chanvre de la corde contre le montant de la chaise et avait maintenant le bout des doigts en sang. L'homme lui avait attaché une ceinture de poids autour de la taille mais l'avait laissée libre de pouvoir se lever. Sauf que si elle bougeait ne serait-ce que d'un millimètre, il tuerait son fils.

Il avait le contrôle.

Et depuis près d'une heure, Dylan pleurait. Courtney grimaça en entendant les hoquets bruyants de son bébé.

— Ma, ma, sanglotait-il. Ma, ma…

Ils étaient en difficulté. Elle devait trouver un moyen de les sauver, elle et son fils, mais elle n'arrivait pas à trouver lequel.

Soudain le grondement d'un moteur interrompit le fil de ses pensées. Son cœur manqua un battement et elle sentit l'espoir renaître en elle.

Le vieux camion de Jared apparut au bout de la jetée. Il coupa le moteur et bondit hors du véhicule, un grand sac de sport à la main.

En la découvrant, il écarquilla les yeux puis il entendit les pleurs de Dylan et regarda vers le bateau au milieu du lac.

Le visage assombri par le ciel presque noir, il avança sur la jetée.

Jamais elle ne l'avait encore vu aussi tendu, aussi nerveux. Aussi furieux.

— Je suis désolée, lui dit-elle sans savoir s'il pouvait l'entendre.

— Stop ! hurla la voix robotisée du ravisseur dans un porte-voix quand Jared fut à mi-chemin.

Courtney n'avait pas cessé de frotter la corde contre le bois de la chaise et elle espéra un instant pourvoir profiter de la diversion pour essayer d'attraper son couteau. Mais elle savait qu'un seul mouvement pouvait tuer son fils.

— Voilà l'argent, cria Jared en posant le sac au sol. Je suis venu seul comme vous me l'avez demandé. Et si toute cette histoire s'achevait maintenant ? Vous prenez l'argent, vous les laissez partir et nous oublions que tout ça est arrivé.

L'homme pointa le canon de son fusil vers le siège-auto avant de répondre :

— Je ne pense pas que ça va être possible, non.

— Je vous en prie, non ! hurla Courtney en se retenant de bouger.

— Silence ! lui ordonna le ravisseur. Silence, ou je le tue immédiatement.

Elle regarda Jared.

— Il ne bluffe pas, murmura-t-elle. Il est fou. Il le fera.

— Je sais, répondit Jared le plus calmement possible.

Il semblait émaner de lui une confiance et une sérénité qu'elle admirait. Elle espéra qu'il avait un plan.

Quand il leva les yeux, elle vit qu'il était déterminé et sûr de lui. Il avait quelque chose en tête.

— Alors laisse-moi t'expliquer les règles, Jared, reprit l'homme. C'est un peu différent d'il y a cinq ans, tu ne trouves pas ? Cette fois, il y a deux personnes que tu aimes en jeu. Deux personnes que tu voudrais sauver... Mais... Tu ne pourras en sauver qu'une !

L'homme se mit à glousser.

— Tu as le choix, reprit-il après s'être calmé. Mais faisons les choses dans l'ordre, il y a un petit bateau à droite de l'embarcadère, à côté de la femme que tu aimes. Dépose le sac avec l'argent, à l'intérieur.

Jared parcourut le reste du trajet et posa le sac dans la petite embarcation. Courtney leva les yeux vers lui. En le voyant si grand et si fort, elle se rendit compte qu'il était le seul capable de sauver son fils.

— Très bien, dit le ravisseur.

Un moteur démarra et le petit bateau télécommandé traversa le lac, passa devant la plate-forme et partit dans la direction opposée.

— Vous avez ce que vous vouliez, laissez-les partir ! cria Jared. S'il vous plaît !

— Oh ! je suis encore très loin d'avoir tout ce que je veux. Notre transaction n'est pas du tout terminée.

En entendant la malveillance dans les propos de cet homme, Courtney ferma les yeux. *Je Vous en prie, sauvez Dylan.*

— Je te contrôle. Chacun de tes faits et gestes. J'ai tout ce que tu veux. Enfin ! Tout ça aurait dû être à moi dès le départ.

— Mais qui es-tu ? hurla Jared.

— Ta conscience. Ou ton cauchemar, lui répondit l'homme en éclatant de rire. Oh ! Jared, qui je suis n'est pas si important. Ce qui est important, c'est que tu te souviennes pour toujours de ce moment. Car tu vas devoir vivre le restant de tes jours avec le souvenir de ta décision.

Les pleurs de Dylan diminuèrent, le bébé devait être épuisé.

— On dirait que ton fils en a assez. Moi aussi. Allez, il est l'heure de choisir. La femme que tu aimes ou ton petit garçon.

— Non ! cria Courtney. Vous ne pouvez pas faire ça !

— C'est moi qui contrôle la situation, je peux faire tout ce que je veux, lui répondit l'homme en éclatant d'un grand rire mécanique. Tu peux sauver un des deux. Si tu choisis le bébé, je le laisse sur la plate-forme, tu n'auras qu'à venir le chercher, mais par contre, tu devras pousser la mère dans l'eau et la laisser couler. Si tu essaies de la sauver, je tue ton fils... Et si tu la choisis, elle, je jette l'enfant dans l'eau et hop, il se noie.

Il souleva un gros haltère pour montrer à Jared que celui-ci était attaché au siège-auto.

Courtney vit le désespoir briller dans les yeux de Jared.

— Pourquoi faire ça ? demanda-t-il au ravisseur. Vous avez l'argent. Je vous en prie, je vous en supplie. Qu'est-ce que je peux faire pour vous faire changer d'avis ?

— J'aime que tu me supplies, Jared. Ça te donne l'air humble, lui répondit l'homme en riant une nouvelle fois. Veux-tu me donner tout ce que tu as ? Ton argent, ta maison, tes terres, ton pétrole ?

— Prenez tout ! Tout ce que vous voulez ! Laissez-les seulement vivre tous les deux.

— Mets-toi à genoux ! Supplie-moi !

Jared n'hésita pas un instant et s'agenouilla comme s'il faisait sa prière.

— Je vous en prie, je ferai tout ce que vous voulez. Laissez-les seulement partir.

Les larmes se mirent à couler sur le visage de Courtney. Rien ne se passait comme prévu. Elle ne voyait pas comment ils allaient pouvoir s'en sortir tous sains et saufs.

L'homme cessa soudain de rire.

— Fais ton choix. Maintenant. Si tu ne le fais pas, je tire sur le bébé. Puis sur la mère. Tu les perdras tous les deux.

Jared se releva. Il regarda Courtney puis son fils. Elle comprit qu'il était en train de réfléchir aux chances de pouvoir les sauver tous les deux.

Mais la distance entre eux était trop grande. C'était impossible.

— Tu es en train de te dire que je ne peux pas la tuer de là où je suis, n'est-ce pas ? Eh bien, réfléchis bien. Je pourrais avoir une arme de haute précision, lui dit-il en levant son fusil en l'air pour lui montrer. Ce n'est pas si difficile quand on est bien équipé, tu sais.

En entendant ces mots, Courtney sentit disparaître le peu d'espoir qui lui restait. Une étrange paix l'envahit et elle leva calmement les yeux vers l'homme qu'elle aimait, l'homme qui aurait pu sacrifier sa vie pour eux, elle le savait.

— Jared, lui dit-elle avec sérénité. Tu dois sauver Dylan. Il est le seul qui importe. Toi et moi sommes d'accord, je le sais.

Il la regarda, l'air perdu.

— Je peux vous sauver tous les deux, murmura-t-il dans un souffle. Je te le promets.

— Je crois en toi, lui dit-elle, la gorge sèche. Mais je n'ai pas confiance en lui.

Elle se déplaça légèrement et baissa les yeux.

— Je ne te l'ai encore jamais dit, mais je t'aime, Jared. Je t'aime depuis le jour où nous nous sommes rencontrés.

— Courtney...

— Tu es un très bon père, ajouta-t-elle. S'il te plaît, dis à Dylan que sa maman l'aimait de tout son cœur.

Et sur ces mots, elle se leva, sauta dans l'eau glacée du lac et coula à pic, comme une pierre.

13

Horrifié, Jared regarda Courtney disparaître sous l'eau. Il savait qu'avec les poids qu'elle portait à la taille elle allait couler jusqu'au fond du lac.

— Mais quelle conne ! jura l'homme sur le bateau. Oh ! j'aurais voulu que ce soit toi qui choisisses.

Un coup de feu retentit soudain et l'homme tomba sur le côté. Le bateau tangua et Dylan recommença à pleurer.

Jared regarda vers l'endroit où se tenait Léon, à peu près à deux cents mètres à vol d'oiseau. À cette distance, ce tir paraissait impossible mais Léon était un professionnel.

Blake Redmond sortit de sa cachette en courant et se précipita vers un bateau amarré non loin.

Sachant que son fils serait sain et sauf dans quelques instants, Jared enleva ses bottes et plongea dans le lac. Le niveau était plus bas que d'ordinaire et l'eau était trouble. Quand il commença à descendre dans les profondeurs, la lumière disparut rapidement et il dut plisser les yeux pour tenter de discerner quelque chose parmi les formes et les ombres étranges.

Un terrible sentiment de déjà-vu lui serrait la gorge. Mais cette fois, l'issue ne serait pas la même. Désespéré, il tendit la main vers le bois de l'embarcadère. Elle avait plongé à cet endroit. Il trouva un bout de bois et s'en servit comme d'un guide. S'enfonçant de plus en plus bas, il sentit bientôt ses poumons le brûler mais il n'était pas question de remonter prendre de l'oxygène. Pas sans Courtney.

Les ténèbres l'engloutirent.

Non. Non. Ça ne pouvait pas recommencer. Pas comme avant. Tout à coup, comme sortie de nulle part, il distingua une silhouette trouble. Il avança tant bien que mal vers elle et lui saisit le bras. Mais elle se dégagea et Jared comprit que Courtney était en train de se servir de son couteau pour se libérer de la ceinture de poids. D'un geste, il sortit son propre cran d'arrêt et acheva la tâche. La ceinture tomba et Courtney se laissa aller dans ses bras.

Non, ne fais pas ça, Courtney.

Jared passa son bras autour de sa taille et mit tout en œuvre pour remonter à la surface le plus vite possible. Une fois à l'air libre, il inspira profondément et entraîna le corps de Courtney vers la jetée.

Son cœur sembla se pétrifier quand il se rendit compte qu'elle n'avait plus aucune réaction.

— Amène-la ici ! lui cria Léon en se penchant pour l'attraper et la hisser sur l'embarcadère.

— Elle bougeait encore il y a tout juste quelques secondes, dit-il à Léon en grimpant à côté du corps. Allez, Courtney !

Il lui tourna la tête sur le côté et un peu d'eau sortit de sa bouche. Puis il plaça une de ses mains dans son cou pour chercher son pouls.

Mais son cœur ne battait plus. Il allait devoir le faire repartir.

Il posa ses mains sur sa poitrine et commença le massage cardiaque. Dix, vingt, trente.

— Courtney, lui dit-il, ton fils a besoin de toi. J'ai besoin de toi.

Il se pencha et commença à lui faire du bouche-à-bouche. Une fois, deux fois puis il reprit son pouls. Qu'est-ce que c'était ? Un faible signe de vie ?

— Allez ! lui cria-t-il en sentant l'espoir renaître en lui. Tu peux le faire ! Allez, bats-toi ! Pour Dylan !

Il rapprocha sa joue près de ses lèvres mais il ne sentit toujours aucun souffle.

Il reprit le bouche-à-bouche.

Puis il la tourna sur le flanc et frappa dans son dos. Ses

poumons semblèrent se soulever. De l'eau jaillit de sa bouche et elle se mit à tousser avant d'expulser violemment tout le liquide qui était dans son corps.

— Alléluia ! s'écria Léon en regardant Jared avec un grand sourire.

Jared se pencha sur Courtney et prit son visage entre ses mains.

— Te revoilà, lui murmura-t-il doucement.

— Dylan ?

— Il est sain et sauf, lui répondit-il en lui montrant du doigt la plate-forme au milieu du lac sur laquelle Blake tenait le bébé dans ses bras.

Courtney éclata en sanglots et s'affaissa au sol.

— Je...

Jared l'aida à se redresser puis plongea son regard dans le sien.

— Ne me refais jamais ça, lui dit-il en la serrant fort dans ses bras.

— Tu n'aurais pas fait la même chose peut-être ?

— Là n'est pas la question, lui répondit-il avant d'embrasser ses tempes, ses joues puis ses lèvres. J'ai bien failli te perdre.

— Je sais, dit-elle la voix vibrante d'émotion. Mais je suis toujours là et tu as sauvé ton fils. Tu nous as sauvés tous les deux.

Elle ouvrit sa main, laissant apparaître le couteau.

— C'est toi qui as coupé la plus grande partie de cette corde, dit-il, je ne sais pas si j'aurais réussi à t'en libérer à temps.

— Je me suis battue. Pour toi. Pour notre fils. Je savais que tu sauverais Dylan même si je ne m'en sortais pas, mais la vérité c'est que tu as besoin de moi. Je ne t'ai même pas encore appris à changer une couche.

Elle lui sourit puis posa doucement sa tête contre son torse.

— Merci.

— C'est plutôt CTC qu'il faut remercier, la corrigea Jared en faisant un signe de tête à Léon.

— Cette affaire va rester dans nos annales, c'est certain !

Ils regardèrent en silence Blake qui conduisait le bateau jusqu'à eux, suivi de près par la petite barque télécommandée qui portait le sac rempli de billets.

Quand ils accostèrent, Dylan tendit les bras vers son père et celui-ci le serra fort contre lui avant de le donner à Courtney.

— Mon petit ange, lui dit-elle en le regardant sous toutes les coutures pour vérifier qu'il allait bien.

— Mama, dit-il dans un hoquet.

— Il va bien.

Elle le serra fort contre elle et Jared les enlaça tous les deux. Sa joue posée dans les cheveux de Courtney, il ferma les yeux et prononça une prière de remerciement.

Un bruit sourd attira soudain son attention. Blake et Léon venaient de poser le corps du ravisseur sur la jetée. L'homme gisait là, encore masqué, encore anonyme, l'arrière de son crâne arraché par le tir de Léon.

— Je devais viser la tête, sinon il aurait pu appuyer sur la gâchette par réflexe, dit l'agent en regardant le corps de l'homme.

— Qui est-ce ? demanda Jared. Qui me hait au point de vouloir tuer des innocents ?

Blake s'agenouilla à côté du corps et retira le masque de ski.

En découvrant le visage du ravisseur, Jared sentit le sol se dérober sous ses pieds.

— Non, ce n'est pas possible, dit-il en hochant la tête. Derek ? Non, non... Ce n'est pas possible, c'était mon meilleur ami, je lui faisais entièrement confiance, je lui ai même demandé de monter la garde.

Pendant quelques instants, seul le clapotis de l'eau contre le bois de la jetée vint briser le silence.

— Pourquoi ? Pourquoi a-t-il fait une chose pareille ?

Le petit hôpital de Carder allait la rendre folle. Allongée sur son lit, Courtney voyait défiler depuis des heures tous les médecins, infirmières et autres membres du personnel. Et tous avaient une bonne excuse pour venir la voir.

— Vous avez besoin de quelque chose, madame ? lui demanda une jeune adolescente en passant la tête par la porte.

— Non, merci.

Elle essayait de garder son calme. Les habitants de Carder faisaient tout ce qu'ils pouvaient pour qu'elle se sente chez elle. Et si elle était honnête avec elle-même, ce n'était pas désagréable. Elle regarda Jared et il gloussa.

— Je peux accrocher un petit panneau « Ne pas déranger » sur la porte, si tu veux.

— Tu crois que ça suffirait ? lui répondit-elle en ne réussissant pas à masquer l'espoir dans le ton de sa voix.

— Aucune chance, tu es célèbre, maintenant. Tu es la femme qui s'est sacrifiée pour son fils, dit Jared en redevenant sérieux. Je suis si désolé de t'avoir mise dans cette situation. Tout ça n'aurait jamais dû se produire.

— Ce n'est pas ta faute, c'est la sienne, lui répondit Courtney en espérant ainsi atténuer la culpabilité que ressentait Jared.

Il avait fait tout ce qu'il pouvait pour tenter de la sauver et avait réussi. Pourquoi ne comprenait-il pas qu'il n'était pas responsable de ce qui était arrivé ?

— Le médecin a dit que je pourrai partir quand nous aurons fini de remplir les papiers administratifs, lui dit-elle.

Jared acquiesça et tapota doucement le dos de Dylan qui était endormi dans ses bras.

— Il a l'air si bien, murmura Courtney.

— Je pourrais passer ma vie à regarder ses petits doigts, ses petits orteils et à l'écouter respirer, lui répondit Jared en baissant les yeux sur son fils.

— Je me souviens avoir ressenti la même chose en rentrant de la maternité.

— Tu veux dire que je vais m'y habituer ?

— Oh non, lui répondit-elle en hochant la tête. Non, car Dylan est un petit miracle.

— Vous l'êtes tous les deux... Nous n'en avons jamais parlé mais je suis désolé de ne pas avoir été là pendant ta grossesse et le jour de ton accouchement. J'espère que tu sais que j'aurais été à tes côtés. Enfin avec ton accord, bien sûr.

— Je sais... D'ailleurs je regrette que tu aies raté ça.

Jared écarta une mèche des cheveux de Dylan qui était collée sur son front et regarda Courtney avec un sourire.

— Il aime les chevaux.

— Je ne suis pas surprise.

Courtney resta silencieuse. Elle se doutait que Jared voulait dire autre chose et elle se mit à trembler d'impatience.

Pensaient-ils à la même chose ? Comment pouvait-elle s'y prendre pour lui poser cette question ?

Elle prit une profonde inspiration pour se donner du courage. Elle n'avait qu'à se lancer. Les derniers jours lui avaient appris qu'il ne servait à rien d'attendre, il fallait vivre le moment présent et repousser la peur. *Carpe diem*. Vivre au jour le jour n'avait encore jamais été aussi évident.

Mais alors qu'elle s'apprêtait à se jeter à l'eau, un coup fut frappé à la porte et, sans attendre de réponse, Léon entra dans la pièce, accompagné d'un autre homme.

— Je vous présente Zane Westin, le magicien de l'informatique chez CTC. C'est lui qui a travaillé sur la vie secrète de Derek Hines. J'ai pensé que vous seriez curieux de savoir ce qu'il a découvert, mais avant toute chose je voulais vous prévenir, Courtney, que l'avis de recherche émis contre vous par l'État de New York a été annulé, vous ne risquez donc plus d'être arrêtée.

Courtney regarda Jared et lui sourit. Mais depuis le dénouement de l'affaire, celui-ci ne semblait pas en paix. Roscoe, lui, était inconsolable. Ni l'un ni l'autre ne comprenaient comment Derek pouvait être cet homme, caché derrière ce masque.

— Sa vie secrète ? demanda Jared.

— Tout ce que Derek vous a dit depuis qu'il a quitté l'armée n'est qu'un tissu de mensonges, lui répondit Zane. Il n'a jamais obtenu le moindre diplôme, a connu quelques déboires et était plutôt bon dans l'art de dissimuler et de trouver certaines informations.

Zane regarda Courtney puis Jared.

— Dis-leur, lui dit Léon.

— Ça faisait longtemps qu'il était obsédé par votre famille et par votre ranch, Jared, reprit Zane en sortant un dossier de son sac. Il avait apparemment rencontré votre première femme dans un bar, la semaine qui a précédé votre propre rencontre. Et d'après ce qu'il a écrit, il s'était entiché d'elle.

— Étrange. Il ne m'a jamais parlé de ça, répondit Jared en fronçant les sourcils.

— Alyssa semble vite être tombée amoureuse de vous et Derek a écrit des dizaines de mails et de lettres la suppliant de bien vouloir lui laisser une chance et vous avertissant de la laisser tranquille. Mais il n'a jamais rien envoyé. Et quand, enfin, il a osé lui écrire, elle ne se souvenait plus de lui. Ça l'a rendu fou. Quand vous vous êtes mariés, quelque chose en lui semble s'être brisé. Et tout ce qui ne fonctionnait pas dans sa vie lui a alors paru être votre faute.

— Mais ça n'a aucun sens… Nous étions amis. Nous nous faisions confiance.

— Tous les secrets qu'il a gardés pour lui l'ont rongé de l'intérieur. Il semble n'avoir jamais parlé de rien à personne. Il pensait que son père aurait préféré vous avoir comme fils. Il est rapidement devenu obsédé par l'idée de vous enlever. Alors quand Chuck Criswell a débuté son opération de sabotage, Derek s'est amusé à brouiller les pistes. C'est lui qui a tiré sur Angel Maker pour faire peur au cheval. Il ne savait pas que la clôture n'était plus viable et que le taureau allait s'enfuir. Il semble avoir trouvé tout ça très drôle. C'est aussi lui qui a salé l'eau des bêtes et répandu l'essence sur les écuries.

— Il a bien failli tuer son propre père.

— Il a écrit qu'il fallait assumer les dommages collatéraux.

— Mais comment ai-je pu passer à côté de tout ça ? dit Jared en se frottant les tempes.

— Il a tout fait pour que vous ne compreniez pas. Et comme il était loin de Carder et que vous ne le voyiez presque jamais, vous n'avez pas pensé à lui et n'aviez rien remarqué d'étrange dans son comportement. J'ai appelé certaines de ses fréquentations et tous m'ont dit que Derek était si furieux, qu'il avait tant de colère en lui qu'il les rendait nerveux.

— Mais comment a-t-il découvert mon existence ? demanda Courtney.

— Quand le détective privé que vous aviez engagé a commencé à enquêter sur Jared, ça lui a mis la puce à l'oreille. Une chose est sûre, il était doué dans l'art d'espionner, j'avoue que j'ai même été plutôt impressionné. Un fois qu'il a appris, grâce au détective privé, que votre père avait des problèmes financiers, son plan a commencé à prendre forme. Il a piraté ses comptes en banque et a modifié les dossiers. La banque a cru, en se fiant aux documents trafiqués, que la décision avait été prise de lancer les prêts. Derek a tout fait pour que vous n'ayez plus qu'une seule solution : venir demander de l'aide à Jared. Et il a embauché un tueur à gages pour éliminer Botelli et ne prendre aucun risque.

— Vous voulez dire que Derek a mis en place ce plan ultra-compliqué uniquement pour se venger de moi ? demanda Jared d'une voix altérée par la douleur.

— Élaboré pendant cinq ans et tout ça dans le seul but de vous détruire. Il attendait juste la bonne opportunité pour vous faire souffrir autant que lui, conclut Zane. Plutôt impressionnant, pour un type aussi fêlé.

Léon fusilla du regard son collègue et celui-ci haussa les épaules.

— Quoi ? C'est la vérité.

Courtney mit un moment à digérer le flot d'informations. Elle n'avait manifestement été qu'un simple pion dans une opération de vengeance qui avait commencé des années plus tôt. Elle s'agita dans son lit. Tout ce qu'ils avaient traversé avait été orchestré par un seul homme. Un homme amer et envieux.

— Il y a une dernière chose que vous devriez savoir tous les deux, ajouta Léon. Son idée initiale était d'emmener Courtney et le bébé jusqu'à ce lac pour les tuer tous les deux. L'argent ne l'a jamais intéressé. Ce qu'il voulait, c'était vous rendre fou, Jared. De cette manière, il aurait pu prendre les rênes de votre ranch.

— Il voulait ta vie.

Un sanglot étouffé se fit entendre. Roscoe se tenait dans

l'embrasure de la porte. Léon se précipita vers lui pour lui apporter son soutien.

Jared se leva et déposa Dylan dans les bras de Courtney. Puis il marcha vers son contremaître et le regarda. Ses yeux étaient injectés de sang et il paraissait avoir vieilli de dix ans.

— Je ne savais pas, dit-il à Jared en s'agrippant à sa chemise. Je te jure que je ne savais pas.

— Comme nous tous, lui répondit Jared en acquiesçant doucement.

Roscoe baissa les yeux à terre puis regarda Courtney, Dylan et à nouveau Jared.

— Je... Je suis tellement désolé.

Et il sortit de la chambre en boitant. Jared allait le suivre mais Léon le retint.

— Laissez-le partir. Il va lui falloir du temps pour accepter l'idée d'avoir été trahi par son propre fils.

— Le plus fou dans cette histoire, lui répondit Jared en soupirant, c'est que si Derek avait voulu gérer le ranch avec moi, j'aurais été ravi de travailler avec lui. Je l'aimais comme un frère. Est-ce pour cela que je n'ai pas vu qui il était vraiment ?

— C'était un véritable sociopathe, ajouta Zane. Il connaissait les codes de la société et savait se comporter comme on est censé le faire, mais la vérité c'est qu'il pensait que le monde ne tournait qu'autour de lui. Vous n'auriez rien pu faire ou changer. Il n'avait pas la moindre empathie pour personne.

Jared tendit la main vers Léon pour la serrer avant de prendre celle de Zane.

— Merci à vous deux. Dites aussi à Ransom que je lui dois une fière chandelle. Je ne sais pas si je pourrai lui rendre un jour la pareille.

— Ravi d'avoir pu aider, lui répondit Léon. Et surtout ravi que tout se soit bien terminé.

L'agent se tourna vers Courtney et lui fit un grand sourire.

— Merci de lui avoir sauvé la vie, lui dit-elle en regardant Dylan.

Léon marcha vers elle et déposa un baiser d'adieu sur sa joue avant de quitter la pièce avec Zane.

Jared referma la porte derrière eux puis revint près d'elle.

— Tu vas bien ? lui demanda-t-elle d'une voix douce en berçant Dylan.

— Non, lui répondit-il en s'asseyant au bord du lit. Je n'arrête pas de repenser au moment où Derek est arrivé au ranch. J'avais une confiance absolue en lui. J'aurais pu lui mettre vos vies entre les mains. C'est ce que j'ai fait d'ailleurs. J'ai mis la vie de tout le monde entre ses mains.

Courtney leva les yeux vers lui et plongea son regard dans le sien. Il déglutit avec peine et reprit :

— Je suis si désolé pour tout ce qui s'est passé. Pour toute la peine que tu as subie... Je sais que tu vas probablement bientôt quitter Carder pour retourner à New York, lui dit-il en caressant doucement le front de leur fils. Cependant... Sache que je... Je ferai tout ce que tu voudras mais je voudrais faire partie de la vie de Dylan. Si tu me le permets.

Courtney se figea. Elle ne s'attendait pas à ce qu'il la rejette. Elle avait espéré que... Elle détourna le visage et regarda au loin, par la fenêtre.

— Pourquoi fais-tu ça ?

— Tu as ta vie à New York. Tu as une carrière. Ton père. Pourquoi voudrais-tu rester ici ? Cet endroit ne sera toujours pour toi qu'un mauvais souvenir.

Courtney se retourna vers Jared et le fusilla du regard.

— C'est ce que tu veux vraiment ?

— Oui. Je vais demander à Ransom s'il peut faire préparer l'avion pour votre retour à New York. Nous allons trouver une solution.

— Mais, pourquoi, Jared ?

— Parce que c'est la meilleure chose à faire.

Le soleil était à présent sur le point de se coucher sur les terres du ranch de la Dernière Chance. Jared s'était installé sous le porche et contemplait les couleurs crépusculaires dans le ciel texan pendant que Courtney faisait ses bagages. L'avion était prêt et l'heure des adieux approchait.

Roscoe le rejoignit en poussant devant lui le fauteuil roulant dans lequel était installée Velma.

— Comment te sens-tu aujourd'hui ? lui demanda Jared en s'agenouillant à ses côtés.

— Agacée, gronda-t-elle. Je n'arrive pas à boutonner mes vêtements, je ne peux pas cuisiner, je ne parviens même pas à me tenir debout quelques minutes sans avoir de vertiges...

Elle marqua une pause puis tourna la tête vers Roscoe.

— Je suis si désolée pour Derek.

— Et moi, je n'arrive toujours pas y croire, lui répondit le contremaître avec un air contrarié.

— Il n'était pas bien dans sa tête, poursuivit Velma en tapotant sa main affectueusement. Mais quoi qui lui soit arrivé, Roscoe, tu n'y es pour rien. Ne l'oublie jamais.

— Ça, je n'en suis pas si sûr...

La blessure était trop récente, ils le savaient tous. Des nuages venant de l'ouest apparurent dans le ciel, annonçant l'arrivée prochaine de la pluie. Une fin parfaite pour ce qui avait probablement été une des épreuves les plus éprouvantes qu'il avait traversées, pensa Jared.

— Je vais faire un tour, leur dit-il en s'éloignant.

Il savait qu'il n'avait pas besoin d'en dire plus. Roscoe et Velma le comprenaient.

Angel Maker souffla quand il passa devant son enclos mais Jared ignora la bête. Il se sentait comme abruti.

Le petit cimetière familial était encerclé d'une clôture en bois blanc qu'il longea jusqu'au portique d'entrée puis il marcha jusqu'aux deux tombes les plus récentes. Celles d'Alyssa et de leur fille.

— Nous l'avons enfin arrêté, ma chérie, dit-il à voix haute en regardant l'inscription sur la stèle. Mon Dieu, je regrette tellement de ne pas avoir compris plus tôt. Je ne cesse de repenser à cet instant où je vous ai présentés l'un à l'autre. Pourquoi n'ai-je pas vu la surprise et la colère s'afficher sur son visage ? Pourquoi n'ai-je pas vu combien il me haïssait ?

Jared s'accroupit et commença à arracher les mauvaises herbes qui poussaient entre les pierres.

— Je voulais te sauver, Alyssa. Je voulais construire une famille avec toi, reprit-il avant de soupirer. Je crois que Courtney te plairait... Vous pourriez probablement discuter toutes les deux pendant des heures... J'ai bien failli la perdre, elle aussi. Je ne sais pas par quel miracle, elle s'en est tirée, mais je sais que je dois maintenant la laisser repartir. Même si elle m'a dit qu'elle m'aimait, je crois que c'est ce que je dois faire.

— En es-tu vraiment certain ?

La voix de Courtney était teintée de douleur et de chagrin.

Jared se releva et se retourna. Elle était seule.

— Où est Dylan ? lui demanda-t-il.

— Avec Velma et Roscoe.

— Tes bagages sont prêts ?

— Non, lui répondit-elle en relevant le menton fièrement.

Jared écarquilla les yeux.

— Je ne comprends pas.

— J'ai passé la nuit entière à réfléchir au fait de rentrer à New York. J'ai besoin de comprendre quelque chose. Pourquoi ? Pourquoi nous laisses-tu partir ?

— Je... Je...

— C'est bien ce que je pensais. Tu nous aimes, Jared King. Dis-moi seulement que ce n'est pas vrai, là maintenant devant moi et je te jure que je partirai d'ici sans jeter un seul regard en arrière. Nous irons devant la justice et nous trouverons des arrangements pour les droits de visite... Tu pourras voir Dylan à chaque Noël et quelques semaines pendant l'été.

Jared se frotta le visage et lui fit signe de le suivre hors du cimetière. Au loin, se dressaient la grande maison et la grange.

— Tu n'es pas dans ton environnement ici, Courtney. Reconnais-le. Serais-tu un jour venue à Carder si tu n'avais pas été dans une telle situation ?

— Si j'avais su que c'était ici que tu vivais, oui je serais venue un jour ou l'autre, Jared, lui répondit-elle en lui jetant un regard noir. Mais pourquoi voir les choses de cette manière ? Comment les finances de mon père, le genre d'hôtel que je fréquente ou encore mon métier te suffisent-ils à me coller une étiquette ? Les choses ne sont pas si simples. D'ailleurs, tu sais quoi ? Moi je ne t'ai jamais vu comme un simple cow-boy. Tu es un entrepreneur, quelqu'un qui aime prendre des risques, et pour nous, pour mon fils et moi, eh bien tu es surtout un héros.

Jared resta bouche bée.

— J'ai donc décidé que tu étais aux commandes depuis bien trop longtemps, ajouta-t-elle, et je pense qu'une petite réorganisation de ta vie ne serait pas une mauvaise idée, monsieur King.

Jared sentit une lueur d'espoir naître en lui mais il garda son calme. Qu'était-elle en train d'essayer de lui dire ?

— Jamais tu n'aurais pu choisir de vivre ici.

— C'est sûr, répondit Courtney en regardant autour d'elle. Jusqu'à il y a encore quelques jours, je n'avais même jamais entendu parler de Carder, Texas. Ce genre d'endroit ne faisait pas partie de mes destinations. Mais les choses changent. Les gens changent. Te rends-tu compte de tous les avantages qu'il y a à vivre dans cette petite ville ?

Elle fit un pas pour se rapprocher de lui.

— Quand tu as des problèmes, personne ne tergiverse, personne ne se pose de questions. Les gens viennent t'aider, voilà tout. Tes hommes ont mis leur vie en jeu pour nous protéger Dylan et moi, alors qu'ils ne nous avaient encore jamais vus. Moi je ne connaissais qu'une seule personne dans mon immeuble, c'était Marilyn. Et tu veux que je te dise ? Sa famille ne me répond pas au téléphone… Même si CTC a donné à la police la preuve que je n'étais pas impliquée dans sa mort… Quant à mes autres voisins, ils ne connaissent probablement même pas mon nom. Je pourrais marcher nue sur le trottoir de ma rue, personne ne m'arrêterait, car personne ne me connaît.

Courtney se pencha vers Jared et poursuivit :

— Regarde comme Roscoe est entouré, malgré ce qu'a fait son fils. Ce que tu possèdes est précieux et je veux que Dylan soit chéri de la même manière. Je n'avais plus senti cette impression de faire partie d'une famille depuis la mort de ma mère.

Elle laissa échapper un profond soupir et prit le visage de Jared entre ses mains.

— Je ne savais pas ce qu'il me manquait avant de te rencontrer. Maintenant que j'en suis consciente, je ne peux pas revenir en arrière. J'ai changé, Jared. Notre fils a changé ma vie. Et toi aussi. Je veux rester. Ici. Avec toi.

Jared eut soudain l'impression de manquer d'air.

— Tu es sûre ? lui demanda-t-il, les jambes tremblantes. Nous avons traversé l'enfer. La routine n'est en rien aussi excitante et passionnante.

— Ça m'ira très bien. Je rêve d'un peu de routine.

Jared sentit la glace qui isolait son cœur fondre comme neige au soleil.

— La nuit où je t'ai rencontrée, lui dit-il en prenant ses mains dans les siennes, j'ai cru que je n'arriverais jamais à te parler. J'ai eu besoin d'un verre de tequila pour me donner le courage de le faire. Je crois que ça a été la meilleure décision que j'ai prise de toute ma vie. Je veux que tu saches que c'est toi qui m'as ramené à la vie. J'étais comme mort avant que tu viennes rallumer ma flamme.

Courtney agrippa le col de sa chemise.

— Enfin ! lui dit-elle dans un grand sourire avant de se presser contre lui. Et toi, tu dois savoir que j'ai tout de suite su que tu étais différent des autres hommes. Je ne comprenais seulement pas pourquoi tu étais mieux qu'eux... Puis Dylan est né et il m'a montré. Lui et toi, vous êtes les meilleures choses qui me soient arrivées.

Sur ces mots, elle passa ses bras autour de sa taille et posa sa tête contre son torse.

— Je ne veux que ton bonheur, murmura Jared dans un soupir.

— Tu n'es pas responsable de mon bonheur, le corrigea-t-elle en se reculant pour le regarder. Mais sache une chose, je sais que je peux être heureuse ici. Avec toi.

— Tu vas rester ?

— Si tu me le demandes correctement.

Jared afficha un immense sourire.

— Mademoiselle Jamison, voudriez-vous rester au ranch de la Dernière Chance ?

Courtney fit mine de réfléchir un instant.

— Je crois que je pourrais me laisser convaincre, oui.

Elle se hissa sur la pointe des pieds et, quand leurs lèvres se touchèrent, Jared sentit que son cœur était sur le point d'exploser.

Il leva sa main et elle entremêla ses doigts avec les siens.

— Alors que dites-vous de profiter de cette dernière chance ? lui demanda-t-il.

— Nous allons réussir, Jared. J'y crois.

— Et moi, je crois en toi, lui répondit-il en l'embrassant une nouvelle fois. Pour toujours.

Épilogue

Le soleil qui se couchait sur l'ouest du Texas offrait une myriade de couleurs toutes plus vives les unes que les autres et des nuances d'orange, de rose, de violet et de bleu zébraient le ciel en cette fin de journée. Jared faisait les cent pas sous le porche de sa maison. Il avait les nerfs à vif et ne parvenait pas à se calmer.

Ces derniers temps passés avec Courtney lui avaient appris qu'elle était quelqu'un d'organisé et qu'elle n'appréciait pas spécialement les surprises.

— Mais qu'est-ce qui m'a pris ? se murmura-t-il à lui-même.

Sur le moment, tout ça lui avait semblé être une excellente idée. Mais à présent, il n'en était plus si sûr. Il tira nerveusement sur le col de sa chemise.

— Allez-vous prendre vos jambes à votre cou, mon ami ? lui demanda Léon qui venait de le rejoindre.

— Impossible, lui répondit Jared. Mais je suis en train de me rendre compte que j'ai peut-être fait une erreur... Peut-être qu'un voyage à New York aurait été plus...

— Vous l'aimez ?

— Plus que tout au monde.

— Alors ce n'est pas une erreur... S'il y a bien quelque chose que j'ai appris ces dernières années, c'est que l'endroit où l'on vit ne nous définit pas nécessairement. Et c'est valable pour elle comme pour vous. Et puis, je vous rappelle que c'est elle qui vous a dit qu'elle voulait rester vivre ici.

— Après sa sortie de l'hôpital, elle était si reconnaissante. Elle a peut-être changé d'avis. Ce serait compréhensible.

Léon laissa échapper un profond soupir mais Jared n'eut pas le temps de lui répondre car la porte s'ouvrit et Courtney fit son apparition.

— N'étiez-vous pas supposé retourner à Dallas ? demanda-t-elle à Léon en haussant les sourcils.

— J'avais envie de me balader un peu dans le coin avant, pour essayer de trouver un endroit où me reposer quelques jours avant de rentrer, lui répondit-il en lui souriant.

Puis il croisa brièvement le regard de Jared et s'éloigna en direction de la grange.

— Il va bien ? demanda Courtney à Jared en se glissant dans ses bras.

— J'espère.

Jared serra Courtney plus fort contre lui et posa sa joue sur le sommet de son crâne. La douceur de son parfum le fit chavirer. Jamais il ne pourrait plus se passer d'un tel délice.

— Il mériterait d'être heureux, il semble si seul.

Jared recula pour regarder Courtney dans les yeux.

— Toi, tu sais lire dans le cœur des gens. Tu n'as décidément que des qualités.

— Pas vraiment, non, j'ai aussi tout un tas de défauts.

— Tu as su lire en moi comme dans un livre ouvert alors que j'avais pourtant tout fait pour me protéger de Dylan et toi.

— Tu souffrais, dit-elle en soupirant. Au fait, sais-tu si Roscoe a prévu de partir ?

— Je n'arrive pas à le convaincre de rester, lui répondit Jared en la guidant jusqu'à la grange. Velma non plus. Elle a pourtant fait tout son possible mais il ne se pardonne pas de ne pas avoir su voir qui était devenu son fils.

— Tu dois le retenir, lui dit Courtney en lui serrant le bras. Il fait partie de la famille.

— Hé bien, j'ai trafiqué son camion, ça nous laisse une dernière petite chance.

Courtney le regarda avec stupeur.

— Tu n'as pas fait ça ?

— Il ne partira pas à moins qu'il n'accepte une petite bagarre à mains nues.

— Voilà ce que j'aime chez toi, Jared King, lui dit-elle en se hissant sur la pointe des pieds pour l'embrasser. Tu ne baisses jamais les bras.

Jared sentit son cœur s'accélérer. Il était temps.

— Suis-moi, lui dit-il en lui prenant la main.

— Où ?

— C'est une surprise, lui glissa-t-il en l'emmenant jusque devant la porte de la grange qu'il ouvrit d'un grand coup.

— Surprise ! ! !

Ils furent accueillis par une multitude de cris. Courtney sembla un moment sous le choc. Elle serra la main de Jared et des larmes vinrent bientôt inonder ses yeux. Elle balaya du regard tous les membres de leur famille et tous leurs amis. Blake Redmond, sa femme et leurs enfants. Ransom et toute sa famille ainsi que tous les agents de CTC. Léon se tenait dans un coin de la grande salle, seul mais avec un immense sourire aux lèvres.

Elle ouvrit la bouche pour parler, mais son regard tomba sur l'homme que Jared était allé chercher à l'aéroport quelques heures plus tôt. Le père de Courtney semblait en bonne forme, et affichait lui aussi un grand sourire. Il avait l'air sobre et en pleine possession de ses moyens.

— Papa ! s'écria Courtney en se précipitant dans ses bras. Je ne comprends pas, que se passe-t-il ? Que fais-tu là ?

Tout le monde autour d'elle souriait. Roscoe tenait Dylan dans ses bras et marchait vers eux, Velma à ses côtés.

Elle leur jeta un regard plein d'amour.

— Coucou, mon ange, dit-elle à son fils en lui souriant.

— Ma… Ma, lui répondit-il avant de se tourner vers Jared. Pa…

Jared prit une profonde inspiration. C'était maintenant ou jamais.

Il posa un genou à terre devant Courtney et leva les yeux vers elle.

— Courtney Jamison, je sais que tu n'aurais jamais imaginé vivre un jour dans un ranch au Texas. Mais si quelqu'un mérite bien le titre de cow-girl c'est bien toi. Tu es une femme forte, déterminée et tu aimes ton fils passionnément. Je serais honoré si tu acceptais de devenir ma femme, si tu voulais rester avec moi et me laisser te prouver mon amour chaque jour pour le restant de nos vies.

Il fouilla l'intérieur de sa poche et en sortit une petite boîte en velours qu'il ouvrit devant elle. La bague ancienne était simple mais superbe, le diamant petit mais pur. Peut-être aurait-il dû lui acheter quelque chose de plus luxueux, se dit-il en regardant la bague une nouvelle fois.

— Elle est magnifique, s'exclama Courtney tandis que les larmes coulaient sur son visage. Elle est parfaite, je n'en aurais pas choisi une autre. Tu lis en moi comme personne ne sait le faire.

Elle resta immobile devant lui et le regarda intensément.

— Courtney ? lui dit-il en s'agitant.

Elle sourit, les yeux brillants de joie.

— Évidemment que je veux t'épouser !

Une grande clameur envahit la grange. Jared se releva et glissa la bague au doigt de Courtney. Puis, ne pouvant s'en empêcher, il posa ses lèvres sur les siennes, tendrement, doucement, sensuellement. Essayant de lui montrer avec des gestes ce qu'il avait tant de mal à lui dire avec des mots.

Le cœur battant, il entrelaça ses doigts avec les siens.

— Si tu n'aimes pas la bague..., lui murmura-t-il.

— Elle est à moi maintenant. Tu es à moi, lui répondit Courtney en serrant sa main. N'as-tu pas encore compris, Jared King, que je n'ai pas besoin de tout le tralala ? La seule chose qui m'intéresse, c'est toi.

Le cœur débordant d'amour, Jared fit une prière de remerciement. L'amour de Courtney semblait avoir brisé la malédiction qui pesait sur le ranch de la Dernière Chance.

— Je suis à toi. Pour toujours. Pour toujours.

NICOLE HELM

Pour l'amour de Rachel

Traduction française de
ISABEL WOLFF-PERRY

BLACK ROSE

HARLEQUIN

Titre original :
BADLANDS BEWARE

Ce roman a déjà été publié en 2021.

1

Nuit après nuit, Rachel Knight revivait l'accident au cours duquel elle avait presque totalement perdu la vue, l'année de ses trois ans. Le cauchemar était toujours le même : d'abord le puma, puis l'attaque surprise, l'incompréhension, et enfin la douleur.

Tout cela s'était réellement produit, Rachel le savait, sinon d'où serait venue l'attaque ? De l'avis général, elle avait réussi à sortir de la maison et s'était aventurée sur les terres du ranch où ses pas avaient croisé ceux d'un des félins vivant dans cette partie du Dakota du Sud.

Chose étrange, toutefois, dans ses cauchemars, Rachel distinguait une voix qui, au lieu d'appartenir à son père ou à sa défunte mère, était celle d'un inconnu.

Elle ouvrit les yeux et tenta de reprendre son souffle. Son cœur battait à tout rompre et les draps du lit, trempés de sueur, étaient enroulés autour de son corps.

Elle avait fait un mauvais rêve et, comme d'habitude, elle s'étonna que ce malencontreux épisode continue à la hanter après tant d'années.

Elle en vint à la conclusion que son trouble était une des conséquences des épreuves que les siens avaient traversées pendant l'été. Malgré l'affection qu'elle portait aux Wyatt – six solides gaillards, tous policiers, et qui cohabitaient plus ou moins avec leur grand-mère, Pauline Reaves, dans le ranch voisin –, elle devait bien reconnaître que leur parenté avec une bande de motards qui semait la pagaille partout où elle allait était des plus malvenue.

Cette année, la horde avait réussi à impliquer deux des sœurs adoptives de Rachel dans ses méfaits, ce qui les avait mises en danger, ainsi que les frères Wyatt, et avait eu pour résultat inattendu de voir de nouveaux couples se former.

Enfin... Les malfaiteurs étaient presque tous incarcérés, à présent, et Rachel espérait que les choses s'en tiendraient là.

En même temps, quelque chose, dans ses cauchemars, lui donnait le sentiment que le danger ne s'était pas totalement éloigné.

Il y a ça, plus la nette impression que ton tour est venu de succomber au charme d'un des frères Wyatt...

Rachel mit fin à ses divagations. Le fait que quatre de ses cinq sœurs se soient éprises d'un des Wyatt ne la condamnait pas à en faire autant, et si tel était son destin, il en irait de même pour sa sœur Sarah qui, tout comme mamie Pauline, tenait trop à son indépendance pour accepter de se mettre sous le joug d'un des Wyatt. Rachel, pour sa part, n'avait aucune intention de finir auprès d'un homme au passé trouble et potentiellement détenteur de secrets dangereux.

La question ne se posait donc pas.

Elle se doucha, s'habilla et descendit jusqu'à la cuisine. Pour une fois, elle n'eut pas besoin de tapoter sur sa montre pour savoir qu'elle s'était levée plus tôt que d'habitude.

Elle grimaça à la pensée qu'elle devenait matinale, puis se dit que ça lui passerait peut-être avec la venue de l'hiver.

On était au début de l'automne et la date anniversaire de ses vingt-trois ans approchait dangereusement. Certes, elle était encore jeune, mais elle n'avait jamais bougé de son ranch natal et elle craignait d'être coincée pour le restant de ses jours sur ces terres sans que rien ne change jamais.

Les cours qu'elle dispensait à la réserve indienne lui permettaient de souffler un peu, toutefois elle était très dépendante du bon vouloir de son entourage. En s'installant dans une région dotée de transports publics, elle aurait gagné en autonomie.

Pourtant, elle ne pouvait se résoudre ni à quitter les siens, ni à partir de son État natal.

Elle fut étrangement réconfortée par cette pensée : le retour de ces rêves avait une cause tangible. Une petite crise existentielle, à l'approche du quart de siècle, rien de grave ou de mauvais augure.

Elle descendit l'escalier en se raccrochant à cette idée. Elle ne se servait jamais de sa canne lorsqu'elle était à l'intérieur – même depuis l'incendie de l'été précédent. La pièce ravagée par les flammes avait été refaite à l'identique, de sorte que Rachel la connaissait aussi bien que le ranch voisin de Pauline Reaves, sa salle de classe et la maison de Cecilia où elle séjournait lorsqu'elle enseignait.

Non, Rachel n'était pas coincée. Il y avait même un nombre incalculable d'endroits où elle pouvait flâner – du moins s'il lui était égal d'être suivie par un membre surprotecteur de sa famille.

Elle s'arrêta au bas de l'escalier, intriguée par le mouvement qu'elle entendait dans la cuisine, puis reconnut les ronchonnements de Duke avant même de distinguer sa silhouette.

Grand et très mat de peau, son père était la seule présence constante dans la vie de Rachel – avec Sarah qui était très différente de lui, avec sa petite stature et son teint clair.

Si Rachel ne pouvait voir les gens en détail, elle parvenait à reconnaître ses proches, aux formes floues qu'elle distinguait grâce à l'œil partiellement épargné par le puma.

— Qu'est-ce que tu fais, papa ? s'enquit-elle.

— Et toi ? Déjà levée ? grommela-t-il.

Elle hésita à répondre. Bien qu'elle se confiât volontiers à son père, elle passait généralement sous silence ce qui était susceptible de l'inquiéter.

— J'ai l'impression que mon organisme commence à s'habituer aux réveils matinaux, expliqua-t-elle avec un détachement feint.

— À ce propos..., commença-t-il en s'approchant d'elle pour lui poser une main sur l'épaule. Je sais que tu as prévu de donner des cours, dans les semaines à venir, et je préférerais que tu y renonces. Il se passe trop de choses en ce moment.

Rachel ouvrit la bouche sans qu'aucun son en sorte. Ne pas aller enseigner à la réserve ? Les cours de dessin qu'elle dispensait à divers groupes d'âge étaient de courte durée et destinés à la communauté plus qu'à l'école elle-même. Rachel ne travaillait qu'une vingtaine de semaines par an, et son père aurait voulu qu'elle refuse une session d'un mois entier ?

Non ! L'enseignement était la seule chose qui lui permettait d'avoir une vie en dehors des tâches domestiques dont elle s'acquittait pour son père et sa sœur Sarah.

— Pour cette fois seulement, ajouta Duke. Jusqu'à ce que nous soyons sûrs que les fils Wyatt ont fini de nous apporter des ennuis.

Le coup était rude, et faute de pouvoir manifester sa contrariété, Rachel fut prise d'une rage aussi folle qu'injustifiée envers les Wyatt.

Une longue inspiration suffit à la calmer. Sa mère lui avait appris que la colère était mauvaise conseillère et elle ne se laissait jamais emporter.

— Je n'ai rien à voir avec leurs problèmes, protesta-t-elle néanmoins.

— C'est sans doute ce que j'aurais dit moi-même à propos de Felicity et de Cecilia, et tu as vu où ça les a menées, l'été dernier. Je n'ai aucune envie que ça recommence.

— Papa, ces cours...

— Je sais à quel point tu y tiens, et je suis navré de te demander un tel sacrifice. Pourquoi n'essayerais-tu pas de donner des leçons particulières dans les parages ?

— J'ai passé l'âge.

— Tu n'as que vingt-deux ans, lui rappela-t-il, avant de laisser retomber sa main et d'ajouter : je comprends ta déception mais je maintiens ma demande et je n'ai pas envie de discuter.

Rachel entendit le cliquetis d'un jeu de clés et fronça les sourcils. La situation lui paraissait tellement étrange qu'elle se demanda brièvement si elle était vraiment sortie de son rêve.

— Tu sors ? s'enquit-elle sans chercher à dissimuler sa surprise.

— J'ai des courses à faire en ville.

Rachel se renfrogna encore davantage. Sarah se chargeait de la plupart des courses à présent qu'ils n'étaient plus que trois à table. Duke ne s'aventurait que très rarement en ville.

— Qu'est-ce qui ne va pas, papa ? demanda-t-elle.

— Je veux être sûr que mes filles ne courent aucun danger.

Un instant plus tard, Rachel l'entendit s'éloigner, comme si de rien n'était.

Les poings sur les hanches, elle décida de ne pas le laisser s'en tirer à si bon compte. Leur conversation n'était pas terminée, et elle avait la ferme intention d'obtenir des réponses aux mille questions qui se bousculaient dans sa tête. Et si son père ne les lui fournissait pas, elle se tournerait vers la cause de tous leurs maux.

Tucker Wyatt avait toujours adoré passer la nuit chez sa grand-mère. Bien qu'il ait son propre appartement en ville, il préférait – de loin – être parmi ceux qu'il considérait comme les siens, au ranch Reaves.

Enfin... Jusqu'à présent.

Il laissa échapper un soupir. Comment s'était-il mis dans une situation pareille, lui qui savait si mal garder des secrets ?

Pour commencer, Tucker était à peu près certain que son frère Brady avait deviné que son arrivée au moment où il aurait pu le sauver des exactions d'un des protégés de leur père n'était pas si fortuite, finalement. Cela faisait partie des missions qu'il effectuait, en dehors de son travail d'enquêteur pour le shérif du comté de Valiant.

Et comme leur frère cadet avait été renvoyé du groupe North Star quelques mois plus tôt, il ne fallait pas être un grand prophète pour deviner quelle organisation tenterait d'approcher Tucker dans les prochains jours.

Il allait devoir refuser. Le groupe North Star l'avait initialement contacté en raison de son lien de parenté avec Ace

Wyatt, le chef des dangereux Fils des Badlands. Les missions consécutives avaient amené Tucker à se frotter à d'autres sommités du gang, et s'il avait eu toujours su que les affaires que lui confiait le groupe étaient confidentielles, il commençait à douter sérieusement de l'éthique de ses employeurs.

Des employeurs qui l'avaient contraint à participer à l'enquête sur Elijah Jones, jusqu'au moment où Brady et Cecilia Mills, une des filles Knight, s'en étaient mêlés.

Si Tucker n'avait pas été évincé de North Star, c'était uniquement parce que les hauts responsables du groupe ignoraient que son frère et Cecilia le soupçonnaient d'être impliqué dans l'affaire.

Un fait surprenant, dans la mesure où ils ne pouvaient se fourvoyer au point de s'imaginer que son frère, un policier, avait pris pour argent comptant la mystérieuse explosion qui s'était soldée pour Elijah Jones par une surveillance étroite, une hospitalisation et, depuis peu, une incarcération.

Autre lueur d'espoir à l'horizon, au terme d'un été pour le moins mouvementé, les choses allaient enfin se calmer. Ace moisissait dans un quartier de haute sécurité, tandis qu'Elijah et consorts étaient hors d'état de nuire…

Mais Tucker n'aurait aucun répit tant qu'il serait membre du groupe North Star, dont l'objectif était de démanteler le gang des Fils des Badlands.

La porte arrière de la cuisine s'ouvrit à toute volée, ce qui n'avait rien d'étonnant, car on entrait et sortait généralement de chez Pauline Reaves par cet accès. En revanche, Tucker fut surpris de voir surgir une Rachel Knight très, très en colère.

Elle tendit un index accusateur dans sa direction et lui lança :

— Tu peux m'expliquer ce qui arrive à mon père ?

Tucker la dévisagea avec perplexité. Elle semblait… hors d'elle, alors que Rachel était la plus posée des filles Knight.

Ses sœurs avaient été adoptées ou élevées par Duke et Eva Knight dont elle était la seule enfant biologique. Elle ressemblait plus à Eva qu'à son père, ce qui serrait toujours le cœur de Tucker.

Il avait peu de souvenirs de sa propre mère. Mamie Pauline,

qu'il aimait tendrement, l'avait recueilli, ainsi que ses frères, et il lui en serait éternellement reconnaissant.

En sa qualité de voisine, Eva avait été une figure maternelle bienveillante, dans le monde des Reaves et des Knight. Elle avait traité Tucker et sa fratrie comme des fils. Sa fille Rachel tenait d'elle son nez pointu, ses pommettes hautes et ses longs cheveux noirs. Ce qui les différenciait, bien sûr, c'était les cicatrices entourant les yeux de Rachel, de petites stries plus pâles que le reste de son visage.

Pourtant, si Rachel voyait mal, Tucker avait toujours l'impression que ses yeux sombres dissimulaient une grande perspicacité.

Aujourd'hui, cependant, il n'avait aucun secret à trahir : il ignorait totalement ce à quoi elle faisait allusion.

— Alors ? insista-t-elle, tandis qu'il la fixait tel un cerf pris dans les phares d'une voiture.

— En voilà, une question, Rachel ! Comment veux-tu que je te dise ce qui se passe dans la tête de Duke ?

— Aucune idée, pourtant une chose me paraît certaine, ça a un rapport avec *vous*.

Vous... Donc pas Tucker personnellement, plutôt les Wyatt en général.

— Et si on s'asseyait ? proposa-t-il avant de prendre Rachel par le bras pour la guider jusqu'à la table et d'ajouter :

— Recommence depuis le début et explique-moi calmement ce qui te tracasse.

Elle se dégagea d'un geste sec. Manifestement, elle n'avait aucune intention de s'asseoir.

— Papa veut m'interdire de travailler à la réserve, cet automne. Apparemment, il craint pour notre sécurité, et comme ça n'a rien à voir avec ma famille, c'est *la tienne* qui pose problème.

Tucker prit une longue inspiration – un vieux truc qui l'aidait à conserver son calme et qu'il avait été amené à pratiquer plus souvent qu'à son tour, pour échapper au courroux paternel.

Ace lui avait expliqué – à sa façon – qu'il devait apprendre à contrôler ses émotions, faute de savoir les gérer, et même si

Tucker refusait de lui ressembler, de près ou de loin, il craignait d'être trahi par sa voix.

Lorsqu'il se tourna vers Rachel, ce fut pour lui répondre :

— C'est possible, mais je vois mal ce qui pourrait inquiéter Duke dans le fait que tu retournes à la réserve. Il y a eu un problème ? Tu as vu ça avec Cecilia ?

— Vu quoi avec moi ? demanda l'intéressée en entrant dans la cuisine à son tour.

Tucker remarqua qu'elle portait son uniforme de police tribale et en déduisit qu'elle partait travailler, bien qu'elle ne soit pas remise de l'agression du protégé d'Ace.

Cecilia Mills – placée chez Duke et Eva Knight dans sa petite enfance – était la nièce d'Eva, ce qui faisait d'elle à la fois la sœur de lait et la cousine de Rachel.

— On se demandait, enchaîna Tucker, s'il y avait eu à la réserve un incident qui expliquerait que Duke veuille empêcher Rachel d'y donner les cours programmés cet automne.

— Je ne voulais pas mêler Cecilia à cette histoire, espèce d'idiot, bougonna Rachel.

— À ma connaissance, il ne s'est rien produit de spécial, répondit Cecilia d'un ton léger. Alors comme ça, papa voudrait que tu renonces à tes cours ? Ses angoisses le prennent un peu tard, vous ne trouvez pas ? Et d'ailleurs, Rachel, pourquoi ne m'en as-tu rien dit ?

Rachel soupira avant de répondre :

— Tu as raison, Cecilia. Papa s'inquiète un peu tardivement, et si je ne voulais pas te mêler à cette histoire, c'est parce que, à mon sens, la réserve indienne n'a rien à voir là-dedans. Toi non plus, d'ailleurs. C'est autour des Wyatt que tout gravite.

— Arrête avec ça, Rachel. C'est trop facile de les accuser de tous les maux de la terre. J'ajoute que s'il y avait eu un problème à la réserve, Brady m'en aurait informée.

Ah oui, bien sûr ! Cecilia et Brady partageaient depuis peu une chambre chez Pauline, un détail que Tucker avait tendance à oublier. Quatre de ses frères étaient désormais en couple...

avec des filles Knight. Tout était arrivé si vite qu'il ne s'y était pas encore habitué.

— Bien, dit-il. Je vais vous laisser régler ça entre femmes. Je dois filer.

Sur ces mots, Tucker se glissa derrière Rachel qui commençait à protester.

En plus de ne pas se sentir concerné par les soucis de Rachel et Duke, Tucker allait rencontrer le dirigeant du groupe North Star et n'attendait rien de bon de cette entrevue. Ce qu'on allait lui demander n'était pas pour lui : il était inspecteur de police, plutôt doué dans son domaine, et se méfiait des nouvelles missions.

Il prit son pick-up pour se rendre au point de rendez-vous, un restaurant sans prétention de Rapid City. Tucker ne connaissait pas Granger McMillan, le dirigeant de North Star. Il avait été approché par des subalternes et n'avait encore jamais traité qu'avec eux.

Il passa la salle à manger en revue. McMillan devait être le colosse coiffé d'un chapeau de cow-boy. Installé à une table, il faisait face à un homme qui pivota sur son siège et fit signe à Tucker de s'approcher.

Il s'exécuta comme dans un rêve. Que faisait Duke dans ce boui-boui ?

— Vous vous connaissez, dit celui qui ne pouvait être que McMillan. Prenez place, Wyatt, nous avons à discuter de choses sérieuses.

2

Rachel n'apprit rien de Cecilia qui, depuis qu'elle était amoureuse, avait une vision édulcorée des Wyatt. Malgré sa déception, elle devait bien s'avouer que Brady et Cecilia semblaient faits l'un pour l'autre.

Une réalité qui n'atténuait en rien sa rancœur envers la fratrie Wyatt. Il ne lui restait donc plus qu'à se tourner vers la seule personne dont le soutien lui était assuré.

Sarah s'essuya le front du revers du bras. Elle venait de charger l'arrière du pick-up de seaux d'eau destinés à divers pâturages, tout en écoutant Rachel lui exposer son problème.

— Je t'accorde que l'attitude de papa est bizarre, mais que veux-tu que j'y fasse ? demanda-t-elle avec un soupir. Je gère le ranch quasiment toute seule, en ce moment.

Elle baissa la tête vers les chiens de Dev Wyatt qui tournaient autour d'elle, puis bougonna :

— Et comment se fait-il que je me retrouve avec ces deux pots de colle, moi ? Je ne me souviens pas d'avoir donné mon consentement !

Rachel tapota la tête de Cash en réprimant un sourire. Elle avait entendu Sarah cajoler les deux animaux, pas plus tard que la veille.

— Tu veux que je t'aide ? proposa-t-elle à Sarah.

Si le ranch Knight n'était pas la plus grosse entreprise de l'État, Sarah et Duke trimaient du matin au soir pour le rentabiliser.

— Merci, ça va aller, répondit Sarah avant de sauter hors

du pick-up et d'en refermer les portes. Dev vient me donner un coup de main cet après-midi. Avec un peu de chance, il remmènera ses fichus clébards chez lui.

Cette fois, Rachel sourit franchement. Même si Sarah parvenait à convaincre les chiens de rentrer avec leur maître, elle se débrouillerait pour les appâter à l'heure du dîner.

— J'allais nous préparer des sandwichs pour déjeuner. Tu veux une salade de pâtes en accompagnement ?

— Oui, s'il te plaît.

Rachel regagna la maison par le chemin qui longeait la clôture menant aux écuries et entreprit de préparer le repas de Sarah et de leur père, même si ce dernier n'était toujours pas rentré.

Bizarre... Duke n'avait pas pour habitude d'aller faire des courses un jour de semaine, et encore moins de s'absenter aussi longtemps. Cecilia s'en était inquiétée, elle aussi, pas assez cependant pour se dispenser de ses occupations du matin. Pire, elle allait raconter les problèmes de Rachel à Brady, qui en parlerait à son frère. Or Rachel ne supportait plus de voir les Wyatt se mêler de ses affaires.

La peste soit des Wyatt, songea-t-elle, même s'il se pouvait que Cecilia n'ait pas complètement tort de prétendre que Rachel s'en prenait à eux parce que c'était plus facile que d'en vouloir à leur père.

Facile ou pas, Rachel avait le droit de penser ce qu'elle voulait. Une fois ses plats prêts, elle les mit au réfrigérateur, puis poursuivit sa routine en bougonnant.

Duke et Sarah étaient si peu doués pour les tâches domestiques que le ménage et la cuisine incombaient à Rachel. Il ne lui en coûtait guère, dans la mesure où cela l'occupait, en plus de lui donner le sentiment d'être utile. Alors elle rangea la maison, passa l'aspirateur et épousseta les meubles.

Après avoir fait les lits, à l'étage, elle tapa sur sa montre pour avoir l'heure. Presque midi, et toujours pas de Sarah. Plus inquiétant encore, son père n'avait pas réapparu. Elle commença à redescendre en se demandant ce qui pouvait le retenir.

Elle s'arrêta au milieu de l'escalier. Et s'il était malade, comme sa mère ? S'il essayait de retarder au maximum le moment de lui annoncer le verdict du médecin ?

À cette pensée, elle sentit les larmes lui monter aux yeux. Non ! Elle ne pouvait pas être totalement orpheline avant d'avoir atteint l'âge de vingt-cinq ans, avant d'avoir trouvé l'âme sœur, avant d'avoir eu des enfants... Son père devait être là pour les voir. À n'importe quel prix.

Dans un mélange de fureur et d'angoisse, elle se dirigea d'un pas ferme vers la chambre paternelle. Si Duke avait un problème de santé, c'est là qu'elle en trouverait la preuve.

Elle pénétra à l'intérieur de la pièce dans laquelle Duke s'était installé au début de la maladie d'Eva, pour ne jamais réintégrer la chambre conjugale.

Rachel remit les choses en place, ce qui lui donna l'occasion de fouiller çà et là. Elle ne trouva rien de suspect et, bien qu'elle soit incapable de lire les notices des médicaments, il lui sembla que les divers flacons ne contenaient que des remèdes classiques.

Il lui faudrait s'en assurer avec Sarah, ce qui l'obligerait à lui faire part de ses craintes, alors que celle-ci avait bien d'autres soucis.

Elle pesa le pour et le contre tout en faisant le lit de son père. Elle retapait les oreillers lorsqu'elle sentit sous sa main un objet compact. Elle s'en saisit et se figea sur place en comprenant qu'il s'agissait d'un revolver.

Elle resta ainsi pendant une bonne minute : le bras sous un oreiller, la main refermée sur la crosse de l'arme. Son père possédait des armes, bien sûr – quelques carabines de chasse soigneusement remisées en divers endroits de la maison.

Cependant, c'était un pistolet que Rachel tenait en main. Et Duke l'avait caché sous son oreiller. Elle le tâtonna précautionneusement pour avoir une idée de son modèle, puis en vérifia le magasin.

Il était chargé, ce qui l'amena à penser que son père, très pointilleux sur les questions de sécurité, se sentait menacé, d'une manière ou d'une autre.

— Rachel ? appela Sarah depuis la cuisine.

Après avoir remis le pistolet où elle l'avait trouvé, elle se dirigea vers le corridor à pas de loup.

— J'arrive, lança-t-elle, bien décidée à épargner sa sœur.

Tucker ne savait plus s'il devait s'adresser à Duke ou à McMillan.

— En résumé, le ranch des Knight était une cachette de WITSEC, consacrée à la protection de témoins vulnérables, résuma-t-il d'une voix mal assurée.

L'hostilité qu'il lisait dans le regard du père de Rachel lui paraissait d'autant plus étrange qu'il l'avait toujours tenu en haute estime. Tucker avait été élevé par un gang de motards dégénérés et, depuis qu'il s'en était libéré, Duke le soutenait. Quand mamie Pauline et Eva l'avaient materné, Duke avait joué le rôle du père.

Pourtant, de toute évidence, Duke se refusait à lui confier son passé - à lui donner sa *véritable* identité. Comme si les Duke Knight de ce monde étaient susceptibles de vivre sous un pseudonyme !

— Et vos filles n'en savent rien ? s'enquit Tucker.

— Pourquoi seraient-elles au courant ? lui renvoya Duke, d'un ton rauque. J'ai tourné le dos à mon ancienne existence il y a plus de trente-cinq ans. Quand j'ai rencontré Eva, deux années plus tard, nous avons bâti notre couple et fondé notre famille. Le passé était loin, je ne voulais plus en entendre parler.

Flic.

Duke Knight était un ancien flic. En moins d'un an, il avait démantelé un gang complet de policiers véreux, qui avait mis sa tête à prix, de sorte qu'on avait dû le placer sous la protection de WITSEC.

Dans un ranch isolé du Dakota du Sud, où il s'était senti suffisamment à l'abri pour trouver une femme et fonder une famille. Bien que ces faits soient d'une logique incontestable, Tucker avait du mal à les accepter.

— Mamie Pauline devait savoir un certain nombre de choses ! balbutia-t-il.

Duke balaya sa remarque d'un haussement d'épaules et répondit :

— Quoi qu'il en soit, elle ne m'a jamais posé de questions.

— Attendez, Duke. Pourquoi ce gang s'en prendrait-il à vous, au bout de trente-cinq ans ? Il y a prescription, non ?

— C'est toi, le fils d'Ace Wyatt, qui me demande ça ? rugit Duke.

Sa pique fit taire Tucker. Lorsqu'il eut retrouvé l'usage de la parole, il se tourna vers Granger McMillan pour lui demander :

— Je peux savoir ce que North Star vient faire là-dedans ?

— Nous nous sommes aperçus que Vince MacLean surveillait le ranch de Pauline Reaves, en raison de vos liens familiaux avec les Wyatt.

McMillan était grand, et vêtu comme le passant lambda. À le voir, on aurait pu le prendre pour un homme inoffensif, prenant tranquillement un café avec ses amis. Tucker savait qu'il n'en était rien. Le responsable de North Star ne baissait pas sa garde : il parcourait du regard le petit restaurant et examinait tous les nouveaux venus.

— Bien que nous n'ayons pas réussi à déterminer son rôle exact dans cette affaire, poursuivit Granger, nous soupçonnons Vince d'avoir une autre cible.

Il hocha le menton en direction de Duke, avant de préciser :

— En plus d'enquêter sur les personnes auxquelles il rendait directement compte, nous nous sommes intéressés aux gens à qui ces dernières relayaient l'information, et ainsi de suite. C'est ainsi que nous sommes remontés jusqu'à la famille Vianni.

Tucker en vint tout seul à la conclusion qui s'imposait et se tourna vers Duke pour dire :

— La famille de policiers corrompus que vous avez démantelée ?

Duke hocha la tête. McMillan, lui, poursuivit ses explications :

— Nous avons donc fouillé l'historique des Vianni, dans l'espoir de trouver à qui ils avaient le plus de raison d'en vouloir, et cela nous a menés jusqu'à Duke. Comme il était de toute évidence la cible, nous l'avons convoqué. À présent, c'est de *vous* que nous avons besoin, Wyatt. Une alliance entre la famille Vianni et les Fils serait une véritable calamité.

— Le gang des Fils est affaibli, lui fit remarquer Tucker.

— Pff ! Vous et vos collègues pouvez mettre ses membres en prison tant que vous voudrez, ça n'affecte ni leur infrastructure ni leur vitesse de récupération, et je ne vous parle pas de leur pouvoir de nuisance.

— Que faudrait-il faire, alors ? lui renvoya Tucker.

Le regard de McMillan, plutôt débonnaire jusque-là, prit la couleur d'un ciel d'orage. Pourtant, lorsqu'il répondit, ce fut calmement.

— Duke doit nous aider, ce qui signifie qu'il doit disparaître pendant quelque temps, or l'idée de laisser ses filles et son ranch semble le contrarier au plus haut point.

— Ça me paraît normal, riposta Tucker, sans chercher à dissimuler son exaspération. Vous avez bien vu ce qui s'est passé ces derniers mois, non ? Je ne vois pas à quoi servirait le départ de Duke.

Il se tourna vers l'intéressé et ajouta :

— Vous voulez que je vous dise ? Vous allez servir d'appât, ni plus ni moins. Quant à vous, McMillan, tout ce qui vous intéresse, ce sont les affaires de votre organisation. Vous vous fichez éperdument de faire souffrir des innocents !

Il ne flancha pas lorsque McMillan haussa les sourcils et lui lança :

— Attention à ce que vous dites, mon garçon. Je me préoccupe bien plus des éventuels dommages collatéraux que vous le pensez. Il se trouve simplement que Duke est le maillon qui lie les Vianni aux Fils, et que sans sa coopération il y aura encore davantage de victimes.

Comme il était trop irrité pour prendre les paroles de McMillan en considération, Tucker s'adressa à Duke :

— Et vous avez gardé ça pour vous ? Vous vous saviez en

danger et vous n'avez pas jugé bon de nous en avertir ? Nous aurions pu vous aider !

— Je ne voulais pas te mêler à cette affaire. J'espérais tenir mes filles à l'écart, malheureusement, avec tes frères, ça me paraît impossible.

Il désigna McMillan d'un hochement de tête et ajouta :

— Je dois mon ranch à son père, c'est aussi grâce à lui que mon existence est ce qu'elle est. Alors tu comprendras que je ne puisse pas lui refuser mon aide... Je ne prétends pas le faire de bon cœur, mais je suis redevable à la famille McMillan, tout comme j'ai une dette envers les gens à qui les Vianni ont fait du tort après mon transfert ici.

Tucker laissa échapper un grognement désabusé.

— Et vous vous imaginez que vos filles vont croire à votre départ ?

— Ce sera à vous de les convaincre, lui annonça McMillan, comme s'il s'agissait d'une évidence.

Il fit glisser une enveloppe kraft vers Tucker et lui expliqua :

— Vous trouverez à l'intérieur une lettre de Duke à ses filles, ainsi qu'un faux itinéraire de voyage. Vous allez apporter le tout à Sarah et Rachel en leur disant que vous avez trouvé cette missive... où vous voulez.

Après lui avoir tendu un téléphone portable, McMillan ajouta :

— Prenez également ceci. On y a enregistré votre numéro personnel, ainsi qu'un autre, secret, qui vous permettra d'entrer directement en contact avec un membre de mon personnel. C'est aussi par ce biais que nous vous ferons savoir si nous avons besoin de vous. Enfin, ce téléphone donne accès aux dispositifs de sécurité installés par votre frère autour des deux ranchs. Dernier détail : votre frère ignore que vous êtes en possession de ces données. Personne d'autre que Duke ne doit le savoir. Compris ?

Tucker baissa les yeux vers ce que McMillan venait de lui remettre. C'était absurde ! Comment allait-il convaincre Rachel, Sarah et les autres que Duke, connu pour son tempérament casanier, était parti en vacances, sur un coup de tête et sans prévenir ?

— Vous plaisantez, balbutia-t-il.

— Je suis tout ce qu'il y a de plus sérieux, au contraire, Wyatt.

3

— Il lui est arrivé quelque chose, marmonna Rachel, debout dans la cuisine, à côté de Sarah.

— S'il était rentré pour dîner, je ne m'en serais pas fait plus que ça, mais il n'est toujours pas là et je n'arrive pas à le joindre, renchérit Sarah.

— J'ai appelé Gage, annonça Brady. Il va essayer de convaincre les autorités du comté de Valiant de mettre quelques hommes sur l'affaire avant le délai officiel pour la recherche de personnes disparues. Ensuite, Gage enquêtera lui-même ; Cecilia a aussi promis de fouiner en ville, après son service. Si Duke est dans les parages, l'un d'eux arrivera bien à le trouver !

— Comment ça, *si* ? s'insurgea Sarah. Où veux-tu qu'il soit ?

Rachel accusa le coup. Elle craignait de plus en plus pour la sécurité de son père.

— Tu penses qu'il lui est arrivé malheur ? s'enquit-elle avec une angoisse d'autant plus grande que Brady Wyatt était réputé pour son flair infaillible.

Il lui répondit d'une voix lugubre :

— Duke a quitté le ranch de son plein gré, au moment où tu le soupçonnais de s'inquiéter d'un éventuel danger. Il nous a peut-être caché quelque chose.

La porte s'ouvrit sur Tucker, qui pénétra dans la pièce. Rachel reconnaissait les frères Wyatt à leur silhouette. Bien qu'ils soient tous grands et larges d'épaules, elle percevait leur présence différemment.

Quand elle prenait son temps, elle parvenait à distinguer Brady de Gage, son jumeau, si elle se fiait au timbre de leur voix.

Tucker sortait du lot, avec ses cheveux moins sombres et sa gestuelle souple. Aujourd'hui néanmoins, il était agité, ce que Rachel sentit à la manière dont il fit irruption chez mamie Pauline.

— Bonjour, tout le monde ! Que se passe-t-il ?

Rachel se raidit. Tucker ne les avait pas salués avec sa bonne humeur habituelle. Manifestement, quelque chose lui pesait.

— Duke a disparu, lui répondit succinctement Sarah.

— Disparu ?

— On ne sait pas où il est passé, et personne ne l'a vu depuis ce matin.

— Vous êtes sûrs qu'il n'est pas dans les champs ?

— Quelle question, Tucker ! Tu crois que j'alerterais tout le monde si je n'avais pas exploré les environs ? gronda Sarah.

— Du calme, du calme. Il doit y avoir une explication. Si ça peut vous rassurer, je vais...

Brady lui coupa la parole :

— On a déjà envoyé Cecilia et Gage à sa recherche.

Devant le silence de Tucker, Rachel fronça les sourcils. Décidément, il lui semblait bizarre, aujourd'hui. D'ordinaire, on ne l'interrompait pas sans qu'il s'en offusque.

— Au fait, dit-il, j'ai relevé le courrier. La boîte aux lettres commençait à déborder.

Rachel supposa qu'il avait remis le tout à Sarah. Puis il déclara, sans conviction :

— Je meurs de faim. Tu n'aurais pas quelques restes, mamie ?

Il n'attendit pas la réponse et s'avança dans la pièce, ce que personne ne parut remarquer, mis à part Rachel, qui en déduisit que son anxiété était contagieuse.

Elle entendit Sarah trier les enveloppes puis s'exclamer, d'un ton aigu :

— Il y a une lettre de papa !

Rachel avait beau savoir qu'elle ne pourrait pas la déchiffrer, elle s'approcha de sa sœur adoptive, qui entreprit d'en lire le contenu à voix haute :

Mes chères filles, cela va sans doute vous paraître incroyable, mais j'ai décidé qu'il était temps pour moi de prendre un peu de repos. Si j'attends plus longtemps, je ne le ferai jamais. Je joins à ce courrier ma feuille de route, afin de vous rassurer, toutes les deux. Ne vous en faites pas pour moi, prenez soin l'une de l'autre,

Votre père qui vous aime, Duke.

— Non, s'exclama Rachel, tellement affolée qu'elle ne reconnut pas sa propre voix. Papa n'a pas pu écrire ça. Du moins pas sans y être contraint.

Sûre de son fait, elle ajouta :

— Je ne le vois pas s'éloigner volontairement de son ranch et de ses filles. Même temporairement.

— Sans compter qu'il ne lui viendrait pas à l'idée de me faire porter seule la charge du ranch, renchérit Sarah d'une voix suraiguë.

— On trouvera une solution, grommela Dev. Ne t'en fais pas pour le ranch. Brady…

Ce dernier n'attendit pas que Dev lui donne des instructions pour intervenir.

— On mettra Gage au courant. Il pourra…

— Laisse-moi faire, glissa Tucker. Je ne vois pas l'utilité d'avoir recours aux services de police du comté, ou de demander à Cecilia et Gage d'enquêter.

— Pourquoi on ne s'y mettrait pas tous ensemble ? suggéra Brady.

— Parce que si j'enquête seul, et qu'il s'est effectivement passé quelque chose, on parviendra peut-être à retrouver Duke sans affoler personne.

— Papa n'est pas parti en vacances sans nous prévenir, se récria Rachel. Qu'a-t-il pu lui arriver ?

— Je n'en sais rien. Laisse-moi me pencher sur la question. S'il y a un problème, nous découvrirons de quoi il retourne.

— Je n'en doute pas une seconde. C'est la spécialité des Wyatt, les problèmes, non ? lui renvoya Rachel avec acrimonie.

— On se calme, les jeunes, ordonna mamie Pauline.

Comme elle savait qu'il s'agissait d'une véritable semonce dans la bouche de la vieille dame, Rachel soupira bruyamment et s'inclina.

Tucker fut le premier à reprendre la parole, avec un tel flegme que Rachel se dit qu'il devait être doué pour rassurer son monde, dans l'exercice de ses fonctions.

Elle déglutit pour faire passer la boule d'angoisse qui lui obstruait la gorge. Tucker pouvait venir en aide à la terre entière ; c'était à lui et à ses frères qu'elle en voulait, même si, au fond, elle savait qu'ils n'étaient pas responsables de tous ses tourments.

Non. Les Wyatt étaient – pour la plupart – des hommes droits, aux valeurs respectables, et Rachel devait cesser de s'en prendre à eux. Les agressions verbales ne lui ramèneraient pas son père.

— Et nous, qu'est-ce qu'on fait pendant ce temps-là ? demanda-t-elle néanmoins à Tucker. On ne va pas attendre sans rien faire !

— Malheureusement, Rachel, c'est ce que je vais vous demander à toutes les deux. Encore une fois, s'il y a danger, je préférerais savoir à quoi nous nous exposons avant de donner l'alerte. D'autant que Duke est en vie et que c'est lui qui a pris la décision de s'absenter. Personne d'autre.

— On aurait pu l'y forcer, fit remarquer Sarah. En le faisant chanter, par exemple.

— Dans ce cas, on tenait vraiment à ce qu'il parte discrètement, lui renvoya Tucker. Parce qu'il ne serait pas bien difficile de le piéger. Songez au nombre de fois où il est seul dans les champs, les étables ou autre. Non ! Pour moi, cette affaire va bien au-delà d'une simple menace. C'est plus profond et plus complexe. À moins qu'il s'agisse d'une simple crise existentielle, bien sûr.

Cette dernière remarque fit ricaner Rachel et Sarah à l'unisson.

— Cessez de glousser, les filles, leur ordonna mamie Pauline, Tucker n'a pas forcément tort. Je trouvais Duke bizarre, ces derniers temps, et il n'est pas rare que l'approche de la soixantaine pousse les gens à se remettre en question.

Rachel serra les dents. Pourquoi Sarah et elle étaient-elles les seules à s'inquiéter ? Et comment Pauline pouvait-elle émettre si tranquillement l'hypothèse d'une simple « remise en question » ?

— Bien ! Je retourne au poste, histoire de mettre la machine en route, lança Tucker. Je vous tiendrai au courant, bien sûr.

Rachel se rembrunit. Tucker ne se comportait pas comme d'habitude. Elle n'aurait su dire ce qu'elle trouvait étrange dans son attitude, cependant elle le sentait contrarié. Elle l'entendit sortir et la conversation reprit son cours normal, Brady appela Jamison, l'aîné de la fratrie, pour l'informer de l'absence de Duke, tandis que Pauline remettait la cuisine en ordre.

Personne ne se rendait donc compte de la gravité de la situation ? Désabusée, Rachel sortit de la cuisine. Il faisait trop sombre pour qu'elle puisse distinguer la silhouette de Tucker, qui ne devait pas être bien loin puisqu'elle n'avait pas entendu sa voiture démarrer.

Elle s'avança de quelques pas pour aller vers lui.

— Tu nous caches quelque chose, dit-elle dès qu'elle aperçut sa silhouette.

Bien qu'elle sache qu'il s'était tourné pour lui faire face, il lui fut impossible de déchiffrer son expression. En revanche, la pause qui suivit son accusation lui parut lourde de sens.

— Si j'avais la moindre information susceptible de tous vous rassurer, je vous la donnerais, répondit-il simplement.

Sa réaction donna à Rachel l'envie de pleurer, plutôt que de se mettre à hurler. Aussi préféra-t-elle garder le silence.

Tucker se rapprocha et referma doucement une main sur les siennes avant d'ajouter :

— Je te promets de faire tout ce qui est en mon pouvoir pour vous ramener Duke sain et sauf. Tu me crois, j'espère !

Rachel savait que Tucker était honnête, qu'il adorait son père et qu'il ne faisait pas de promesses en l'air.

— Je te crois, murmura-t-elle.

Il exerça sur ses mains une nouvelle pression, puis les relâcha.

— Parfait. J'en saurai davantage demain matin, et je te tiendrai au courant.

Et il la laissa là, désemparée, aux prises avec ses émotions et ses craintes.

Tucker soupira : il n'allait pas avoir la partie facile puisqu'il devait désormais faire mine de rechercher Duke tout en tentant de détricoter ce que ses frères avaient déjà mis en place. Il devait éviter que l'ensemble de la police du comté se concentre sur l'affaire, et cela à tout prix.

McMillan ne lui avait pas expliqué grand-chose, au fond. Il l'avait simplement chargé de faire en sorte que les Knight croient Duke en vacances tandis que North Star se chargeait du gros de l'affaire.

Le groupe l'avait d'abord approché par le biais d'une de ses recrues. Un homme selon lequel North Star avait des raisons de penser que Vince McLean collectait des informations sur les Wyatt et souhaitait que Tucker fasse son possible pour découvrir à qui McLean rendait ses comptes.

Une mission relativement simple que Tucker avait acceptée pour venir en aide à ses proches. Il y avait d'ailleurs gagné gros, puisque la piste de Vince McLean l'avait mené à Cecilia et Brady, à un moment où ils étaient tous deux en danger.

Il verrouilla la porte de son bureau et se dirigea vers son pick-up. Il serait retourné au ranch s'il n'avait pas eu de sommeil à rattraper.

Par ailleurs, il redoutait sa prochaine rencontre avec Rachel. Bien qu'il ait effectivement la ferme intention de tout faire pour ramener Duke chez lui, il se demandait si c'était en son pouvoir. Une chose lui paraissait certaine, en revanche : jamais il ne parviendrait à convaincre Rachel que son père avait pris des vacances sur un coup de tête.

Le parking du poste de police était presque désert, à cette heure avancée, pourtant, il eut l'impression d'être épié et posa une main sur la crosse de l'arme accrochée à sa ceinture.

— C'est inutile, Wyatt.

La voix féminine ne lui dit rien sur le moment. Toutefois, lorsque son interlocutrice se détacha de l'ombre, il reconnut Shay, la première à l'avoir contacté, en sous-main, pour le compte de Granger McMillan et de son organisation.

— Qu'est-ce qu'il y a encore ? grommela-t-il sans cesser d'avancer vers son véhicule. Il n'avait aucune intention d'être accommodant avec des gens qui lui compliquaient autant la vie.

— Ça commence à jaser, en ville, lui répondit la femme. Apparemment, certains sont au courant de la disparition de Duke.

— Sa famille au complet, vous voulez dire ? Il me paraît normal qu'elle s'inquiète, car l'histoire que je leur ai servie est tout bonnement incroyable.

— Je parlais des Fils, rectifia Shay. D'après ce que j'ai compris, ils soupçonnent le gang Vianni d'avoir enlevé Duke. Le problème est que, pendant ce temps-là, d'autres parties pourraient s'intéresser à son entourage, resté sans protection.

Tucker glissa son sac par la vitre, côté passager, puis fit volte-face pour lancer :

— Ah oui ! Et ce serait la faute à qui ?

— Écoutez, j'essaie de vous aider. J'en sais suffisamment pour vous dire qu'il faut veiller sur le ranch Knight. Le fait que les Vianni soient occupés ailleurs ne signifie pas que les Fils des Badlands ne sauteront pas sur la première occasion de s'en prendre aux Wyatt, s'ils trouvent une faiblesse dans leur carapace. Or, aux dernières nouvelles, les Knight en constituent une, et de taille.

— Je me rappelle pourtant avoir signalé à votre patron qu'il devait se préoccuper autant des filles de Duke que de Duke lui-même. Et ça n'a pas eu l'air de l'intéresser outre mesure.

— Son unique souci est cette mission, répondit Shay.

— Et le vôtre ? s'enquit Tucker.

— Veillez sur elles sans vous occuper du reste, compris ?

— Pourquoi ne vous adressez-vous pas plutôt à mon frère ?

— Parce que North Star s'est débarrassé de lui, alors que *vous* êtes au cœur de l'action. Alors, secouez-vous.

Sur ces mots, et avant que Tucker ait pu répondre, elle se détourna et disparut dans la pénombre.

C'était aussi bien comme ça, en fait : cela épargnerait à Tucker de passer son humeur sur une alliée potentielle.

D'autant qu'elle avait raison. Rachel et Sarah n'étaient pas en sécurité, seules dans la maison, même avec les chiens de Dev. D'ailleurs, Tucker n'aurait pas été surpris d'apprendre que Cecilia avait décidé de passer la nuit là-bas, elle aussi, sous prétexte qu'elle était policière.

Le problème était qu'elle se remettait d'une blessure, et que Brady était toujours convalescent, de sorte que l'envoyer en renfort n'aurait pas suffi à rassurer Tucker. Quant à Dev, il n'avait pris ses fonctions de policier que depuis six mois lorsqu'une balle dans la cuisse l'avait immobilisé, lui aussi.

Encore un coup de leur cher vieux père...

Jamison et Cody vivaient à Bonesteel et, bien qu'il sache pertinemment qu'ils ne lui auraient pas refusé leur assistance, il refusait de mêler à cette nouvelle histoire la fille de Cody et la belle-sœur de Jamison. Elles avaient droit à un peu de répit, après ce qu'Ace leur avait fait subir.

Restaient Gage et Felicity qui habitaient trop loin ; Felicity était enceinte...

En résumé, Tucker était la seule personne disponible. Cela ne le dérangeait guère car il ne demandait pas mieux que de protéger ses amies d'enfance. Restait à les convaincre qu'elles avaient *besoin* de sa protection.

Il grimaça à la pensée de cette nouvelle complication et se glissa derrière le volant de son pick-up en pensant qu'il n'avait plus vraiment le temps de regagner son appartement, même si on était au beau milieu de la nuit. Il fallait qu'il aille au ranch et trouve un moyen de persuader Rachel et Sarah de l'héberger pendant quelque temps.

En chemin, il envisagea d'avouer la vérité aux deux familles, tout simplement. Après tout, que pouvait lui faire le groupe North Star ? Il n'avait pas promis le silence et, si le clan Wyatt se jetait dans la mêlée, peut-être parviendrait-il à faire tomber les Vianni *et* les Fils, sait-on jamais ?

Tucker repensa à tout ce qui l'empêchait d'envoyer ses frères passer la nuit chez les Knight et décida de les épargner. Ils s'étaient construit de nouvelles vies, avaient survécu à des agressions qui auraient pu leur être fatales et, pendant tous ces mois d'angoisse où chacun vivait sous la menace d'Ace et des Fils des Badlands, qu'avait fait Tucker ? *Son travail d'enquêteur...* À un moment où ses frères et leur entourage immédiat subissaient la dictature d'Ace et de son gang.

Et même si Tucker avait été confronté à quelques sbires des Fils, il s'en était tiré indemne.

Aussi était-ce son tour de s'exposer au danger, d'affronter les Fils. Son tour aussi de protéger, en plus des siens, Rachel et Sarah Knight.

Qu'elles le veuillent ou non.

4

Des sueurs froides tirèrent Rachel d'un nouveau cauchemar. Malgré son inconfort, elle comprit que la récurrence du rêve, si tôt après le dernier, était liée à son anxiété, car ces abominables frayeurs nocturnes, malgré leur scénario immuable, la renvoyaient généralement à sa situation du moment.

Cette fois-ci, néanmoins, aucun puma ne lui était apparu. Elle s'assit, se frotta les yeux, puis se frictionna les avant-bras pour se réchauffer dans la fraîcheur ambiante.

Le puma s'était mué en un homme dont le faciès continuait à hanter Rachel : des yeux bleus particulièrement vifs, et des traces de brûlures sur un des côtés du visage. Sa voix, elle aussi, l'avait marquée par son timbre grave et son accent qu'elle n'avait pas su identifier, bien qu'il ait indéniablement été américain.

Elle fut parcourue d'un frisson et tenta de se raisonner. Ce n'était qu'un rêve et, même si elle ne parvenait pas à le chasser de son esprit, il restait du domaine de la fiction.

Elle se leva sans se préoccuper de l'heure et descendit chercher un verre d'eau.

Elle n'avait rien à craindre. Même en l'absence de son père, elle se sentait en sécurité dans cette maison avec Sarah, et Cecilia qui avait insisté pour passer la nuit là, parce que Brady gardait la chambre chez mamie Pauline en attendant d'être complètement remis.

Rachel trouvait la décision de Cecilia un peu exagérée.

Encore que... En théorie, bien sûr que, avec l'aide précieuse de Sarah, elle aurait pu gérer le ranch. En pratique, malheureusement, ni elle ni Sarah n'avaient été formées par la police, ce qui les aurait mises en position de faiblesse en cas d'agression.

D'ailleurs, elle-même était la seule à être vulnérable face à la violence du monde.

Elle descendit au rez-de-chaussée à pas feutrés et s'arrêta sur le palier du bas en entendant le bruit d'une chaise qu'on tirait sur le parquet.

Elle sentit sa tension monter d'un cran et fut prise de panique. Il y avait quelqu'un dans la cuisine et…

— Que fais-tu debout à cette heure-ci ? lui demanda Tucker de sa belle voix grave.

— Et toi ? lui renvoya-t-elle du tac au tac.

— Si tu tiens à la vérité, Rachel, on m'a conseillé de ne pas vous laisser seules, Sarah et toi. Ça venait d'une personne bienveillante, et j'ai jugé plus sage de venir directement ici.

— Tu n'aurais pas dû te donner cette peine : Cecilia a décidé de passer la nuit auprès de nous : nous sommes donc à l'abri du danger.

— Parfait, dit-il, sans faire mine de prendre congé pour autant.

— Donc, tu peux rentrer chez toi, enchaîna Rachel, sans trop savoir pourquoi elle se montrait si désagréable.

Tucker avait voulu bien faire, ce dont elle aurait dû lui être reconnaissante, mais elle ne portait rien sous son pyjama à fines bretelles, et elle en était douloureusement consciente.

— Ce n'est pas du tout ce que j'envisage de faire, lui répondit-il.

Elle jeta un regard mauvais dans sa direction, sans savoir si elle avait atteint sa cible, et s'enferra encore un peu en répliquant :

— Ton statut de mâle ne t'oblige pas à veiller sur les femmes de ton entourage, Tucker.

Son soupir exaspéré en dit long sur son état d'esprit, toutefois il prit la peine d'expliquer :

— Je n'ai jamais prétendu le contraire ; je te rappelle simplement que Cecilia n'est pas au mieux de sa forme. C'est une bonne chose qu'elle soit ici dans la mesure où elle saurait comment réagir en cas de danger, mais parviendrait-elle à neutraliser un agresseur ? Personne ne m'a entendu crocheter la serrure, que je sache !

— Tu as crocheté la serrure ? se récria Rachel, indignée.

Il la fit taire immédiatement, ce qui n'arrangea guère son humeur.

— Simple mesure de précaution, Rachel. Les Fils savent que Duke n'est pas chez lui, et ils pourraient vous considérer comme des proies faciles.

— Parce que je suis partiellement aveugle, commenta-t-elle avec amertume.

— Plutôt parce que nous ignorons d'où vient le danger, si danger il y a. Je n'aime pas vous savoir seules, Sarah et toi, l'une dans les champs, l'autre ici. Avant que tu m'accuses de sexisme, j'ajoute que c'est une question de nombre, pas de genre. Dans les situations périlleuses, mieux vaut être deux.

— C'est bien ce que je disais, s'acharna Rachel. Je peux très bien accompagner Sarah dans les champs, et ta présence ici n'est pas nécessaire.

— Qu'est-ce que tu as contre moi, Rachel ? s'enquit Tucker avec une douceur qui ressemblait... oui, à une forme de tristesse. Je nous croyais amis, or j'ai la nette impression que tu m'en veux en ce moment.

— Ce n'est pas le cas.

— C'est pourtant ce que je ressens, répliqua-t-il sèchement.

Rachel se sentait stupide et injuste. Elle n'avait rien contre Tucker, c'était lui qui...

Elle l'entendit se pencher vers elle, puis sentit ses mains sur ses épaules nues.

— Je sais que les temps sont durs, et je ne veux pas compliquer les choses. J'essaie simplement de me rendre utile. Tu peux me laisser faire ça ou c'est trop te demander ?

Rachel grimaça intérieurement. Tucker l'avait coincée : comment le détromper sans passer pour déraisonnable, ce qu'elle n'était pas ? En outre, la pression qu'il exerçait sur ses épaules lui apportait un réconfort certain. Il sentait le café, ce qui l'amena à se demander s'il avait passé les premières heures de la nuit debout, à s'inquiéter pour Duke, Sarah et elle-même.

Cette pensée acheva de la convaincre. Alors que Tucker s'efforçait de régler la situation, elle lui faisait payer sa propre angoisse. Un peu honteuse, elle murmura :

— Non, ce n'est pas trop demander. Je ne voulais pas être désagréable, Tucker. C'est la peur qui me fait réagir ainsi.

Il lui déposa un baiser sur la tempe, comme il l'avait toujours fait. Tucker était le plus affectueux de sa fratrie, si tant est qu'un Wyatt puisse être affectueux. D'un naturel démonstratif, il n'hésitait pas à réconforter ceux qu'il aimait par une étreinte ou une bise amicale.

Ce soir-là, cependant, ses mains s'attardèrent, et Rachel s'étonna de l'étrange sensation que lui procura son contact.

En toussotant, Tucker laissa retomber ses bras, se redressa sur son siège, et Rachel n'eut plus à se soucier du trouble qui s'était emparé d'elle.

— Je crois qu'il est préférable que je reste ici, répéta-t-il. Cela m'aidera dans mon enquête. Après l'incendie volontaire de l'été dernier, nous ne pouvons pas nous permettre de compter uniquement sur le dispositif de surveillance de Cody. Et puis, encore une fois, tout indique que Duke est parti de son plein gré.

Il enchaîna, sans doute pour empêcher Rachel de protester :

— Je ne prétends pas qu'il voulait partir. Je dis simplement qu'on ne l'a pas emmené de force. En admettant qu'il ne soit pas en vacances comme il voudrait nous le faire croire, il avait peut-être de bonnes raisons de s'absenter, sans que cela signifie pour autant qu'il est en danger. Si ça se trouve, son unique but est de vous protéger, Sarah et toi.

— Tu n'es pas sérieux ! s'exclama Rachel.

— Eh bien, si, figure-toi. Je ne te demande pas d'être d'accord avec moi, simplement de m'héberger et de me laisser veiller sur vous. Ah et, si c'est possible, j'aimerais inspecter la chambre de ton père.

— Et si je refuse ?

— Je demanderai à chacune de tes sœurs, jusqu'à avoir obtenu gain de cause.

Rachel souffla bruyamment. Elle ne pouvait pas gagner. Bien sûr que Tucker finirait par se faire entendre ! D'un autre côté, il aurait pu se passer de sa permission pour voir la chambre de Duke, or il la lui avait demandée ; elle devait lui accorder ça.

— Au point où on en est, tu peux même t'installer là-bas, dit-elle, vaincue. Toutefois, je te préviens : s'il s'aperçoit que tu as fouillé dans ses affaires, je ne te couvrirai pas.

— Parfait, commenta Tucker, manifestement soulagé. Dis donc, tu devrais retourner te coucher, il est 3 heures du matin !

— Oui. J'étais descendue me chercher un verre d'eau.

— Attends, je m'en occupe, s'empressa de dire Tucker.

— Je suis capable de me servir toute seule !

— Je le sais, seulement je suis plus près de l'évier et des verres. Je peux faire quelque chose pour toi, de temps en temps, non ?

Faute de savoir que répondre, Rachel se saisit du verre qu'il lui tendait, puis regagna sa chambre en se répétant les dernières paroles de son ami d'enfance.

Tucker était d'une humeur massacrante. En temps normal, lorsqu'il en avait conscience, il se tenait à l'écart de sa famille afin de ne passer ses nerfs sur personne.

Il laissa échapper un soupir. Il craignait d'être de piètre compagnie, et il allait passer la journée entière avec des Knight et des Wyatt. Ça ne pouvait pas tomber plus mal.

S'il détestait mentir à ses frères, la perspective de duper les Knight ne lui plaisait guère non plus, et sa conversation de la nuit avec Rachel l'avait mis très mal à l'aise. La pauvre se faisait un sang d'encre pour Duke, et Tucker était contraint au silence.

Et puis, il avait eu une sensation étrange au contact de ses épaules nues, un trouble qui s'était accentué quand il s'était rendu compte que le pyjama de Rachel dissimulait à peine ses formes harmonieuses.

Il se gronda intérieurement. Non, il ne s'aventurerait pas sur ce terrain. Rachel n'était pas pour lui, et elle ne l'avait jamais été. Tout comme Brady, il considérait depuis toujours que sortir avec une des filles Knight constituerait un manque de respect envers Duke. C'était un homme droit, un éleveur hors pair et un père modèle. À l'instar de Jamison, il avait été un modèle pour les frères Wyatt.

D'accord, Brady avait passé outre la limite qu'ils s'étaient fixée en s'éprenant de Cecilia avec qui il envisageait de faire sa vie quand tous deux seraient complètement guéris.

Tucker secoua la tête. Le fait que son frère ait manqué à sa parole pour la première fois de sa vie ne le dispensait pas de tenir la sienne.

Il vit arriver Brady et se prépara à un sermon en bonne et due forme.

— Tu as une sale mine, lui lança son aîné en boitillant jusqu'au porche où Tucker tentait de se débarrasser de sa morosité.

— Toi aussi, rétorqua-t-il, pour le regretter aussitôt.

Cet été périlleux avait été un véritable calvaire pour son frère, agressé et blessé par balle, et qu'avait fait Tucker pendant ce temps-là ? Rien. Absolument rien.

— J'ai appelé Cody pour le tenir au courant, ajouta-t-il d'un ton plus amène.

— Je ne suis pas là pour ça, répondit Brady en s'aidant de sa canne pour grimper les trois marches qui le séparaient de son cadet. Je suis venu embrasser Cecilia avant son départ pour la réserve.

— Tu crois que c'est raisonnable de faire tout ce trajet à pied dans ton état ? s'enquit Tucker.

— La marche est un des meilleurs exercices de rééducation, répliqua Brady, avant de se redresser pour prendre appui sur sa jambe valide. Qu'est-ce qui te met d'aussi mauvais poil, frangin ?

— Le manque de sommeil. Dev est avec Sarah, et je dois rester auprès de Rachel. Ça me rend un peu nerveux, désolé.

— Tu n'es pas censé retourner au poste ?

— Je me suis entretenu avec le shérif, ce matin. Je vais enquêter d'ici, et laisser le travail de terrain à un de mes collègues.

— Je pourrais te donner un coup de main, ma jambe folle ne me rend pas complètement impotent, bougonna Brady d'un ton de reproche.

Tucker comprenait sans peine sa contrariété. L'inactivité devait d'autant plus lui peser qu'il se relevait tout juste d'une longue période d'immobilisation.

— Il s'agit principalement d'effectuer un certain nombre de recherches sur ordinateur et de suivre d'éventuelles pistes. Si je trouve quelque chose de probant, je t'en ferai part, promis.

Tucker avait conscience d'avoir éludé la question, mais il ne tenait pas à être secondé dans sa surveillance du ranch.

Brady hocha la tête, avant de fixer Tucker avec une attention un peu trop soutenue à son goût.

— Je te fais confiance, tu sais, déclara-t-il. Ça a toujours été le cas, et les derniers événements n'y ont rien changé.

Tucker enfonça ses mains dans ses poches. Brady faisait allusion au jour où Tucker avait été appelé en renfort pour les tirer, Cecilia et lui, d'une situation épineuse. Il avait été obligé de mentir sur certains aspects de ce sauvetage, pour ne pas dévoiler son association avec le groupe North Star, et s'il savait que Cecilia n'avait pas cru à sa version des faits, Brady, lui, avait continué à lui accorder sa confiance, qui lui était très précieuse.

— Je t'en remercie, dit-il humblement. Tu n'auras pas à le regretter.

— Je n'ai rien dit et je n'ai pas l'intention de parler, poursuivit Brady. En revanche, je pense que tu devrais en toucher un mot à Cody, sans quoi…

Tucker comprit qu'il allait encore être question de North Star et interrompit Brady.

— C'est mon problème, vieux. Pas le tien.

Brady ouvrait la bouche, sans doute pour protester, lorsque la porte s'ouvrit derrière eux.

— Il me semblait bien avoir reconnu ta voix, dit Cecilia en se tournant vers son homme avec un sourire radieux.

Lorsqu'elle lui tendit ses lèvres, Tucker se détourna. Simple question de pudeur, car ces marques d'affection ne le dérangeaient pas. Ses frères avaient droit à l'amour et, tant qu'ils étaient heureux, leur choix de partenaire ne regardait qu'eux.

Ce genre d'échanges le mettait néanmoins vaguement mal à l'aise. S'il n'avait eu aucune réticence, quand Jamison et Cody s'étaient remis avec leurs ex, toutes deux élevées par les Knight, il n'était toujours pas habitué aux couples que formaient Gage et Felicity ou Brady et Cecilia.

Rachel apparut à son tour, et Tucker sentit sa tension augmenter d'un cran.

— Petit déjeuner ? proposa-t-elle. Je fais des omelettes, ça intéresse quelqu'un ?

— Oui, moi. Il me reste un quart d'heure avant de me mettre en route, répondit Cecilia, avant d'ajouter à l'intention de Brady : Toi aussi, j'imagine. Ne me dis pas que mamie Pauline t'a laissé partir le ventre vide, je ne te croirai pas.

— Détrompe-toi, ma belle. Mamie a été distraite par l'arrivée des chiens, et j'en ai profité pour m'échapper.

— Parfait. Tucker ? En ta qualité de nouvel invité, tu as le droit de mettre la table.

Sur ces mots, et avec un sourire finaud, Rachel retourna à ses fourneaux.

Tucker sentit sur lui les regards désapprobateurs de Cecilia et Brady.

— Bien que j'ignore ce qui se passe, je pense qu'il faut tenir Rachel à l'écart, déclara solennellement Cecilia. Je vais te laisser faire, Tucker, parce que je n'ai pas vraiment le choix. Mais je te préviens : s'il lui arrive quoi que ce soit, je te tiendrai pour personnellement responsable.

— Rachel n'est pas si démunie que ça, protesta-t-il, avec une assurance feinte.

— Tu m'as comprise, Tucker, que tu l'admettes ou non. Bien, à présent, tu ferais mieux d'aller l'aider.

Tucker aurait riposté s'il n'avait su qu'il n'avait aucune chance de gagner, seul contre ce couple d'entêtés. Il jugea donc préférable de garder son énergie, afin de se préparer à la confrontation qui l'attendait.

Il entra dans la cuisine au moment où Rachel versait un mélange dans une poêle à frire.

— Laisse-moi deviner, susurra-t-elle. Cecilia vient de te dire que si tu ne veilles pas sur moi, elle se chargera personnellement de t'attacher à un rocher en plein milieu des Badlands, sans eau et sans nourriture.

Tucker ne put réprimer un sourire.

— C'est à peu près ça, même si elle a formulé la chose différemment.

— Je n'ai pas besoin qu'on me materne, riposta Rachel.

— C'est ce que je lui ai répondu.

Comme Rachel n'ajoutait rien, Tucker entreprit de mettre le couvert, puis demanda :

— Pourquoi te donnes-tu tant de mal, Rachel ?

— Je ne me donne pas de mal, je prépare des omelettes, ce n'est pas bien compliqué !

— Tu es pire que mamie Pauline. Les céréales ne suffisent pas, et une pizza surgelée constitue un affront... Pour info, je peux tenir plusieurs jours à ce régime quand je suis seul chez moi.

— Sans doute parce que la maison de Pauline est un peu ton deuxième foyer, non ?

Ton deuxième foyer. Pour une raison qui lui échappa, Tucker fut ému. Il savait pourtant qu'il était le bienvenu chez mamie Pauline : c'est là qu'il s'était réfugié après avoir échappé aux Fils des Badlands, et là qu'il avait eu le sentiment d'être aimé et en sécurité, pour la première fois de sa vie.

— Sûrement, oui, convint-il.

— Mamie m'a appris que, à défaut de pouvoir régler les problèmes d'autrui, on peut les épauler dans leurs efforts pour s'en sortir.

— Et comment réagis-tu, toi, face aux problèmes ?

Rachel fit glisser une omelette dans une des assiettes, avant de répondre :

— Je ne suis pas chargée de combattre contre la pègre, il me semble.

— Ça ne veut pas dire que tu n'as aucun problème, lui fit

remarquer Tucker qui avait perçu une certaine réserve dans son intonation.

Rachel eut un petit sursaut, puis passa à l'omelette suivante sans faire de commentaire.

Il la regarda faire avec admiration. Elle avait perdu la vue à l'âge de trois ans, puis sa mère était morte quatre années plus tard. À l'inverse de Tucker, elle n'avait pas dû lutter pour échapper à une bande de motards impitoyables, mais elle avait eu sa part de malheur.

Il réprima une grimace. Il était obligé de vivre sous le même toit qu'elle, et de lui mentir.

Il se consola en se disant que, en plus de Rachel, il protégeait Duke et que, à partir du moment où North Star le leur rendait indemne, ses mensonges n'avaient pas grande importance.

Cela ne l'empêcha pas de rester figé sur place. Il n'avait toujours pas bougé lorsque Cecilia et Brady revinrent, se tenant toujours par la main. Ils furent suivis de près par Dev et Sarah, qui, de retour des champs, pestaient après les chiens.

Le groupe North Star travaillait en sous-main, sans se préoccuper des états d'âme de ses agents. Tucker avait plus ou moins prêté serment en se joignant à eux, et il ne reviendrait pas là-dessus.

D'un autre côté, il ne pouvait pas non plus briser le pacte tacite qui le liait à ses deux familles.

Il lui fallait donc trouver un compromis.

5

Ils s'installèrent tous autour de la table pour déjeuner, et la conversation prit le tour qu'elle prenait généralement lorsque des membres des deux clans étaient réunis : changements de sujet rapides, plusieurs convives parlant en même temps et, bien entendu, Sarah et Dev en désaccord total.

La mystérieuse disparition de Duke, bien qu'elle ait pesé sur toutes les épaules, ne fut pas évoquée.

Rachel apprécia les efforts de ses proches pour détendre l'atmosphère. Il y avait un semblant de normalité dans ce repas, bien qu'il y ait rarement autant de convives à cette heure matinale.

— Tu n'as pas faim, Tuc ? demanda Sarah entre deux bouchées.

Rachel fronça les sourcils. Pourquoi Tucker ne mangeait-il pas ?

— Je peux te préparer une omelette avec des ingrédients différents, si tu préfères, proposa-t-elle.

— Ne te donne pas cette peine, tout va bien.

Rachel entendit une fourchette grincer sur une assiette et en déduisit que Tucker avait tout de même un peu d'appétit.

Elle s'en réjouit. Un apport d'énergie lui serait d'autant plus bénéfique qu'il n'avait pas dormi de la nuit ; Rachel le savait pour avoir été attirée par l'arôme d'un café tout frais avant que Sarah descende dans la cuisine.

— J'étais en train de réfléchir, reprit Tucker. Il y a quelque chose qui cloche dans le départ de Duke.

À l'évocation du patriarche, le silence se fit dans la pièce.

Rachel elle-même reposa sa fourchette. Les aliments ne passaient plus, subitement.

— Il est parti de son plein gré, poursuivit Tucker. Et s'il se peut qu'on le fasse chanter, cela ne change rien au fait qu'il a quitté cette maison volontairement. Les événements de l'été dernier pourraient donner à penser que les Fils sont la cause de son absence, toutefois je n'en ai pas la preuve.

— Quelle autre raison aurait-il pu avoir de disparaître comme ça ? s'enquit Cecilia.

— C'est ce qui me chiffonne. Je me demande si nous ne devrions pas nous pencher sur son passé.

Le passé de Duke.

— Qu'est-ce que tu insinues, Tucker ? demanda Rachel, sur la défensive.

— Rien de grave, Rachel. Je dis simplement que nous ne savons peut-être pas tout.

— Je ne vois toujours pas en quoi cela disculperait les Fils, enchaîna Cecilia. Je te rappelle que quatre des filles adoptives de Duke sont en couple avec les fils d'Ace.

— Je ne prétends pas non plus que les Fils n'ont rien à voir avec cette histoire, protesta Tucker. On n'est jamais sûr de rien avec eux. En revanche, il me semble que nous commettrions une erreur en ne nous concentrant que sur eux au lieu de nous interroger sur Duke lui-même. Il serait plus intéressant de déterminer les raisons de sa fugue que de chercher à savoir où il est. Il n'a pas été enlevé ; on n'a pas mis le feu à sa maison... Bref, nous ne sommes plus à l'époque où les Knight essuyaient les tirs croisés des Fils.

Rachel se rappela la voix qu'elle avait entendue en rêve, ce qui lui parut d'autant plus idiot que ça n'avait rien à voir avec les propos de Tucker.

— Et que veux-tu que papa nous ait caché ? demanda Sarah. S'il avait un secret, nous le saurions, depuis le temps que nous vivons sous son toit, tu ne crois pas ?

Les secrets font toujours des victimes innocentes.

Rachel plissa les yeux, dans l'espoir de chasser les séquelles de son cauchemar. En plus de n'avoir aucun rapport avec ce qui se disait autour d'elle, la voix qu'elle avait entendue n'était que le fruit de son stress du moment, allié à une imagination débordante.

Elle sortit brusquement de table et alla déposer son assiette dans l'évier.

— Rach...

La sonnerie d'un téléphone retentit, puis Cecilia grommela :

— Il faut que j'y aille.

L'assemblée se leva, Dev et Sarah débattirent de la tâche dont ils allaient s'acquitter en premier ; Brady remercia Rachel pour le petit déjeuner et suivit Cecilia. Bientôt, leurs voix s'éloignèrent, et il n'y eut plus que le grincement de la porte grillagée.

Bien qu'il ne fasse aucun bruit, Rachel sentit que Tucker était toujours là, et qu'il l'observait.

— Tu as quelque chose à dire ? lui lança-t-elle avec une agressivité qui ne lui ressemblait guère.

Décidément, elle ne se reconnaissait pas, ces temps-ci. Elle avait envie de mordre, de hurler et de retrouver sa vie d'avant.

Allons, allons. Hier encore, tu te plaignais de la monotonie de ton existence, songea-t-elle.

Elle reposa la poêle qu'elle était en train de récurer et soupira bruyamment. Il y avait une différence entre le changement et le chaos complet, tout de même, non ?

— Tu es contrariée à cause de ce que j'ai dit tout à l'heure ? s'enquit Tucker avec circonspection.

Elle se hérissa. Tucker semblait la considérer comme une petite chose fragile, qu'il convenait de ménager.

— Tu t'imagines que tout tourne autour de toi ? Tu ne trouves pas ça un peu mégalo ?

Au terme d'un long silence, elle entendit Tucker empiler les assiettes et les déposer près d'elle pour qu'elle puisse charger le lave-vaisselle.

— Ce n'était qu'une théorie, tu sais. Je suggérais simplement que cette affaire pourrait être liée à Duke plutôt qu'aux Fils.

Pourquoi ? Parce que je n'arrive pas à trouver la preuve qui les incriminerait.

— Avoue plutôt que tu n'as pas envie que le gang de ton père soit mêlé à l'étrange absence du mien, riposta Rachel avec acrimonie.

— Ne dis pas de bêtises, Rachel, lui renvoya-t-il avec une telle force qu'elle sursauta et sentit son visage s'empourprer.

— Je ne...

— Je suis bien plus conscient du mal que mon père a pu faire que tu ne le penses. Par ailleurs, je te rappelle que s'il est en quartier de haute sécurité, c'est parce que mes frères, comme certaines de tes sœurs, ont fait en sorte de l'y envoyer, et cela au péril de leur vie. Je sais très bien que je ne pourrai jamais effacer les torts d'Ace envers ta famille.

Rachel rougit encore davantage et balbutia :

— Pardon, Tucker. Je ne voulais pas...

De nouveau, il lui coupa la parole :

— Tu voulais me blesser et tu y es arrivée. Tu me fais payer ton angoisse et ton sentiment d'impuissance. En temps normal, je suis plutôt réceptif, seulement ce n'est pas mon jour, alors arrête-toi là, si tu veux bien.

Rachel ravala sa honte et tendit la main en direction de Tucker.

— Je suis désolée, murmura-t-elle en lui serrant doucement le bras.

Il lui tapota la main en soupirant.

— Moi aussi, Rachel. Je manque de sommeil, et ça ne me réussit pas.

S'ensuivit un silence au cours duquel ils restèrent immobiles, les doigts de Rachel toujours enroulés autour du bras de Tucker qui ne retira pas sa large main. Sa peau était chaude et rugueuse. Quand ses fonctions de policier lui en laissaient le temps, il participait volontiers aux travaux du ranch, ce qui expliquait les cals qui couvraient sa paume. La taille de ses mains était un trait de famille : les Wyatt étaient des costauds et, bien que Rachel soit elle-même d'une solide constitution, ses propres mains semblaient minuscules en comparaison de celles de Tucker. Si elle avait fait en sorte que leurs paumes se joignent...

D'où lui était venue cette idée grotesque ?

Elle se dégagea promptement, et si elle n'avait pas été devant l'évier elle aurait reculé tout aussi vivement. Faute de pouvoir bouger, elle se remit à dégraisser les poêles en s'efforçant d'ignorer le trouble qui s'était emparé d'elle.

— J'ai eu l'impression que ma théorie sur la disparition de ton père te déplaisait au plus haut point, commença-t-il avec le détachement qu'il devait feindre lorsqu'il interrogeait un suspect dans le but d'en apprendre davantage.

— Tu as des éléments sur le passé de Duke ? poursuivit-il.

Rachel partit d'un rire amer.

— Non, dit-elle. Aucun.

— À en juger par ta réaction, j'aurais juré le contraire.

Rachel souffla bruyamment. En bon policier qu'il était, Tucker l'interrogerait jusqu'à avoir obtenu ses réponses. Elle devait donc se confier à lui, au risque de se ridiculiser.

— J'ai fait un cauchemar, la nuit dernière, si violent que j'en suis encore perturbée.

— Raconte-moi un peu ça, dit-il d'une voix douce.

Rachel secoua la tête. Ses rêves étaient vraiment puérils, et elle n'imaginait que trop bien la réaction de Tucker. Il lui dirait que c'était normal, qu'elle avait été traumatisée étant enfant, que son subconscient lui jouait des tours, etc.

— Quand j'étais petit, mamie Pauline me faisait parler de mes cauchemars. Selon elle, ça suffisait à leur retirer leur pouvoir maléfique.

Rachel ne put réprimer un sourire. Pauline avait un avis sur tout, ce qui était plutôt réconfortant en somme.

— Et ça marchait ? s'enquit Rachel.

— Avec ce qui n'était pas réel, oui, répondit-il au terme d'une courte hésitation.

Réel. Le mot atteignit Rachel de plein fouet. D'une part parce que les cauchemars de Tucker avaient dû être fréquents et le renvoyer à la cruelle réalité de sa petite enfance – ces huit années passées au sein d'un gang de motards sans foi ni loi –, et de l'autre parce que les siens n'avaient rien de réel, malgré l'effet qu'ils lui faisaient.

— Le mien ne l'était pas, dit-elle avec insistance.

— Dans ce cas, je t'écoute.

Tucker n'avait jamais vu Rachel dans un tel état de nerfs. Certes, elle était sous pression, mais elle avait traversé un été particulièrement stressant sans jamais perdre son calme.

Savait-elle quelque chose ? Son rêve était-il une sorte d'échappatoire ?

Il avait évoqué le passé de Duke pour se dédouaner, d'une certaine manière. À présent, il suffisait que Cecilia ou Brady découvrent la vérité par eux-mêmes pour que Tucker n'ait pas à trahir North Star.

Le groupe ne verrait sans doute pas les choses sous cet angle, cependant, plus il éprouvait le besoin d'épauler Rachel, moins il se souciait de ce qu'en penseraient les dirigeants du groupe qui, après tout, l'avaient mis dans une situation impossible.

Rachel hésita un moment, les mains dans l'eau de vaisselle, puis finit par se lancer avec un haussement d'épaules :

— C'est idiot... J'ai toujours revécu en rêve le jour où j'ai été attaquée par ce puma.

— Ça me paraît normal.

— À moi aussi. En général, ces cauchemars sont espacés et peu fréquents. Du moins depuis que je suis adulte. Malheureusement, je ne sais trop pourquoi, ces dernières semaines, ça m'arrive presque chaque nuit, et j'ai la nette impression d'être entre le souvenir et la fiction. Le problème, c'est que la fiction me semble plus réelle que le souvenir.

Elle fronça les sourcils, et une ride soucieuse se forma sur son front.

Tucker se dit qu'elle était très belle. Bien qu'elle lui rappelle Eva, plus elle prenait de l'âge, plus sa personnalité s'affirmait. Et si ses sœurs la considéraient comme le bébé de la famille, une gentille fille vaguement passive, Tucker, lui, connaissait sa force. Rachel était une version tempérée de mamie Pauline : elle assurait l'harmonie familiale avec son calme et ses attentions.

Pourquoi Tucker pensait-il à cela, alors qu'il aurait dû réfléchir à ce que Rachel lui disait ? Il se ressaisit et demanda :

— Quelle est la différence entre le rêve axé sur le souvenir et celui qui te semble relever de la fiction ?

Elle prit une profonde inspiration, puis expira lentement. Elle semblait si perturbée que Tucker fut tenté de lui prendre la main. Il n'en fit rien, néanmoins. Depuis la veille, le moindre contact physique avec elle lui paraissait aventureux.

— Eh bien, au lieu d'un puma, c'est un homme que je vois. Il a les yeux bleus et des cicatrices sur une partie du visage. Elles ne ressemblent pas aux miennes, on dirait plutôt que ce sont les séquelles d'une brûlure. Il est très agité, il me porte. Nous...

Rachel s'interrompit, un peu comme si elle devait faire un effort pour se remémorer la suite.

— Nous sommes dans les collines, dans l'un des pâturages, je ne pourrais pas te dire lequel. Une chose est certaine, cependant : c'est l'endroit où le puma m'a sauté dessus.

— Tu t'en souviens, ou c'est ce qu'on t'a dit ?

— Qu'est-ce que ça peut faire ? demanda-t-elle.

— Ce n'est pas pareil, Rachel. Si cette partie du rêve est ce que tu as vécu, tu dois t'en souvenir quand tu es réveillée. Si on t'a raconté que l'attaque a eu lieu dans ce pâturage, il se peut que ton subconscient te ramène à cet endroit.

— Je... je n'en sais rien, balbutia-t-elle avant d'ouvrir le lave-vaisselle et de se tourner vers Tucker.

Il avait espéré l'apaiser un tant soit peu en lui faisant raconter son cauchemar, mais elle semblait tout aussi bouleversée qu'avant. À croire que plus elle se confiait, plus elle s'interrogeait.

— Bien que papa et maman n'aient jamais aimé parler de mon accident, reprit-elle, il leur arrivait d'y faire allusion, et je me souviens que ce qu'ils disaient ne correspondait pas à ce que je pensais avoir vécu. En même temps, je n'avais que trois ans, et on peut supposer qu'ils savaient mieux que moi ce qui s'était passé.

— Tu dis que, dans ton rêve, le puma t'emmène quelque part ?

— Non, j'y suis déjà. Il surgit brusquement, je vois briller un objet aiguisé et je me réveille avant qu'il m'atteigne. En revanche, dans mon dernier cauchemar, l'homme m'emmène. Il parle, et l'objet brillant ressemble à un couteau.

Rachel pivota sur elle-même et ajouta :

— Ce n'est qu'un cauchemar, Tucker... Ce qui me gêne, c'est l'état dans lequel il me met.

Elle se mit à arpenter nerveusement la cuisine. Tucker décida de se taire et de laisser Rachel s'épancher, dans l'espoir que cela lui permette de retrouver sa sérénité légendaire.

— Je n'arrive pas à me sortir cette voix d'homme, pourtant fictive, de la tête. Il a un fort accent de la côte Est. Je dirais qu'il vient de New York ou de Boston, c'est très clair dans mon esprit, et j'aimerais savoir pourquoi. Ça m'aiderait peut-être à oublier ce rêve idiot.

Elle se passa une main dans les cheveux pour les ramener en arrière et, de nouveau, Tucker dut résister à l'envie de la serrer dans ses bras pour la rassurer. Il s'abstint néanmoins : ses derniers efforts dans ce sens l'avaient trop déstabilisé pour qu'il se risque au moindre contact physique.

— « Les secrets font toujours des victimes innocentes », récita-t-elle en laissant retomber ses mains. Je ne cesse d'entendre la voix me dire ça, et aussi : « Une leçon que Curtis Washington n'est pas près d'oublier. »

Tucker se raidit. S'il ne connaissait aucun Curtis Washington, le fait que Rachel entende un nom et puisse le relier à une voix spécifique était étrange...

— Qui est Curtis Washington ? s'enquit-il avec inquiétude.

— Je n'en sais rien. Je n'en avais jamais entendu parler. Encore un effet de mon imagination, sans doute.

Tucker se fit violence pour rester impassible, au moins en apparence. S'il s'emballait, ses angoisses et celles de Rachel seraient décuplées.

— Dis quelque chose, lui lança-t-elle, sans doute agacée par son silence.

Tucker choisit ses mots avec soin. Il le fallait s'il voulait formuler l'abominable hypothèse qui lui était venue à l'esprit.

— Les pumas ne sont pas particulièrement agressifs, fit-il remarquer.

— Tout à fait d'accord avec toi, mais n'oublie pas que j'étais toute petite, et qui sait si je ne l'ai pas provoqué ?

— Tu avais trois ans, Rachel. Comment as-tu pu t'aventurer aussi loin de chez toi ? Duke et Eva n'étaient pas des parents négligents, pourtant !

— Comme je viens de te le dire, ils n'aimaient pas en parler. Je suppose que j'ai échappé à leur vigilance. Tu sais comment sont les enfants. C'est tout à fait possible. Enfin...

Rachel semblait douter, à présent.

— Et cette voix ? Cet homme ?

— Du délire pur et simple. Avant cela, j'avais toujours rêvé d'un puma. L'homme doit être la nouvelle version de mon ancien cauchemar. Sinon, pourquoi ne m'apparaîtrait-il que maintenant ?

Parce que Duke était en danger. Parce que sa vie au ranch n'était qu'une couverture, destinée à le protéger. Ce qui signifiait qu'il avait un autre nom.

S'agissait-il de celui que Rachel entendait pendant son sommeil ?

6

Tucker se fit rare après cette conversation, et Rachel se reprocha ses épanchements. Pourquoi se mettait-elle dans un tel état à cause d'un simple cauchemar ? C'était idiot, cela l'irritait tellement elle-même qu'elle imaginait sans peine l'impact que son anxiété pouvait avoir sur les autres.

Elle n'en parlerait plus. Ni à Tucker ni à personne d'autre.

Elle ne le vit pas de la journée, bien qu'elle le sache dans les parages. Il réapparut à l'heure du dîner et discuta comme si de rien n'était tout le long du repas. Rachel ne fut pas dupe, cependant : il était préoccupé, elle le sentait à ses réactions. Après l'avoir aidée à remettre la cuisine en ordre, il alla s'enfermer dans la chambre de Duke.

Rachel devait reconnaître que la présence de Tucker sous son toit ne lui pesait pas. Il lui laissait son espace vital, et sa disponibilité d'esprit lui permit de percevoir l'exaspération de Sarah dès qu'elle vint la rejoindre.

— Une petite coupe de glace à la chantilly ? lui proposa-t-elle.

— Je n'ai plus quatre ans, Rachel, grommela Sarah en s'installant néanmoins devant la table.

Rachel réprima un sourire, puis sortit les ustensiles et les ingrédients dont elle aurait besoin. Sa conversation avec Tucker lui trottait dans la tête.

— Que penses-tu de la théorie de Tucker ? lui demanda Sarah.

Rachel revint à la réalité du moment et décida de préparer deux glaces, en fait : une pour sa sœur, et une pour elle-même.

— Quand il prétend que cette affaire est liée à papa plutôt qu'aux Fils, tu veux dire ?

En leur qualité de cadettes, elles avaient été les plus protégées. Rachel était arrivée en bonne santé, comme une surprise, un dernier cadeau pour Duke et Eva. Quant à Sarah, adoptée à la naissance, elle ignorait tout de ses parents biologiques.

Elles n'avaient jamais quitté le ranch, ni l'une ni l'autre, et avaient grandi ensemble, à l'abri de la cruauté du monde.

De sorte que s'il y avait une personne avec laquelle Rachel pouvait être franche, c'était Sarah. Aussi lui répondit-elle :

— Pour tout t'avouer, je ne sais trop qu'en penser.

— Il est inspecteur de police, lui rappela Sarah.

— Ça ne le rend pas infaillible pour autant.

— Ça lui confère tout de même un certain savoir-faire. Il a l'habitude de cumuler les indices et d'en tirer des conclusions. En l'occurrence, il a souligné un point important : les Fils laissent Duke tranquille depuis trop longtemps pour s'en prendre à lui maintenant. N'oublie pas qu'Ace moisit en prison, et que c'est lui qui lance des vendettas contre les Knight, d'ordinaire, pas les Fils...

— N'exagérons rien. Ils ne doivent pas porter dans leur cœur les membres de la fratrie qui se sont échappés avant de faire mettre leur chef derrière les barreaux.

— Je ne dis pas qu'ils sont blancs comme neige, surtout après l'été qu'ils nous ont fait passer. Mais j'ai réfléchi, et je me suis aperçue que papa n'évoquait jamais ses parents. Ça ne te semble pas bizarre ?

Rachel se renfrogna. Sarah devait se tromper. À bien y réfléchir, cependant... Non, Rachel ne se souvenait pas d'avoir entendu parler de ses grands-parents paternels.

— Je ne m'en étais pas rendu compte, sans doute parce que nous avions papi et mamie Mills. Dans mon esprit, si papa était si fier de son ranch, c'était parce qu'il avait été transmis de génération en génération. À ton avis, pourquoi n'avons-nous jamais entendu la moindre histoire concernant notre domaine ?

— Qu'est-ce que tu essaies de me dire, Sarah ? demanda Rachel, prise de panique.

— Tout simplement que nous ne savons rien de papa, et que nous ne lui avons jamais posé la moindre question. À en croire le peu qu'il nous a raconté, sa vie a commencé le jour où il a rencontré maman, ce qui est peu probable, il faut bien l'admettre.

Rachel reposa sa cuillère. Elle n'avait plus envie de glace, subitement. C'était vrai : elle ne se rappelait pas avoir entendu Duke évoquer son existence avant Eva.

— Tu crois qu'il est parti pour ne pas être rattrapé par un épisode de son passé ?

Elle repensa au revolver caché sous l'oreiller de son père, à leur dernière conversation, et ajouta :

— Il ne voulait pas que j'aille travailler à la réserve, cet automne. Prétendument à cause des Wyatt, alors que j'ai enseigné tout l'été quand ça allait vraiment mal.

— On peut supposer qu'il avait peur. Il n'a pas pu nous abandonner, surtout s'il nous croyait en danger. À moins que...

— À moins que ?

— À moins qu'il n'ait enfreint la loi, poursuivit Sarah. Si ça se trouve, nous ne courons aucun danger, et il s'est enfui pour échapper aux autorités.

— Non, balbutia Rachel. Je ne pourrai jamais croire une chose pareille.

— Je répète : papa ne serait pas parti s'il avait craint pour notre sécurité, tu le sais aussi bien que moi.

Imaginer Duke en malfaiteur, quelle abomination ! Même si c'était naïf de sa part, Rachel s'y refusait totalement. Dans son esprit, son père était la probité faite homme.

— Et s'il pensait être le seul à courir un danger, comme Brady et Cecilia quand ils ont cru nous épargner des ennuis en partant d'ici ?

Sarah ne trouva rien à répondre à cela, et un silence pesant tomba sur la cuisine.

— Il faut qu'on avoue à Tucker qu'on ne sait rien de la vie

de papa avant sa rencontre avec maman. La réponse à nos questions doit être là, au moins en partie, et je suis persuadée que Tucker saura la trouver, déclara Sarah pour finir.

Rachel n'en aurait pas juré. Si Duke avait réussi à garder un secret pendant plus de trente ans, il se pouvait que personne ne le perce jamais à jour.

— Rachel, murmura Sarah en tendant une main vers elle. Nous devons participer à cette enquête autant que nous le pouvons. On a tendance à vouloir nous tenir à l'écart, mais qui a éteint l'incendie du mois dernier ? Nous. Qui assure la permanence dans ce ranch ? Encore nous, et nous sommes plutôt fiables. Papa n'est pas là pour nous protéger comme il l'a toujours fait et, qu'il soit en cavale ou pas, il n'y a plus que toi et moi. Nous devons mettre la main à la pâte.

Rachel sentait que sa sœur avait raison et comprenait vaguement sa propre réticence. En fouillant le passé de Duke, elles risquaient de *tout* chambouler, ce que Rachel ne voulait pas. Un peu de changement ne lui aurait pas déplu, cependant il y avait des limites.

— Si ça t'embête de faire part de nos réflexions à Tucker, je peux m'en charger, lui proposa Sarah.

— Non, non. Tu as raison, nous devons prendre les choses en main, toi et moi. C'est le moins que nous puissions faire pour papa.

— Il est coriace, affirma Sarah avec une conviction sans doute destinée à les rassurer toutes les deux.

— Je ne te le fais pas dire. Et nous le retrouverons.

Tucker passa la journée à tenter de joindre un des membres de North Star, sans succès. Ce mutisme l'exaspéra plus qu'il ne l'inquiéta : il fallait qu'il sache si Curtis Washington était le véritable nom de Duke.

Cela changerait aussi la donne pour le groupe. Après avoir laissé un énième message exaspéré à McMillan, il jeta son téléphone sur le lit d'un geste rageur.

Il avait également fouillé la chambre de Duke, sans y trouver le moindre indice d'un passé obscur. À en juger par le nombre d'armes à feu remisées çà et là, néanmoins, on pouvait supposer que Duke avait toujours redouté le moment où son passé le rattraperait.

Non. Il avait élevé cinq filles adoptives, en plus de Rachel. Il avait donc la certitude d'avoir laissé son ancienne existence derrière lui, et un événement récent avait dû l'amener à se croire en danger.

Cela ramenait le problème aux Fils. Tucker n'aurait pas dû s'en ressentir : le fait qu'il soit né au sein du gang ne faisait pas de lui un de ses membres, pourtant il se sentait coupable.

Il fut tiré de sa morosité par l'arrivée de Sarah qui frappa à sa porte et passa la tête à l'intérieur de la chambre pour lui annoncer que sa sœur et elle voulaient lui parler.

Il la suivit jusqu'à la cuisine où Rachel se tenait déjà, debout devant l'évier, comme à son habitude. D'où lui venait ce besoin constant de cuisiner et d'entretenir la maison ? Lui proposait-on parfois de l'aide ? Tucker en doutait mais il se rassura en se disant que c'était sans doute sa manière de participer à la vie du ranch, de se sentir utile.

Elle se tourna vers eux avec un large sourire en les entendant entrer.

— Tu veux un dessert ? proposa-t-elle à Tucker.

— Non, merci. J'ai cru comprendre que vous aviez quelque chose à me dire, toutes les deux. Alors je vous écoute...

Rachel prit place à la table, tandis que Sarah arpentait la pièce en se tordant les mains.

— Nous avons réfléchi à ce que tu nous as dit sur papa, commença-t-elle, et il se trouve que...

Comme elle se tournait vers Rachel, Tucker fit de même.

Elle semblait sur ses gardes, ce qui l'amena à penser qu'elle était très perturbée.

— Nous nous sommes aperçues que nous ignorions tout de son existence avant son mariage avec maman. Il ne nous a jamais parlé de ses parents ou d'éventuels frères et sœurs, par exemple. Nous ne savons ni où il est né ni si le ranch appartient à sa famille depuis toujours. En fait, nous avons vécu sur des présomptions. Il faut dire que nous étions nombreux et que, entre le décès de maman et tout ce qui s'est ensuivi… Bref, tu sais comment c'est. On ne s'est pas posé de questions, jusqu'à maintenant.

Tucker sentit le poids de la culpabilité lui retomber sur les épaules. Il *savait* que Duke avait eu une existence préalable. Pire, c'était lui qui avait semé le doute dans l'esprit de ses filles. À présent, il allait devoir feindre l'ignorance. Encore un mensonge…

Qui compte le plus à tes yeux ? North Star ou tes amis ?

Il mourait envie de leur dire la vérité, et il l'aurait fait si Duke ne s'était pas rangé à l'avis de McMillan, preuve qu'il avait une excellente raison de ne rien dire à ses filles.

Tucker préférait ne pas penser à leur réaction si elles apprenaient la vérité.

Fort de cette pensée, il enchaîna :

— Je suis en train de m'intéresser à la question. Celle du passé de Duke, j'entends, afin de voir s'il peut être la cause des derniers événements.

Puis, bien qu'il lui en coûte de duper ainsi les deux femmes, il précisa :

— Malheureusement, je n'ai pas beaucoup d'éléments sur lesquels m'appuyer. Vous en avez, vous ?

Sarah secoua tristement la tête.

— Tout le problème est là, Tucker. Tu connais beaucoup de gens qui ne parlent *jamais* ni de leurs parents ni de l'endroit d'où ils viennent ? Papa doit être originaire de la région, sinon comment aurait-il échoué dans le Dakota du Sud ?

— Je vais continuer à creuser, promit Tucker. Je vais même…

Il fut interrompu par la sonnerie de son téléphone. Ce n'était pas la mélodie habituelle, et il ne reconnut pas le numéro qui s'affichait sur l'écran. Sans doute était-ce l'une des lignes de la North Star.

— Excusez-moi, marmonna-t-il, une urgence.

Malgré la désapprobation manifeste de ses amies, il sortit de la cuisine, le portable collé à l'oreille.

Il n'eut pas le temps d'ouvrir la bouche que McMillan hurlait déjà :

— D'où tenez-vous ce nom, Wyatt ?

Tucker tourna la tête en direction de la cuisine et, bien qu'il soit toujours seul, jugea préférable de regagner la chambre de Duke pour s'y enfermer.

— Alors, c'est vrai ? Duke et Curtis Washington ne font qu'un ?

Il réfléchissait à toute vitesse. Le cauchemar de Rachel... Le nom... La phrase énigmatique, l'homme à la place du puma. Comment était-ce possible ?

— Je vous ai posé une question, Wyatt, aboya McMillan.

Il hésita. D'un côté, il ne voulait pas mêler Rachel à cette affaire, de l'autre, il se pouvait que North Star assure sa sécurité ou même qu'il soit essentiel d'informer ses dirigeants de ce qu'elle savait. Cela dit...

Pour finir, il choisit de se taire. Duke préférerait sans doute que Rachel soit tenue à l'écart, quelles que soient les circonstances.

En outre, ses amis étaient prioritaires sur North Star, même si le groupe faisait des efforts louables pour anéantir le gang des Fils. Une tâche qui, si elle était importante, passait après la sécurité de Rachel.

Aussi opta-t-il pour un mensonge simple :

— J'ai effectué quelques recherches sur les flics corrompus de Chicago. Vous m'avez donné suffisamment d'éléments pour que je puisse en tirer certaines conclusions.

— Ce n'est pas votre boulot, Wyatt. Ce qu'on vous demande, c'est de faire en sorte que personne ne soupçonne rien pendant que nous nous occupons de la véritable menace. Nous voulons éviter que des gens mal intentionnés mettent leur nez dans cette histoire. Alors cessez vos recherches, compris ?

Sinon ? pensa Tucker, avant de se raviser et de dire :

— Comme vous voulez. Cela dit, je persiste à croire que je vous serais d'une plus grande aide si j'en savais davantage.

— Je n'ai que faire de votre aide, Wyatt. Débrouillez-vous

pour que les Knight restent en dehors de tout ça. Si vous n'en êtes pas capable, je vous enverrai un tiers qui le sera, et qui se fera un plaisir de s'occuper de votre cas.

Tucker ouvrait la bouche pour l'envoyer au diable quand la ligne fut coupée, ce qui n'était peut-être pas plus mal.

Il poussa un soupir de lassitude.

Rachel connaissait la véritable identité de son père, sans le savoir. En d'autres termes, elle avait, à un moment ou à un autre, croisé les pas d'une ancienne connaissance de Duke.

Si cette personne était toujours dans les parages ou si elle avait un lien avec les Fils, Rachel courait le même danger que Duke.

7

Au terme d'une nuit sans cauchemar, Rachel se réveilla, fraîche et dispose pour la première fois depuis plusieurs jours. Cela l'aurait mise dans de bonnes dispositions si elle n'avait pas été aussi préoccupée.

En se penchant sur le passé de Duke, Tucker risquait de déchaîner les éléments, car tout en se refusant toujours à croire que son père ait pu commettre un délit quelconque, Rachel ne pouvait passer outre certains faits :

Il était parti de lui-même. S'il y avait été contraint, comme elle continuait à le penser, on ne l'avait ni enlevé ni forcé à quitter le ranch sous la menace d'une arme. On l'avait donc intimidé ou fait chanter, ce qui signifiait qu'on avait matière à faire pression sur lui.

Elle s'habilla en se répétant, sans conviction, qu'elle ne pouvait rien changer à la situation ; qu'elle devait s'en remettre à Tucker et aux autres Wyatt. À Cecilia, aussi, qui ne resterait pas inactive. Aucune des filles Knight n'attendrait l'épilogue les bras croisés, d'ailleurs : Sarah s'occuperait du ranch, Nina et Liza, bien que très occupées par leurs enfants, assisteraient sans doute Cody et Jamison autant qu'elles le pourraient. Quant à Felicity, au lieu de se ménager comme l'exigeait sa grossesse, elle se tiendrait au courant par l'intermédiaire de Gage.

Rachel grimaça. Il ne lui restait plus que la cuisine et l'entretien de la maison. Elle essaya de se dire que c'était une occupation comme une autre. Après tout, si mamie Pauline s'en satisfaisait, Rachel pouvait s'en contenter, elle aussi.

Pourtant, même à quatre-vingts ans, mamie Pauline n'hésiterait pas un instant à sortir sa carabine pour s'occuper personnellement d'intrus venus perturber sa routine.

Et Rachel ? Que pourrait-elle faire, en cas d'assaut ? Crier ?

Non. Cela ne suffirait pas. Elle devait apprendre à fuir ou à se battre.

Elle demanderait à Tucker de lui enseigner les bases de l'autodéfense ; de l'aider à acquérir les bons réflexes. Puisqu'il était condamné à séjourner chez elle, le moins qu'il pouvait faire était de lui apprendre à se rendre utile.

Elle descendit au rez-de-chaussée et s'arrêta net sur le seuil de la cuisine.

Tucker y était déjà... et il cuisinait, à en juger par les bruits familiers qui régnaient dans la pièce.

— Qu'est-ce que tu fais ? s'enquit-elle d'un ton peut-être un peu trop accusateur.

— J'ai eu l'idée de me charger du petit déjeuner, puisque je suis là, lui répondit-il sans cesser de s'affairer dans *sa* cuisine.

— Enfin, protesta Rachel. C'est moi qui m'en occupe, d'habitude !

— Tu n'en es pas au point de refuser le moindre coup de main, comme mamie Pauline, j'espère.

— Là n'est pas la ques...

Rachel s'aperçut que sa réaction était excessive et s'interrompit. Elle s'était assez souvent plainte du manque de participation de Duke et Sarah pour s'offusquer ouvertement de l'initiative de Tucker.

En même temps, au lieu d'être ravie d'avoir un peu d'aide, même celle de Tucker, elle se sentait étrangement désœuvrée.

— Je crois que je..., commença-t-elle d'une voix faible.

— Assieds-toi, c'est presque prêt. Je ne veux pas te causer de surcharge de travail. Je peux faire mes lessives, entretenir la chambre de Duke, etc. Je ne suis pas votre invité, et je n'entends pas être traité comme tel.

— Ton séjour parmi nous fait de toi notre invité, bougonna Rachel, que tu le veuilles ou non.

— Eh bien, considère-moi comme un invité autonome.

Sur cette déclaration, et comme pour lui prouver qu'il disait vrai, il déposa une assiette devant elle et ajouta :

— Je n'ai fait que réchauffer les petits pains à la cannelle qui attendaient leur tour dans le congélateur, et couper un melon. On ne peut pas dire que je me sois donné un mal fou.

— Et si ton café n'est à mon goût ? demanda-t-elle d'un ton malicieux, destiné à dissimuler son embarras.

Il lui tendit une grande tasse et répondit :

— Il le sera. Je l'ai préparé comme tu l'aimes.

Le breuvage était excellent. Tucker y avait effectivement ajouté la bonne quantité de crème et de sucre. Rachel faillit le taquiner en lui disant qu'elle ne le laisserait jamais repartir, mais elle en fut incapable.

C'était un peu trop facile à imaginer. Elle savait qu'il lui serait difficile de trouver l'âme sœur. Pas tant à cause de son handicap et de ses cicatrices que parce qu'elle sortait rarement et vivait à la campagne. Deux obstacles qui ne l'empêchaient pas de rêver d'un mari et d'une nichée complète sous le toit où elle avait grandi.

Elle secoua la tête avec agacement. Le simple fait de s'imaginer Tucker au cœur de ce tableau la mettait mal à l'aise. Aussi dissimula-t-elle son embarras en mordant à pleines dents dans un des petits pains. Même décongelées, les viennoiseries de Pauline étaient succulentes.

— Sarah et papa ne savent pas se servir du four à micro-ondes, déclara-t-elle pour se changer les idées. Ils auraient été fichus de gâcher ces merveilles.

Tucker fit le tour de la table pour venir s'asseoir à côté d'elle et murmura :

— C'est ce que tu as envie de croire, Rachel. À mon avis, tu ne leur laisses pas assez de lest pour qu'ils s'y mettent.

La remarque la blessa, et Tucker dut s'en apercevoir car il s'empressa de faire amende honorable :

— Désolé. Je ne voulais pas te vexer. Tu as peut-être raison, au fond, je n'en sais rien. Si ça se trouve, les compétences de ton père et de ta sœur ne s'étendent effectivement pas aux tâches domestiques.

À son intonation, cependant, Rachel comprit que Tucker n'était pas convaincu. Pire encore, elle savait qu'il avait raison. Elle se plaignait de l'inertie de son père et de sa sœur dans ce domaine, alors qu'elle ne leur donnait jamais la moindre directive.

Furieuse contre elle-même, Rachel reprit un petit pain, avant d'attaquer sa part de melon.

Elle avait le choix, dorénavant : soit elle s'accommodait de son petit confort, soit elle agissait.

Elle pouvait agir. Elle devait changer.

— Tucker, tu m'apprendrais à me battre ? demanda-t-elle timidement.

— Pardon ?

— À défaut d'être en mesure d'utiliser une arme à feu, je voudrais être capable de me défendre pour pouvoir parer à toute éventualité.

— Ne t'inquiète pas. Nous sommes tous...

Elle lui coupa la parole en tendant la main vers lui afin de bien lui faire comprendre que sa requête n'était pas une simple lubie. Elle voulait être sûre de pouvoir prendre part à la mêlée si les choses tournaient mal.

— Je parle sérieusement, Tucker, insista-t-elle en lui serrant doucement le bras. Je veux apprendre à me battre.

Tucker hésita, sans pour autant la rembarrer.

— Tu ne crois pas que Cecilia...

— Contrairement à toi, elle n'est pas là, l'interrompit-elle. Tu as donné des cours d'autodéfense, à une époque, si ma mémoire est bonne...

Elle l'entendit s'agiter sur son siège, comme pour dissiper une certaine gêne.

— Euh... Oui, mais...

De nouveau, elle lui coupa la parole :

— Mais quoi ? Qu'est-ce que ça changerait pour toi ?

— Pas grand-chose, lui accorda-t-il sans conviction.

— Rien même. Alors, marché conclu ! rétorqua-t-elle d'un ton si ferme que Tucker finit par céder :

— Je suppose que je pourrais vous montrer un ou deux procédés, à Sarah et à toi.

La tache colorée qui apparut dans son champ de vision périphérique indiqua à Rachel que sa sœur venait de pénétrer dans la cuisine. Elle la vit plonger la main dans le panier à pain, puis l'entendit demander :

— Qu'est-ce que tu veux nous montrer ?

— Des rudiments d'autodéfense. Rachel voudrait être à même de riposter à un éventuel agresseur, lui répondit Tucker d'un ton neutre.

— Excellente idée, déclara Sarah, la bouche pleine. Cela dit, je sais tirer, et je suis capable de te botter les fesses.

— Toi ? s'exclama Tucker, manifestement interloqué. Du haut de ton mètre cinquante ?

— Sans problème. Je me suis confrontée à plus coriace que toi, mon gars. Je pourrais même te mettre au tapis, là, tout de suite.

— Chiche !

S'ensuivit un raclement de chaises, puis :

— Tu vas voir ce que tu vas voir, Wyatt.

Rachel les vit vaguement se tourner l'un autour de l'autre en sautillant et crut bon d'intervenir :

— Vous n'allez tout de même pas...

Il y eut un grognement, un bruit sourd, puis un grand éclat de rire. C'était agréable, familier, et ça l'aurait été encore davantage si les Knight avaient été au complet.

— D'accord. Sarah est reçue avec mention, souffla Tucker. Cela dit, je maintiens qu'elle n'a pas réussi à me botter les fesses.

— Si ça peut te conforter dans ton orgueil de mâle, Tucker, lui rétorqua joyeusement Sarah.

Elle se tut quelques instants avant d'ajouter, sur un tout autre ton :

— Tiens, Dev est arrivé. Son pick-up est dans l'allée. Je vais l'étrangler, celui-là. Il était censé m'attendre. Laissez-moi un ou deux petits pains à réchauffer, recommanda-t-elle au moment de sortir.

— Tu l'as laissée te battre ? demanda Rachel à Tucker.

— Le but n'était pas de remporter la partie, répondit-il. Je voulais voir de quel bois ta sœur était faite, et je suis renseigné. Elle a les bonnes réactions et sait asséner un direct. Son cran et sa combativité naturelle font d'elle une adversaire digne de ce nom. De plus, comme elle n'a pas manqué de nous le rappeler, elle sait se servir d'une arme.

— Tu veux dire que je n'ai pas de cran et que je ne suis pas combative ?

— Non, mais tu es moins virulente que ta sœur et tu le sais aussi bien que moi. Alors je t'apprendrai quelques mouvements d'autodéfense, si tu y tiens tant.

— J'y tiens. On commence quand ?

La météo était capricieuse, à l'approche de l'automne, dans cette partie du pays. Une journée ensoleillée pouvait être suivie d'un blizzard terrible. Mais par bonheur il faisait beau, ce matin-là. Le jardin des Knight serait l'endroit idéal pour enseigner quelques bases à Rachel.

Elle avait troqué son jean et son T-shirt contre… une tenue sur laquelle Tucker préféra ne pas s'attarder tant elle lui parut sexy.

— On devrait peut-être porter des protections, non ? suggéra-t-elle. Je ne voudrais pas te faire mal.

— On n'en est pas là, Rachel. Dans l'immédiat, il s'agit pour toi d'apprendre quelques règles et certains mouvements de base. Tu n'es pas près de me mettre au tapis, pour reprendre l'expression de Sarah.

— C'est pourtant le but, non ?

— Après un certain nombre d'heures d'entraînement, oui. On n'acquiert pas la technique en une séance.

— Je ne pensais pas que c'était si complexe, dit Rachel en plissant le nez.

— Ce n'est pas sorcier non plus. Il faut que tu t'exerces jusqu'à ce que ça devienne une seconde nature chez toi. Et bien que tu aies pris ta décision, ce dont je te félicite, je tiens à préciser que tu n'auras jamais à te battre, parce que je suis là et...

Il s'interrompit en la voyant secouer la tête avec véhémence.

— J'en ai assez d'être la personne qu'on doit protéger. Je n'attends pas la lune de ces leçons ; je veux simplement savoir donner un coup de poing et me libérer en cas de besoin. Rien d'autre.

Tucker pesa rapidement le pour et le contre. D'un côté, il devait bien cela à Rachel, d'un autre, jouer les moniteurs d'autodéfense l'obligerait à la toucher, ne serait-ce que pour la guider dans ses mouvements, or elle était...

Pourquoi avait-elle enfilé ce caleçon et ce petit haut en lycra, bon sang ? Il n'était pas de bois !

En revanche, il était capable de maîtriser ses pulsions inavouables et totalement déplacées. Ses valeurs lui interdisaient de profiter d'une personne si chère à son entourage.

Elle t'est chère à toi aussi, lui souffla une voix intérieure.

Lorsqu'il ne passait pas trop de temps en tête à tête avec Rachel, Tucker parvenait à oublier leurs points communs. Tout comme lui, elle aimait se sentir utile. D'ailleurs, ne lui avait-elle pas reproché le semblant d'aide qu'il lui avait apporté ce matin ? Sa contrariété manifeste ne lui avait donné qu'une envie : celle d'en faire davantage.

De prendre soin d'elle et...

Il toussota et s'obligea à revenir à la réalité du moment. Ce cours n'aurait rien de différent de tous ceux qu'il avait donnés.

— Bien, commença-t-il. Règle numéro un : toujours viser l'entrejambe.

Rachel partit d'un rire étranglé.

— Je ne vais pas te frapper là, Tucker !

— Et je t'en suis reconnaissant, enchaîna-t-il malgré son trouble, avant de préciser : Dans une situation dangereuse, je veux dire. C'est ça, ta cible. L'entrejambe, les yeux... Les endroits les plus vulnérables.

Il réprima une grimace et repoussa l'idée de Rachel contrainte de réagir ainsi à une agression.

— Je comprends, murmura-t-elle.

— Et il faut que tu sois hargneuse.

— Ça, je ne sais pas faire, objecta-t-elle, les poings sur les hanches.

— Vraiment hargneuse, Rachel. Essaie de trouver la Sarah qui sommeille en toi.

— Je préfère trouver mamie Pauline et te chasser à coups de rouleau à pâtisserie.

— Encore faudrait-il que tu en aies un à portée de main, répliqua-t-il en riant. Allez, montre-moi plutôt comment tu t'y prendrais pour atteindre ton adversaire au menton.

Il lui fit faire le geste, sans jamais cesser de lui désigner sa cible, même si elle la distinguait à peine. Après lui avoir conseillé d'attraper tout ce qui pouvait constituer une arme, il lui montra la manière la plus efficace de s'en servir.

Rachel était souple, en forme, et elle progressa rapidement. Tucker lui proposa à plusieurs reprises de faire une pause, ce qu'elle refusa, même lorsqu'ils furent tous deux à bout de souffle.

— Le seul problème, dit-elle en haletant, c'est que je ne serai pas sur un ring de boxe. Si je dois me battre, ce sera contre une personne qui veut vraiment s'en prendre à moi ou à un de mes proches.

— N'empêche que tu dois acquérir les réflexes, Rachel.

— Je peux le faire toute seule avec un punching-ball. Ce que je voudrais, c'est que tu me montres comment réagir si on s'empare de moi. Je sais que tu as peur de me faire du mal et je ne veux pas t'en faire non plus, mais il faut que ce cours ressemble davantage à un vrai combat.

— Ne t'inquiète pas pour moi, Rachel. Tu ne me feras pas de mal.

— Je suis si faible que ça ?

— Disons plutôt que je suis un pro de l'esquive. En plus d'être dans la police depuis près de neuf ans, j'ai appris à éviter les coups dès mon plus jeune âge.

Tucker se reprocha aussitôt la seconde partie de sa réponse. Il se serait abstenu s'il avait pensé un seul instant que cela lui vaudrait... oui, la compassion de Rachel dont le beau visage s'assombrit.

Il n'était pourtant pas le plus à plaindre : il n'avait passé que huit ans avec Ace et les Fils, alors que ses frères, à l'exception de Cody, avaient dû tenir beaucoup plus longtemps. Bref, Tucker s'en était bien tiré, comme d'habitude.

— Allez, dit-il. Imagine que je suis ton agresseur et cogne.

Rachel adopta la position qu'il lui avait montrée et tenta de lui asséner un coup de poing. Il ne parvint à l'éviter qu'en avançant d'un grand pas.

— Parfait.

— Tu plaisantes ? Je ne t'ai pas touché.

— On dirait que ça te chagrine, commenta-t-il en riant.

Tucker lui prit le poignet droit et le souleva avant d'expliquer :

— C'est ta main dominante, celle qui fera la majorité du travail.

Il la relâcha pour s'emparer de la gauche et ajouter :

— Cela ne signifie pas pour autant que cette main-ci ne sert à rien. Referme ton poing.

Tucker lui montra comment cogner indifféremment du poing gauche ou du poing droit, puis comment se servir de ses bras pour éviter un coup. Il fit office de punching-ball à deux ou trois reprises avant d'arriver à la conclusion que Rachel aurait plus de chances de venir à bout d'un agresseur en visant un endroit sensible ou en attrapant une arme de fortune.

Tant pis. L'essentiel était qu'elle soit rassurée sur son aptitude à se défendre.

Ce n'était pas si mal, finalement. Tucker était ravi de lui enseigner quelque chose d'utile, et tout alla bien jusqu'au moment où il eut la brillante idée de lui apprendre à se dégager d'un agresseur qui l'attaquerait par-derrière. Or cela exigeait... qu'il joue lui-même le rôle de l'agresseur.

Ils commencèrent par s'exercer, répétant lentement l'exercice ; un véritable supplice pour Tucker qui dut montrer à Rachel où placer ses mains et comment se positionner… en faisant comme si son propre corps était de glace ou de plastique, bref, d'une matière peu susceptible d'être troublée par les formes d'une femme.

Rachel était souple. Gracieuse.

Désirable…

Non. Là, il dépassait vraiment les limites. Il n'avait pas le droit de penser en ces termes à la fille de Duke Knight, dont il était censé assurer la protection.

— Encore, dit-elle.

— Je ne…

— Recommence, insista-t-elle. Saute-moi dessus par-derrière.

Tucker jura intérieurement. Rachel pivota sur elle-même pour lui tourner le dos.

Il n'avait qu'à l'attraper par la taille et…

Malheureusement, Tucker n'aimait pas se mettre dans la peau d'un agresseur. Pas plus qu'il n'appréciait son état d'esprit du moment. Il était bien trop perturbé par la tenue de Rachel, par ses formes voluptueuses.

Il serra les dents et s'efforça de penser à autre chose tandis qu'il refermait son bras sur la taille de Rachel. Elle leva une main pour éviter qu'il l'emprisonne, mais il se servit de son bras libre pour l'en empêcher.

Elle fit mine de le frapper au niveau du talon ; il desserra légèrement son emprise, comme pour se mettre hors de sa portée, sans pour autant lui relâcher la taille.

Rachel s'immobilisa, et le contact devint rapidement intenable. Ils étaient là, tous deux, dans une posture bizarre, une des mains de Tucker sur le ventre dénudé de Rachel, l'autre refermée autour de son poignet. Comme elle avait le dos contre lui, il sentait son corps se soulever et retomber à chaque respiration ; et il préférait ne pas penser au bas de ses reins, nichés contre une autre partie, bien plus intime, de sa personne.

Rachel pencha la tête en arrière et, bien qu'il sache qu'elle ne distinguait pas ses traits, il eut l'impression qu'elle l'examinait.

Et puis cette bouche, ces lèvres pleines, si tentantes... Cet abandon aussi, puisqu'elle n'essayait ni de se dégager ni de s'éloigner de lui...

Une douce odeur de fleurs sauvages se dégageait d'elle, et Tucker commençait à perdre la réalité de vue. Il était partagé entre deux souffrances internes. Et s'il comprenait pleinement la première, l'autre n'avait aucun sens. Toutes deux finirent par se confondre, et bientôt il n'y eut plus que les battements fous de son cœur, provoqués par le souffle léger de Rachel contre sa joue.

Le bruit d'une altercation rompit le charme. Tucker relâcha brusquement Rachel et décolla son corps du sien.

— Tucker...

Elle avait prononcé son nom avec une langueur suspecte, son souffle paraissait un peu trop court, et son œil valide brillait d'une lueur sur laquelle il refusa de s'interroger.

— Dev et Sarah sont de retour, dit-il. Ça fait un moment qu'on s'entraîne, on pourrait faire une pause. Je... je meurs de faim, pas toi ?

Intérieurement, il se fustigea. Il bafouillait comme un collégien en mal d'inspiration, lui, un adulte. Un homme indûment troublé, et *indûment* était le mot clé. Il savait ce qui lui restait à faire : prendre deux millimètres de distance et débiter des platitudes ne suffisait pas. Tucker devait se ressaisir et gérer la situation. Voilà.

Les chiens arrivèrent les premiers, ce qui lui permit de se changer les idées en leur grattant le crâne et en les flattant. Il aurait fait n'importe quoi pour venir à bout du tumulte qui l'animait.

— Alors, comment se passe ce cours ? s'enquit Sarah.

— Très bien, répondit Tucker d'une voix beaucoup trop forte. On était sur le point de faire une pause.

— Nous aussi.

Quand Tucker releva la tête, il vit que Dev l'observait, les sourcils froncés, ce qui ne l'inquiéta pas outre mesure. Son frère avait *toujours* l'air réprobateur.

En outre, il s'en voulait suffisamment pour pouvoir se passer du regard des autres.

8

Rachel eut une sensation de fourmillement dans le corps tout le reste de la journée. Sa peau la picotait comme à la veille d'une poussée d'urticaire. Et si c'était plus inconfortable que douloureux, cela restait désagréable.

La faute à Tucker, une fois de plus. Il avait dû deviner ses pensées, être horrifié par le plaisir qu'elle avait éprouvé à être ainsi manipulée par ses larges mains ou, à l'inverse, y trouver un certain plaisir lui-même et se le reprocher.

Une chose lui paraissait certaine néanmoins : il avait réussi à dissimuler sa contrariété ou sa répulsion derrière son flegme habituel.

Jusqu'à maintenant en tout cas, car depuis il l'évitait soigneusement.

C'était sans doute aussi bien ainsi, encore que...

Elle était très perturbée quand elle se prépara pour la nuit. Il se passait trop de choses. L'absence de son père, ses cauchemars récurrents... et son attirance soudaine pour un homme qu'elle considérait comme un membre de sa famille. Pire encore, elle se demandait si l'homme en question avait des vues sur elle en retour, ou s'il n'avait rien remarqué de son émoi.

Elle se laissa retomber sur son lit en geignant. Il fallait qu'elle parle à quelqu'un. En général, elle se confiait à Sarah ou à Cecilia. Sarah ne lui serait d'aucune aide en l'occurrence, et Rachel ne supporterait pas le franc-parler de Cecilia. Il lui fallait une interlocutrice plus délicate, comme Felicity, qui perçut immédiatement son agitation et lui demanda franchement si c'était la présence de Tucker sous son toit qui la mettait dans cet état d'agitation.

Rachel commença par protester avant d'avouer qu'elle avait été profondément troublée par le contact de Tucker, le matin, pendant leur cours d'autodéfense.

Felicity lui parla d'une simple attirance sexuelle, ce dont Rachel se défendit avec une véhémence renforcée par sa hantise de céder aux charmes d'un Wyatt.

— Je ne m'attendais pas à ce que tu me mettes au pied du mur comme ça, marmonna-t-elle d'un ton boudeur.

— Désolée, lui répondit Felicity, hilare. Je ne l'aurais pas fait si je ne t'avais pas sentie aussi tendue. Et je n'ai pas cru une seconde que c'était à cause de la fugue de papa. D'habitude, c'est toi la plus calme en période de crise.

— Je *suis* calme, protesta Rachel, pressée de changer de sujet

Malheureusement, sa sœur ne l'entendait pas de cette oreille.

— Donc, il s'est passé quelque chose de spécial entre Tucker et toi... Tu saurais dire quoi, exactement ?

— Pas vraiment. Il y a eu un drôle de courant qui passait entre nous, un peu comme si on venait de s'apercevoir qu'il est un homme et moi, une femme. Rien à voir avec ce qu'on peut éprouver envers un membre de sa famille... Plutôt une... sorte d'attirance, difficile à définir.

— Comme deux personnes qui ont envie de coucher ensemble, résuma Felicity.

Rachel poussa un petit cri étranglé.

— Felicity ! s'exclama-t-elle d'un ton de reproche.

— Désolée, ma belle. Je vois exactement de quoi tu parles et je suis bien placée pour savoir où ce genre de courant, comme tu l'appelles, peut mener avec un des fils Wyatt.

— Enfin ! Je ne comprends pas. On dirait que c'est une fatalité. Nous craquons l'une après l'autre pour cette bande de...

— De types droits, attentionnés, et beaux comme des dieux ? Des hommes qui entendent nous protéger, plus parce que c'est dans leur nature que parce qu'ils nous croient faibles ?

— Je ne… J'ai vingt-deux ans, Felicity, murmura Rachel avec un soupir.

— C'est la différence d'âge entre Tucker et toi qui te dérange ou tu t'estimes trop jeune pour avoir une relation sérieuse ?

— Ni l'un ni l'autre. Les deux… Je ne sais pas. On n'en est pas là. C'était juste un moment d'émoi. Un courant éphémère. Très passager, Felicity, je t'assure.

— Et moi, je peux t'assurer que ce genre d'incident n'est jamais anodin avec un Wyatt. Par exemple, je n'avais pas prévu ma grossesse, mais Gage est arrivé et crac ! Désir, puis amour avec un grand A ; tu connais la suite.

Terrifiant.

— Ça ne veut pas dire que ça m'arrivera aussi, balbutia Rachel, le cœur battant.

— Bien sûr que non. Tu as ta propre personnalité, Tucker aussi. J'essayais de te faire comprendre que ton attirance pour lui est parfaitement normale, et qu'elle te déroute parce qu'elle est toute récente. Le danger et l'inquiétude ont pour effet de faire tomber les murs dont nous nous entourons, de modifier notre perception des gens.

— Je ne m'entoure pas de murs, contra Rachel.

— Admettons, lui renvoya Felicity d'un ton peu convaincu. N'oublie pas néanmoins que Tucker est forcé d'en ériger autour de lui pour se protéger. J'avais beau me douter de ce qu'avait pu être son enfance avant mamie Pauline, je n'ai vraiment mesuré l'ampleur des dégâts que lors de la confrontation entre Gage et son père. Ace l'aurait tué en croyant sincèrement être dans son bon droit. Les frères Wyatt n'ont pas souffert que de la perversité paternelle. Ils ont aussi dû supporter sa démence.

Felicity s'interrompit, et Rachel fut parcourue d'un frisson à la pensée de ce que Gage avait subi enfant, puis adulte. Tucker lui avait toujours paru moins traumatisé que les autres membres de sa fratrie. Les huit années qu'il avait passées sous le joug d'Ace Wyatt n'étaient pourtant pas à négliger.

— La peur amplifie tout, Rachel. Ta réaction n'a rien d'anormal. Tu n'es qu'un être humain, et il faut bien avouer que Tucker est plutôt bel homme. Pour le reste, je comprends parfaitement que tu t'inquiètes pour papa.

— Dis donc, toi ! Je te rappelle que tu es censée n'avoir d'yeux que pour Gage !

— Je suis à lui corps et âme. Mais mes yeux se posent où ils le veulent. Allez, sœurette. Ça ira mieux quand tout cela sera fini, et tu sais comme moi que Tucker et les autres font le maximum pour ramener papa au ranch.

Rachel voulait la croire. Au-delà de ça, néanmoins, elle avait perçu quelque chose d'inédit dans l'intonation de voix de sa sœur. Felicity, autrefois timide et farouche, prenait de l'assurance, ces derniers temps. Un des bienfaits de sa grossesse et de sa relation avec Gage, sans doute.

— Tu as la voix d'une femme épanouie, Felicity, lui dit Rachel.

— Je le suis, et j'en veux terriblement à papa de perturber ma plénitude. Enfin, c'est la vie ! Le bonheur, le malheur et même l'amour peuvent survenir au même moment. Il faut l'accepter ; faire confiance à son instinct. Je m'y exerce chaque jour et ça me fait un bien fou.

Rachel remercia Felicity qui lui recommanda le repos, puis se rallongea. Si elle ne savait toujours pas très bien où elle en était avec Tucker, elle se sentait un peu moins tendue.

Se fier à son instinct.

Oui, elle y songerait ou, mieux encore, elle s'y essaierait.

Elle finit par s'endormir, pour être réveillée au beau milieu de la nuit par le bruissement et la lueur surnaturelle des yeux d'un animal.

D'un animal ? Ce n'était pas un regard humain, pourtant...

Les secrets font toujours des victimes innocentes ; une leçon que Curtis Washington n'est pas près d'oublier.

Il la tenait trop fermement pour qu'elle puisse lui échapper ou même se débattre. Et les yeux suivaient leur progression.

L'homme qui l'emmenait était une entité à part. Rachel entendait les bruits de la vie nocturne autour d'elle ; elle voyait les rayons de la lune. En revanche, elle ne parvenait pas à distinguer clairement l'ombre qui l'emmenait, trop vite et trop facilement, loin de tout ce qui lui était cher.

Elle se débattit et tenta de crier, en vain : elle était prisonnière, de l'homme comme de sa propre peur.

Les choses empirèrent encore quand son ravisseur s'immobilisa. Bien que son emprise se soit relâchée, Rachel frémit en voyant l'objet qu'il brandissait résolument – un couteau à dents – avant de lui lacérer le visage.

Cours. Réveille-toi.

Rachel sentit le couteau contre sa chair, puis l'homme fut interrompu dans son geste par un grondement suivi d'un bruit mat. La douleur fut terrible, Rachel saignait, elle avait l'impression d'avoir les yeux en feu, cependant elle avait échappé à l'ombre.

Tucker grimpa les marches deux à deux, la main sur la crosse de son arme. Tiré d'un sommeil agité par les hurlements de Rachel, il s'était levé d'un bond, avant de se précipiter à l'étage.

Sarah se tenait sur le palier, une batte de base-ball à la main.

— Retourne dans ta chambre, souffla-t-il.

Comme Rachel avait cessé de crier, il s'avança précautionneusement jusqu'à la porte.

Il l'aurait enfoncée s'il avait eu une idée de ce qui se trouvait derrière, et si l'expérience ne lui avait pas appris qu'une approche furtive était préférable à une entrée en force. Aussi posa-t-il une main mal assurée sur la paroi de bois.

Il se ressaisit rapidement : il ne pouvait s'autoriser la moindre faiblesse, et une erreur même minime risquait d'être fatale à Rachel. Ce fut donc avec circonspection qu'il tourna la poignée avant de pousser le panneau, centimètre par centimètre.

— Où est-il ? demanda-t-il en traversant la pièce baignée de lumière.

Rachel se redressa vivement, s'emmitoufla dans sa couverture, puis demanda :

— Qu'est-ce que tu fais là, Tucker ?

— Je… Tu as hurlé, répondit-il avant de s'apercevoir que Rachel ne courait aucun danger immédiat et de rengainer son arme.

— Bon sang, Rachel. Tu as poussé un cri à réveiller les morts.

— Pardon. Je…

Elle reprit son souffle et parut s'apercevoir qu'elle avait pleuré. De grosses larmes continuaient à couler sur ses joues lorsqu'elle reprit la parole, avec un calme surprenant.

— Ce n'est rien. Rien qu'un cauchemar. Je ne voulais pas te faire peur et… J'ai aussi réveillé Sarah ? s'enquit-elle en grimaçant.

— Je le crains, oui.

Rachel s'empara du portable posé sur sa table de nuit et le tendit à Tucker.

— Envoie-lui un message, ordonna-t-elle. Dis-lui que tout va bien, que ce n'était qu'un mauvais rêve.

Quelques secondes plus tard, Sarah, échevelée, fit irruption dans la pièce à son tour.

— Ma pauvre chérie, balbutia-t-elle. C'est terrible. Que puis-je faire pour toi ?

— M'apporter quelque chose à boire.

— Je descends tout de suite.

Tucker profita de l'absence de Sarah pour examiner Rachel. Elle tremblait de tous ses membres et s'était remise à sangloter.

— Désolée de vous avoir réveillés tous les deux. Je…

— Cesse de t'excuser, dit Tucker avec une sévérité qu'il se reprocha aussitôt.

Il avait pourtant des excuses, lui aussi : ce cri perçant lui avait fait imaginer le pire.

Il relâcha le souffle qu'il retenait depuis si longtemps. Rachel était indemne. Enfin, à peu près, car son bouleversement restait manifeste.

Confronté à ses larmes, il ne put que s'avancer vers elle.

— C'est comme ça chaque fois ? s'enquit-il.

— Non, murmura-t-elle en remontant la couverture sous son menton. D'habitude, je me réveille avant… avant…

Elle inspira profondément, sans doute pour se donner le courage de continuer.

C'en fut trop pour Tucker, qui alla s'asseoir auprès d'elle et lui posa une main sur l'épaule.

— Normalement, je me réveille *avant* que l'homme me fasse du mal, reprit-elle d'une voix saccadée. Là, son couteau a eu le temps de m'atteindre.

Tucker lui caressa le bras. Elle semblait prête à se confier à lui, et il commençait à nourrir certains doutes quant à ces cauchemars.

— Un couteau ? répéta-t-il.

— Oui. Et un homme. Il me tenait, il brandissait un couteau à dents et il... il...

Elle ne parvint pas à terminer. Comme elle frissonnait toujours, Tucker l'attira à lui et attendit qu'elle se laisse aller.

Elle soupira bruyamment avant de poursuivre son récit :

— Cette fois, j'ai senti la douleur et le goût du sang sur ma langue. Que j'aie imaginé tout cela ou non, la scène m'a paru bien réelle, Tucker. Pour le reste... J'étais toute petite et, même si je réagissais avec mon esprit d'adulte, je ne faisais pas le poids. Ah, et en plus de l'homme il y avait un animal, qui ne ressemblait en rien à un puma. Il a sauté sur l'homme au moment crucial.

Rachel secoua énergiquement la tête avant d'ajouter, comme si elle se riait d'elle-même :

— Bref, n'importe quoi... Je...

Elle enfouit son visage dans le creux de l'épaule de Tucker, puis avoua, comme une petite fille égarée :

— Je voudrais que ces rêves s'en aillent et que papa revienne.

— C'est tout naturel, ma belle, lui dit Tucker en lui caressant le dos. Moi aussi.

Plus elle lui racontait son cauchemar, plus il se demandait ce qu'elle savait, consciemment ou non.

Il s'interrogeait également sur Duke. Rachel lui avait-elle parlé de ses terreurs nocturnes ? Était-ce une des raisons pour lesquelles il avait accepté de disparaître sans préavis ? Faire en sorte que Rachel ne soit pas mêlée à sa fugue ?

— Il a encore été question de ce Curtis Washington, ajouta-t-elle, le tirant de ses pensées.

Rachel se détacha légèrement de Tucker pour lui faire face. Elle était blême ; ses cicatrices semblaient plus prononcées que d'habitude.

Elle le dévisagea un moment et, bien qu'il sache qu'elle ne le distinguait qu'à peine, Tucker se sentit pénétré par son regard.

— Pourquoi est-ce que j'entends ce nom ? Jusqu'à présent, je ne prenais pas mes rêves au sérieux, mais…

Tucker termina sa phrase à sa place :

— Mais ils se répètent, et ça va de mal en pis.

Rachel acquiesça. Son joli visage était si proche que leurs nez se touchaient presque. Tucker l'étreignait toujours, et elle continuait à prendre appui sur lui.

Là. Dans sa chambre. En pleine nuit.

Tucker laissa retomber son bras, mais resta assis sur le bord du lit, en avançant néanmoins de quelques centimètres afin que leurs corps, bien que proches, ne soient plus en contact.

Rachel s'était remise à pleurer et à trembler. Elle était terrorisée… et à deux doigts d'une vérité qu'il devait lui cacher.

— Nous devrions nous intéresser à ce nom, tu ne crois pas ? Si ça se trouve, il a un rapport avec papa ou…

Sarah remonta de la cuisine, un plateau chargé de verres en main.

— Je ne savais pas ce que tu voulais, alors j'ai apporté…

— Tout, acheva Rachel, un sourire indulgent aux lèvres. Merci. Je vais me contenter d'un peu d'eau.

Tucker se laissa glisser hors du lit pour laisser à Sarah le soin de réconforter sa sœur. C'était son rôle, après tout, et il préférait s'échapper avant que Rachel lui fasse perdre la tête.

Il jeta un coup d'œil au plateau de Sarah, se servit un doigt de whisky et avala le liquide ambré d'un trait.

Il tentait une sortie, lorsque Rachel revint à la charge :

— Tucker ? Il faut qu'on trouve d'où sort ce nom.

— Je vais voir ce que je peux faire, promit-il.

9

Rachel savait que Tucker tiendrait parole, et que sa fonction lui faciliterait la tâche. Pour autant, elle n'entendait pas renoncer à l'assister dans ses recherches.

En admettant que cet énigmatique Curtis Washington ait un rapport avec ce qui se passait au ranch, elle acceptait l'idée qu'il soit également lié à Duke. Or, si son rêve la renvoyait aux derniers événements... Elle ne savait pas. Quelle angoisse de penser à ce qui pouvait être enfoui au plus profond de son subconscient !

— C'est un véritable capharnaüm, Rachel, grommela Sarah. On ne s'en sortira jamais.

De toute évidence, Sarah brûlait d'envie de vaquer à ses occupations habituelles malgré la pluie. Pourtant, lorsque Rachel avait annoncé qu'elle montait faire un peu de tri au grenier, sa sœur avait insisté pour lui donner un coup de main.

— Je sais, mais je ne peux pas attendre les bras croisés que Tucker trouve la clé de l'énigme. D'accord, ce n'était qu'un rêve, et tu dois te demander si je n'ai pas perdu la raison, pourtant...

Sarah l'interrompit avec impatience.

— Pas n'importe quel rêve tout de même ! En temps normal, je ne m'attarderais sans doute pas dessus, cependant rien n'est normal en ce moment. Tiens, à propos, tu as remarqué la manière dont Tucker te regardait, la nuit dernière ?

Rachel faillit trébucher sur un des cartons qui jonchaient le plancher.

— La manière dont... *quoi* ? demanda-t-elle d'une voix étranglée.

— Tu m'as comprise. Il n'avait d'yeux que pour toi et te détaillait de la tête aux pieds, ou plutôt de la tête à la taille.

Rachel sentit le rouge lui monter au visage.

— Bon sang, Sarah, balbutia-t-elle.

— Je peux lui demander d'arrêter, si tu veux.

— Surtout pas, malheureuse !

— Tiens donc ! Et pourquoi ça ?

Rachel biaisa pour se sortir de cette conversation épineuse.

— Parce que... c'est gênant, voilà tout.

— Ne me dis pas que tu aimerais bien que Tucker te détaille. On parle de Tucker Wyatt, tout de même !

— Je ne connais qu'un Tucker, répliqua Rachel d'un ton glacial.

— Ça ne répond pas à ma question.

— Tu m'as posé une question ?

— Cesse de tourner autour du pot. Ça te fait peur que Tucker soit fasciné par tes seins ou ça t'émoustille ?

Rachel hésita à répondre : si ça ne lui faisait pas peur, elle n'était pas certaine non plus que ça lui plaise.

— Rassure-toi, ce n'était pas le regard d'un voyeur. Tucker avait les yeux rivés sur ta poitrine et...

— Passons, tu veux bien ? l'interrompit Rachel. On a mieux à faire. Une chose me paraît certaine : ces cartons ne contiennent rien de significatif. Si ce que nous cherchons est suffisamment important et confidentiel pour que papa ait jugé préférable de disparaître, nous le trouverons dans une cachette quelconque. Dans le mur, dans les étables...

Sarah soupira bruyamment, et toutes deux se remirent au travail, Sarah passant en revue les étiquettes collées aux cartons, tandis que Rachel arpentait le grenier et palpait les murs, à la recherche d'une planque quelconque.

Elle allait renoncer lorsque ses mains se posèrent sur un

objet métallique, dans un coin proche de la porte. Un genre de boîte, très compacte.

— Qu'est-ce que c'est que ça ? s'enquit-elle.

— Un tiroir à monnaie, lui expliqua Sarah en se rapprochant.

Étiqueté avec un petit morceau de scotch sur lequel était écrit : boutons.

Drôle d'idée, d'enfermer des boutons ! songea Rachel.

— Maman en faisait la collection, dit Sarah, cependant je ne pense pas qu'elle soit allée jusqu'à les mettre sous clé. Passe-moi cette boîte que je voie ce qu'il y a dedans.

— Si elle est verrouillée..., commença Rachel.

Elle fut interrompue par un grincement suivi d'un cliquetis en cascade.

— Oups ! fit Sarah. La serrure était plus facile à forcer que je ne le pensais. Et ce sont bien des boutons. Il y en a partout, maintenant. Tiens-moi la boîte, le temps que je les ramasse.

Rachel reprit le tiroir et enfouit la main dans son contenu. Elle pensa à sa mère qui nourrissait effectivement une passion pour les boutons et sentit le chagrin la submerger. Depuis le temps, elle aurait dû savoir refouler ces vagues de tristesse, néanmoins le fait de toucher les précieuses possessions maternelles lui fit monter les larmes aux yeux. Elle enfonçait ses doigts dans les boutons lorsqu'elle tomba sur un objet pointu qu'elle tira de la boîte. Des deux mains, elle en explora les contours. C'était bien plus gros qu'un bouton. Une boucle de ceinture, peut-être ?

— Sarah ?

— Que... Mon Dieu ! s'exclama cette dernière.

— Quoi ? Qu'est-ce que c'est ? s'enquit Rachel, affolée.

— C'est l'insigne d'un policier de Chicago, lui répondit Sarah après le lui avoir arraché des mains.

— Chicago ? Que fait l'insigne d'un flic de Chicago dans une boîte à boutons ?

— Verrouillée, de surcroît, lui rappela Sarah. Si c'est un secret que nous cherchions, je crois que nous l'avons trouvé.

La voix de Tucker leur parvint du rez-de-chaussée.

— Vous êtes là-haut, les filles ?

Sarah déposa l'insigne dans la main de Rachel.

— À toi de jouer, sœurette. Si tu préfères ne rien dire, je te suivrai, et si tu choisis d'en parler à Tucker, pareil.

— Pourquoi moi ? Duke est aussi ton père, non ?

— C'est toi qui fais des cauchemars, et tu es la plus proche de Tucker. En outre, de nous deux, c'est toi, la plus rationnelle. Je m'en remets à ta décision.

La silhouette de Tucker se dessina sur le seuil.

— Salut. Dev te cherche, Sarah. Qu'est-ce que vous faites ici, toutes les deux ? s'enquit-il.

Sarah resta muette. Comme promis, elle laissait la parole à Rachel, qui répondit :

— On est montées jeter un coup d'œil, histoire d'essayer d'en savoir plus sur l'histoire de papa, de nous faire une idée de ce qu'il pourrait avoir voulu nous cacher, si tu préfères.

Elle serrait l'insigne dans une main et avait coincé le tiroir à monnaie dans le creux de son bras. Que pouvait-il contenir d'autre ?

Plus important encore, voulait-elle vraiment informer Tucker de sa découverte ?

— Bon, je vais voir ce que me veut Dev, annonça Sarah.

Rachel l'entendit sortir et laissa courir ses doigts sur l'insigne. Était-il possible que son père ait été policier à Chicago ?

Peut-être avait-il eu maille à partir avec un de ses anciens collègues. Et s'il y avait une sombre histoire derrière tout cela ? Rachel était-elle en droit de garder l'information pour elle, de façon à ce que personne n'en sache jamais rien ?

D'un autre côté, elle ne pourrait pas ramener son père à la maison sans aide. Dès lors, pourquoi ne pas se confier à Tucker ? Il était droit, à la recherche de la vérité, et payait cher les délits de son propre père, ce qui constituait une injustice.

Bref, Tucker méritait tout le crédit qu'elle pouvait lui accorder.

« Il n'avait d'yeux que pour toi, la nuit dernière. »

— Ça va, Rachel ?

Elle hocha la tête, s'éclaircit la voix, puis se lança :

— Nous avons trouvé un tiroir-caisse. Il contenait les boutons de maman.

Tucker lui posa une main sur l'épaule et la serra doucement.

— C'est un joli souvenir, commenta-t-il. Même si ça te rend un peu triste.

Rachel acquiesça. Tucker ne possédait rien qui ait appartenu à sa mère, avec qui il avait entretenu des rapports compliqués. Et, bien évidemment, il ne voudrait rien hériter de son père. Rachel, de son côté, avait eu de bons parents qui, en plus de l'aimer, avaient adopté ou élevé cinq autres filles, afin de fonder une véritable famille.

— C'est à cette période de l'année qu'Eva me manque le plus, ajouta Tucker d'une voix douce. Elle aidait mamie Pauline à nous préparer pour l'école, pour qu'on n'ait pas l'air de chiens galeux le jour de la rentrée.

— Maman disait que vous aviez besoin d'amour et de cadres. Elle comptait sur la fermeté de Pauline pour vous empêcher de partir à la dérive.

— Mamie Pauline faisait les trois : elle nous aimait, nous guidait et n'hésitait pas à nous gronder. Tout comme ta mère, d'ailleurs, poursuivit Tucker.

Rachel eut un sourire nostalgique. Cela lui faisait un drôle d'effet de discuter de sa mère avec Tucker. Eva Knight avait considéré les fils Wyatt comme ses propres enfants. À ce titre, elle avait assisté Pauline dans sa tâche autant qu'elle le pouvait. Elle avait sincèrement aimé ceux qu'elle appelait ses garçons. De manière générale, elle s'était toujours préoccupée des gens qui avaient besoin d'être épaulés. Et avait bien souvent redonné espoir aux plus malheureux.

Rachel ne connaissait pas vraiment le désarroi. Les rêves qui empoisonnaient ses nuits n'étaient que des chimères, même s'ils semblaient indiquer un profond tourment intérieur.

Non. Elle avait eu une existence paisible et relativement facile, de sorte que sa mère l'avait encouragée à aider son entourage, à rester optimiste en toutes circonstances.

La seule chose qu'elle espérait, dans la situation présente, était le retour de son père. Cela ne se produirait pas si elle gardait le secret.

Rachel inspira longuement, palpa de nouveau l'insigne, puis le tendit à Tucker

— J'ai trouvé ça parmi les boutons, expliqua-t-elle.

Tucker écarquilla les yeux. Rachel tenait en main un badge de la police de Chicago. Il se sentit complètement dérouté car s'il savait, lui, que l'objet avait appartenu à Duke, Rachel l'ignorait. Forcément.

Une fois encore, il fut tenté de lui avouer la vérité. Dans le même temps, il était partagé : il se serait volontiers contenté d'une remarque désinvolte, destinée à empêcher Rachel de creuser davantage.

Le souvenir du hurlement qu'elle avait poussé dans la nuit l'en empêcha néanmoins. Son subconscient la travaillait. Une partie du mystère s'y était nichée et, contre cela, il ne pouvait rien.

— C'est un insigne de police, dit-il d'un ton embarrassé.

— De la police de Chicago, même, d'après Sarah.

Rachel le déposa dans le creux de la main de Tucker et lui demanda :

— Ça constitue un indice, non ?

— C'est le moins qu'on puisse dire.

— Tu as fouillé tout le tiroir ?

— Je n'en ai pas eu le temps. Nous venions de le trouver quand tu es arrivé.

Tucker se renfrogna.

— Pourquoi Sarah ne m'a-t-elle rien dit ?

— Pour que je décide moi-même de t'en parler ou de me taire.

— Te taire ? répéta-t-il, interloqué. Pour quelle raison ?

Rachel haussa les épaules.

— Le principal, c'est que je n'aie pas gardé le secret.

Bien que peu convaincu, Tucker n'allait pas se froisser pour si peu. Il prit la boîte des mains de Rachel, s'empara d'un bocal en verre et y versa les boutons en les laissant filer entre ses doigts. Il avait presque terminé lorsqu'un petit objet en ferraille s'échappa du lot.

— Tiens, une clé ! s'exclama-t-il.

— La clé de quoi ? s'enquit Rachel.

— Aucune idée. C'est une clé banale.

— Elle ouvre forcément quelque chose ! lui fit remarquer Rachel.

— Tu as raison. Si elle était dans le coffre à boutons avec l'insigne, c'est qu'elle sert ou qu'elle a servi. Maintenant, savoir à quoi... c'est une autre affaire.

Il examina le coffre, un ancien tiroir à monnaie sans compartiments intérieurs, et sans cache ou double fond. À part la rouille qui en maculait l'extérieur, il n'avait rien de remarquable.

— Un badge et une clé. Un père en fugue, des rêves hyper réalistes... Le sort va encore s'acharner longtemps sur moi ? geignit Rachel.

— Ne le provoque pas, Rachel.

— Tu es superstitieux ? s'enquit-elle, un sourire espiègle aux lèvres.

— Superstitieux est un bien grand mot. Disons que je suis ouvert à toutes les possibilités.

Rachel secoua la tête d'un air désabusé. Elle souriait toujours ; le rai de lumière qui descendait sur elle comme un faisceau faisait danser des particules de poussière autour de son visage. Encore une fois, Tucker fut frappé par sa beauté.

Peut-être y avait-il un fond de superstition en lui, finalement, car sa soudaine attirance pour Rachel lui apparut comme un coup du sort.

Elle tressaillit, puis demanda :

— Qu'est-ce que c'est que ce bruit ?

Tucker n'avait rien perçu d'autre que les inepties qui lui traversaient l'esprit.

— Quel bruit ?

— Je ne sais pas trop. On aurait dit celui d'un moteur, du moins...

Elle ne termina pas sa phrase, et Tucker tendit l'oreille.

Un craquement brisa soudain le silence.

Cette fois, Rachel se crispa visiblement. Tucker vit qu'elle s'apprêtait à parler et lui posa doucement une main sur la bouche.

Elle avait entendu un moteur et lui, le craquement du plancher sous le poids d'un intrus. S'il s'était agi d'une des filles Knight ou d'un autre de leurs proches, ils se seraient annoncés.

Tucker scruta le grenier. Le moindre déplacement risquait de les trahir, car un silence total était retombé.

Il avait décidé de ne jamais porter son arme à l'intérieur de la maison, par égard pour Sarah et Rachel. À présent, il se le reprochait.

S'il voulait affronter la personne qui se tenait derrière la porte, il devait la surprendre et mettre Rachel à l'abri.

Il n'y avait qu'un moyen d'y parvenir : s'il se plaquait contre le mur, il avait une chance de bondir sur leur visiteur et de le prendre par surprise.

Il se rapprocha de Rachel et chuchota :

— Reste là et ne bouge que si je te le dis. Serre-moi la main pour m'indiquer que tu as compris.

Rachel s'exécuta, Tucker lui pressa les doigts en retour et se fit violence pour les relâcher sans rien ajouter.

Il aurait voulu la rassurer, lui promettre que tout irait bien ; constituer un bouclier humain entre elle et le danger.

Comme il devait privilégier la sécurité, cependant, il s'avança à pas de loup jusqu'au mur contre lequel il se colla.

Il attendit en respirant aussi silencieusement qu'il le pouvait.

La porte s'ouvrit en grinçant, d'abord de quelques centimètres, puis plus largement.

Tucker vit d'abord le canon d'un revolver, pointé vers le sol, mais comme il ne pouvait courir aucun risque il attendit de voir un bras pour pousser le panneau de bois, de toutes ses forces. Contrairement à ce qu'il avait espéré, au lieu de lâcher son arme, l'intrus recula vivement et se retrouva sur le palier.

— Couche-toi, Rachel, ordonna Tucker avant de franchir le seuil et de refermer la porte derrière lui.

Une silhouette toute de noir vêtue se tenait dans l'escalier, et le fait qu'elle n'ait pas encore relevé son arme ne la rendait pas inoffensive pour autant.

Le premier coup tomba ; Tucker parvint à amortir le choc, puis ils s'empoignèrent franchement et entamèrent un véritable corps-à-corps. Pour finir, tous deux basculèrent et échouèrent sur le palier de l'étage inférieur.

Tucker se cogna rudement le coude et atterrit sur le téléphone, rangé dans une de ses poches.

Il se mit à jurer ; la silhouette fit de même, et Tucker fronça les sourcils. *Une femme*. Son agresseur était une femme. Lorsqu'il remarqua la mèche blonde qui s'était échappée de sa cagoule, il se remit sur pied. Il avait affaire à Shay, la femme qui lui avait conseillé de veiller sur les filles de Duke.

— Vous ? s'écria-t-il, sidéré et se demandant ce que l'émissaire de North Star faisait chez les Knight, revolver au poing.

Elle le foudroya du regard, lui décocha un nouveau coup de pied dans l'estomac et, cette fois, Tucker accusa le coup. Elle tentait de profiter de son instant de faiblesse pour remonter au grenier quand il lui agrippa la cheville.

Elle s'écroula dans l'escalier et se remit à jurer.

— Foutus Wyatt ! Ils ne peuvent pas rester tranquilles ? demanda-t-elle sans cesser de se débattre.

— Qu'est-ce que vous fabriquez, bon sang ? rugit Tucker en retour. Je croyais que North Star était du bon côté !

La femme marqua une pause, eut un petit ricanement méprisant, puis roula sur le dos.

— Du bon côté ou non, c'est du groupe que viennent mes ordres, rétorqua-t-elle.

Elle fit un signe du menton en direction de Rachel et précisa :

— Votre amie détient une information importante, et je suis venue la chercher. Notre mission sera compromise si elle ne me suit pas, et Granger doutait que vous la laisseriez partir sans discuter.

Tucker fronça les sourcils. Comment McMillan et consorts pouvaient-ils être au courant des cauchemars de Rachel ?

— Qu'est-ce qui vous fait penser cela ? demanda-t-il. D'où tenez-vous cette information ?

— Vous n'avez pas encore compris que nous savons tout, Wyatt ? Notre mission...

— Je me fiche de votre mission, gronda-t-il. Rachel n'est pas concernée, vous le savez aussi bien que moi. Vous voulez vraiment mêler une innocente à cette affaire en la kidnappant ?

Bien que l'expression de son interlocutrice se soit faite franchement sinistre, Tucker crut y lire une nuance de regret.

— J'ai des ordres, répéta-t-elle néanmoins.

De toute évidence, elle n'avait pas une folle envie d'y obéir.

— Excusez-moi...

Tucker et l'envoyée de North Star levèrent la tête ensemble. Rachel se tenait en haut des marches, les poings sur les hanches, l'air furieux.

— L'un de vous deux peut-il m'expliquer ce qui se passe ? J'ai peut-être mon mot à dire, puisque c'est de moi qu'il est question !

10

Rachel s'aperçut qu'elle tremblait et elle serra fermement les poings pour dissimuler son agitation. Elle se tenait sur le seuil du grenier et, du peu qu'elle voyait, Tucker et... une femme qu'il semblait connaître se chamaillaient à son propos au milieu de l'escalier.

— Rachel..., commença Tucker.

— Tais-toi. Je ne veux rien entendre dans l'immédiat.

Elle avait réussi à l'interrompre sans perdre contenance, mais maintenant elle était à deux doigts de craquer. Tucker lui avait menti, et ça lui était insupportable.

L'inconnue prit le relais.

— Permettez-moi de me présenter, dit-elle. Je m'appelle Shay, et je travaille pour le groupe North Star, tout comme Tucker et Cody Wyatt jusque très récemment. Nous avons des liens étroits avec votre père et nous essayons de l'aider. Suivez-moi sans faire de difficultés et...

Tucker interrompit la femme avec véhémence :

— Foutaises ! Vous n'aidez pas Duke, vous vous servez de lui. Si vous décidez d'emmener Rachel contre son gré, c'est que vous ne voulez de bien à personne.

— Elle n'a pas parlé de m'enlever, il me semble, lui fit remarquer Rachel.

Elle l'entendit remonter quelques marches, puis affirmer :

— C'est pourtant ce qu'elle allait faire ! Elle s'est introduite ici, m'a agressé et...

— C'est vous qui avez commencé, lui renvoya Shay.

— Bref. Elle allait t'enlever, parce que tu connais un certain nombre d'éléments du passé de ton père. Pas pour te protéger ou pour le bien de Duke, non. Parce que le groupe North Star n'hésitera pas à sacrifier des innocents si ça lui permet d'atteindre son objectif : anéantir le gang des Fils des Badlands.

Cette déclaration fut suivie d'un silence oppressant.

— Alors ? Aucun commentaire ? ironisa finalement Tucker.

Shay ne répondit pas. Rachel, qui n'avait retenu qu'une chose de cet étrange dialogue, reprit la parole :

— Vous détenez mon père.

— Nous l'aidons, nuance. C'est notre raison d'être.

— Je ne vois pas le rapport avec les Fils des Badlands, dit étourdiment Rachel.

C'était pourtant évident : Tucker lui avait menti, et son père était en danger à cause des Fils.

Tucker retenta sa chance :

— Écoute-moi, Rachel. Je...

— Tu savais pourquoi papa avait besoin de protection, et tu n'as pas jugé bon de... de m'en informer ?

Sa gorge s'était serrée à chaque mot qu'elle prononçait.

— Rachel, reprit Tucker d'un ton attristé.

Manifestement, elle l'avait blessé. Pourtant, elle n'éprouvait aucune compassion. En plus de lui mentir, il l'avait laissée s'inquiéter... Il s'était servi d'elle et de sa peur et, à présent, il accusait le groupe North Star d'utiliser Duke ?

— Que se passerait-il, si je vous suivais ? demanda-t-elle à Shay.

— Je vous conduirais jusqu'à votre père.

— Ça, c'est un coup bas, commenta amèrement Tucker. De plus, je n'y crois pas une seule minute, Rachel. Ces gens vont t'obliger à leur raconter tes rêves, et ils n'auront de cesse d'être parvenus à leurs fins. Après cela, *il se peut* qu'ils t'autorisent à voir ton père, mais vu qu'ils ont besoin de lui et qu'ils te soupçonnent de détenir une information importante, je doute qu'ils s'y résignent. Sans compter que tu pourrais leur servir d'appât, toi aussi. On ne sait jamais avec eux. Alors, non, Rachel. Tu restes ici.

— Elle vient avec moi, contra Shay. Qu'elle le veuille ou non, on m'a ordonné de l'emmener au siège du groupe, et c'est ce que j'ai l'intention de faire.

Rachel remarqua toutefois que la conversation s'était poursuivie dans l'escalier, et que leur visiteuse avait renoncé à se battre. Par ailleurs, elle n'avait pas encore fait mine de l'emmener de force.

— Vous me promettez que papa sera épargné si j'accepte de vous accompagner ? demanda-t-elle.

Shay hésita une seconde avant de répondre.

— Je... je ne peux rien vous garantir. Votre père risque gros.

— Réfléchis, Rachel, supplia Tucker. Pense à Duke et demande-toi ce qu'il attendrait de toi.

— Ce qui m'intéresse, moi, c'est ce que je peux faire pour lui, répondit-elle d'une voix ferme.

— Enfin, tu m'écoutes un peu ? Ces gens vont se servir des informations que tu leur donneras pour mener leur mission à bien. Ensuite, ton père et toi entrerez dans la catégorie des dommages collatéraux.

Tucker semblait... désespéré. En même temps, il l'avait dupée, et elle aurait peut-être dû s'en douter. Toutes ces précautions oratoires, ces tergiversations lui auraient mis la puce à l'oreille en temps normal. Avait-elle inconsciemment choisi de passer outre ?

Shay s'était tue pendant le discours de Tucker. Rachel, qui trouvait cela suspect, se tourna vers elle pour lui demander :

— Ces accusations sont-elles fondées ?

— Disons qu'elles sont vraies en partie, lui répondit son interlocutrice, au terme d'un long silence.

— En clair, vous êtes tous les deux de fieffés menteurs, et vous vous fichez complètement de ce qui peut arriver aux autres.

— Ton père voulait vous mettre à l'abri, Sarah et toi, déclara Tucker, une note de sévérité dans la voix. À ton avis, pourquoi est-ce que je me suis installé sous votre toit ? Duke...

— Tu l'as vu, lui renvoya Rachel avec hargne. Tu l'as vu avant sa disparition, et tu as choisi de nous mentir. À nous, ta seconde famille…

Bien qu'elle ne puisse distinguer son expression, elle savait que ses reproches le mettaient au supplice. Sinon, il n'était pas l'homme qu'elle croyait connaître.

— Il voulait vous mettre à l'abri du danger, ta sœur et toi, répéta-t-il, d'une voix dans laquelle Rachel voulut percevoir un mélange d'émotion et de remords.

En vérité, elle ne savait plus que penser. D'un côté, Tucker l'avait trahie en gardant le silence sur le sort de son père, de l'autre, il était venu la réconforter après son dernier cauchemar.

— Tu étais sincère quand tu m'as promis de te renseigner sur le nom que j'entends en rêve ? lui demanda-t-elle pour se rassurer.

Tucker mit si longtemps à répondre qu'elle eut envie de se rouler en boule pour pleurer toutes les larmes de son corps. Ça aurait été tellement confortable de disparaître d'un monde où celui qu'elle avait pris pour un allié n'en était pas un !

— Tout à fait. Pour info, j'avais commencé mes recherches quand on m'a « vivement conseillé » de laisser tomber.

— Et bien sûr, il n'en a fait qu'à sa tête, commenta Shay. D'où ma visite d'aujourd'hui.

— Parce que vous me surveillez, en plus ? rugit Tucker. Enfin, de quel droit ?

— Ça fait partie de notre mission, Wyatt. Et elle consiste à faire tomber les Fils.

— J'en ai soupé, moi, de tous ces gens qui veulent s'en prendre au gang, déclara Rachel, d'une voix de plus en plus aiguë. Mon père et moi n'avons plus rien à voir avec ces gens, alors pourquoi ne pas nous oublier ?

— Le problème, c'est que vous pouvez m'envoyer promener, mais que ça ne changera rien. Si je repars sans vous, Rachel, ils vous enverront quelqu'un d'autre. Ils n'abandonneront jamais la partie, je peux vous l'assurer. En d'autres termes, le plus simple serait que vous me suiviez.

Ces dernières paroles vinrent à bout de la patience de Rachel qui déclara avec force :

— J'ai fini de simplifier la tâche de tout le monde.

Tucker ne pouvait s'attarder ni sur la douleur qui le tenaillait, ni sur son sentiment de culpabilité. Avant toute chose, il devait tirer Rachel d'embarras. Une fois qu'il la saurait hors de danger... Eh bien, il serait temps pour lui de se flageller et, pour elle, de le haïr.

— Si vous n'acceptez pas de m'accompagner, déclara Shay d'une voix neutre, je vous emmène de force.

Tucker s'était déjà placé entre les deux femmes, prêt à se battre. Shay ne se servirait pas de son revolver contre lui, du moins il l'espérait.

— Rachel ne vous sera d'aucune utilité, contra-t-il. Ce qu'elle sait est enfermé dans des cauchemars dont elle ne comprend pas le sens.

Il se rappela l'insigne et la clé, rangés dans sa poche, et envisagea de les remettre à Shay pour l'amadouer. Après tout, il ne prenait pas le groupe North Star pour une organisation corrompue, il reprochait simplement à ses dirigeants de faire si peu de cas des individus.

À l'inverse, Tucker était trop attaché aux nombreuses personnes impliquées dans cette affaire pour les exposer davantage. Quant à la clé, elle constituait un semblant d'assurance, aussi décida-t-il de la garder.

Il se tourna vers Rachel qui semblait figée sur place et dont le beau visage était dénué d'expression. Seuls ses yeux montraient sa déception : elle se sentait trahie.

Et il était l'auteur de cette trahison.

— Ton père voulait que je te protège, il tenait à ce que tu restes en dehors de tout cela, dit-il.

— Eh bien, c'est raté, riposta-t-elle. Si North Star veut m'interroger sur mes rêves, c'est qu'ils reflètent une certaine réalité.

— Ça ne t'oblige pas à suivre Shay pour autant. Encore une

fois, les responsables de North Star se fichent éperdument de ce qu'il adviendra de toi.

— N'empêche qu'ils détiennent mon père.

— En laissant Shay t'emmener, ce n'est pas lui que tu aiderais, c'est *eux*.

Tucker était déterminé à retenir Rachel, toutefois, il tenait à lui faire entendre son point de vue, la confronter à la dure réalité.

— Ouille ! s'exclama soudain Shay. On vient de me frapper.

— Quoi ? s'exclama Tucker, avant de se détourner de Rachel pour faire face à l'envoyée de North Star.

Elle désigna son propre nez et précisa :

— Au visage. Et faites ça comme il faut, s'il vous plaît.

— Qu'est-ce que vous racontez ?

— Je ne peux pas me présenter à Granger indemne *et* bredouille, Wyatt. Alors on va faire comme si vous m'aviez battue, dans les deux sens du terme.

Tucker comprit enfin que Shay avait décidé de les laisser partir.

— Non, protesta-t-il. Je ne pourrai jamais frapper une femme !

— Je peux ouvrir les hostilités, si ça vous motive, répliqua Shay en levant les yeux au plafond.

— Ce n'est pas...

— Attends, je m'en occupe, annonça Rachel avant de descendre l'escalier et de s'arrêter une marche au-dessus de Shay.

— N'y voyez rien de personnel, néanmoins, dit-elle à Shay.

Elle se positionna comme Tucker le lui avait appris, referma un poing et frappa Shay en pleine figure.

Cette dernière jura, se palpa précautionneusement la mâchoire, puis commenta :

— Ça devrait faire l'affaire.

Rachel, qui frottait ses phalanges endolories, s'enquit innocemment :

— Vous croyez vraiment qu'un seul coup suffira à convaincre vos supérieurs ?

— Je m'en occupe. Ils se douteront bien que je ne me suis pas fait ça toute seule.

Elle jaugea Rachel de la tête aux pieds, avant d'ajouter :

— Pas mal. Pas mal du tout, même. Continuez à vous entraîner et vous ferez une adversaire redoutable.

Tucker vit qu'elle s'apprêtait à sortir et lui barra le passage.

— Il vaut mieux que je garde votre revolver, si vous voulez que votre histoire soit crédible.

Shay le lui remit à contrecœur.

— Vous allez vous faire renvoyer, non ? lui demanda-t-il au dernier moment.

— À moins que je démissionne, répliqua-t-elle en haussant les épaules.

— Et pourquoi feriez-vous une chose pareille ?

— Parce que vous avez raison, Wyatt. L'idée de faire des victimes collatérales me dérange. Or, ces derniers temps, North Star semble se désintéresser de tout ce qui ne concerne pas directement l'opération en cours. Bref. Celle-ci est peut-être mon baroud d'honneur. Une petite précision, cependant. Il va vous falloir fuir, tous les deux. Les agents de North Star reviendront à la charge tant qu'ils n'auront pas interrogé Rachel. Ah, et pendant que j'y pense : donnez-moi aussi le téléphone que Granger vous a remis.

Tucker lui tendit ce qu'il en restait après sa chute dans l'escalier.

— Parfait. Laissez-le ici, dit Shay.

Tucker comprit soudain que McMillan l'avait pisté et sans doute écouté. Il savait donc ce qui s'était passé jusqu'au moment où il avait lutté avec Shay. Il acquiesça sombrement, laissa tomber l'appareil sur le plancher et l'écrasa du talon pour faire bonne mesure.

Après avoir jeté un dernier coup d'œil à Rachel, Shay se hissa sur la pointe des pieds pour chuchoter à l'oreille de Tucker :

— Emmenez-la dès que possible. Ils se serviront de ce qu'elle sait. Pour anéantir les Fils, pas pour protéger Duke Knight. Ne vous méprenez pas, Wyatt. Comme la majorité de nos concitoyens, je voudrais que le gang soit démantelé, mais les méthodes de North Star ne me semblent plus acceptables. On ne se sert pas des braves gens comme d'appâts, du moins de mon point de vue.

— Si vous ne démissionnez pas, et si vous n'êtes pas renvoyée, vous pourriez nous aider à assurer la sécurité de Duke.

— Ça fait beaucoup de « si », fit remarquer Shay.

— Comme vous venez de le dire, nous avons tous deux à cœur de débarrasser l'État du gang des Fils. Ce que nous refusons, c'est de voir des innocents pâtir de notre combat. Pourquoi ne pas collaborer ?

— Vous êtes comme votre frère, déclara Shay en secouant la tête d'un air désabusé. Aussi naïfs et têtus l'un que l'autre.

— Puis-je considérer cela comme un assentiment ?

— Pas vraiment, non, dit-elle en soupirant. Je vais voir ce que je peux faire. Ça ne veut pas dire que nous travaillons ensemble, que ce soit bien clair dans votre esprit.

Malgré tout, Tucker voulut lui serrer la main, ce qui lui valut une rebuffade :

— Je répète, Wyatt. Nous ne sommes *pas* associés. Par ailleurs, je crois préférable pour vous deux que vous sortiez d'ici avant moi.

Tucker acquiesça et releva la tête vers une Rachel à l'expression toujours maussade. Shay avait raison, cependant : ils devaient quitter le ranch, et vite. Pour aller où, il ne le savait pas encore, mais il trouverait.

Cela lui serait sans doute plus facile que de vivre avec le ressentiment de Rachel.

11

Tucker avait dérobé un cheval.

Enfin, pas vraiment, car il s'agissait de Bouton d'Or, la jument de Rachel, qu'elle montait elle aussi. Mais peu importait : cette échappée avait un goût amer. En effet, en disparaissant avec lui, Rachel risquait d'inquiéter les siens.

Elle ne s'attarda pas sur la question, car Shay avait dit vrai, cela ne faisait plus aucun doute dans son esprit. North Star enverrait quelqu'un d'autre la chercher, et les événements qu'elle voyait en rêve reflétaient la réalité.

La réalité...

Tucker guida Bouton d'Or à l'écart du ranch, dans la direction opposée aux pâturages où Sarah et Dev se trouvaient cet après-midi-là.

Rachel l'écouta en silence lui raconter toute l'histoire depuis le début : sa collaboration avec le groupe North Star, et sa décision de s'en dégager jusqu'au moment où il était entré dans une gargote locale pour un rendez-vous avec un des dirigeants du groupe – une entrevue à laquelle Duke avait assisté.

Apparemment, ce dernier avait démantelé une association de policiers corrompus dans sa jeunesse et en payait les conséquences, plus de trente années après.

Elle s'était trompée sur le compte de son père, et Tucker n'était pas non plus celui qu'elle croyait.

Encore que... À bien y réfléchir, c'était en digne Wyatt qu'il avait tenté de régler le problème sans inquiéter les siens.

Rachel n'en était pas moins blessée pour autant. Elle se faisait même l'effet d'une idiote, d'une pauvre petite chose faible, à chevaucher ainsi les collines de la région, presque collée au corps ferme de Tucker.

Elle garda le silence tout le temps que dura leur course et, une fois son récit terminé, Tucker se mura dans son monde. Le trajet leur prit plusieurs heures – Rachel n'aurait su dire combien. Elle ne savait pas où ils allaient et ne posa aucune question, de peur que Tucker lui réponde par un autre mensonge qu'elle prendrait pour parole d'évangile.

— Le soleil ne va pas tarder à se coucher, annonça-t-il pour finir. Il faut qu'on installe le campement.

— Le campement, répéta-t-elle d'une voix blanche. Tu veux camper ?

Jusque-là, elle n'avait pas vraiment eu peur. L'inquiétude éprouvée pendant l'affrontement de Tucker et Shay avait vite fait place à la tristesse et à la fureur. À présent cependant, elle était terrorisée.

Passer la nuit dehors, elle ?

— Désolé, lui répondit Tucker d'un ton rassurant. On n'a pas le choix.

Il stoppa Bouton d'Or et mit pied à terre. Comme Rachel ne voyait pas le sol, elle dut prendre sa main pour descendre à son tour.

Elle s'en dégagea tout aussitôt, se stabilisa pour éviter de tomber, puis demanda :

— Et maintenant ?

Tucker lui tendit quelque chose. Elle mit quelques secondes à comprendre qu'il s'agissait de sa canne.

Malgré leur départ précipité, il avait pensé à emporter sa canne. C'était touchant – pas suffisamment cependant pour qu'elle s'attendrisse.

— Maintenant ? On fait en sorte qu'aucun agent de North Star ne te retrouve...

— Pour combien de temps ? demanda-t-elle en prenant sa canne.

— Aussi longtemps qu'il le faudra.

— Tu veux dire qu'on va rester là jusqu'à ce qu'on vienne nous annoncer que North Star n'a plus besoin de moi ?

— Tu as toujours ton téléphone, lui rappela Tucker.

— Il n'y a pas de réseau par ici, précisa-t-elle, atterrée.

Elle était au milieu de nulle part, seule avec un homme en qui elle n'avait plus confiance ; autant dire qu'elle était complètement démunie.

— Sarah va se faire un sang d'encre, déclara-t-elle en désespoir de cause.

— Moins que si tu étais restée au ranch. Elle va se douter que tu es avec moi, et ça la rassurera.

Ce beau raisonnement ne la réconforta pas, peut-être parce qu'elle savait que Tucker l'aurait défendue au péril de sa vie, qu'il se serait battu pour empêcher les agents de North Star de parvenir à leurs fins, tout menteur qu'il était.

— Je ne peux pas camper, déclara-t-elle finalement.

— Je sais, répondit Tucker.

De toute évidence, il se doutait que cela réveillerait en elle de douloureux souvenirs et risquait de la renvoyer à ses cauchemars.

— Je suis désolé que tu sois mêlée à tout ça, Rachel, dit-il. J'aurais préféré que tu sois épargnée.

Elle fut tentée de mettre sa sincérité en doute, là encore, puis se souvint que Tucker ne lui avait menti que sur les faits. Il avait échoué dans sa tentative de la tenir à l'écart, ce qu'il devait se reprocher amèrement. Et, au lieu de s'en réjouir comme elle l'aurait voulu, elle s'aperçut que sa colère commençait à la déserter.

— Il s'agit de mon père, Tucker, lui rappela-t-elle. En aucun cas je n'aurais pu être épargnée.

Il ne répondit rien, et bientôt elle l'entendit préparer le campement. Encore une fois, elle s'étonna qu'il ait eu le temps de rassembler le matériel nécessaire avant leur fuite.

— Je sais que tu redoutes de dormir dehors, et je regrette que nous ne puissions pas faire autrement, dit-il lorsqu'il eut terminé.

Son intonation était si penaude que Rachel se sentit obligée de le réconforter.

— Nous en serions là même si tu nous avais avoué la vérité dès le départ, reprit-elle. N'oublie pas que, selon Shay, le téléphone de North Star tient ses dirigeants au courant de tes moindres faits et gestes.

— Si j'étais plus doué pour le mensonge, tu serais peut-être tranquillement chez toi, répondit-il dans un soupir.

— C'est ton but, dans la vie ? se récria-t-elle. Savoir mieux mentir ?

Il laissa échapper un nouveau soupir et secoua la tête de gauche à droite.

— C'est pour cela que tu voulais quitter le groupe, si j'ai bien compris. Parce que tu ne voulais pas berner ton monde. Mais papa et mes cauchemars t'en ont empêché.

— Ça ressemble à une absolution, doublée d'un reproche mal orienté. Tu n'y es pour rien, Rachel.

— Ce n'est pas une absolution, et je ne me reproche rien. Tu as fait ce que ta conscience te dictait, quant à moi... je n'ai aucun contrôle sur mes rêves.

— Tu devrais être furieuse.

— Oh ! je le suis ! lui renvoya-t-elle. Je t'en veux, je m'en veux et j'en veux encore davantage à papa. Je n'ai aucune envie de dormir sous une tente, fuir me fait horreur. Tout cela m'exaspère.

— Je suis dés...

— Tu peux garder tes excuses, Tucker. Mais plus de mensonges. En outre, comme je tiens à mon père, il est temps pour nous d'agir. Ensemble. Je refuse d'être mise à l'abri dans un coin. Nous devons nous battre, faire notre possible pour sauver papa.

Rachel avait parlé avec détermination. Elle paraissait presque féroce, dans la semi-pénombre, sa canne dans une main et l'autre poing fermé, comme si elle peinait à contenir sa rage.

— Si je savais comment m'y prendre pour retrouver ton père, ce serait fait depuis longtemps, lui confia Tucker à regret.

Car s'il lui en coûtait de le reconnaître, il n'avait pas vu d'autre moyen de venir en aide à Duke qu'en protégeant sa fille, ce en quoi il avait échoué.

Lamentablement, dans la mesure où il l'avait encore enfoncée en ne se doutant pas un instant qu'il pouvait être sur écoute, et donc surveillé par McMillan.

Tout en lui se révoltait à l'idée que le responsable de North Star ait entendu Rachel raconter son cauchemar, évoquer sa mère et la boîte à boutons. À ses yeux, cela constituait une véritable intrusion dans leur vie privée.

Il joua machinalement avec la clé restée dans sa poche. Duke savait à quoi elle servait. Il avait enfermé quelque chose de précieux grâce à cette clé qui, hélas, ne leur était d'aucune utilité dans l'immédiat.

— À en croire North Star, papa est sous la menace du clan Vianni par l'intermédiaire des Fils, reprit Rachel.

— Ce n'est pas uniquement la version de North Star, précisa Tucker. Ton père était là quand McMillan m'a expliqué tout cela. C'est la vérité, Rachel.

Elle acquiesça sans conviction et dit :

— Admettons. Le groupe North Star est censé le protéger et, dans le même temps, Shay et toi m'avez donné à penser que ses dirigeants se servent de lui pour rassembler les preuves nécessaires à anéantir les Fils. Dans quel but, précisément ? Ils veulent les faire arrêter ? Les tuer ?

— Je n'en sais rien. Je ne connais pas leurs desseins.

— Il n'en reste pas moins vrai que, selon Shay, le groupe est trop centré sur sa mission pour se préoccuper du sort des individus impliqués, or je n'ai aucune envie de nous voir entrer dans la catégorie des dommages collatéraux, mon père et moi.

— Moi non plus, Rachel.

— Tu ne m'apprends rien, répliqua-t-elle avant de faire quelques pas en se servant de sa canne pour éviter les irrégularités du terrain.

Tucker avait cherché – et trouvé – l'endroit le moins accidenté des environs, sans pour autant les éloigner trop des collines et des arbres.

— En revanche, j'ai du mal à comprendre ce que les pontes de North Star veulent à mon père, à présent. Ils en savent suffisamment sur les Vianni et les Fils pour se passer de lui, non ?

— Ils le protègent, répéta Tucker avec lassitude.

— J'ai pourtant cru comprendre que la seule chose qui les intéressait, c'était de se servir de lui. Ce n'est pas ce que tu as dit à Shay ?

— Si.

Et bien qu'il ne soit pas d'accord avec tous les agissements du groupe, Tucker continuait de croire en son objectif, aussi répondit-il :

— Ton père s'est tourné vers North Star en pleine connaissance de cause. Il avait des liens forts avec Granger McMillan, le chef de l'organisation, ou avec le père de ce dernier. Je crois que c'est grâce à lui que Duke a pu bénéficier du programme WITSEC, la protection gouvernementale accordée aux témoins. Tu connais ton père, s'il n'avait pas pensé que groupe North Star pouvait l'aider, voire le sauver, il n'aurait pas honoré ce rendez-vous.

— Je ne suis pas d'accord, contra Rachel. J'irais même jusqu'à trouver tout cela suspect. Enfin, North Star ordonne à une femme de m'enlever, au lieu de quoi elle nous laisse partir, et ça ne te met pas la puce à l'oreille ? La seule chose qui m'importe, c'est de retrouver papa. North Star peut aller au diable, tu l'as dit toi-même.

— C'est juste, mais je faisais référence à la mission spécifique de Shay. Je n'ai aucune intention de saboter celle de North Star. Bien que je n'approuve pas les méthodes actuelles du groupe, je soutiens son action en général. Le démantèlement du gang des Fils est une entreprise importante.

— Plus importante que la vie de mon père ? Et si on le tue ?

— Je ne pense pas que le groupe North Star laisserait faire une chose pareille, répondit Tucker, bien qu'il soit vaguement déstabilisé par la tentative d'enlèvement de Rachel.

— Tu ne *penses* pas ?

Il se passa une main dans les cheveux et tenta de s'expliquer :

— Duke est la cible de dangereuses organisations. Il l'a toujours été, indépendamment de North Star et des Fils.

— Tout cela parce qu'il a rendu service à la société. Tu ne vois pas ce que ça implique ?

La question mit Tucker suffisamment à cran pour libérer toutes les émotions qu'il refoulait depuis le matin.

— Si, Rachel. Je le vois très bien. Je sais que ça t'oblige à vivre dans la peur, à te demander quand viendra ton tour. De manière plus personnelle, ça te force à regarder tes frères se faire molester l'un après l'autre par le monstre auquel tu as échappé en sachant que tu n'es même plus dans son collimateur parce qu'il ne te considère pas comme une menace. Je sais exactement ce que ça implique, Rachel, et je peux t'assurer que nous ne pouvons rien y changer.

— Tucker..., commença-t-elle.

Effaré par sa propre tirade qui, somme toute, n'avait aucun rapport ni avec leur problème du moment ni avec Rachel, il lui tourna le dos.

— Ne dis rien. Ce n'est pas de moi qu'il est question, c'est de Duke.

— Tucker...

— J'ai dit non. Je n'arracherai pas ton père au groupe North Star, du moins pas tant que tu seras à mes côtés. Je ne peux pas vous protéger tous les deux de vos différents adversaires. Je t'ai emmenée loin du ranch pour que North Star ne puisse pas se servir de toi et de tes rêves, parce que c'est ce que Duke aurait voulu que je fasse, et parce que je ne voyais pas d'autre solution.

Tucker n'ajouta pas que l'idée d'exposer encore davantage Rachel au danger lui était insupportable.

Il devait se ressaisir. Cesser de s'épancher ainsi. C'était une preuve de faiblesse. Une...

Ace te l'a toujours dit, non ? Montrer ses émotions et se soucier d'autrui est une preuve de faiblesse...

— Et sans moi, tu essaierais ? lui demanda Rachel, ce qui le ramena à la réalité du moment.

Tucker venait de se promettre de ne plus perdre le contrôle de lui-même. Son discours sur les Fils et ses frères lui avait fait honte, et il était résolu à contenir sa rage. D'un autre côté, comment Rachel pouvait-elle lui poser une question pareille ? Parce qu'elle le croyait capable de l'abandonner là ?

Jamais il ne ferait une chose pareille, c'était l'évidence même.

Il s'avança vers elle en s'interdisant le moindre éclat de voix, la moindre émotion. Non parce que Ace y aurait trouvé à redire, mais parce qu'il lui appartenait – à lui, Tucker – de reprendre les choses en main.

S'il s'était écouté, il aurait attrapé Rachel par le bras et l'aurait secouée jusqu'à ce qu'elle se rende à sa raison, au lieu de quoi il se planta devant elle et se força à déclarer, aussi calmement que possible :

— Que les choses soient très claires, entre nous, Rachel. Je ne ferai rien sans toi dans l'immédiat.

Elle se tint coite devant lui. Le soleil avait disparu derrière les collines, et il restait juste assez de lumière pour que Tucker puisse distinguer sa silhouette alors que, à l'inverse, Rachel ne devait même pas voir les ombres qui l'entouraient.

Cela ne l'empêcha pas d'avancer de quelques pas et de refermer ses bras frêles autour de la taille de Tucker.

Il réprima une grimace. Il ne pouvait ni lui rendre la pareille ni la repousser. Il resta donc figé sur place et, un peu malgré lui, se délecta de la douceur de sa joue contre son torse.

— Bon sang, Rachel. Insulte-moi, déteste-moi... Fais et dis ce que tu veux. J'ai du mal à accepter ta compassion, là, tout de suite.

— Dommage pour toi, parce que de mon côté je ne supporte pas que tu sois en colère contre moi.

Elle le libéra, puis pencha la tête vers lui, avant d'ajouter :

— Si tu me promets de ne plus jamais me mentir, je te croirai.

Conscient qu'il se desservait, Tucker posa une main sur la joue soyeuse de Rachel et murmura :

— Désolé. Je ne peux pas.

12

Bien que ce ne soit pas la réponse qu'elle avait espérée, Rachel ne se déroba pas. Elle aimait trop la sensation de la main rugueuse de Tucker sur sa joue pour mettre fin à cet instant magique.

Elle se ressaisit rapidement : peu lui importait la chaleur de la peau de Tucker après ce qu'il venait de lui refuser.

— Pourquoi ? s'enquit-elle d'une voix si faible qu'elle en fut la première surprise.

Autre surprise, au lieu de retirer sa main, Tucker s'était mis à lui caresser la pommette du bout du pouce.

Soudain, elle fut prise de picotements et sentit une étrange chaleur monter en elle. Étrange, parce qu'elle ne la comprenait pas : comment Tucker Wyatt, son ami de toujours, pouvait-il provoquer en elle un tel émoi ?

Lorsqu'il reprit la parole, ce fut d'une voix rauque :

— Je ne peux pas te faire cette promesse, parce que j'ai dû mentir à Brady et Cecilia. Il m'en a d'autant plus coûté qu'ils se sont doutés que je leur cachais quelque chose. Cela dit, si c'était à recommencer, j'agirais de même, parce que ma cause était juste. Donc, si je devais te mentir pour te protéger, Rachel, je le ferais. Comme je le ferais pour tes sœurs, pour mes frères et pour ton père.

Rachel ne l'aurait sans doute pas cru si elle n'avait pas été renseignée par Cecilia elle-même sur ce point. Tucker avait bel et bien dupé Brady, et même quand Cecilia l'avait soupçonné d'avoir rallié les Fils – volontairement ou non –, Brady avait continué à croire en lui.

Si son propre frère lui faisait toujours confiance, comment Rachel pouvait-elle lui refuser le bénéfice du doute ?

— Je comprends, murmura-t-elle, sans hocher la tête de peur de rompre le contact.

— Alors, voici ce que je te propose, enchaîna Tucker : On va camper ce soir et, avec un peu de chance, nous aurons les idées plus claires demain matin. J'ai des provisions pour nous et pour Bouton d'Or. Nous avons de quoi tenir un jour ou deux, le temps de trouver une meilleure solution.

Rachel en doutait fort, pourtant, avec la paume chaude de Tucker sur sa joue, tout lui paraissait possible, et elle croyait toujours en lui : il n'avait pas failli à sa tâche, jusqu'à présent, puisqu'il avait convaincu Shay de les laisser partir.

— Je veux que nous mettions papa à l'abri du danger, loin de ces horribles gens, une bonne fois pour toutes. Il a fait son devoir, ce qui l'a obligé à tourner le dos à son ancienne vie. Je trouve vraiment injuste qu'on veuille lui retirer celle qu'il a réussi à reconstruire.

— Tu as raison, et si je savais quoi faire, je le ferais. *Ça*, je peux te le promettre.

Rachel acquiesça, sentit la paume de Tucker sur sa peau et fut momentanément distraite de sa peur et de sa confusion.

Bien que Tucker n'ait pas à lui promettre quoi que ce soit, c'était tout à fait dans sa nature, elle devait bien le reconnaître. À la vérité, Rachel était entourée d'un si grand nombre d'hommes intègres qu'elle en avait parfois oublié l'existence de malfrats tels qu'Ace Wyatt ou le gang Vianni. De ce fait, elle ne voyait plus le miracle que représentaient Tucker et ses frères, qui avaient échappé aux Fils pour devenir… ceux qu'ils étaient.

Des hommes droits, déterminés à faire le bien autour d'eux, malgré leurs traumatismes. Tucker ne s'en était pas tiré indemne. N'avait-il pas dit, tout à l'heure, qu'il ne constituait pas une menace suffisante pour que les Fils s'intéressent à lui ?

C'était peut-être cela que Rachel déplorait le plus : le fait qu'il se déprécie.

Comment lui faire prendre conscience de sa valeur ? Pour l'instant, elle ne pouvait que se délecter de la chaleur de sa main ; s'appuyer sur lui et goûter ce moment de félicité.

Elle ne savait toujours trop que penser de son attirance pour Tucker ou de l'éventualité que ses sentiments soient réciproques. Elle continuait à refuser de suivre les traces de ses sœurs en s'éprenant à son tour d'un des fils Wyatt.

Cela ne la dispensait pas d'aider Tucker à prendre conscience de ses nombreuses qualités.

— Si les Fils ne te considèrent pas comme une menace, c'est qu'ils ne te comprennent pas, dit-elle. Ce n'est pas un défaut d'être attaché à ses proches, Tucker.

Elle posa une main sur son torse et poursuivit :

— Tu n'as pas besoin de travailler avec North Star ou de risquer ta vie pour être aussi fort ou aussi valeureux que tes frères. Tu résous des problèmes, tu t'occupes de ceux qui te sont chers. C'est aussi important que de braver les éléments.

Il inspira brièvement, sans baisser son bras. Ils étaient si proches l'un de l'autre désormais que leurs corps se mêlaient presque.

— Je ne sais que répondre à cela, avoua-t-il d'une voix rauque.

Pour Rachel, cependant, sa force était si palpable qu'elle ne résista pas à l'envie de relever la tête et de lui tendre les lèvres… dans l'attente de tout qu'elle s'était interdit jusqu'alors.

Et puis elle sentit sa bouche effleurer la sienne, avec une infinie légèreté. Personne ne l'avait encore embrassée, et elle avait toujours pensé que cela tiendrait du miracle ; que pour intéresser un homme elle devrait quitter le ranch, sortir de sa zone de confort et s'aventurer loin de son entourage surprotecteur.

En l'occurrence, cependant, elle n'avait rien à prouver. Tucker la protégeait sans l'étouffer, parce que c'était une seconde nature chez lui.

L'épisode fut beaucoup trop court au goût de Rachel. Ce baiser, la main de Tucker sur sa joue… Elle l'entendit reculer puis s'éloigner, comme s'il venait de s'apercevoir que c'était *elle* qu'il avait embrassée.

— On ferait bien d'aller se coucher, déclara-t-il sèchement. Un peu de repos nous fera le plus grand bien.

Rachel laissa échapper un gloussement nerveux. Tucker et elle venaient d'échanger un baiser, et voilà qu'il lui parlait de repos comme si de rien n'était. S'il croyait s'en tirer par une telle pirouette...

— Tu viens de m'embrasser, lui rappela-t-elle.

— Oublie ça, Rachel. Je ne sais pas ce qui m'a pris.

— Oublier ? se récria-t-elle. Tu plaisantes ?

— Ce n'est ni le moment ni l'endroit. J'ai fait une bêtise, voilà tout.

Elle se renfrogna. Dans un sens, Tucker avait raison. Le moment n'était pas choisi, l'endroit non plus. En revanche...

— Je n'appellerais pas cela une bêtise, dit-elle.

— Moi, si, répliqua-t-il d'un ton si ferme qu'elle demanda :

— Pourquoi ?

— Eh bien, parce que...

Elle attendit avec impatience qu'il lui explique ce qu'elle avait mal compris.

— Parce que tu es pratiquement une sœur pour moi.

— Dans ce cas, tu es un pervers, Tucker. On ne reluque pas les seins de sa sœur, par exemple.

— Moi ? Jamais de la vie !

— Sarah t'a vu faire, l'autre soir, dans ma chambre.

— Je ne...

À bout de patience, elle lui coupa la parole :

— J'ai bien compris que tu me mentirais en cas de besoin, seulement je ne te pardonnerai jamais de manquer de sincérité à propos d'une simple anecdote. C'est sans appel.

Tucker mit un temps fou à réagir.

— Que veux-tu que je te dise ? marmonna-t-il.

— D'abord, je voudrais savoir pourquoi tu m'as embrassée.

— Tu veux la vérité ? Ici, au milieu de nulle part ? Parfait. Alors voilà : oui, j'ai des sentiments pour toi. Je serais bien en peine de t'expliquer pourquoi, néanmoins les faits sont là. J'avais cela sur le cœur depuis plusieurs jours, et il a fallu que tu me fasses tous ces compliments en me regardant comme si tu croyais vraiment en moi…

— Je n'y vois pas bien clair, lui rappela-t-elle dans l'espoir de détendre l'atmosphère.

— Tu me comprends, gronda-t-il.

— Je le crois, oui, dit-elle, bien qu'elle ne veuille pas verser encore davantage dans le sentimentalisme, à un moment où Tucker et elle avaient beaucoup mieux à faire. D'un autre côté, il avait été franc avec elle et elle se devait de lui rendre la pareille.

— Pour moi, ce baiser a concrétisé quelque chose, Tucker. Je crois que je suis séduite, moi aussi.

— Tu *crois*, railla-t-il.

Son intonation fit presque sourire Rachel qui crut bon d'expliquer :

— Je ne me suis pas encore faite à cette idée. À ma décharge, je n'ai aucune expérience dans ce domaine.

Tucker laissa échapper un geignement.

— Non, ne me dis pas que c'était ton premier baiser !

— Ce serait si grave que ça ?

Il se mit à jurer entre ses dents, ce qui provoqua l'hilarité de Rachel.

— Écoute, dit-il finalement. Il est grand temps qu'on aille se coucher. On élaborera un plan demain. Et on arrête avec ça.

— Avec *ça* ? répéta Rachel.

— Avec ce baiser, quoi qu'il implique. Nous en reparlerons quand nous ne serons plus en pleine cambrousse, sans aucune idée de la manière de résoudre notre problème. Pour l'instant, reposons-nous, et concentrons-nous sur l'essentiel.

Rachel hocha la tête pour lui faire croire qu'elle se rendait à sa raison et se laissa guider jusqu'à la tente.

Tucker se réveilla en plein cauchemar ; le sien, cette fois. Celui que son existence était devenue. Il devait trouver un moyen de sauver Duke Knight, d'assurer la sécurité de Rachel, de semer les agents de North Star, les Fils et autres groupes ennemis.

Le tout en sachant qu'il s'était laissé aller à embrasser Rachel, présentement roulée en boule contre lui. Tout cela parce qu'il ne disposait que d'une tente minuscule et d'un seul sac de couchage.

Comme les nuits commençaient à être fraîches, en ce début d'automne, il avait laissé Rachel se pelotonner à côté de lui et l'avait contemplée jusqu'à ce qu'elle s'endorme.

Avant de céder au sommeil à son tour, il avait – vainement – tenté d'oublier ce satané baiser. C'était le seul moyen pour lui de ne pas couler à pic : enfermer son faux pas dans une muraille, la cimenter et ne plus y penser.

Malheureusement, il savait déjà que son entreprise était vouée à l'échec : jamais il ne parviendrait à oublier la sensation des lèvres de Rachel sur les siennes. Comment un baiser aussi innocent avait-il pu lui faire perdre de vue le plus important ?

Pourtant, en l'espace de quelques secondes, il n'avait plus eu en tête que leur étreinte et les paroles de Rachel. Par son discours stimulant, elle lui avait montré qu'elle le comprenait, lui qui se sentait incompris de tous.

À présent, dans le confort relatif de cette guitoune, les cheveux soyeux de Rachel contre sa joue, sa poitrine se soulevant et retombant au même rythme que son torse, eh bien... il supposait que ressasser ses propos valait mieux que s'attarder sur le bonheur qu'il éprouvait à la sentir ainsi près de lui.

Elle s'agita, bâilla et ouvrit lentement les yeux. Si elle ne le voyait pas dans la lumière faible de la tente, Tucker, lui, pouvait la contempler. Il la vit battre des paupières, puis se souvenir des événements de la veille.

Il nota au passage que, au lieu de s'éloigner, elle s'était encore davantage rapprochée de lui.

Il fut tenté de faire de même, afin de voir l'effet que lui ferait son contact, de caresser son visage comme la veille, de se familiariser avec son corps, de l'embrasser de nouveau...

Non. Ça nous mènerait trop loin.

Lentement, avec moult précautions, il se dégagea et s'éloigna de Rachel, autant qu'il le pouvait dans cet espace réduit.

— On devrait rentrer, dit-il. Je n'en sais pas davantage qu'hier soir, mais mes frères auront peut-être une idée. Ils sont plus doués que moi, dans ce domaine comme dans beaucoup d'autres.

Rachel se redressa en silence, avant de demander :

— Ils sont plus doués que toi, ou ils ont bénéficié d'une situation plus favorable que la tienne ?

— Cesse de prendre mon parti, Rachel. Je ne me sous-estime pas, je...

Elle ne le laissa pas terminer sa phrase :

— Tu as un certain nombre de problèmes à régler, et la bonne nouvelle est que tu n'es pas le seul. Mieux encore, tu es épaulé par une femme déterminée à te prouver que tu fais erreur, Tucker. Tu as beaucoup plus de qualités que tu ne le penses.

Elle étouffa un nouveau bâillement et leva la tête vers lui.

— Tu n'aurais pas apporté un peu de café, par hasard ?

Tucker se raccrocha à sa question comme à une bouée de sauvetage. Il se sentait à l'étroit dans cet espace minuscule, avec une Rachel encore à demi ensommeillée. Aussi répondit-il :

— De l'instantané. Je vais faire chauffer de l'eau.

Il plongea littéralement vers l'ouverture de la tente et en sortit en un temps record.

Le soleil commençait à poindre, et de petites traces de givre recouvraient le terrain. Comme il faisait froid, Tucker s'empressa de remonter la fermeture de la tente.

Un morceau de papier tourbillonna au-dessus de sa tête et tomba à ses pieds. Tucker pivota sur lui-même pour examiner les environs, sans rien noter d'insolite.

Il ramassa la feuille et la déplia. Bien que les premiers mots du message aient pris l'humidité, il réussit à en déchiffrer l'essentiel :

Rachel a la clé et sait à quelle serrure elle correspond.

Il examina le verso du document, vierge de toute inscription. Il était confronté à une simple phrase, pour le moins énigmatique.

Une clé ? Tucker en avait une dans sa poche, bien sûr, mais à quoi servait-elle ? Mystère...

Il retourna vers la tente, l'ouvrit en partie et passa la tête à l'intérieur.

— Rachel ? J'ai trouvé quelque chose...

— Pas du café, j'imagine, répondit-elle en soupirant. Alors, dis-moi.

— Un mot, et je crois reconnaître l'écriture de Duke.

Il relut la note en fronçant les sourcils. Bien qu'il ne se soit jamais intéressé à l'écriture de Duke, il lui semblait qu'il s'agissait bien de la sienne.

Tucker jeta un nouveau coup d'œil aux alentours du campement. Comme il n'avait entendu personne s'approcher de la tente, il était impossible que le message ait été déposé par Duke, dont la carrure imposante empêchait tout déplacement furtif.

— Je l'ai trouvé sur le rabat de la tente, il a dû tomber quand je suis sorti, expliqua-t-il à Rachel.

Il restait une explication plausible, cependant : la seule personne à en savoir assez et à être suffisamment proche de Duke pour pouvoir leur transmettre son message était Shay. Tucker fit part de sa réflexion à Rachel qui émit l'hypothèse d'un piège.

— Ce mot ne nous était pas adressé personnellement, dit-il. En plus de ne pas être signé, il est plus ou moins codé.

Il s'éclaircit la voix avant de continuer :

— North Star détenait encore Duke hier, et ses agents ont pu le forcer à écrire ça. Cependant, il me semble que s'ils s'étaient donné la peine de nous poursuivre jusqu'ici, ils nous auraient enlevés ou nous auraient laissé un message plus explicite.

— Montre-moi ça, un peu.

Tucker lui tendit la feuille et la regarda en palper le coin supérieur. Au bout de quelques secondes, elle déclara solennellement :

— Ça vient de papa, et il ne l'a pas écrit sous la menace.

— Qu'est-ce qui te fait penser ça ?

— On a inventé un code quand j'étais à l'école : s'il avait un bulletin de notes à signer et que c'était fait, il perçait le haut du document avec une aiguille. S'il n'y avait pas de trou, cela voulait dire que je devais lui redemander sa signature.

Rachel souleva la feuille qui était effectivement percée.

— Qu'est-ce qui est écrit ? s'enquit-elle ensuite.

« Rachel a la clé et sait à quelle serrure elle correspond. »

— *Moi ?* demanda Rachel. Sûrement pas. J'ignore totalement d'où vient la clé que j'ai trouvée, et je n'ai aucune idée de ce à quoi elle sert.

Elle se redressa, s'assit en tailleur et parut réfléchir intensément à la signification du message, tandis que Tucker le relisait, à la recherche d'un indice qui lui aurait échappé.

Lorsqu'il releva les yeux, Rachel était retournée à l'intérieur de la tente pour y faire un peu de rangement. Le résultat fut moins probant qu'au ranch, puisqu'elle ne connaissait pas les lieux par cœur, pourtant le matelas et le sac de couchage furent vite remballés.

De son côté, Tucker avait continué de réfléchir : Duke pensait que sa fille savait de quoi il parlait, alors qu'elle semblait convaincue de son ignorance totale en la matière.

— J'ai une idée ! s'exclama-t-il. Il se pourrait que ce soit en rapport avec ton rêve, Rachel. Je veux dire que la réponse doit être nichée quelque part dans ton subconscient.

13

Son rêve. Rachel en eut la chair de poule. Elle avait beau se faire lentement à l'idée que le cauchemar tenait plus de la réalité que de la fiction, la pensée que son subconscient recelait un secret auquel elle n'avait pas accès la mettait mal à l'aise.

— Papa ignore que le scénario a changé. Il croit que j'en suis restée au puma.

— Tu lui as raconté tes cauchemars ? s'enquit Tucker.

— Oui, quand j'étais petite et qu'ils ont commencé à hanter mes nuits. Papa...

Un souvenir dérangeant l'empêcha de continuer, et elle se mit à suffoquer.

Tucker se précipita à ses côtés pour lui frotter le dos.

— Allons, allons. Tout va bien, ma belle. Inspire, expire lentement, et prends une grande goulée d'air.

Elle y parvint, péniblement. Sa crise de panique avait été brutale, et il lui fut difficile de la surmonter. Elle s'accorda quelques minutes de répit avant d'expliquer :

— Je ne sais pas si c'était la première fois que je faisais un cauchemar ; la seule chose dont je suis sûre, c'est que j'étais toute petite. J'avais encore des pansements sur le visage, du moins, il me semble. Papa dormait sur le plancher, au pied de mon lit. Maman essayait de le faire remonter dans leur chambre, mais il s'y refusait. Apparemment, il craignait que je m'égare de nouveau dans la nature.

Tucker continuait à lui frotter le dos, ce dont elle se réjouit car elle sentait un froid intérieur monter en elle.

— Un jour où je lui racontais mon cauchemar, il m'a demandé de ne jamais en parler à maman, et de me tourner vers lui si j'avais peur. Vers lui seulement, de façon à ce que maman ne s'inquiète pas. En même temps...

— Si ta mère n'était pas au courant...

Rachel l'interrompit :

— Comment a-t-il pu la laisser dans l'ignorance, lui mentir et faire en sorte qu'elle me mente à moi aussi ?

— Il était sous la protection de l'État, lui rappela Tucker. Je ne prends pas sa défense, mais les témoins d'affaires sensibles sont tenus de faire une croix sur leur ancienne existence.

— C'est *sa* version de l'incident, Tucker. Ce puma... il l'a fabriqué de toutes pièces.

Rachel fut reprise de tremblements incontrôlables. Son père adoré l'avait encouragée à croire à l'attaque d'un puma ; l'avait convaincue que c'était de cela qu'elle rêvait. Et ce n'était pas la vérité.

— Tu es sûre de ton fait ? lui demanda Tucker.

— Non ! se récria-t-elle. Comment veux-tu que je le sois ?

La gorge nouée par l'angoisse, elle ajouta, presque dans un sanglot :

— Tout est enfermé dans un songe qui s'est transformé sans prévenir.

— Attends, Rachel. Rien ne prouve que tout tourne autour de ton rêve. Si ça se trouve, je fais fausse route depuis le départ.

Rachel s'insurgea :

— Tu sais très bien que ce n'est pas le cas. Tu es inspecteur de police ; c'est ton boulot de rassembler des informations et d'en tirer les conclusions qui s'imposent.

Elle croisa les bras pour se rassurer et se mit à réfléchir à voix haute :

— Qu'est-ce que je peux bien savoir sans en avoir conscience ?

— D'accord. Dans ce cas, reprenons les choses depuis le

départ. Raconte-moi la toute première partie de ton rêve, telle que tu te la rappelles.

— Tu crois vraiment que ça va nous aider ?

— Ça vaut la peine d'essayer.

Rachel restait sceptique. Depuis toujours ou presque, elle vivait en sachant que ce rêve pouvait survenir à tout moment, et voilà que le rêve avait mué. Était-il passé de ce que son père lui avait fait croire à ce qui s'était réellement produit ?

D'un autre côté, s'il se pouvait qu'elle soit condamnée à subir ces terreurs nocturnes toute sa vie, il était également possible qu'elle trouve la vérité dans la version révisée du cauchemar.

— Je ne sais pas très bien par où commencer, dit-elle d'une voix rendue rauque par l'émotion.

Tucker lui posa un bras sur les épaules et les serra doucement.

— Assieds-toi, lui conseilla-t-il.

— J'ai besoin de bouger, de m'occuper.

— Dans ce cas, aide-moi à démonter la tente. Je t'écoute, Rachel, dit-il avant de la guider jusqu'au premier piquet.

— Je peux m'en occuper toute seule, si ça ne t'ennuie pas.

— Comme tu veux.

Elle tira sur le piquet, puis chercha les suivants à tâtons. Bien qu'elle déteste camper, il lui était souvent arrivé de monter et de démonter des tentes, près du ranch, pour y jouer ou y héberger des amis, et sa semi-cécité ne constituait pas un obstacle.

Au lieu de la bombarder de questions ou d'essayer de l'aider, Tucker attendit patiemment que Rachel soit prête à parler. Lorsque ce fut le cas, elle commença son récit :

— Je ne peux pas te raconter avec précision comment ça commence. Quand je me réveille, la seule chose dont je me souviens, c'est qu'un homme est en train de m'emmener loin de chez moi.

Bien qu'elle se sente en sécurité avec Tucker, elle restait tenaillée par la panique et dut se concentrer avant de poursuivre :

— Il m'entraîne... À l'écart de la lumière. Il me semble qu'il y a une lueur derrière nous, et qu'il s'en éloigne.

— Peut-être que l'intérieur de la maison est éclairé.

— Sans doute, oui.

En un réflexe idiot, puisqu'elle n'y voyait rien, Rachel ferma les yeux et tenta de visualiser la scène. Elle avait joui d'une vue normale pendant les trois premières années de sa vie et gardait quelques souvenirs de cette période.

— Ça pourrait aussi être les écuries.

Elle rouvrit les paupières et fronça les sourcils. Bien que le jour commence à se lever, elle ne distinguait qu'à peine la silhouette de Tucker.

— Il n'y a pas de fenêtres, reprit-elle. Je ne reconnais pas la maison, de nuit. Ça ressemble plutôt à un rai de lumière semblable à celui qui sort des écuries.

— Donc, on t'emmène à l'écart des écuries, récapitula Tucker avec calme et sérieux.

Il semblait croire Rachel sur parole et rassembler les éléments comme les pièces d'un puzzle.

— Le faisceau de lumière dont tu parles pointe vers le ranch, reprit-il. Si tu t'en éloignes en ligne droite, tu te diriges vers le pâturage.

— Ou vers la grand-route, fit remarquer Rachel, qui supputait plus qu'elle ne raisonnait, à présent.

C'était la logique même pour un ravisseur : s'éloigner de la lumière, afin de gagner l'ombre de la route nationale.

— Dans la nouvelle version de mon cauchemar, reprit-elle, je ne suis pas loin d'étouffer, tant mon ravisseur me serre. J'ai trop peur pour crier. Il me parle, et je ne comprends pas ce qu'il dit. Intérieurement, je ne veux qu'une chose : retrouver ma maman.

Elle sentit les larmes lui monter aux yeux à l'évocation de sa mère, partie depuis si longtemps, et qui ne viendrait plus jamais la réconforter.

Elle replia les piquets de tente en refoulant sa nostalgie et attendit que son émotion soit moindre avant de reprendre son récit :

— À un moment, je vois deux yeux nous observer. Ils brillent presque.

— Ceux du puma ? s'enquit Tucker.

— C'est ce que j'ai pensé, une fois devenue adulte, je veux dire.

Les sourcils froncés, elle ajouta :

— À présent, je pense que c'est mon père qui m'en a convaincue quand je lui ai raconté mon rêve. D'un autre côté, si je repense à la façon dont l'animal a surgi, je me demande s'il ne s'agissait pas plutôt d'un chien. On en avait beaucoup, à l'époque.

— Quatre ou cinq, si ma mémoire est bonne.

— C'est ça, dit Rachel. Et, si tout cela est vrai, si ce n'est pas mon esprit de fillette de trois ans qui mélange tout ou une série de rêves qui se confondent avec la réalité, il pourrait s'agir d'un de nos chiens.

— Et il vous suit pendant que l'homme t'emmène ?

— Oui. Je n'ai pas peur de ses yeux, j'ai peur de l'homme. Il m'étouffe et il a...

Elle laissa sa phrase en suspens. Il lui en coûtait de raconter la suite, pourtant elle le devait.

— La dernière fois, tu m'as dit qu'il avait un couteau, poursuivit Tucker, sans doute pour l'encourager.

Rachel hocha la tête, continua à plier la toile de tente d'une main tremblante et précisa :

— Soit un couteau à cran d'arrêt, soit un couteau suisse. En tout cas, il est pointu, et la lune se reflète sur la lame.

Elle porta un index à ses cicatrices et les lissa doucement, avant de murmurer :

— Ça pourrait être à cela que je dois ma cécité. Plutôt à cette arme qu'à deux paires de griffes.

Elle laissa échapper un soupir et demanda dans un souffle :

— Quel rapport avec une clé ?

— Je ne le sais pas encore, Rachel. Concentrons-nous sur ce dont tu te souviens.

— C'est à peu près tout. Dans mon dernier cauchemar, l'homme me blesse, et c'est la première fois que les choses vont aussi loin. Même quand j'étais petite, je me réveillais avant le moment fatidique. En revanche, là, le chien bondit, l'homme brandit le couteau, le laisse retomber et me blesse. J'ai mal, je saigne et j'entends le chien gronder puis aboyer, sans qu'il m'attaque pour autant.

Tucker entreprit de rassembler les piquets et la toile. Rachel l'entendit remballer le tout et sourit.

— Merci de m'avoir laissée démonter la tente, Tucker.

— Pourquoi me remercies-tu ? lui demanda-t-il.

— Parce que la plupart des gens ne supportent pas de me regarder faire. Je suis trop lente à leur goût, et ils ne peuvent s'empêcher de s'en mêler.

— Nous avons le temps, Rachel !

Tucker ne s'était pas précipité pour accélérer le mouvement ou lui simplifier la tâche, ce dont elle lui semblait reconnaissante.

De même, plutôt que de continuer à la questionner, il lui donna le temps de réfléchir tranquillement.

— Tu sais où est mon père ? lui demanda-t-elle.

— Non.

— Tu crois que Cody le saurait, lui ?

— C'est possible, répondit Tucker au terme d'une courte hésitation.

— Je ne comprends pas ce qu'a voulu dire papa, et de toute évidence il pensait que je n'aurais aucun mal à interpréter ses propos ou il s'en est convaincu. Il nous a fait parvenir un message et, si nous l'avons reçu par l'intermédiaire de Shay, il n'a pas pu être cautionné par North Star.

— C'est peu probable, en effet.

— Il faut que je voie papa, sans quoi nous ne saurons jamais ce qu'il a voulu dire.

Tucker ne pouvait pas se laisser dominer par ses sentiments ou par son complexe d'infériorité. Il allait devoir impliquer son frère dans l'affaire, sinon il n'arriverait à rien.

Son frère. Qui avait lutté contre les Fils à plusieurs niveaux et avait gagné. Il avait battu Ace, ainsi que tous ceux qui s'en seraient pris à Cody et à sa fille.

Cody. Le petit dernier de la fratrie, son protégé...

— Tucker ?

— Désolé. Je réfléchissais. Il faudrait qu'on aille là où il y a du réseau, et rien ne nous assure que North Star n'a pas les moyens de te pister, toi aussi, grâce à ton téléphone.

— Et si on retournait au ranch ? North Star nous croit en fuite, et personne ne se doutera que nous avons fait demi-tour. Alors, voici ce que je propose : on rentre, on contacte quelqu'un de vive voix et on demande à Cody de nous retrouver quelque part. C'est futé, tu ne trouves pas ?

Tucker dut faire un effort pour dissimuler son amertume et répondre d'un ton aussi neutre que possible.

— Très futé.

— À moins que tu aies une meilleure idée, bien sûr.

— Je n'en ai pas, Rachel.

Il continua de nettoyer les lieux de leur campement et guida Rachel jusqu'à Bouton d'Or dont elle se mit à caresser la crinière couleur crème.

C'était un ravissement que de voir sa main enfouie dans les crins du cheval. Ses cheveux en bataille formaient un halo autour de son beau visage. Le soleil levant faisait briller les collines et évoqua à Tucker un pays féerique dont Rachel serait la reine.

Elle dit en grimaçant :

— Je sais que tu me regardes, Tuck.

— Qui te dit que je ne contemple pas le paysage ?

— Ça m'étonnerait. Alors, pourquoi me regardes-tu ?

— Peut-être parce que je te trouve jolie, rétorqua-t-il.

Presque aussitôt, il regretta ses paroles. Il n'aurait pas dû les prononcer, même s'il avait été sincère, même si la beauté de Rachel était saisissante. Il n'y avait aucune place pour ce genre de propos, pas à cause de leur situation actuelle, mais à cause de leurs liens habituels.

— Tu pourrais m'embrasser comme hier soir, déclara-t-elle le plus sérieusement du monde.

— Dans l'absolu, oui, cependant je ne pense pas que ce serait judicieux.

— Et pourquoi donc ?

— Parce que je préfère ne pas penser à ce que ton père dirait si je lui expliquais que nous avons tardé à le retrouver parce que j'étais occupé à flirter avec toi après une nuit passée ensemble sous une tente exiguë.

— Après que tu as empêché les gens de North Star de m'enlever, eux qui sont censés être du bon côté. Je... je ne comprends ni ce qui t'a incité à collaborer avec eux, ni pourquoi tu as accepté de travailler avec des gens qui t'obligeaient à mentir.

— Il arrive que les mensonges soient nécessaires, répondit Tucker.

— N'empêche qu'ils te mettent mal à l'aise et que tu ploies littéralement sous le fardeau de la culpabilité, ce qui n'est pas le cas de tout le monde.

Elle avait raison, comme d'habitude, et Tucker fut dérouté par sa perspicacité. Il ne lui restait donc plus qu'une option : la franchise.

— Si j'ai accepté de travailler pour eux, c'était pour agir enfin. Mon père ne m'a jamais tenu en grande estime, il ne me considérait ni comme une menace ni comme un successeur potentiel, et ça m'a longtemps arrangé. Quand North Star m'a contacté, j'ai cru pouvoir suivre les traces de Cody, de Jamison, de Gage et de Brady. Même Dev a tenu tête à Ace. Bien que ça n'ait pas mis fin à son enfer, au moins, il a essayé, contrairement à moi qui n'ai rien fait du tout. En acceptant la proposition du groupe de McMillan, je pensais pouvoir participer à la chute d'Ace, de sorte que j'ai exécuté les ordres de mes supérieurs, même si je n'étais pas d'accord avec eux.

Rachel cessa de caresser Bouton d'Or, s'empara de la canne que Tucker avait pris soin de laisser près d'elle et s'avança vers lui. Elle s'arrêta à quelques centimètres de l'endroit où il se tenait ; un peu trop près à son goût.

— Jusqu'à ce qu'ils tentent de m'enlever, dit-elle en offrant son visage au soleil levant.

À la pensée que c'était un homme, et non un puma, qui l'avait mutilée, tout se révoltait en Tucker. Certes, le résultat était le même, cependant l'idée qu'on ait infligé cela à une enfant de trois ans, pour se venger de ce que son père avait accompli en son âme et conscience, lui était insupportable.

— Tu aurais dû être épargnée, Rachel, déclara-t-il d'une voix étranglée.

— Toi aussi, il me semble, répondit-elle en tendant une main pour la poser sur son bras.

Tucker brûlait de l'envie de lui caresser les cheveux et, contre toute logique, de faire disparaître ses cicatrices de son joli visage. L'heure était grave, il y allait de leurs vies, et il n'avait pas droit à l'erreur.

En d'autres termes, il ne devait pas céder à la tentation.

— On en revient toujours aux Fils, auxquels je suis génétiquement lié, et qui sont mêlés à cette affaire.

Rachel se hissa sur la pointe des pieds pour s'appuyer contre Tucker, puis lui effleura la joue du bout des lèvres. Et, bien qu'il ne soit pas certain qu'elle avait visé sa joue et non sa bouche, il fut bouleversé par cet élan de tendresse et ne parvint pas à refouler son émotion.

— C'est plutôt à Dev que tu devrais t'intéresser, dit-il, le cœur en berne.

Il le pensait sincèrement : Rachel ferait le plus grand bien à Dev, avec sa fraîcheur et son enthousiasme naturels.

Rachel se laissa redescendre sur ses talons en plissant le nez et rétorqua :

— Dev ? Tu plaisantes ? Il est encore plus vieux que toi ! Et grincheux, en prime ! Il me semble plus adapté au célibat qu'à la vie de couple. Mamie Pauline m'a dit un jour que tous ses oncles étaient célibataires et qu'elle ne serait pas surprise que vous terminiez comme eux.

— Tiens donc ! Quatre d'entre nous lui ont démontré le contraire, il me semble. Sur six garçons, ce n'est pas si mal !

— Tu ne resteras pas seul, Tucker. Tu es trop bien pour ça.

— Waouh ! Merci !

— Tu as l'air de prendre ça comme un affront, pourtant c'est un compliment. J'irais même jusqu'à affirmer que ta droiture tient du miracle, vu la façon dont tu as été élevé. Franchement, tu m'épates.

Pour un peu, Tucker y aurait cru.

— Il faut qu'on y aille. Le temps joue contre nous, North Star est un groupe puissant, et ses agents ne tarderont pas à nous rattraper, même si Shay est dans notre camp.

— D'accord, mais ne te crois pas tiré d'affaire pour autant.

Effectivement, Tucker n'en croyait rien.

14

Le retour au ranch s'effectua en silence. L'atmosphère était un peu plus détendue, aussi Rachel éprouva-t-elle un réel plaisir à monter Bouton d'Or et à sentir le corps ferme de Tucker derrière elle.

Elle voulait croire que Cody en saurait suffisamment sur les méthodes de North Star pour deviner où ses agents détenaient Duke et comment il était traité. Si tout se déroulait comme elle le souhaitait, Cody leur dirait où était son père, Tucker et elle iraient le chercher, le feraient sortir de là...

Et ensuite ?

Ensuite, il y aurait la clé. Son père lui dirait à quoi elle correspondait et, avec un peu de chance, cela mettrait fin à tout.

À condition, bien sûr, que Duke accepte de remettre la fameuse clé aux dirigeants de North Star et de leur raconter toute l'histoire. Malheureusement, il se pouvait qu'il ne leur fasse plus confiance, et que Rachel soit la seule personne à qui il puisse tout expliquer.

Elle aurait voulu avoir une idée sur la question. La solution n'était pas dans son rêve, qui n'était que source d'effroi et de douleur suivis d'un soulagement certain, le tout confondu en une expérience obscure des plus traumatisante.

Tucker les fit zigzaguer à travers les collines après lui avoir expliqué son parcours.

— Je vais nous diriger vers les pâturages. Ensuite, on

redescendra vers les écuries. Peut-être le trajet te rappellera-t-il quelque chose.

— N'oublie pas que je suis à moitié aveugle, Tucker.

— Je sais, répondit-il avec une patience qui lui alla droit au cœur. Je te dirai où nous sommes à chaque étape. Je te décrirai les environs à tout instant. Revivre ce qui s'est produit ne peut pas te nuire, et si ça ne te rend pas la mémoire, nous aurons gagné un peu de temps, et je serai assuré que nous n'avons pas été suivis.

Rachel ne répondit rien. Raconter son rêve l'avait moralement épuisée. De plus, Tucker avait rejeté le baiser qu'elle lui offrait, une rebuffade dont elle n'était pas encore remise, même si elle n'était pas sûre qu'il ne s'était pas bridé. Quelque chose en Tucker – son sens de l'honneur, son respect envers Duke – l'empêchait d'aller de l'avant. Bien qu'elle ne le voie pas, elle savait qu'il la regardait différemment, désormais.

Elle l'avait senti se crisper lorsqu'elle l'avait approché, le matin, pour l'embrasser et que ses lèvres maladroites s'étaient posées sur sa joue.

D'accord, elle avait manqué sa cible, mais le contact de sa peau râpeuse lui avait procuré un doux frisson.

Titillée par le menton râpeux de Tucker Wyatt... Cette pensée, qui l'aurait sans doute fait rire naguère, lui paraissait soudain normale. Parfaitement adaptée.

— Nous sommes sur la colline qui surplombe le pâturage, l'informa Tucker. Je vois le toit de l'écurie et l'applique d'éclairage. S'il faisait sombre et qu'il y avait de la lumière, toute cette bande de terrain devait être visible.

À contrecœur, Rachel rappela le rêve à sa mémoire. La lumière...

— Où sommes-nous, par rapport à la nationale ? s'enquit-elle.

— Nous faisons face au sud. La route se trouve un peu plus bas, vers l'est, lui répondit-il patiemment.

— Jusqu'où pourrait-on voir la lumière, dans cette direction ?

Tucker éperonna le cheval qui se remit en route.

— Voyons, dit-il au bout de quelques pas. Si tu te dirigeais vers la route tout en regardant derrière toi, en direction de la maison ou des écuries...

Il sortit du sentier, et Bouton d'Or se mit à osciller doucement sous eux.

— Le portail principal commence à apparaître, et j'en aperçois le haut. Donc, si la lampe était allumée, je pourrais le voir plus distinctement.

Le portail principal menait à une route en gravier qui conduisait à la nationale, et Rachel crut deviner la vérité. Si le faisceau de lumière avait diminué jusqu'à être englouti par les ténèbres au fil de la progression de l'homme, c'était probablement dû aux collines environnantes et aux divers changements de direction.

— Je crois qu'il m'emmenait vers la nationale, déclara-t-elle.

— Comme il était à pied, on peut supposer qu'il avait garé un véhicule là-bas. Là-dessus, le chien est intervenu et t'a sauvée...

Rachel porta une main à ses cicatrices. Sa mère l'avait empêchée de s'apitoyer sur elle-même, et c'est sans doute grâce à son jeune âge qu'elle ne s'était jamais trop préoccupée de sa semi-cécité ou des traces de l'incident autour de ses yeux. Comme elle n'avait pratiquement aucun souvenir antérieur à l'agression, elle n'avait pas d'élément de comparaison et ne pouvait se lamenter sur ce qu'elle avait perdu.

Elle n'irait tout de même pas jusqu'à dire que le chien l'avait *sauvée* : si elle n'était pas morte, il lui restait bien des séquelles.

— Tucker, commença-t-elle, la gorge nouée. Pourquoi papa a-t-il choisi de nous mentir, à ma mère et à moi, et de nous faire croire à un incident qui n'a jamais eu lieu ? Je sais bien qu'il devait se taire sur tout ce qui concernait sa vie d'avant, mais il y a des limites, non ? Je l'aime toujours autant, mais je lui en veux terriblement d'avoir joué avec mes cauchemars, même pour garder son secret.

— Et lui, rétorqua Tucker, tu imagines ce qu'il peut ressentir ? Il a fait son devoir, ce qui l'a obligé à tourner le dos à toute son ancienne vie. Il était à peine parvenu à se construire une nouvelle existence que son acte de bravoure est revenu le hanter, sous la forme d'une attaque qui a rendu sa fille à moitié aveugle...

Il reprit son souffle avant d'ajouter :

— Moi aussi, je t'ai menti, Rachel, dans l'espoir de vous protéger, toi et tes proches. J'ai du mal à penser que les mensonges de Duke étaient d'une autre nature que les miens.

— Je ne suis pas d'accord avec toi. Papa a complètement transformé une réalité. On n'est plus dans le domaine de la simple omission ! Mon père a délibérément brouillé les cartes en me faisant croire à une version fantaisiste de ce qui m'est arrivé.

— Tu crois qu'il n'aurait pas été pire pour toi de savoir depuis toujours que le passé Duke attendait là, tout près, le moment de le rattraper ? Je connais ça, je sais ce que c'est que de vivre dans la crainte permanente d'être ramené à une période sombre, susceptible de gâcher ton semblant d'équilibre. Bien que mamie Pauline ait tout fait pour nous aider, après que nous avons échappé aux Fils, elle ne nous a jamais caché qu'Ace pouvait revenir à n'importe quel moment et nous faire du mal ou la molester, elle. Par ailleurs, nous avons toujours eu conscience du sacrifice de Jamison qui a passé dix-huit années de son existence à nous tirer des griffes du gang. C'est lourd à porter, ça aussi, tu sais !

Rachel ne sut que répondre. Il lui aurait été difficile de contester les arguments de Tucker et, malgré sa rancœur envers son père, elle pouvait comprendre que Tucker considère le mensonge de Duke comme un don. Peut-être en était-ce un, d'ailleurs, car à quoi auraient ressemblé son enfance, puis son adolescence, si elle les avait vécues dans la terreur ?

Et même si Tucker semblait s'être remis de ses débuts chaotiques, Rachel commençait à comprendre qu'il était profondément blessé et traumatisé, lui aussi.

Elle le sentit se raidir, puis refermer les bras autour de sa taille avec force.

— On va descendre de cheval, Rachel, lui dit-il.

— Pourquoi ? Que se passe-t-il ?

— Un homme nous observe.

Il fit ralentir Bouton d'Or sans l'arrêter totalement et expliqua :

— Écoute-moi bien. Il faut qu'on agisse vite. Je vais te faire descendre en même temps que moi, t'orienter dans la bonne direction, et tu courras vers l'écurie. J'enverrai Bouton d'Or dans les champs pour faire diversion, et je me lancerai à la poursuite de ce type. Normalement, il devrait se concentrer soit sur moi, soit sur le cheval.

— C'est un envoyé de North Star ? s'enquit-elle.

Tucker mit une éternité à lui répondre :

— Je veux que tu coures te réfugier dans l'écurie, point.

— Tu es sûr que...

— Fais ce que je te dis, Rachel. Si j'ai besoin de renforts, je crierai, d'accord ?

Bien qu'elle en doute fort et le soupçonne de vouloir prouver sa bravoure, Rachel comprit qu'il ne pourrait rien faire, ni pour elle ni pour lui, si elle ne lui obéissait pas.

Aussi allait-elle courir vers l'écurie, d'où elle trouverait le chemin jusqu'à la maison, même sans sa canne. Le tout était qu'elle ne chute pas en chemin.

— Prête ? À trois, on y va, annonça Tucker d'un ton sans réplique.

Rachel se laissa emporter par ses bras puissants et atterrit sur la terre ferme avec légèreté. Tucker la prit par les épaules pour la faire pivoter vers l'écurie...

... et elle se mit à courir.

Après avoir placé Rachel dans la bonne direction, Tucker lança Bouton d'Or au galop. Comme tout était à découvert autour de lui, il ne pouvait pas faire mine de se rendre ailleurs que jusqu'à la haie derrière laquelle l'homme était tapi.

Il vit que l'individu était armé et se dit que, s'il s'agissait d'un agent de North Star, il ne tirerait pas.

Dans le cas contraire... il aviserait.

Une détonation déchira l'air. Tucker se jeta à terre, se rendit compte qu'il n'avait pas été touché et risqua un œil derrière lui pour évaluer la progression de Rachel. Elle courait toujours, le cheval aussi – pas de dommages, donc, pour l'instant.

Il se releva et se remit à courir vers son agresseur, en zigzaguant, dans l'idée d'atteindre la futaie proche de la crique et de s'en servir comme couverture pour atteindre le tireur.

Nouvelle déflagration. Cette fois, Tucker resta debout : apparemment, c'était lui que l'homme visait, plutôt que Rachel ou le cheval. Il n'avait pas le temps de s'attarder pour vérifier sa théorie. Il devait avancer.

Il attendit d'avoir atteint le bouquet d'arbres pour sortir son revolver de son holster. Après en avoir désamorcé la sécurité, il se donna quelques secondes pour reprendre son souffle, derrière un arbre.

La crique était presque à sec. En revanche, les arbres vieux de plusieurs décennies avaient conservé toutes leurs feuilles et, lorsqu'une troisième balle atteignit l'un d'entre eux, Tucker se raidit.

La haie derrière laquelle son agresseur était accroupi devait se trouver à l'est de l'arbre qui le dissimulait. Toutefois, Tucker ne pouvait prendre aucun risque.

Son instinct lui disait que son agresseur n'était pas envoyé par North Star, dont les agents n'étaient pas du genre à tirer avant de poser des questions.

Non, il s'agissait plutôt d'un coup des Fils. En même temps, si c'était le cas, pourquoi avaient-ils attendu que Rachel et lui arrivent ? Et comment avaient-ils su qu'ils étaient en cavale ? Simple coïncidence ?

Tucker n'avait plus le temps de réfléchir à la question. Il devait faire en sorte que le tireur embusqué ne s'en prenne pas à Rachel.

À pas furtifs, il passa d'un tronc d'arbre au suivant en s'efforçant de s'éloigner de la ligne de mire de son adversaire.

Il y eut un nouveau tir, bien moins ciblé que les précédents. Tucker crut voir une ombre bouger, non loin de lui, et changea prestement de direction pour se cacher.

Le tireur s'avança vers lui au moment précis où il allait lui-même à sa rencontre.

Tucker aurait hésité à tirer si celui-ci n'avait pas appuyé une quatrième fois sur la détente de son arme. Il était temps de réagir.

Toujours dissimulé, Tucker tendit l'oreille pour avoir une idée des déplacements de l'homme. Dès qu'il sut avec précision où il se tenait, il s'apprêta à tirer. Plus dans l'intention de prendre son adversaire par surprise que de l'abattre.

Aussitôt après le premier tir, il jeta un coup d'œil devant lui. Le tireur s'était jeté à terre, mais il se relevait lentement, l'arme pointée vers Tucker, qui tira immédiatement. Quand il vit son adversaire reculer en titubant, il chargea et décida de s'approcher.

Son agresseur avait laissé échapper son arme, un modèle aussi lourd que puissant, mais il la ramassa et replia son index sur la détente en voyant arriver Tucker. Les deux hommes s'empoignèrent ; une lutte sans merci s'ensuivit.

Sous les coups de Tucker, l'inconnu tomba en arrière et lâcha à nouveau son arme. Tucker en profita pour lui sauter dessus.

Même blessé, l'homme continua pourtant de lutter comme un possédé. La balle n'avait dû faire que lui égratigner le flanc, mais il saignait abondamment. Tucker lui asséna un coup qui le projeta à terre.

L'homme hurla, pressa ses mains sur ses côtes meurtries et roula sur quelques mètres. Tucker bondit pour le clouer sur place, face contre terre et les mains derrière le dos. Une fois son adversaire immobilisé, il chercha autour de lui de quoi le ligoter.

C'est alors qu'il se rendit compte que l'homme portait une ceinture à outils. Il en ouvrit les poches, y trouva un téléphone qu'il s'empressa de jeter au loin, puis une flasque en plastique remplie d'un liquide transparent et enveloppée dans un chiffon qui alla rejoindre le téléphone sur le lit de la crique. Tucker découvrit aussi une paire de menottes en plastique qu'il referma sur les poignets de l'inconnu. Celui-ci se mit à jurer, à cracher et à se débattre, en vain.

Au bout de quelques minutes, Tucker se décida à le remettre sur le dos.

Il ne l'avait jamais vu. Et, bien qu'il ne connaisse pas tous les membres du gang des Fils, il lui parut différent des autres. À son habillement, à sa manière de se tenir, on voyait qu'il n'avait pas l'habitude des situations périlleuses.

En outre, les Fils ne sévissaient que dans la région, dont ils connaissaient la météo capricieuse et où ils étaient précédés par leur réputation. L'homme que tenait Tucker, en revanche, ne semblait pas rompu aux affrontements à mains nues. Restaient son arme et cette fiole qui contenait sans doute une drogue puissante.

Tout cela ajouté aux menottes formait l'équipement du parfait ravisseur. Tucker sentit son estomac se soulever, jeta au malfrat un regard méprisant et lui dit :

— Je suppose que vous êtes envoyé par les Vianni.

Pour toute réponse, l'homme lui cracha au visage.

Tucker ne fit rien pour éviter le jet de salive qui, de toute façon, passa à côté de lui, et ajouta :

— Qui êtes-vous venu chercher ?

— Pas toi, en tout cas.

— Vous savez que je pourrais vous abandonner là, les poings liés, et ne rien dire à personne ?

Il désigna le ciel d'un geste du menton, avant de continuer :

— On a beau approcher de l'automne, la journée s'annonce chaude, pour ne pas dire torride.

— Si tu ne me laisses pas partir, mon vieux, je peux t'assurer que ce qui t'attend est bien pire que la déshydratation. Fais ce que tu veux, je m'en moque

Tucker se pencha vers lui et, un mauvais sourire aux lèvres, lui répondit :

— Vous n'allez pas vous en moquer longtemps, faites-moi confiance !

15

Rachel s'était emparée de son téléphone portable dès le premier coup de feu, cependant elle eut du mal à se faire entendre.

— Passe-moi Cody, ordonna-t-elle finalement d'un ton ferme.

— Rachel ? Où es-tu ?

L'assurance qu'elle perçut dans l'intonation de Cody suffit à la calmer.

— Dans l'écurie du ranch. Tucker est parti à la poursuite d'un homme qui nous épiait. J'ai entendu plusieurs détonations et... Je sais que tu es à Bonnesteel, mais...

Il ne la laissa pas terminer.

— Je vais libérer la ligne pour appeler Brady. Il est dans le coin.

— Non ! se récria-t-elle. Enfin, si, tu peux l'appeler, mais il faut que tu saches que les agents de North Star sont dans le coup. Ils détiennent papa. Tucker collaborait avec eux, et puis une femme est venue nous aider, ou plutôt m'aider, moi, dans la mesure où ses patrons voulaient me faire enlever. Je n'y comprends rien.

Au terme d'une courte pause, Cody réitéra :

— Je préviens Brady et je l'envoie au secours de Tucker. En ce qui concerne North Star... La femme qui vous a aidés ne s'appelle pas Shay, par hasard ?

— Si, c'est ça.

— Parfait, Rachel. Reste où tu es, je t'expliquerai tout plus tard.

La communication fut interrompue, et Rachel remit son téléphone dans sa poche en réfléchissant. Brady pouvait prendre le relais, bien sûr, malheureusement, il était convalescent, lui aussi. Restait Dev, qui devait se trouver quelque part dans les pâturages avec Sarah.

Avaient-ils entendu les déflagrations ? C'était probable, et ils allaient arriver en courant ou appeler des renforts de leur côté.

Quoi qu'il en soit, Rachel ne pouvait pas attendre sans rien faire de voir si Tucker n'était pas tombé sous une balle.

La porte grinça, et elle se tapit dans un coin.

— Rachel ?

— Tucker !

Elle courut vers lui avec une telle précipitation qu'elle trébucha. Fort heureusement, il la rattrapa au vol. Elle se cramponna à lui tandis qu'il l'aidait à se redresser.

— Tu n'as rien ? s'enquit-elle malgré son soulagement.

— Non, en revanche, il faut qu'on sorte d'ici au plus vite.

— C'est inutile, j'ai appelé Cody. Il va prévenir Brady, essayer de voir ce qui se passe avec North Star et...

— Pourquoi as-tu fait ça ? Qu'est-ce qui t'est passé par la tête ? demanda Tucker, d'un ton contrarié.

Il lui lâcha la main, et elle se tint au milieu de l'écurie, penaude, sans trop savoir pourquoi.

— Pourquoi j'ai fait ça ? demanda-t-elle finalement. Eh bien ! On était suivis, j'ai entendu des déflagrations... Comment voulais-tu que je réagisse ?

— Tu aurais dû rester ici, comme je te l'avais ordonné.

— Hé, doucement, Tucker ! Je n'aime pas beaucoup qu'on me donne des ordres. Surtout dans ce genre de situation. Nous étions d'accord pour parler à Cody de...

Tucker lui coupa la parole :

— De l'endroit où pouvait se trouver Duke, oui. Il n'a jamais été question de mêler mes frères à tout ça, au risque de mettre leur vie en péril !

— Tiens donc ! Tu as été mêlé malgré toi au problème de Brady qui, à son tour, s'est retrouvé plongé dans les ennuis de Felicity. C'est comme ça, Tucker ! Nous sommes solidaires, que ce soit dangereux ou non. J'ajoute qu'un petit coup de main est toujours bon à prendre.

Comme Tucker ne répondait rien, elle insista :

— De toute manière, il est trop tard. Cody appelle Brady et va se renseigner sur les agissements du groupe North Star. Il connaît Shay, je te signale.

— C'est normal, il a travaillé pour North Star.

— Attends, je n'ai pas terminé ! Ton frère savait de qui je parlais avant que je lui donne le nom de Shay.

— Assieds-toi et ne bouge plus, lui dit Tucker comme s'il s'apprêtait à repartir et à la laisser seule.

Sûrement pas !

Sans réfléchir, Rachel agrippa la chemise de Tucker.

— Arrête ça tout de suite ! rugit-il en essayant vainement de lui faire rouvrir le poing pour se libérer.

— J'ignore à quoi sert cette fichue clé, Tucker, dit-elle entre ses dents. Le message de papa est une énigme, pour moi. À présent, nous sommes poursuivis par un inconnu, alors ne me repousse pas. Ne me demande pas de me tenir tranquille, et cesse de te comporter comme un gamin de cinq ans, parce que nous avons besoin d'aide. Tu te rends compte que je n'arrive même pas à faire la seule chose que me demande mon père ?

L'émotion avait fait monter sa voix d'une octave pendant son discours, et ce fut presque dans un sanglot qu'elle conclut :

— C'est ma faute si nous sommes dans ce pétrin, pas la tienne.

— Rachel, murmura-t-il en l'attirant à lui pour lui caresser les cheveux. Rien de tout ceci n'est ta faute, crois-moi.

Rachel se blottit contre lui et se consola en se disant qu'il venait de l'assurer qu'elle n'était pas responsable de leur situation, en plus de prendre le temps de la serrer dans ses bras.

Un toussotement leur parvint. Dev se tenait derrière une des portes, les coudes appuyés sur le rebord.

— Pardon de vous déranger, dit-il, j'ai trouvé un individu ligoté près de la crique et j'aimerais savoir ce qu'il fiche là.

— Et toi ? lui renvoya Tucker en relâchant Rachel. Qu'est-ce que tu fais ici ?

— Quelle question ! J'ai entendu des coups de feu pendant que je m'occupais du bétail, et ça m'a inquiété. Suffisamment pour que j'envoie Sarah battre le rappel des troupes chez Pauline.

— De l'aide ? ricana Rachel. J'essayais de convaincre Tucker que nous en avions besoin, et il ne veut rien entendre.

Dev laissa échapper ce qui aurait pu passer pour un gloussement s'il avait été d'une nature plus enjouée. Il ne riait quasiment jamais, sauf par dérision.

— Ouais, on est comme ça, nous, les Wyatt, commenta-t-il. Euh, dites-moi. Qu'est-ce que j'en fais, de ce type ? Je le laisse où il est ?

— Oui, lui répondit Tucker.

— Il n'y en a pas d'autres dans son genre ?

— Pas encore.

— Qui est-ce ? s'enquit Rachel.

Sa question fut accueillie par un silence et Rachel devina qu'un message silencieux était passé entre les deux frères.

— Bon, conclut Dev. Je vais aller chez mamie Pauline pour arrêter Sarah, Brady et Dieu sait qui d'autre, dans leur élan.

— Pendant que tu y seras, demande à Brady de contacter la police locale pour qu'elle envoie un homme chercher notre énergumène.

Dev ne répondit rien, cependant Rachel l'entendit s'éloigner et en déduisit qu'il allait s'exécuter.

— Qu'est-ce qu'on va faire, au juste ? demanda-t-elle à Tucker.

— Ce qu'on avait prévu au départ, à peu de chose près. L'étape suivante consistera à obtenir de Cody qu'il nous dise ce qu'il sait des agissements de North Star et de l'endroit où se trouve Duke. Pour le reste, je tiens à ce que les autres membres de ma famille soient tenus à l'écart, dans la mesure du possible. Ne crois pas que je veuille agir seul, mais plus nous entraînerons de gens dans cette mésaventure, plus nos ennemis auront de cibles.

Rachel réfléchit aux arguments de Tucker. Son discours était pertinent : le tireur était embusqué dans l'enceinte du ranch, Sarah aurait pu le croiser en se rendant en ville, et qui sait ce qui se serait alors passé.

Oui, en partant seuls, Tucker et elle avaient une petite chance de concentrer les efforts de leurs adversaires sur eux-mêmes plutôt que sur leurs proches.

— Ça veut dire que nous rallions Bonnesteel à cheval ?

— Non, non. Notre charmant visiteur a dû laisser sa voiture dans les parages, et il se trouve que j'ai pris ses clés.

Tucker guida Rachel vers le portail avant. Il supposait que l'homme des Vianni s'était garé sur la route où il était difficile de dissimuler un véhicule, de sorte qu'ils n'auraient aucun mal à le trouver.

— Quelque chose continue à me chiffonner, déclara Rachel, un bras glissé sous le sien.

— Tu peux être plus précise ?

— Le message de papa. Il n'a jamais été question d'une clé dans mes cauchemars. Pas plus que d'une serrure, ni dans mon ancien rêve ni dans sa version révisée. D'ailleurs mon père ne la connaît pas, de toute façon, puisque je n'en avais parlé à personne avant toi. Pour tout t'avouer, je me demande même s'il savait que je continuais à faire des cauchemars. Je ne lui ai rien dit et, comme je ne me suis pas réveillée en hurlant pendant une assez longue période, il a très bien pu supposer que tout cela était de l'histoire ancienne.

Tucker sentit son cœur se serrer à l'idée que Rachel se soit tant tourmentée à propos de ses rêves sans jamais se confier à personne. Elle avait dû s'en accommoder toute seule, alors même que le rêve se transformait en une sordide réalité.

— À quoi d'autre Duke aurait-il pu faire allusion ? lui demanda-t-il.

— Je n'en sais rien, seulement nous nous sommes concentrés là-dessus et, si ça se trouve, nous faisons fausse route depuis le départ.

— Admettons, répliqua Tucker à contrecœur. Le message disait que tu avais la clé et que tu savais à quelle serrure elle correspondait. Nous nous sommes intéressés principalement à la clé parce que tu l'as trouvée. Peut-être devrions-nous nous pencher sur la question des serrures, or j'ai cru comprendre qu'il n'y en a pas non plus dans ton rêve.

— Non, lui répondit-elle d'un ton ferme. Ni clé, ni serrure, ni cadenas, même symboliques.

— D'accord. Prenons Duke, à présent. Tu n'associes aucun de ces objets à ton père en particulier ?

Une fois qu'ils furent devant le portail, Tucker examina la route. Il tenait à repartir avant l'arrivée de la police, afin d'éviter les questions et de passer à l'étape suivante.

Il n'était pas pressé d'entraîner Cody dans cette histoire, mais il lui apparaissait nettement qu'il n'avait plus le choix. Brady y était mêlé, ainsi que Dev, à sa façon. Bref, une fois de plus, Tucker avait failli à sa mission et...

Rachel s'immobilisa sans prévenir.

— Attends, lui dit-elle. Une clé et une serrure. Tu crois qu'on doit prendre ça au sens littéral du terme ?

— Oui, puisqu'on a une clé.

— Erreur... C'est bien ce que je disais. Nous nous égarons. Ce n'est pas de la clé qu'il s'agit, c'est de papa. Emmène-moi au cimetière.

— Au cimetière ? répéta Tucker, interloqué.

— Oui, sur la tombe de ma mère. Ce n'est pas très loin, et papa n'avait de cesse de dire que ma mère était sa clé ou qu'elle l'avait toujours été. C'était même une de ses expressions préférées, avant qu'elle meure. Ça ne nous avance pas beaucoup, je te l'accorde, pourtant... je pense que tout est là.

Tucker n'était pas convaincu, aussi tenta-t-il de réfuter son raisonnement, en vain.

— Ça peut paraître fantaisiste, insista-t-elle. Il n'en reste pas moins vrai que c'est exactement ce que disait le message de papa.

Tucker ne voyait pas ce qu'on pouvait cacher dans un cimetière, et encore moins sur la tombe d'Eva Knight. Toutefois, il ne put refuser ce petit pèlerinage à Rachel, même s'il lui semblait farfelu.

— Avant cela, il faut qu'on retrouve la voiture de notre agresseur, dit-il néanmoins.

Tous deux longèrent la route, Tucker aux aguets. Comme il l'avait prédit, la voiture de leur agresseur se trouvait non loin de là, en équilibre précaire sur la crête d'un fossé.

Toujours à l'affût d'une voiture de patrouille, il emprunta les routes secondaires pour gagner le cimetière dont le parking était désert – une bonne chose en soi.

— Nous ne pourrons pas rester bien longtemps, dit-il à Rachel.

— Je sais. Je veux simplement voir... si maman *est* la clé.

— Je comprends, dit-il.

Il trouvait sa théorie fantaisiste, mais il lui paraissait normal qu'elle veuille la vérifier. En outre, il savait déjà que s'il n'examinait pas la tombe lui aussi, il aurait l'impression d'avoir négligé une piste. Après être descendu de voiture et avoir aidé Rachel à en sortir à son tour, il lui fit passer la voûte qui ouvrait sur le cimetière.

À partir de là, ce fut Rachel qui le guida, plutôt que l'inverse. Elle était si souvent venue se recueillir en ces lieux qu'elle contourna sans encombre un certain nombre de tombes, avant de s'arrêter devant celle de sa mère.

EVA KNIGHT,

ÉPOUSE REGRETTÉE ET MÈRE DÉVOUÉE – 1970-2006

Elle avait été tout cela et bien plus encore : elle seule avait su apporter un semblant de sérénité aux ranchs Knight et Wyatt, par sa douce présence. Rachel avait pris le relais, et il se pouvait que Tucker ait tenté de suivre ses traces, autant qu'il le pouvait.

— Elle me manque, murmura Rachel.

— À moi aussi.

Une fois de plus, Tucker se reprocha d'avoir laissé Rachel s'embarquer avec lui dans cette histoire. Eva aurait sans doute attendu de lui qu'il la protège, ainsi que toutes ses autres filles.

— Elle voudrait que tu sois en sécurité, chez toi, déclara-t-il.

— Je ne le crois pas, non, lui répondit-elle calmement.

Elle leva la tête vers lui, les yeux brouillés de larmes, et ajouta :

— Maman tenait à ce qu'on me traite en égale. Ma cécité mise à part, j'étais sa seule fille biologique, et elle ne voulait pas que mes sœurs se sentent moins aimées que moi. Elle faisait très attention à cela et elle veillait à me donner les mêmes responsabilités qu'aux autres. Je pense que c'est en partie pour cela que papa et Sarah ont tendance à me prendre pour leur bonne. Ils ne le font pas exprès, bien sûr, mais il a toujours fallu que je m'impose de façon à être sur un pied d'égalité avec les autres.

Elle prit une inspiration saccadée avant de poursuivre :

— Toi, tu as des yeux et des talents de policier ; moi, je détiens la clé et la serrure. Que vois-tu ?

— Rien d'autre que la stèle et l'herbe qui l'entoure. Il y a un bouquet de fleurs dans la jardinière.

— Des fleurs fraîches ?

— Elles commencent à faner. Elles doivent être là depuis plusieurs jours.

— Ça veut dire que papa est venu ici avant de partir.

— Lui ou une de tes sœurs, objecta Tucker.

— Non, non. Elles me préviennent avant de venir, comme ça, je peux les accompagner. C'est forcément papa, et comme c'est récent, la clé *doit* être là.

Tucker ne jugea pas utile de lui rappeler qu'ils en avaient déjà une, et qu'ils cherchaient plutôt la serrure qui correspondait. S'il acceptait de chercher, ce serait vraiment pour faire plaisir à Rachel, et parce qu'il n'avait aucune autre piste. Aussi contourna-t-il la stèle, à la recherche du moindre indice. Dans son élan, il alla même jusqu'à sortir le vase de la jardinière, pour regarder à l'intérieur. Il posa ensuite les mains sur la pierre tombale qu'il contournait lorsqu'il sentit quelque chose sous ses pieds.

Il se raidit et dit d'une voix hésitante :

— Attends un peu. Il y a...

Plutôt que de terminer sa phrase, il donna un petit coup de pied dans l'herbe. Tout un pan s'en détacha, comme si on avait posé un morceau de gazon sur la terre meuble. Bien que toujours convaincu qu'il s'agissait d'une coïncidence, il lâcha la main de Rachel et s'accroupit pour soulever le carré de gazon... sous lequel se trouvait une motte de terre encore humide. Tucker y enfonça un doigt et rencontra un objet dur.

— Tu as trouvé quelque chose ? s'enquit Rachel.

Encouragé par sa découverte, Tucker se mit à creuser activement et tomba sur un minuscule tube fermé par un couvercle qu'il dévissa. Le cylindre contenait un rouleau de papier sur lequel étaient notés des chiffres à la signification évidente.

— Oui, répondit-il à Rachel. Un morceau de papier avec ce que je pense être la combinaison d'un coffre.

— Le seul coffre dont j'ai entendu parler, c'est...

— Celui de mamie Pauline, achevèrent-ils d'une seule voix.

16

Pendant le trajet jusqu'au ranch Reaves, ils débattirent de la manière dont ils allaient aborder la question du coffre avec Pauline.

— Elle sait quelque chose, Tucker, dit Rachel. Si ça nous mène à un coffre remisé chez elle, il serait surprenant que mon père y ait enfermé un objet précieux à son insu.

— Si mamie t'a caché quelque chose d'aussi primordial, tu es en droit de lui en vouloir, grommela Tucker, qui s'était crispé.

— Je vais attendre de savoir exactement ce qui s'est passé avant de m'énerver. Tu es en colère parce que tu as peur, voilà tout.

— Peur, moi ? s'insurgea Tucker.

— Oui. Si ça peut te tranquilliser, tes frères sont assez grands pour prendre soin d'eux, même s'ils sont convalescents ou pères de famille. Tu tires un certain réconfort du fait qu'ils soient tous policiers et savent faire face à l'adversité, mais qu'en est-il de ta grand-mère ?

— Elle a élevé six d'entre nous, fait suffisamment peur à Ace pour qu'il la laisse en paix, et nous a donné des cours de tir bien supérieurs à ceux dispensés par l'État, alors je ne m'en fais pas pour elle.

Rachel était moins convaincue que lui concernant la force de la vieille dame. Parfois, comme son père, les gens avaient l'air d'être solides et sereins, alors qu'intérieurement ils étaient minés.

En soupirant, elle se tourna vers Tucker.

— Ça ne nous dit toujours pas comment on procède, lui fit-elle remarquer.

— On y va, on lui demande l'accès au coffre, et ça s'arrête là.

— Tu es fou ? Telle que je la connais, si tu arrives avec des exigences, elle va sortir son rouleau à pâtisserie. Il faut prendre des gants !

Comme Tucker ne protestait pas, elle se glissa hors de la voiture et dit d'un ton catégorique :

— Laisse-moi faire.

Elle ne se donna pas la peine de frapper à la porte avant d'entrer. Elle pénétra dans la cuisine, entendit Tucker la rattraper d'un pas vif et le soupçonna de vouloir arriver avant elle pour prendre les choses en main.

Non. Pas cette fois.

— Mamie Pauline ?

— Rachel ! Que fais-tu ici à une heure pareille ? lui demanda l'aïeule.

Rachel tourna la tête en direction de la silhouette penchée sur l'évier et répondit :

— Nous sommes venus ouvrir le coffre-fort de papa.

Tucker referma la porte, et Rachel le sentit se rapprocher d'elle. Elle ne vit pas la réaction de Pauline, mais devina son hésitation au silence qui suivit sa requête.

Elle désigna Tucker d'un geste du menton, avant d'expliquer :

— Nous avons la combinaison, papa nous l'a laissée avec un autre indice, donc il voulait qu'on ait accès à son coffre.

— Dans ce cas, dit Pauline d'un ton résigné, suivez-moi, tous les deux.

— C'est ce que tu appelles prendre des gants ? susurra Tucker à l'oreille de Rachel.

Sans attendre sa réponse, il lui prit le bras et, bien qu'elle n'ait pas besoin de son aide pour se repérer dans ces lieux familiers, elle s'accommoda volontiers de son geste.

— Je peux lui parler sur ce ton, pas toi, répliqua-t-elle, sûre de son fait.

Tout en suivant Pauline jusqu'à la cave, Rachel se dit qu'elle allait devoir s'en remettre entièrement à la vieille dame et à Tucker pour ouvrir le coffre et surtout, pour lui en décrire le contenu.

— L'étagère du bas est celle de Duke, annonça Pauline, toujours aussi pragmatique.

Tucker lâcha le bras de Rachel qui entendit des grincements puis :

— Un autre coffre, déclara-t-il, manifestement surpris. Et pas un petit, en plus ! Bon sang, qu'est-ce que c'est que cette histoire ?

— Avec une autre combinaison ? s'enquit Rachel.

— Non. Celui-ci ouvre avec un cadenas. Je suppose que c'est celui dont tu as la clé.

— Eh bien, ouvre-le !

Elle trépignait presque d'impatience. Pourvu que ce soit la dernière étape !

Il lui fallut attendre encore quelques secondes qui lui parurent interminables. Elle entendit Tucker glisser la clé dans la serrure du cadenas, un déclic, puis le son d'une porte qu'on tirait.

Tucker laissa échapper un juron, plus de surprise ou de peur que de colère. Mamie Pauline elle-même étouffa un petit cri.

— Alors ? demanda Rachel, comme personne ne disait rien.

— Rachel...

— Qu'est-ce que c'est ? Dis-moi vite ce que c'est.

Tucker soupira bruyamment avant de se décider à répondre :

— Écoute, on dirait... On dirait le couteau dont tu rêves. Celui que tu m'as décrit. Pire encore, il est maculé de sang et, à en juger par la couleur, c'est du sang ancien.

— Je ne comprends pas, murmura Rachel. Ça n'a aucun sens !

— Ton père a conservé le couteau avec lequel tu as été agressée.

Soudain, elle prit la mesure de ce qu'il venait de lui annoncer.

— Attends, commença-t-elle lentement. Il a gardé... le couteau de mon agresseur. Pour une raison bien précise.

— Tu savais ! s'exclama-t-il d'un ton si agressif que Rachel mit quelques secondes à comprendre qu'il s'adressait à mamie Pauline.

— Non ! Enfin, ce n'est pas ce que tu crois, mon garçon. L'accident a plongé Duke dans une immense détresse et...

Bien qu'elle n'ait laissé transparaître aucune émotion particulière, mamie Pauline avait perdu de sa verve habituelle. Elle poursuivit dans un soupir :

— Il se sentait seul, responsable, coupable. Vous vous êtes suffisamment frottés aux Fils, l'un comme l'autre, pour savoir que Duke n'était pour rien dans ce qui venait d'arriver à sa fille. Les coupables sont ces types.

Ces propos ne suffirent pas à consoler Rachel qui s'apprêtait à interroger Pauline plus avant, lorsque celle-ci reprit la parole :

— Duke m'a demandé de cacher un objet sans lui poser de questions, ce que j'ai fait. Il voyait cela comme une sorte d'assurance. C'est tout ce que je sais. Si j'ai deviné que c'était lié à l'accident de Rachel, je n'ai jamais su ni comment ni pourquoi.

— Enfin ! se récria Rachel. C'est complètement absurde ! Si papa avait été en possession de l'arme du crime, pour ainsi dire, il l'aurait apportée à la police !

Elle se tourna vers la silhouette de Tucker pour lui demander :

— Pourquoi ne s'est-il pas servi de ce qu'il avait à sa disposition pour faire enfermer ces gens ?

— Je n'en sais rien, Rachel.

La tristesse infinie qu'elle perçut dans sa voix la chagrina encore davantage. Apprendre, des années plus tard, que son père avait gardé une pièce à conviction comme pour protéger les gens qui l'avaient mutilée à l'âge de trois ans lui était insupportable.

— Évitons les conclusions hâtives, cependant.

— Tu plaisantes, mamie ! lui renvoya Rachel, indignée. J'ai perdu la vue quand j'étais toute petite, et mes blessures m'ont été infligées avec ce couteau. Celui qui m'a fait ça aurait pu me tuer, alors je me crois en droit de tirer toutes les conclusions que je veux.

Là-dessus, plutôt que d'éclater en sanglots, elle tourna les talons et entreprit de remonter l'escalier. Sans aide.

— Ne reste pas là, les bras ballants, mon garçon ! s'exclama mamie Pauline. Va la rejoindre !

Tucker était anéanti. Les choses n'auraient pu tourner plus mal.

— Mamie, cette découverte…

— Tu ne sais pas de quoi il retourne, moi non plus, d'ailleurs, alors inutile de me faire la morale. J'ai pris le coffre de Duke et je l'ai mis dans le mien pour rendre service à un ami. Je ne lui ai demandé aucune explication, car j'avais déjà assez vécu pour savoir que, dans certains cas, mieux vaut s'abstenir.

— Il lui a fait croire – comme à nous tous – qu'elle avait été mutilée par un animal.

— Quand on est capable de se servir d'un couteau pour faire du mal à une gamine sans défense, on *est* un animal. Ça, c'est une vérité. L'autre, celle de Duke, tu l'ignores. Qui te dit qu'il ne pensait pas protéger Rachel en agissant ainsi ? J'ai dû faire mon quota d'entorses à la règle, moi aussi, pour vous sauver la mise, à tes frères et à toi. Qu'est-ce que tu t'imagines ?

Tucker en resta sans voix. Mamie Pauline leur avait inculqué un certain nombre de principes. Après avoir fait en sorte qu'ils respectent la loi, elle lui avouait avoir eu recours à des méthodes peu orthodoxes pour leur épargner le pire ?

— Rachel souffre, insista Pauline. Elle se sent trahie, ce qui me semble normal. Comme elle est sous ta protection, il t'appartient de voir au-delà de sa blessure. Duke est un homme intègre, tu le sais aussi bien que moi.

— Peut-être pas aussi intègre que tu le penses, rétorqua Tucker avec amertume.

— À moins que ce ne soit pas si simple d'être honnête, lui renvoya Pauline. Allez, file. Va rejoindre Rachel.

Tucker s'exécuta, premièrement parce qu'on ne discutait pas les ordres de sa grand-mère, et deuxièmement par crainte de ce que Rachel allait faire maintenant. S'il savait, lui, ce que c'était que ne pas comprendre son père et ne pas croire en lui, Rachel n'avait jamais vécu cette triste expérience.

Comme il ne la voyait pas dans la cuisine, dont la porte était restée ouverte, il se rendit dans le jardin. Rachel y faisait les cent pas, et il eut le sentiment que ce petit exercice l'aidait à contenir ses larmes.

— Il faut qu'on se mette en route, Rachel, dit-il doucement. On a à faire.

Elle secoua énergiquement la tête.

— À faire ? Tu veux toujours essayer de tirer mon père des griffes de ces gens alors qu'il...

Elle s'interrompit, puis se remit à secouer la tête, comme pour nier la vérité.

— Il n'aurait pas dû conserver ce... truc. Il n'avait aucune raison valable pour le mettre sous clé.

— Viens, insista Tucker. Allons la chercher, cette raison. Quand nous aurons retrouvé ton père, nous aurons les réponses à toutes nos questions.

— Et si ce sont des réponses... et si papa...

Tucker vit qu'elle peinait à formuler son idée et lui vint en aide :

— Peut-être ton père n'est-il pas l'homme que tu croyais.

Les lèvres tremblantes, Rachel acquiesça brièvement.

— Quoi qu'il ait fait, deux choses restent certaines, Rachel. Primo, il a fait tomber un réseau de policiers corrompus, ce qui signifie qu'il a mené un combat juste et certainement destiné à protéger son entourage immédiat. Secundo, il a été un bon père et un homme droit la plus grande partie de sa vie. Il a pu commettre une erreur en toute bonne foi, tout comme il se peut que son acte ne constitue pas une erreur. Nous n'en savons rien, et nous ne serons renseignés que lorsque nous lui aurons parlé.

Tucker posa ses deux mains sur les épaules de Rachel, dans l'espoir de lui redonner une confiance qu'il était loin d'avoir retrouvée lui-même, et conclut :

— Duke t'a donné un indice, tu en as compris le sens, alors nous devons continuer, coûte que coûte, ne serait-ce que pour obtenir des explications.

— Des explications, répéta-t-elle avec dédain. Tu crois vraiment que ça suffirait à me faire oublier l'aspect sordide de notre découverte ?

— Encore une fois, je n'en sais rien, et ça ne veut pas dire qu'il n'y a rien à expliquer.

Rachel s'appuya contre lui, et même si le temps pressait, Tucker décida de ne pas la brusquer. Il ne connaissait que trop bien les affres par lesquelles elle passait. Lui-même haïssait son père. Depuis toujours. Malgré toute cette haine, néanmoins, il avait du mal à accepter l'idée qu'il avait été engendré par un être ignoble.

Duke n'était pas fait du même bois qu'Ace. En cela, mamie Pauline avait parfaitement raison. S'il était sorti du droit chemin, il n'avait pas agi par cruauté ou pour l'appât du gain. Tucker se raccrocha à cette idée, désespérément. Une fois qu'ils auraient le fin mot de l'histoire, tous pourraient reprendre le cours de leur vie, comme avant.

— Allez, mettons-nous en route. Cody devrait être à Bonesteel quand nous y arriverons. Ensemble, nous trouverons le moyen de parvenir jusqu'à Duke. Ton père voulait qu'on ouvre ce coffre, Rachel. Peut-être son contenu nous sera-t-il utile. Si ça se trouve, c'est même un élément capital dans toute cette affaire.

— Dans ce cas, nous serions peut-être bien avisés de retourner chez mamie Pauline pour le récupérer, cet élément capital.

— Ne t'inquiète pas, elle veillera à ce que personne ne s'en approche. C'est pour cela que ton père le lui a confié.

Rachel recula d'un pas et renversa la tête en arrière, comme pour dévisager Tucker. Les sourcils froncés, elle ouvrit la bouche, sans émettre le moindre son, puis la referma.

Manifestement, elle avait besoin de réconfort et, bien qu'il ne soit pas sûr de pouvoir le lui apporter, il se fit fort d'essayer. Elle devait retrouver confiance en son père et être convaincue du bien-fondé de leur entreprise. Duke était coincé entre North Star, les Vianni et les Fils des Badlands – il fallait le sortir de là.

— Ça va s'arranger, dit-il. Je ne dis pas que ce sera facile, mais ça va s'arranger, j'en suis certain.

17

Tucker dut guider Rachel jusqu'à la porte de Cody et Nina. Bien qu'elle soit déjà allée chez eux, la plupart des réunions de famille avaient lieu dans l'un des ranchs, et Rachel ne savait pas se repérer ailleurs.

Tucker lui avait expliqué qu'il allait se garer à l'arrière de la maison pour qu'elle sache qu'il la conduisait à une porte latérale menant à la cuisine.

Comme on était en milieu de journée, Nina devait être occupée à faire la classe à sa fille de sept ans, Brianna, ainsi qu'à Gigi dont on venait de fêter le cinquième anniversaire, et qui était la fille de sa demi-sœur, Liza. Nina et Liza se chargeaient tour à tour de la scolarisation à domicile de leurs enfants.

La porte fut ouverte par une Brianna plus qu'enthousiaste.

— Tante Rachel ! Je ne savais pas que tu viendrais aujourd'hui, s'exclama-t-elle. Tu es bonne en calcul ?

— Brianna, dit Nina sur un ton de doux reproche, ce ne sont ni Rachel ni Tucker qui vont faire tes additions à ta place. Finis ton exercice pendant que je vais chercher ton père. Et applique-toi, s'il te plaît.

— Gigi n'est pas là ? s'enquit Rachel.

— Elle est malade, répondit Brianna. Il paraît qu'elle a vomi partout !

Manifestement, la fillette trouvait l'anecdote savoureuse, pas au point cependant d'en oublier son problème de maths et le profit qu'elle pouvait tirer de l'arrivée de Tucker et Rachel.

— Alors, dit-elle, si tu avais trois cent vingt-quatre... euh, pommes, et que tonton Tucker t'en apportait cinquante-sept de plus...

— Brianna ! cria Nina, depuis une autre pièce de la maison.

L'enfant fit la grimace puis demanda :

— Qu'est-ce que vous faites ici, tous les deux ? C'est une drôle d'heure pour venir nous voir. Il y a encore des problèmes ?

Elle avait traversé beaucoup trop d'épreuves pour son jeune âge, et Rachel s'efforça de la rassurer :

— De tout petits soucis, rassure-toi. Et ils ne concernent que Tucker et moi.

— Papa va devoir vous aider ? demanda la fillette.

— On n'aura besoin de lui que l'espace de quelques minutes, lui expliqua Tucker. Il ne sera sans doute pas obligé de sortir d'ici.

Un sourire de soulagement aux lèvres, Brianna se posta devant Rachel et Tucker et, les poings sur les hanches, leur lança :

— Alors, vous aussi, vous allez vous marier ?

Tucker se mit à toussoter, tandis que Rachel haussait les sourcils.

— Qui ? Nous ? demanda finalement Tucker, d'un ton gêné. Pourquoi cette question ?

— Eh bien, maman et papa ont eu des problèmes, et ils ont fini par se marier. Pareil pour tante Liza et tonton Jamison. Maintenant, c'est Gage et Felicity qui vont se marier et avoir un bébé. Tonton Brady et tante Cecilia ne se marient pas encore, mais j'ai entendu maman dire que c'était inévitable. Alors, comme vous avez des problèmes ou des soucis, vous aussi...

— Non, non, non, ma chérie, objecta Tucker, d'un ton chagrin. Ce n'est pas ainsi que ça fonctionne. Du moins pas vraiment.

Rachel entendit des bruits de pas dans le corridor, quelques murmures, puis la voix ferme de Nina qui ordonna à sa fille de rassembler ses affaires et de la suivre à l'étage où elles termineraient la leçon du jour.

— Allez, dis au revoir à Tucker et à Rachel.

— Ils ne restent pas pour manger ? On pourrait commander des pizzas !

Nina dut foudroyer la fillette du regard, car celle-ci sortit en tapant des pieds.

Rachel sentit la main fine de sa sœur se poser sur son bras.

— Viens, Cody et Tucker n'ont sans doute pas besoin de nous pour régler le problème, même si je ne sais toujours pas de quoi il s'agit.

Rachel se dégagea vivement.

— Pas toi ! se récria-t-elle. Tu ne vas pas me faire ça, alors que tu as toujours refusé qu'on t'aide !

— Du calme, Rachel. Je voulais juste te faire remarquer que tu pourrais rester en dehors de tout ça et rentrer à la maison.

— En dehors de tout ça ? s'insurgea Rachel. Je suis en plein dedans ! D'ailleurs, c'est moi qui nous ai menés jusqu'ici, pas vrai, Tucker ?

Elle perçut une hésitation chez ce dernier et en conclut qu'il essayait de donner à Nina une chance de l'emmener, bon gré, mal gré, pour la mettre en sécurité. *Sécurité*. Un mot qui avait une consonance toute nouvelle pour Rachel. Qu'elle parvienne ou non à arracher son père à ceux qui lui en voulaient, les faits étaient là : Duke lui avait menti et il était en danger.

Pourtant, elle continuait à espérer qu'il avait eu de bonnes raisons d'agir ainsi. Alors, il se pouvait qu'elle doive tenter de le retrouver, ne serait-ce que pour comprendre. Si quelqu'un, son père inclus, lui affirmait qu'il avait agi pour son bien...

Non. Jamais elle ne pourrait lui accorder son pardon.

— Rachel a raison, dit enfin Tucker. Sans elle, on ne serait pas arrivés jusque-là. Si on doit tirer Duke des griffes de North Star...

— Hou là, du calme ! l'interrompit Cody. Qu'est-ce qui te fait penser que North Star est impliqué dans la fugue de Duke ?

— Ses agents ont tenté de m'enlever, expliqua Rachel.

— Sans vouloir te vexer, s'ils avaient vraiment voulu te kidnapper, ils y seraient arrivés.

— Je t'assure que c'est la vérité, intervint Tucker. Ils nous ont d'abord envoyé une certaine Shay qui avait pour mission de leur ramener Rachel. Ils nous avaient mis sur écoute, ce qui leur a permis de comprendre l'importance de ses rêves. Je me suis battu contre Shay et...

De nouveau, Cody l'interrompit :

— Ne le prends pas mal, vieux, seulement tu ne fais pas le poids face à Shay. En matière de combat, j'entends.

— Tu la connais si bien que ça ?

— Euh... Disons que j'ai collaboré avec elle et qu'elle m'a rendu divers services.

— Il faut que je remonte faire travailler Brianna, annonça Nina de sa voix suave. Une dernière chose, cependant : faites attention à vous, l'un comme l'autre.

— J'ai fait remarquer à Shay qu'il n'était pas indispensable d'enlever une innocente, poursuivit Tucker, sans s'offusquer de la remarque de son cadet. Je lui ai aussi dit que, de mon point de vue, une vie humaine primerait toujours une mission. Elle a fini par entendre mon raisonnement.

— Et elle vous a laissés filer ?

— Oui, parce qu'elle savait que j'avais raison et que North Star m'en demandait beaucoup trop.

— C'est bien pour agir que tu as rejoint le groupe au départ, non ? lui fit remarquer Cody.

Tucker souffla bruyamment, avant de répondre :

— Évidemment ! Tu crois qu'on n'a jamais rien exigé de moi ? Que je n'ai pas l'étoffe d'un agent de North Star ?

— Je n'ai rien dit de semblable, répondit Cody d'un ton égal.

Rachel aurait pris la défense de Tucker si cela avait pu changer quelque chose au fait qu'il s'était senti diminué par la pique de son cadet. Elle savait ce que c'était que d'être considéré comme quantité négligeable.

« Cody et Tucker n'ont pas besoin de nous pour régler le problème. »

Nina lui avait dit cela de bon cœur et parce qu'elle l'aimait, bien sûr. Cela n'en était pas moins blessant pour autant.

Le silence s'installant, Rachel supposa que les deux frères s'étaient lancés dans une de ces conversations muettes auxquelles elle n'aurait jamais accès.

Il lui restait donc trois solutions : se mettre en colère, bouder ou prendre la situation en mains, ce qu'elle fit :

— Après que nous avons échappé à Shay, papa nous a fait parvenir un message qui nous a menés à l'arme avec laquelle on m'a rendue aveugle. J'ai bien compris qu'on pourrait remettre l'arme en question aux pontes de North Star, mais qu'en feraient-ils ?

Cody mit quelques secondes à répondre :

— Aucune idée.

— Ce que tu sais, par contre, tout comme moi, c'est que cette pièce à conviction ne serait utilisée ni pour sauver mon père ni pour me protéger, moi. Elle servirait à éliminer un tiers.

— En nous débarrassant de tous ces malfrats, on assurerait ta sécurité, Rachel, répliqua-t-il.

— Tu me sembles bien sûr de toi, Cody. Tu te crois à l'abri du danger ? Tu ne crains plus rien depuis qu'Ace est derrière les barreaux avec bon nombre de ses petits camarades ?

Comme il ne lui répondait pas, Rachel enchaîna :

— Papa m'a fait parvenir ce message en secret, pour que j'aie cette preuve à l'insu de North Star. Ça en dit long sur les agissements du groupe, tu ne trouves pas ? Et Shay nous a laissés partir alors qu'elle travaille pour eux !

— Sois raisonnable, Rachel, dit Cody. Si tu n'as pas été enlevée, c'est justement grâce à l'initiative de Shay. Tu n'as sans doute pas tort de penser que North Star tend à négliger l'intérêt de l'individu, cependant ça ne change rien au fait qu'on ne pourra pas infiltrer le groupe *et* lui enlever Duke. Ses agents sont trop bien organisés pour cela.

— Tu sais où Duke est retenu ? s'enquit Tucker.

— Disons que j'en ai une vague idée, et que vous n'arriveriez pas à cinquante mètres de là sans vous faire repérer. Sans compter que c'est Rachel qu'ils voulaient, au départ. Par ailleurs, tu as raison, la mission que s'est donnée North Star passe avant tout, aux yeux de ses agents. C'est leur raison d'être.

— Je me fiche de leur mission et de leur raison d'être, Cody, gronda Rachel. Tout ce qui m'intéresse, c'est mon père, et la raison pour laquelle on m'a rendue à moitié aveugle. Il est hors de question que le groupe North Star ou un autre continuent de nuire à ma famille. Et je le répète : bien que je ne sois ni inspecteur de police ni agent d'une obscure organisation, je suis absolument certaine d'être une pièce essentielle de cette affaire.

— C'est vrai, renchérit Tucker. Rachel se souvient. Elle connaît son père, North Star a tenté de l'enlever, donc elle est au centre de notre problème du moment.

— Et toi, Tucker ? Pourquoi y es-tu mêlé ?

— Parce que le dirigeant de North Star m'a sollicité, et je m'empresse de préciser qu'il s'est trompé, dans la mesure où je n'ai jamais eu l'intention de sacrifier Duke. Il m'a chargé d'assurer la protection des filles Knight, et c'est ce que je vais faire.

— Si je te dis où Duke est détenu, ça se passera mal, répéta Cody. Je n'ai aucune idée de la façon dont vous pourriez entrer sans qu'on vous repère, on vous verra arriver, et je ne pourrai rien pour vous. Je ne travaille plus pour le groupe North Star, et ses dirigeants le savent aussi bien que moi. S'ils avaient voulu me garder, ils se seraient protégés contre une éventuelle défection - que ce soit la mienne ou celle d'un de mes proches.

— Tu as tout de même les moyens de contacter Shay, lui rappela Tucker.

— Au risque de la faire renvoyer, elle aussi ? Sûrement pas !

— Elle ne m'a pas donné l'impression de vouloir continuer avec le groupe, commenta Rachel. C'est elle qui nous a fait parvenir le message de papa, alors tu pourrais l'appeler pour lui demander si elle veut rester avec North Star ou collaborer avec nous.

— Ce ne sera pas nécessaire, dit une voix féminine qui ne pouvait être que celle de Shay en personne.

— Vous êtes prête à nous aider ? lui demanda Rachel.

— Oui. Malheureusement, vous risquez de ne pas apprécier ma proposition.

Tucker dut se pincer le bras pour s'assurer qu'il ne rêvait pas, et que Shay venait effectivement de sortir de l'endroit où avaient disparu Nina et sa fille quelques minutes auparavant.

Il pivota vers la nouvelle venue, l'air perplexe.

— Comment... ? commença-t-il, trop abasourdi pour terminer sa question.

— Je me suis dit que vous vous tourneriez vers Cody dès l'instant où vous comprendriez le message de Duke. Ainsi, vous avez découvert l'arme qui lui a fait ça ? demanda Shay en désignant Rachel d'un geste du menton.

— Tu aurais pu me dire qu'elle était chez toi, Cody ! gronda Tucker.

— Il n'en savait rien, annonça Shay. C'est grâce à Nina que je suis parmi vous.

— Qu'est-ce qui risque de nous chiffonner dans votre proposition, Shay ? s'enquit Tucker, soucieux d'en arriver à l'essentiel.

— C'est mon frère qui t'a fait ça ? demanda Cody à Shay, lorsqu'il remarqua l'ecchymose sur sa joue.

— Lui ? Il ne frapperait une femme sous aucun prétexte ! protesta Shay. C'est à Rachel que je dois ce joli coquard.

Cody siffla entre ses dents pour marquer son admiration.

— Joli coup, Rachel !

— Revenons à nos moutons, si vous le voulez bien, ordonna Tucker avec impatience.

— Eh bien, on dirait que le clan Wyatt est sur les nerfs ! commenta Shay, ce qui lui valut le regard réprobateur des deux frères.

— Duke refuse de me parler, poursuivit-elle. Je lui ai pourtant expliqué que j'avais changé de camp. Vous ne vous êtes pas demandé pourquoi j'ai pris la peine de déposer un message codé près de votre tente ? Bref, la seule solution à mon avis est d'amener Rachel jusqu'à son père.

— Ou l'inverse, marmonna Tucker.

Shay secoua la tête avec véhémence. Si elle était toujours vêtue de noir, elle s'était débarrassée de son masque et de son bonnet, et ses cheveux blonds étaient attachés en queue-de-cheval. Elle se tenait devant son auditoire, les jambes écartées et les bras croisés, comme un militaire d'une section spéciale.

— Il nous sera difficile de sortir Duke de l'endroit où il est retenu, déclara-t-elle. Pour cela, il faudrait que nos adversaires soient distraits par un élément qui leur serait plus utile que ce que sait Duke à propos des Vianni ou des Fils des Badlands.

Tucker s'interposa :

— Pas question, dit-il fermement.

— Ne réponds pas à ma place, grommela Rachel à l'oreille de Tucker avant de se tourner vers Shay pour ajouter : Dites-moi ce que vous avez en tête, et *je* refuserai tout si je le juge bon.

— Elle veut se servir de toi comme appât, dit Tucker, une nuance de dégoût dans la voix.

— Et quand bien même ? lui renvoya Rachel.

Tucker s'abstint de répondre. Son objection au projet de Shay ne serait peut-être pas comprise de tous.

— Alors ? demanda Rachel à Shay. Que nous proposez-vous exactement ?

Tucker dut se faire violence pour conserver son sang-froid. D'où Rachel tirait-elle sa force ? Du fait qu'elle n'ait pas pu voir l'arme responsable de sa cécité au fond du coffre ? C'était ça ou alors elle ne comprenait toujours pas ce dont les Fils étaient capables en tant que gang soudé, sans parler de leur association avec d'autres dangereux groupes de malfaiteurs.

Il tenta de se mettre à sa place, et une autre possibilité lui apparut. Simple, et parfaitement justifiée : Rachel avait subi ses cauchemars pendant des années ; elle avait enfin un certain pouvoir sur la situation et entendait en user.

— Je vais emmener Rachel au quartier général de North Star, annonça Shay. J'expliquerai que je l'ai pistée et que j'ai réussi à la convaincre de laisser tomber Tucker. De votre côté, Rachel, vous prétendrez m'avoir suivie pour venir en aide à votre père, ce qui sera la vérité.

— Ça revient à la jeter dans la gueule du loup, grommela Tucker, incapable de se taire plus longtemps.

— Dans la gueule *d'un* des loups, rectifia Shay, et pas le

plus dangereux des trois, croyez-moi. Bref, pendant qu'ils seront occupés à interroger Rachel, je sortirai en catimini et j'irai chercher Tucker. Une fois réunis, nous réfléchirons à la manière la plus simple d'évacuer Duke.

— Et Rachel ? Elle sera toujours à l'intérieur de la forteresse, il me semble, protesta Tucker.

— Ça n'aura peut-être plus aucune importance, à ce moment-là, dit Rachel. Du moins si j'ai appris toute la vérité.

— Détrompez-vous, contra Shay. Si je me rebelle contre North Star, c'est parce que j'ai consacré six années de ma vie à essayer d'éviter que votre père et vous-même vous retrouviez au cœur de conflits qui ne vous concernent en rien et dans lesquels Duke n'a qu'une infime responsabilité.

— Ce sera ton dernier tour de piste, Shay, déclara gravement Cody. Tu le sais ? Granger a beau en pincer pour toi, si tu trahis son organisation, ta carrière est terminée.

— Ça m'est égal. Encore une fois, cette mission me déplaît souverainement. J'ajoute que l'atmosphère a changé après ton départ, Cody. L'incarcération d'Ace aurait dû nous faciliter la tâche, au lieu de quoi elle nous a amenés à frapper plus fort et à négliger de plus en plus de tiers impliqués.

— Tu risques ta vie, Rachel. Tu en as bien conscience ? demanda Tucker.

— Mon père a risqué la sienne, rétorqua-t-elle. Celle de Sarah, la mienne, les nôtres à tous. C'est bien ce qu'il a fait en s'alliant à North Star, non ?

— Le groupe m'a impliqué dans cette affaire pour que tu sois protégée, Rachel. Mon rôle était d'éviter que tu y sois mêlée, justement.

— C'est possible, cependant, ça ne change rien à ma situation. Je suis au cœur de l'action, et je refuse qu'on m'en écarte. Je t'accorde que notre trouvaille m'a perturbée, pour ne pas dire bouleversée. Même si papa avait d'excellentes raisons de ranger cette arme dans le coffre de Pauline, la savoir ainsi remisée m'est pénible. En même temps, Tucker, tu as été le premier à me rappeler que mon père était un homme droit doublé d'un bon père. Il nous a aimées, ma mère, mes sœurs et moi. Il a élevé ses filles tout seul après la mort de maman, et pendant ce temps-là...

Elle s'interrompit, le temps de souffler, avant de reprendre :

— Vous avez tous été durement éprouvés. À présent, c'est mon tour, et je ne reviendrai pas sur ma position. Personne, dans mon entourage, ne changerait d'avis à ma place. Alors pourquoi me demander de me mettre en retrait ?

— Ce n'est pas ce que j'attends de toi, Rachel, contra Tucker. Simplement, tu m'es trop précieuse pour que j'accepte que tu t'exposes au danger.

Aussitôt, Tucker se reprocha de ne pas lui avoir dit cela avant de l'embrasser. Bien sûr que Rachel lui était chère. Comme tous les Knight, d'ailleurs. Toutefois, ses sentiments envers elle lui paraissaient plus forts qu'envers les autres.

Elle chercha son bras à tâtons et lui prit la main pour la serrer doucement entre ses doigts avant de conclure :

— Nous essayons de résoudre le problème ensemble, parce que nous sommes soudés. Bien sûr, c'est un peu risqué, toutefois ce ne sont pas les plates-bandes des Fils que je m'apprête à piétiner, Tucker. Ce sont celles d'une organisation déterminée à anéantir deux dangereuses bandes de malfaiteurs. Non, vraiment, c'est le moins que je puisse faire. Tu vas prendre un risque encore plus important en tentant de porter secours à mon père.

Elle posa sa paume sur la joue de Tucker, avant de conclure :

— Nous devons être là l'un pour l'autre et nous soutenir si nous voulons mettre fin à cette crise. J'aimerais reprendre le cours d'une vie que je n'aurais jamais dû trouver trop monotone. Finalement, ma routine me convenait plutôt bien.

Elle fit glisser son pouce sur la joue de Tucker, puis laissa retomber sa main comme si elle venait de se souvenir qu'ils n'étaient pas seuls.

— Bon, il faut qu'on y aille, non ? demanda-t-elle ensuite.

— Oui, renchérit Shay.

Elle se tourna d'abord vers Tucker qu'elle considéra d'un regard perçant, avant de s'avancer vers Rachel à qui elle annonça :

— Je vais vous équiper d'un signal d'alarme. Comme il est minuscule, je vais le cacher au revers d'une de vos manches. Vous êtes prête ?

Rachel tendit docilement un bras en direction de leur nouvelle alliée qui entreprit aussitôt de fixer le dispositif à l'intérieur de sa manche, et Tucker ne s'étonna pas outre mesure de voir Cody lui faire signe de le suivre dans le hall d'entrée.

— Que se passe-t-il entre Rachel et toi ? lui demanda son cadet d'un ton agressif.

— De quoi parles-tu ? lui renvoya Tucker.

— De Rachel et toi. Tu crois que je n'ai pas remarqué votre petit manège ?

Vaguement déstabilisé, Tucker haussa les épaules et répondit :

— Ce n'est pas ce que tu crois... du moins pas vraiment.

— Si, *vraiment* ! contra Cody avant de partir d'un rire sonore. Prends Dev et Sarah, par exemple.

— Ça n'a rien à voir, rétorqua Tucker. Ces deux-là s'entre-tueraient avant même d'avoir commencé à s'approcher.

— À ta place, je n'en serais pas aussi convaincu.

18

Rachel fit de son mieux pour dissimuler son inquiétude. Elle savait que Tucker était franchement opposé au plan élaboré par Shay, dont il ne suivrait les instructions que parce qu'elle-même l'y avait incité.

Une certaine dose de courage était donc de mise. De conviction, aussi. Pourtant, elle était terrorisée.

Shay avait fixé un signal d'alarme à sa manche, avant de lui en expliquer le fonctionnement : trois sonneries pour émettre un son immédiatement relayé à Cody qui, sans aucun doute, enverrait tous les Wyatt à sa rescousse.

À *sa* rescousse, parce qu'il lui incombait d'attirer l'attention de ceux qui détenaient son père. Parce qu'elle était l'appât, et qu'elle s'apprêtait à pénétrer dans l'antre de North Star avec la ferme intention de retrouver Duke.

Shay l'avait prévenue : les agents du groupe préféreraient la transférer dans une salle d'interrogatoire, et elle ne verrait sans doute son père qu'après avoir répondu à leurs questions.

Elle était censée leur donner des indications minimes, mais de nature à retenir leur attention, tout en mentant au besoin, afin que tous les regards soient rivés sur elle, au moment où Shay et Cody entreraient à leur tour dans la forteresse pour en faire sortir son père.

C'était une responsabilité énorme, et bien que Rachel sache désormais que sa famille la considérait comme une égale, personne ne l'avait encore mise sous une telle pression. Le défi le plus important auquel elle avait été confrontée jusqu'à présent consistait en ses cours à la réserve indienne. Et, si on l'avait encouragée à réussir dans cette entreprise, elle n'avait encore jamais été mise ainsi à contribution.

— C'est ici que vous nous déposerez, expliqua Shay à Tucker.

La voiture s'arrêta, et Rachel, assise à l'arrière, se rendit soudain compte qu'elle allait devoir s'en remettre entièrement à Shay, la seule à connaître la vérité et à pouvoir la guider sur un territoire inconnu. Son anxiété monta encore d'un cran et, lorsqu'elle entendit la portière s'ouvrir, elle dut se faire violence pour ne pas refuser de sortir du véhicule.

Elle n'en fit rien, bien sûr, et bientôt elle sentit sous ses pieds le fin tapis de feuilles, déjà mortes en ce début d'automne.

— N'hésitez pas à me dire si je marche trop vite pour vous, l'idée est de vous mener à bon port, pas de vous bousculer.

Ces simples mots, ainsi que la manière dont Shay lui prit le bras, eurent pour effet de calmer les angoisses de Rachel qui se détendit légèrement. Shay semblait prendre son handicap avec détachement, c'était déjà ça.

— Attendez, je voudrais lui parler, annonça soudain Tucker.

— Pas de problème, répondit Shay en lâchant le bras de Rachel, tandis que les mains puissantes de Tucker se refermaient sur ses épaules.

— Sois prudente, lui souffla-t-il à l'oreille. Fais passer ta sécurité en premier. Je ne...

Il laissa échapper un soupir et reprit :

— Je ne veux pas qu'il t'arrive malheur, Rachel.

Elle se tourna vers lui, à court de mots. Puis, comme le temps pressait, elle opta pour le plus simple.

— Moi non plus, je ne voudrais pas qu'il t'arrive malheur, dit-elle, crois-le bien.

— Parfait. Ensuite, nous mettrons le plan à exécution et tout rentrera dans l'ordre.

— Tu ne me sembles pas convaincu, rétorqua-t-elle, à la fois parce qu'elle n'y croyait pas elle-même et parce qu'elle avait perçu le doute dans l'intonation de Tucker. Disons plutôt qu'on va mettre ce plan à exécution et espérer que tout aille pour le mieux. Dans le cas contraire, il ne nous restera plus qu'à nous battre.

— J'en ai bien peur, oui, répondit Tucker avec un petit rire.

Puis, avant qu'elle ait le temps de réagir, il l'embrassa. Pas de manière légère ou furtive, mais presque farouchement et, l'espace de quelques secondes, Rachel sentit son cœur s'emballer pour une raison tout autre que la peur.

— Prends soin de toi, Rachel, conclut-il avant de la relâcher et de la rendre à Shay.

Ces va-et-vient constants entre des gens qu'elle ne voyait pas, sur un terrain inconnu, auraient suffi à désorienter Rachel en temps normal, pourtant ils se noyèrent dans le bonheur provoqué par ce nouveau baiser.

— Ils sont tous comme ça ? lui demanda Shay.

— Que voulez-vous dire ?

— Courtois sans être mièvres. Tucker semble considérer les femmes comme ses égales, tout en rechignant à les exposer au danger. Un baiser, et hop ! Il part vous sauver la mise, pendant que vous êtes vous-même occupée à vous tirer d'affaire.

Rachel ne put réprimer un sourire.

— C'est à peu près ça, dit-elle.

Les deux femmes avancèrent en silence, jusqu'au moment où Rachel s'enhardit à demander :

— Vous voulez bien me donner un aperçu de ce qui m'attend ? Me dire où on va m'emmener et surtout comment en sortir ?

— Excellente idée, répondit Shay avant de se lancer dans la description d'un pavillon de chasse équipé de salles d'interrogatoire, d'un centre médical et d'une pièce consacrée au matériel technique.

Elle lui dit également où Duke était retenu et lui indiqua l'endroit où elle serait probablement conduite.

— De sorte que si, pour une raison ou pour une autre, vous voulez vous enfuir, ils seront en mesure de vous localiser tant que vous n'aurez pas quitté la propriété. Ça ne servirait donc pas à grand-chose. Cela dit, pour passer la porte, il vous suffira de vous rappeler comment atteindre le hall d'entrée.

Rachel enregistra toutes ces informations en essayant de se représenter les lieux.

Soudain, Shay lui annonça qu'elles étaient arrivées.

Rachel s'attendait à ce qu'elle frappe ou sonne, mais le bruit d'une porte qui s'ouvrait fut la première chose qu'elle entendit une fois qu'elles eurent cessé d'avancer.

— Intéressant ! s'exclama une voix masculine. Où est le chien de garde à qui tu dois cet œil au beurre noir, Shay ?

— J'ai réussi à la soustraire à la vigilance de Wyatt, répliqua Shay.

Elle parlait d'un ton sec. Il n'y avait plus en elle aucune trace de la femme qui venait de chanter les louanges de Tucker.

— Tiens, et comment t'y es-tu prise ?

— J'ai profité de ce qu'il satisfaisait un besoin naturel pour m'entretenir avec Rachel, si tu veux vraiment tout savoir. Bon, tu nous laisses passer, oui ou non ?

L'homme grommela quelque chose d'inaudible. Rachel fut tirée vers l'avant et en déduisit que leur interlocuteur s'était décidé à leur ouvrir la porte.

— Attendez-moi ici, dit-il. Je vais prévenir McMillan de votre arrivée.

Rachel tendit l'oreille en direction des pas qui résonnèrent dans ce qui devait être un couloir.

— McMillan est mon supérieur, lui confia Shay dans un murmure. Ne vous laissez pas intimider, il aboie plus qu'il ne mord. Comme c'est lui qui s'est occupé de votre père, on peut supposer qu'il se chargera également de vous interroger. Si vous avez affaire à un tiers, faites traîner l'entretien jusqu'à ce qu'on vous mette face à McMillan.

— Entendu, murmura Rachel.

— Shay ! aboya un autre homme.

— Désolée pour ce léger contretemps, monsieur. Mieux vaut tard que jamais, non ?

— Alors comme ça, vous avez réussi là où vous aviez échoué la première fois ? Comment avez-vous fait ?

— Je les ai suivis. Ils étaient en cavale en dehors de leur territoire. Wyatt a dû baisser sa garde, et j'en ai profité pour approcher Rachel et la convaincre de se confier à nous. Elle est d'accord... à condition que vous l'autorisiez à voir son père.

— Dymon ! beugla McMillan.

S'ensuivirent de nouveaux bruits de pas et un échange de propos trop discret pour que Rachel en saisisse la teneur.

On voulut l'entraîner dans un sens. Aussitôt, Shay resserra son emprise et tenta de la tirer dans la direction opposée.

— Qui est cet homme ? s'enquit-elle, d'un ton soupçonneux.

— Votre remplaçant, répliqua McMillan d'une voix glaciale. Vous n'avez plus votre place parmi nous, Shay.

— Si je puis me permettre, monsieur, une femme aurait...

Granger McMillan ne la laissa pas terminer.

— Je viens de vous dire que c'était terminé pour vous, répéta-t-il, avec une certaine sécheresse.

Shay relâcha lentement le bras de Rachel, qui sentit aussitôt l'emprise d'une deuxième poigne, si ferme qu'elle se souvint du conseil de Shay et se révolta :

— Vous me faites mal ! protesta-t-elle en essayant de se dégager.

— Ma pauvre petite. Tu n'as pas idée de ce qui t'attend ! susurra l'homme.

Rachel sentit son sang se glacer.

Cette voix...

... C'était celle qui hantait ses nuits.

— On a un problème.

Tucker fit volte-face, son arme à la main. Ce n'était que Shay, mais elle s'était approchée de lui trop silencieusement pour qu'il l'entende arriver.

— Quel problème ?

— Une nouvelle recrue, or il n'est pas dans les habitudes de Granger de faire entrer des novices dans son groupe.

— Il m'a bien recruté, moi.

— Ce n'est pas pareil. Vous n'êtes pas agent, vous entreriez plutôt dans la catégorie « communication ». Ce type, la nouvelle recrue, je veux dire, je ne l'avais jamais vu, et je ne sais rien de lui.

Elle se massa le cou en marmonnant :

— Je n'aime pas ça.

— Ça ne vous a pas empêchée de laisser Rachel là-bas ! s'écria Tucker, indigné.

— Du calme, lui ordonna sèchement Shay avant de tirer son téléphone de sa poche, de le porter à son oreille et de dire :

— Wyatt ? Bonjour. J'ai besoin de vos talents de hacker. Je...

Elle soupira bruyamment avant d'ajouter :

— Oui, oui, oui. Dès que vous aurez consulté votre femme pour savoir s'il ne serait pas préférable que vous vous teniez à l'écart, à un moment où sa sœur est dans les locaux du groupe North Star avec un parfait inconnu.

De nouveau, elle s'interrompit, et la réponse de son interlocuteur dut être pertinente, car elle hocha la tête avant de dire :

— C'est ce que je pensais. Un certain Dymon. Rapportez-moi tout ce que vous pouvez trouver sur son compte.

Une fois ses consignes données, Shay raccrocha et rangea son téléphone dans sa poche.

— Vous êtes sûre que votre portable n'est pas sur écoute ? s'enquit Tucker avec inquiétude.

— Vous me prenez pour une débutante, Wyatt ? J'ai demandé à votre frère de brouiller tous les réseaux afin qu'on ne puisse pas nous surveiller pendant l'entretien de Rachel avec mes supérieurs.

— Il ne vous est pas venu à l'idée qu'une organisation telle que North Star a les moyens de vous pister, où que vous soyez et à tout instant ?

— Écoutez-moi bien, Wyatt. Vous ignorez tout du fonctionnement de North Star, et vous ne connaissez pas McMillan.

Que me répondriez-vous si je vous annonçais que votre père est responsable de la mort de sa femme ?

Tucker resta sans voix. C'était une nouvelle de taille.

— Le chagrin a des effets surprenants sur les gens. Granger n'est pas un mauvais bougre ; j'irais même jusqu'à dire que ce qui se passe en ce moment prouve à quel point il est humain. Comme nous tous, non ?

Tucker n'était pas d'humeur à disserter là-dessus. À ses yeux, seule l'erreur était humaine, et une simple erreur pouvait coûter cher à Rachel tant qu'elle était dans le bastion de North Star.

— Allons-y, dit-il. Ne faisons pas attendre Rachel plus que nécessaire.

L'endroit ressemblait à un pavillon de chasse cossu. Tucker suivit Shay, qui contourna l'avant du bâtiment en s'arrêtant de temps à autre pour pianoter sur son téléphone. D'abord intrigué, Tucker finit par comprendre que l'appareil était relié au dispositif de surveillance du groupe et demanda :

— Vous êtes sûre de connaître tous les emplacements ?

— Plutôt, oui. C'est moi qui ai posé ces caméras.

Ils ne tardèrent pas à atteindre la porte arrière, adjacente à un garage.

— J'entre, annonça Shay. Comme mes collègues savent que j'ai été congédiée, j'ai laissé mes affaires dans mon bureau pour avoir une raison d'y retourner. Je profiterai de ce qu'on ne fait pas attention à moi pour ouvrir ce garage, ainsi que la porte qui le relie à l'intérieur du pavillon. Vous la passerez immédiatement. Si Duke ne vous y attend pas, vous regagnerez le garage.

Elle se tut quelques instants et fixa Tucker qui hocha la tête en signe d'assentiment.

— Ensuite, il vous faudra vérifier toutes les cinq minutes, poursuivit Shay. Une fois que Duke sera là, vous le ferez entrer dans le garage, puis vous repartirez par le chemin que nous avons emprunté pour venir et vous irez récupérer la voiture. Vous attendrez un quart d'heure et, si vous ne me voyez pas arriver avec Rachel, vous évacuerez Duke. Je vous contacterai, vous ou votre frère, pour vous indiquer la suite, une fois que j'aurai Rachel. Ah et, par pitié, épargnez-moi votre numéro de Wyatt.

— C'est-à-dire ?

— Ne jouez pas les héros. N'oubliez pas que votre priorité reste Duke. Je vous connais, Tucker. Vous allez devoir résister à l'envie de débouler dans ce pavillon et de prendre Rachel par la main pour en ressortir aussitôt, ce qui serait de la folie. Accordez-moi votre confiance et vous aurez la mienne.

— C'est beaucoup demander, fit-il remarquer.

— Oui, convint-elle. Pour vous comme pour moi. Vous êtes prêt à relever le défi ?

Tucker hésita un instant. S'en remettre ainsi à une quasi-inconnue lui paraissait hasardeux, cependant il avait déjà joué avec la vie de Rachel, d'une certaine façon. En outre, Shay était loin d'être sotte, et elle s'en remettait à lui, au moins en partie. Ils étaient donc sur un terrain d'égalité.

— J'attends combien de temps avant d'ouvrir la porte ? s'enquit-il.

— À la seconde où le battant du garage se soulève, vous foncez. Si vous m'entendez siffloter, vous retournez vous cacher dans le garage. On recommencera l'opération jusqu'à ce que la voie soit libre.

Ils échangèrent un regard entendu, puis Shay se glissa dans l'entrebâillement de la porte intérieure. Tucker se tassa dans le coin adjacent au garage dont le battant se souleva presque sans un son. Il pénétra dans le garage dont il repéra aussitôt la porte intérieure.

Il s'introduisit dans la pièce sur laquelle elle ouvrait, un simple sous-sol faisant office de buanderie, avec son coin télévision, sa machine à laver et sa table à repasser.

Comme convenu, il attendit cinq minutes avant de regagner la buanderie.

Il dut répéter l'opération à trois reprises, et lorsque Duke apparut enfin, ce fut pour le toiser avec froideur, sans faire mine de bouger.

Tucker mit deux ou trois secondes à comprendre que Shay se

tenait derrière lui, un revolver pressé contre ses reins, et qu'il était venu là sous la contrainte.

— Il refuse de coopérer, expliqua-t-elle à mi-voix. Débrouillez-vous pour le convaincre, et vite : il nous reste, au mieux, une dizaine de minutes avant le retour de Parker.

Convaincre Duke, *lui* ? Ça ne fonctionnerait pas, toutefois, Tucker s'avança vers lui et dit :

— Nous sommes venus vous faire sortir d'ici.

— Tu t'imagines que je vais te suivre sans poser de questions ? J'ai cru en Granger, et regarde où ça m'a mené. Tu voudrais me faire croire que deux agents de North Star essaient de me tirer de ce pétrin ? À d'autres ! Ça sent le piège à plein nez, mon garçon.

— Nous essayons de vous aider, Duke. Si nous changeons de camp, c'est en réaction aux méthodes du groupe.

— Et les filles ? Qui veille sur elles ?

Tucker mit quelques secondes à répondre :

— Nous faisons le nécessaire, Duke.

Comme il s'y attendait, son hésitation l'avait trahi.

Duke le considéra en plissant les yeux.

— Tu n'as jamais su mentir, mon garçon. Trêve de balivernes, où est Rachel ?

— Elle... est en haut, occupée à distraire vos hôtes, répondit Shay à la place de Tucker.

Comme prévu, Duke se rua vers l'escalier. Après l'avoir obligé à reculer d'un pas, Tucker essaya de parlementer :

— Vous ne savez pas ce qui vous arrivera, à vous ou à elle, si vous déboulez dans cette salle sans prévenir. Faites-nous confiance, nous maîtrisons la situation.

— C'est la vie de ma fille qui est en jeu, rétorqua Duke.

Bien qu'il n'ait pas haussé le ton, il était clairement à deux doigts d'exploser, ce que Tucker aurait parfaitement compris.

— C'est elle qui en a décidé ainsi, intervint Shay. Rachel risque sa vie pour vous, alors pourriez-vous nous faciliter la tâche afin que je puisse l'évacuer sans faire de blessés ?

À la grande surprise de Tucker, ce franc-parler vint à bout de la résistance de Duke qui s'écarta à contrecœur. Tucker se dépêchait de le contourner pour atteindre le palier avant lui lorsque Duke lui lança, dans un grondement menaçant :

— Je te tiens personnellement pour responsable, Tucker.

— Comme si je ne l'étais pas déjà, lui renvoya-t-il en jetant un coup d'œil à Shay, toujours derrière lui.

— Faites-le sortir d'ici, comme convenu, dit-elle. Moi, je vais chercher Rachel.

Tucker acquiesça, guida Duke jusqu'au garage et l'emmena au-dehors.

— Shay va nous amener Rachel, dit-il à Duke en chemin.

— Enfin, tu es franchement idiot ou quoi ?

Tucker lui fit face en haussant les sourcils.

— C'est sur ce ton que vous prenez les choses, alors que nous avons trouvé l'arme à cause de laquelle votre fille a perdu la vue ? J'ai dû supplier Rachel d'essayer de comprendre, d'accepter l'idée que vous aviez sans doute une bonne raison pour avoir mis cette arme dans le coffre de mamie Pauline, et je...

Son téléphone vibra dans sa poche, il secoua la tête et continua d'avancer. À la deuxième vibration, néanmoins, il se décida à tirer l'appareil de sa poche.

Bien qu'ils aient enfin atteint un bosquet susceptible de les dissimuler, il leur restait une certaine distance à parcourir jusqu'à la voiture de Shay. Tucker reconnut le numéro de Cody et décrocha.

— Je n'ai pas réussi à joindre Shay. En revanche, je suis entré dans les archives informatiques de North Star et j'ai eu le temps d'y jeter un coup d'œil avant qu'ils s'aperçoivent qu'ils étaient piratés. Apparemment, le type sur lequel Shay voulait des informations joue double jeu, comme nous.

— Tu oublies que nous n'avons jamais travaillé ni pour les Fils ni pour notre propre père, lui objecta Tucker. Non, pour moi, ce Dymon est à la solde des Vianni, qui sont décidés à faire tomber les Fils pour ne plus se soucier de leurs alliances, même douteuses.

— C'est possible, lui répondit Cody d'un ton grave. Quoi qu'il en soit, il faut évacuer Rachel au plus vite.

19

Rachel était presque paralysée par la peur, pourtant l'homme de ses cauchemars n'avait fait que la transférer dans une autre pièce et la pousser sur une chaise pour qu'elle s'y assoie. Elle était à peine installée qu'un autre homme entra dans la salle. Il lui suffit d'ouvrir la bouche pour que Rachel comprenne qu'il s'agissait du grand patron de North Star en personne.

Elle tenta de se rassurer en se disant qu'au moins elle ne serait pas seule face à celui qui hantait ses nuits, puis se demanda si son nouvel interlocuteur valait mieux que le précédent.

Peu importait, au fond. Tant qu'elle serait dans ces murs, elle aurait une petite chance de survie. Son père était là, quelque part, pas très loin. Tucker l'avait accompagnée jusqu'ici... Oui, elle serait tirée d'affaire sous peu.

Elle entreprit d'explorer son environnement et tendit une main pour palper la table. Elle était donc assise sur une chaise inconfortable face à McMillan ; une forme massive et obscure qui s'installa à son tour. Son subordonné était plus fluet que lui, plus nerveux aussi.

Rachel se souvint que l'homme de son rêve avait un constant besoin de bouger. Aujourd'hui, il vibrait littéralement.

Les questions se bousculaient dans son esprit. McMillan savait-il ce que lui avait fait cet individu ou était-il de mèche avec les Vianni ? Si c'était le cas, elle avait peu de chances de survie, Shay et Tucker étaient condamnés eux aussi, quant à son père...

Non. Shay et Tucker étaient partis à son secours, le responsable de North Star ne savait donc rien.

À moins qu'il veuille récupérer le couteau, et que ce soit l'unique raison pour laquelle Duke était encore en vie.

— Je veux parler à mon père, murmura-t-elle, la gorge nouée.

— C'est tout à fait compréhensible, mademoiselle Knight. Duke est sous notre protection. Que savez-vous de cette affaire ?

Rachel s'efforça de ne pas laisser son regard se poser sur l'homme debout près de lui. Savait-il qu'elle l'avait reconnu, ou pensait-il que sa cécité l'en avait empêchée ?

C'était peu probable : il avait dû percevoir sa terreur à la façon dont elle avait réagi à sa voix.

— Mademoiselle Knight ?

Rachel inspira bruyamment et tenta de répondre à la question de McMillan :

— Désolée. Je... je n'ai pas grand-chose à vous dire. Shay est venue au ranch dans l'intention de m'enlever. Elle s'est battue avec Tucker, et il a réussi à me libérer. Nous nous sommes enfuis, et je suppose qu'elle nous a suivis. Elle...

Rachel n'avait jamais su mentir, et la peur n'arrangeait rien. Sa voix chevrotait, elle tremblait comme une feuille, et elle se força à continuer en espérant que ses bégaiements seraient mis sur le compte de sa nervosité.

— Elle est venue me trouver un peu plus tard, pendant que Tucker... Bref. Elle m'a promis que, si je la suivais, je pourrais discuter avec mon père qui m'expliquerait les tenants et les aboutissants de l'affaire.

— Nous vous avons envoyé un de nos agents pour en apprendre davantage sur votre cauchemar récurrent. Pouvez-vous nous en parler ?

Rachel hésita. Ses interlocuteurs devaient tout savoir, désormais. En tout cas, elle n'avait rien à apprendre au plus menaçant des deux. Si Tucker avait été sur écoute jusqu'à l'arrivée de Shay, McMillan était même au courant de l'évolution de son rêve dont il connaissait la nouvelle version.

— Ce n'est que ça, dit-elle. Un cauchemar. Je revis ce qui m'est arrivé. Aucun rapport avec papa.

— Et vous ne rêvez jamais de ce qui se passe ensuite ? s'enquit McMillan.

Rachel trouva son intonation singulièrement neutre, puis se rappela qu'il ne visualisait pas son rêve et ne pouvait en percevoir la réalité.

— J'avais trois ans, dit-elle. Un malade m'a lacéré le visage et j'ai été sauvée par un chien. Ça s'arrête là.

— Et le couteau ?

La question avait été posée par le second homme. En entendant sa voix, Rachel ne put contenir un frisson.

— Qu... Quel couteau ?

— Dymon, gronda McMillan. Je ne t'ai pas autorisé à prendre part à cet entretien. Si tu ne peux pas tenir ta langue, va prendre l'air.

Rachel perçut la frustration du dénommé Dymon, qui se tut immédiatement.

Une chose était certaine, néanmoins : il s'intéressait au couteau enfermé dans le coffre de Pauline, et Rachel ne devait en parler sous aucun prétexte.

— Je ne sais pas à quoi vous faites allusion, ajouta-t-elle pour faire bonne mesure. Par ailleurs, maintenant que je vous ai raconté mon rêve, je voudrais parler à mon père.

— Votre père, justement. Que savez-vous de son passé ?

— Ça ne vous regarde pas, dit-elle soudain, lasse de jouer les victimes effarouchées.

La situation lui était d'autant plus pénible qu'elle ne parvenait pas à cerner McMillan.

— Le groupe qui en veut à votre père s'est allié aux Fils des Badlands. Or plusieurs personnes dans votre belle-famille sont d'anciens membres des Fils. Je me trompe ?

— Oui. Il faut être un monstre pour considérer les victimes du gang qui les a asservis pendant des années comme des membres de celui-ci.

McMillan poussa un soupir semblable à celui d'un professeur déçu par une mauvaise élève et dit :

— Vous vous simplifieriez l'existence en répondant simplement à mes questions, mademoiselle Knight. Dites-nous la vérité et nous vous mènerons à votre père. Il est dans une position délicate, pour ne pas dire périlleuse, et il essaie de vous protéger, seulement nous n'arrivons à rien. Il apparaît que ce fameux couteau pourrait être la solution à nos problèmes, or je ne doute pas un instant que vous vouliez aider votre père.

Rachel réfléchit rapidement à ce que répondrait la plus extravertie de ses sœurs dans ces circonstances. Elle choisit Liza dont elle imita l'aplomb pour dire, d'un ton de défi :

— Allez au diable.

Elle envisagea ensuite de provoquer McMillan en lui demandant si c'était pour aider son père qu'un homme de main des Vianni assistait à cet entretien.

Elle ne devait pas oublier cependant que Duke était venu de son plein gré. Ni que Shay et Cody, entre autres, s'étaient joints à l'équipe de North Star parce qu'ils croyaient en sa mission. Et comme Tucker faisait partie du groupe, lui aussi, ces gens ne pouvaient pas être dans le mauvais camp.

Les Vianni, en revanche, l'étaient. Dès lors, comment savoir si North Star n'avait pas été infiltré et n'hébergeait pas un traître sans le savoir ? Le groupe n'avait pas encore anéanti le gang des Fils, après tout. En outre, il lui avait fallu l'aide de Jamison *et* de Cody pour faire arrêter Ace Wyatt.

Rachel se remit à cogiter. Il lui fallait trouver un moyen d'informer son interlocuteur que Dymon était son tortionnaire. Malheureusement, elle ne pouvait ni le lui faire savoir par écrit ni le lui dire de vive voix, sans le condamner à une mort certaine.

— Vous voulez peut-être un verre d'eau, lui dit McMillan. Je vais aller vous le chercher, le temps que vous réfléchissiez. Dymon va rester auprès de vous jusqu'à ce que vous soyez prête à parler.

Rachel entendit son interlocuteur reculer sa chaise, comprit qu'il allait la laisser seule avec Dymon et se redressa d'un bond.

— Attendez !

Elle parvint à refermer sa main sur le bras de McMillan juste avant qu'il se lève.

Pour une raison ou pour une autre, Cody lui avait appris l'alphabet morse, quand ils étaient enfants. Rachel ne se souvenait pas de tout, elle n'avait pas de temps à perdre en balbutiements, pourtant elle devait essayer. Et réussir, si possible.

— Lâchez-moi, mademoiselle, lui dit McMillan sans animosité particulière.

Son ton bienveillant lui redonna un semblant d'espoir, aussi lui tapota-t-elle sur le creux du poignet des mots détachés et néanmoins significatifs :

Danger... Mes yeux... Lui...

Comme McMillan ne réagissait pas, elle recommença l'opération.

Cette fois, McMillan dégagea son bras et referma une main sur celle de Rachel.

— D'accord, dit-il d'un ton égal. Dymon, en fait, c'est toi qui vas aller le chercher, ce verre d'eau. Je reste ici avec notre invitée.

— Vous n'avez pas mieux à faire, patron ?

— Tu es toujours à l'essai, lui rappela ce dernier. À ta place, je ne discuterais pas.

— J'ai réussi tous les tests, vous m'avez embauché, alors vous pouvez bien me confier Mlle Knight l'espace de quelques minutes !

Rachel ne résista à la panique que grâce à la main de McMillan, toujours posée sur la sienne. Il avait compris son message et ne l'abandonnerait pas.

— Tu m'as bien dit que tu n'avais jamais eu personnellement affaire aux Knight, non ? rétorqua tranquillement McMillan à sa nouvelle recrue. Si ma mémoire est bonne, tu as même précisé que tu étais placé trop bas dans la hiérarchie des Vianni pour en savoir long sur Curtis Washington et sa nouvelle vie.

— C'est exact.

— Tu maintiens cette version des faits ?

Un silence tendu suivit la question de McMillan, qui se mit à pianoter sur la main de Rachel à son tour.

Il dut s'y prendre à deux fois pour qu'elle déchiffre son message.

À terre.

Une détonation retentit presque aussitôt.

Rachel entendit un bruit de chute, puis on l'attrapa par l'avant-bras pour la tirer du dessous de la table où elle s'était réfugiée.

— Mal joué, fillette.

Dymon la tenait.

Mais cette fois, elle était décidée à se battre, et physiquement capable de se défendre.

Tucker remit son portable dans sa poche. Il devait conserver son calme, tant que Rachel était dans les murs de North Star, car Duke ne se laisserait pas porter par les événements sans réagir.

Il leur fallait évacuer Rachel, coûte que coûte.

— Vous connaissez le coin ? demanda-t-il à Duke.

— Avec qui étais-tu au téléphone ? bougonna celui-ci en guise de réponse.

— Il faut que je vous conduise jusqu'à la voiture. Elle est garée…

— Pas question, gronda Duke. Si tu retournes chercher ma fille, je t'accompagne.

— Vous plaisantez ? protesta Tucker. Vous n'avez pas entendu le coup de feu ?

— Écoute-moi, mon petit bonhomme. J'étais déjà flic quand tu portais encore des couches-culottes, alors je suis plus qualifié que toi pour porter secours à ma fille.

Tucker perdit patience et répliqua sans réfléchir :

— Ah oui. Comme le jour où un homme a voulu l'enlever et l'a mutilée à vie ?

— C'était ça ou il la tuait, lui répondit Duke. Je sais qu'elle a été blessée par ma faute, Tucker. Je ne peux rien changer à ce qu'elle a subi. En revanche, je peux t'assurer que j'ai toujours agi au mieux. Tu n'es pas parfait, toi non plus, si ?

Non, Tucker n'était pas parfait, loin de là. Aussi s'abstint-il de répondre.

— Bien. À présent, tu en as un autre comme celui-là ? lui demanda Duke en désignant le revolver qu'il tenait en main.

Tucker envisagea un instant de lui céder l'arme car il se savait plus à même de se battre à mains nues que Duke.

L'écho d'une déflagration interrompit soudain leur échange. Tucker se mit à courir. Il ne se retourna qu'une fois pour voir où en était Duke.

— Fonce ! lui cria ce dernier.

Tucker ne se le fit pas répéter. Il pivota sur lui-même et partit en direction du pavillon, prêt à en enfoncer la porte si nécessaire, prêt à...

L'explosion fut si forte qu'il fut projeté en arrière et ne parvint à conserver l'équilibre que le temps de voir la bâtisse s'embraser.

L'instant d'après, il se précipitait vers le brasier. Par instinct pur. Pour porter secours aux gens qu'il savait pris au piège. Rachel. Shay...

Toutefois, tandis qu'il se rapprochait de la porte déjà dissimulée par la fumée et les flammes, des gens commencèrent à émerger du bâtiment.

A priori, Shay n'était pas parmi eux. Ce qui pouvait être un bien ou un mal : les rescapés toussaient et souffraient de brûlures. Tucker tenta de croiser le regard d'un d'entre eux, en vain. Ils étaient trop choqués pour pouvoir communiquer.

Deux silhouettes finirent par lui apparaître, l'une traînant l'autre. Shay... et la personne qu'elle soutenait était bien trop massive pour être Rachel.

Tucker se précipita vers Shay qui relâcha son emprise sur l'inconnu pour passer le relais à d'autres personnes.

— Il a été touché par une balle, expliqua Shay d'une voix rauque. Lorsque je suis entrée dans la salle d'interrogatoire, il était à terre. Je n'ai réussi à trouver ni Rachel ni la nouvelle recrue de North Star – un certain Dymon. Il a dû emmener Rachel à l'arrière du pavillon.

Tucker la vit chanceler et parvint à la rattraper avant qu'elle touche terre.

— J'ai déjà appelé les secours, poursuivit-elle pendant qu'il l'aidait à s'asseoir à même le sol.

— Passez-moi votre arme, parvint-il à lui répondre malgré la terreur qui montait en lui.

Lorsqu'il eut le revolver en main, il le tendit à Duke qui venait d'arriver, à bout de souffle.

— Shay pense que Rachel est sortie ou a été évacuée de force. Je vais essayer de la retrouver.

Bien qu'il lui en coûtât d'abandonner Shay, il n'avait pas le choix : il devait retrouver Rachel pour la protéger du pire.

Il dut contourner les flammes pour accéder à l'arrière du bâtiment, ce qu'il fit sans se préoccuper de Duke qui le suivait. Seule Rachel comptait, désormais.

Les débris étaient plus nombreux de ce côté du pavillon, et Tucker en déduisit que l'explosion avait été déclenchée à cet endroit. Si on avait été contraint d'activer l'engin manuellement plutôt qu'avec une télécommande, on avait dû tirer Rachel au-dehors avant la déflagration.

Mais pourquoi avoir tenté de la maintenir en vie ? N'aurait-il pas été plus simple de la laisser où elle était ?

Pourtant, l'agresseur de Rachel avait préféré la tirer du sinistre, du moins Tucker l'espérait-il.

Un petit bois s'étendait à l'arrière du bâtiment. Tucker tenta de refouler sa panique. Il devait agir rationnellement et penser comme le policier qu'il était. Comme sa formation l'y avait entraîné. Comme ses frères l'auraient fait.

Il s'avança sous les arbres pour y chercher des traces de pas ou de lutte. Il n'en vit aucune et, comme on ne pouvait ressortir du pavillon en feu que par ce chemin, il entreprit de fouiller le sol.

Duke arriva sur ces entrefaites et, sans un mot, joignit ses efforts aux siens.

Tucker refusait d'envisager que Rachel soit entre les mains d'une des petites frappes du gang Vianni

Pire encore, il était possible qu'un des Fils soit tapi non loin de là, prêt à aider le malfrat dans son ignoble entreprise.

— Attendez, dit-il à Duke.

La logique aurait voulu qu'il coure vers la futaie et se dissimule parmi les arbres… en espérant qu'il n'y serait pas attendu. Il se redressa pour déterminer la position du pavillon, par rapport au bastion actuel des Fils. Il était à bonne distance de celui de North Star, il lui fallait emprunter une route, autre que celle indiquée par Shay, trop fréquentée.

— Retournez au pavillon, Duke, ordonna-t-il en pivotant sur lui-même pour changer de direction. Prenez une voiture, n'importe laquelle. Quand vous l'aurez, roulez en direction de Flynn par la départementale cinq. Soyez prudent, néanmoins ; il se pourrait que les Fils rôdent dans les parages et qu'ils soient dans le coup.

Tucker se précipita vers la route qu'il venait d'indiquer à Duke. Un trajet dangereux car il devrait le parcourir à découvert, ce qui importait peu, si cela lui permettait de rattraper Rachel avant qu'on l'emmène Dieu seul savait où.

20

Rachel reprit connaissance et s'aperçut qu'on la traînait sur le sol. Elle sentait la terre sous son corps et le soleil sur ses joues.

— Tu parles d'un plan à la noix, maugréa l'homme entre deux jurons.

Elle se raidit. Cette voix… C'était celle de son cauchemar. En fait, la situation était similaire à celle de ses rêves, ou presque car elle avait grandi depuis son accident. En outre, l'adulte qu'elle était devenue se souvenait d'avoir lutté dans la pièce où on l'interrogeait, jusqu'au moment où l'obscurité l'avait engloutie.

À présent, elle souffrait d'un terrible mal de tête et se sentait contusionnée. Elle tenta de débattre. En vain : ses chevilles étaient ligotées, tout comme ses poignets. Au désespoir, elle réprima un sanglot : si son ravisseur ne s'était pas aperçu qu'elle avait repris connaissance, mieux valait garder le silence.

Elle ne pourrait pas lui échapper ainsi, pieds et poings liés, et le bouton cousu dans sa manche ne lui serait d'aucune utilité. Toutefois, elle était vivante, ce dont elle tira un véritable réconfort et un regain d'énergie mentale.

À l'âge de trois ans, elle avait survécu à l'attaque sauvage qui lui avait coûté la vue. Aujourd'hui, presque vingt ans plus tard, elle allait s'en tirer. Elle ferait tout pour cela.

Dymon s'immobilisa et lui lâcha les jambes sans prévenir, ce qui lui arracha un petit cri de douleur.

— Tu es déjà réveillée ?

Rachel garda les yeux fermés et laissa rouler son crâne sur

le côté en gémissant pour faire croire à son tortionnaire qu'elle était toujours inconsciente ou sur le point de revenir à elle.

Il marmonna quelque chose, puis elle l'entendit arpenter le terrain autour d'eux. L'instant d'après, il donnait de la voix :

— J'ai besoin d'aide, mec. Je n'y arriverai pas tout seul, la route est encore trop loin. Hein ? Oui, oui. J'ai dû abattre McMillan et... je ne sais pas, je n'ai pas vérifié. La fille ? Je l'ai tirée de là. Je sais qu'on devait faire ça proprement mais j'ai été débordé.

Rachel comprit qu'il était au téléphone et qu'il devait l'emmener jusqu'à la route. S'il y parvenait, c'en serait fait d'elle.

Il lui fallait trouver un moyen de se battre.

Dymon se remit à bougonner, et elle s'aperçut qu'il parlait tout seul, ou plutôt qu'il pestait contre « ce sale boulot ».

Les yeux toujours clos, elle se demanda comment elle allait se tirer d'affaire. Ses liens étaient trop serrés pour qu'elle puisse s'en débarrasser, mais il devait y avoir une solution.

Son ravisseur s'était intéressé à son rêve ou, plus précisément, au couteau. Peut-être pourrait-elle l'occuper avec ça et gagner du temps.

Suffisamment, en tout cas, pour que Tucker puisse intervenir avant que Dymon atteigne la voiture.

Elle se remit à gémir, s'agita et battit des paupières.

— Je croyais t'avoir assommée pour un moment, grommela Dymon.

Il soupira bruyamment avant d'ajouter :

— Je vais devoir arranger ça... peut-être même régler définitivement le problème.

Rachel frémit. Il allait la tuer. Ici et maintenant.

— Non, non, par pitié, commença-t-elle.

Elle dut faire un effort surhumain pour continuer :

— Je sais qui vous êtes, je sais ce que vous avez fait et, surtout, je sais où est le couteau.

— Ton père aussi, lui fit-il remarquer.

— Et alors ? C'est moi que vous tenez, pas lui !

Dymon grommela quelques mots incompréhensibles. Elle

n'avait aucune idée de ce qu'il allait faire, il n'était qu'une forme sombre au-dessus d'elle, et elle était totalement impuissante.

Tout en elle se révolta. Elle ne se laisserait pas mener à l'abattoir comme un agneau sans défense. Elle savait de quel côté d'elle se tenait Dymon et elle sentait qu'elle était sur une crête. Elle pouvait donc tenter de rouler sur elle-même et d'appeler au secours. Si ça ne marchait pas, au moins elle aurait essayé.

Elle testa le terrain, compta silencieusement jusqu'à trois, se mit en boule et se laissa glisser le long de la pente en hurlant à pleins poumons.

Dymon l'insulta copieusement. Rachel l'entendit courir, trébucher et recommencer à jurer. Puis elle se heurta à ce qu'elle supposa être les jambes de son ravisseur et s'immobilisa.

— Espèce d'idiote, hurla Dymon.

Elle eut l'impression qu'il s'apprêtait à frapper et elle se préparait à encaisser le coup lorsqu'une autre voix cria :

— Plus un geste !

Elle se serait mise à pleurer de soulagement, si elle n'avait senti le canon froid d'un revolver se presser sur son front.

Dymon était accroupi au-dessus d'elle et la tenait en joue. Si elle se débattait... il tirerait sûrement, mais elle parviendrait peut-être à le faire tomber. Ils étaient sur une colline, après tout... Le tout était de viser juste.

— Rachel...

La voix de Tucker était calme. Elle devina qu'il s'était rapproché.

— Tu te souviens de notre cours d'autodéfense ? demanda-t-il.

— Elle est incapable de se battre, riposta Dymon avec mépris. Je vais lui faire exploser la cervelle, et ensuite ce sera ton tour. Jette ton arme.

— Rachel est la seule à savoir où se trouve la preuve de votre crime, répliqua calmement Tucker.

L'entrejambe... Tucker lui avait dit de viser l'entrejambe et les yeux. Il fallait donc qu'elle se redresse et atteigne Dymon à un de ces niveaux, ce qui lui paraissait faisable.

— Curtis sait où est le couteau. Je vais tuer sa fille, puis...

La voix de Tucker s'éleva à nouveau.

— Je t'ai promis de ne plus te mentir et je vais tenir parole, Rachel. Je suis donc dans la triste obligation de t'annoncer que ton père a péri dans l'explosion du pavillon.

Elle sentit une vive douleur la traverser, qui ne l'empêcha pas de réfléchir à ce que Tucker venait de dire. Il ne lui avait jamais fait une telle promesse, au contraire. Alors ? S'agissait-il d'une ruse ? Sûrement. Son père ne pouvait pas être mort. C'était inenvisageable.

Elle envoya une supplication muette au ciel tandis que les deux hommes continuaient à s'invectiver. Ensuite, elle se concentra sur la silhouette de Dymon. Elle n'avait pas droit à l'erreur : elle devait atteindre le malfrat à l'entrejambe, sinon c'était la mort assurée, pour elle comme pour Tucker.

Tucker vit Rachel tenter de se relever. Il leva une main en signe de reddition et se baissa comme pour déposer son arme à ses pieds.

Il fallait que Rachel frappe, même une seule fois, même si elle n'atteignait pas sa cible. Un coup suffirait à faire reculer l'homme. Le dénivelé causerait sa chute ; son revolver s'envolerait et Tucker pourrait se servir du sien.

À condition toutefois que son adversaire n'ait pas déjà tiré.

— L'explosion ne devait pas faire de victimes, grommela ce dernier au terme d'un silence tendu.

Tucker continua à bluffer :

— Pour cela, il aurait fallu que tout le monde soit à l'avant du bâtiment, pas au sous-sol. Un de mes hommes était en train d'évacuer Duke, et ils ont péri tous les deux.

Si Rachel avait compris son message subliminal, ce qu'il espérait de tout cœur, elle savait que Duke était toujours en vie.

— Je ne vois pas l'intérêt de faire exploser toute une bâtisse, si ce n'est pas dans l'intention de tuer. Par ailleurs, il apparaît nettement que vous aviez infiltré North Star, alors pourquoi n'avez-vous pas emmené Duke chercher l'objet que vous convoitez ?

— J'aurais pu, répliqua l'homme avec un ricanement sinistre. Mais je tenais à finir le boulot que j'ai commencé il y a vingt ans.

— Pas si je t'en empêche !

Rachel et Tucker sursautèrent en reconnaissant la voix de Duke. Ce dernier tira alors et abattit leur adversaire.

— Papa ? demanda Rachel d'une voix saccadée.

Tucker allait déjà vers elle mais Duke fut plus rapide que lui. Il réconforta sa fille et entreprit de lui dégager les poignets, tandis que Tucker faisait de même avec ses chevilles.

Rachel se jeta dans les bras de Duke et Tucker s'éloigna discrètement pour s'assurer que le ravisseur de Rachel était hors d'état de nuire.

Il ne trouva pas le pouls de l'homme, mais prit la précaution de le désarmer.

— Il faut qu'on s'en aille d'ici, déclara-t-il. Ce type ne travaillait sûrement pas seul.

— Non, intervint Rachel. Je l'ai entendu dire à un de ses complices qu'il peinait à m'emmener jusqu'à une voiture. Tout le monde va bien à North Star ? Dymon a aussi dit qu'il avait abattu McMillan, je...

Elle se tordit les mains, Duke les enferma dans les siennes pour la calmer et elle se remit à parler :

— Quand Shay m'a fait entrer, il y avait ce type. Il s'appelle Dymon. J'ai reconnu sa voix. C'est celle que j'entendais dans mon rêve.

— C'est bien lui ? demanda Tucker à Duke qui lui répondit par un hochement de tête.

— J'ai dû le dénoncer à McMillan, poursuivit Rachel, parce qu'il n'avait pas l'air de savoir à qui il avait affaire. Je lui ai tapé un message en morse sur le poignet et il... Dymon, je veux dire, a tiré sur McMillan. Quasiment à bout portant, alors je suppose qu'il est mort. Je me trompe ?

Elle pleurait à présent. Tucker s'approcha d'elle, la fit asseoir et lui essuya les joues avec le pan de sa chemise. Elle le remercia d'un sourire chancelant.

Tucker sentit sur lui le regard désapprobateur de Duke et décida de passer outre.

— Oui, tu te trompes. On s'occupait de lui quand je suis parti. Il devrait s'en remettre.

C'était enjoliver la réalité, cependant Tucker avait à cœur de rassurer Rachel. Elle avait utilisé l'alphabet morse pour sauver le patron de North Star et... bien qu'elle soit incroyable et pleine de ressources, il leur fallait s'éloigner au plus vite.

— Vous avez vu une voiture en montant jusqu'à nous ? demanda-t-il à Duke.

— Oui, pas très loin d'ici.

Duke aida sa fille à se relever, puis tous trois se mirent en route, les deux hommes encadrant Rachel. Le terrain était irrégulier, et la guider jusqu'à la route ne fut pas une tâche facile.

Bientôt, Tucker aperçut la route à travers les arbres. Malheureusement, elle n'était pas déserte.

— À terre, murmura-t-il en se plaquant au sol sans lâcher la main de Rachel.

— Que se passe-t-il ?

— Il y a trois hommes et une voiture garée à côté de celle qu'a empruntée Duke.

Il haussa la tête pour mieux voir la scène. Deux des individus faisaient le tour du véhicule abandonné dans un fossé, le troisième pianotait sur son téléphone.

— Je suis trop loin, dit Tucker en tentant de se redresser.

Rachel resserra son emprise sur son bras et chuchota :

— Non. Retournons plutôt au siège de North Star. Ça ne doit pas être bien loin !

Tucker n'avait aucune envie de lui annoncer qu'il ne restait plus grand-chose du pavillon et, surtout, il voulait capturer les hommes qui, de toute évidence, étaient à l'origine de l'explosion et de cette nouvelle tentative d'enlèvement. En liberté, ces criminels auraient beau jeu de revenir s'en prendre à Duke ou à Rachel.

— Donne-moi cinq minutes, Rachel, et ne bouge pas d'ici.

Là-dessus, il s'arracha à son emprise et s'éloigna dans l'espoir que Duke prenne le relais.

Il évolua en silence, en se dissimulant comme il le pouvait, jusqu'à ce qu'il soit suffisamment proche pour voir les trois hommes. Il les entendit parler sans parvenir néanmoins à comprendre leurs propos. Il se serait encore rapproché si le risque de se faire remarquer avait été moins grand.

Bien décidé à mettre Duke et Rachel à l'abri du danger avant tout, il remonta vers eux à pas furtifs.

— Ils ne sont que trois, mais ils semblent attendre que leur complice revienne avec Rachel, leur annonça-t-il.

— Vianni ! s'exclama Duke, une nuance de dégoût dans la voix.

— Ce ne sont pas les hommes de Vianni, ce sont ceux des membres du gang des Fils.

— Tu les as reconnus ?

— Ces trois-là ont des casiers judiciaires particulièrement épais. L'un d'eux a échappé à une condamnation pour viol à cause d'un problème juridique, je soupçonne le deuxième d'avoir commis le meurtre sur lequel j'enquête en ce moment, quant au troisième, il a séjourné en prison pour trafic de drogue, vol à main armée et j'en passe.

— Notre système judiciaire ne laissera jamais de m'épater, grommela Duke. Alors, qu'est-ce qu'on fait ? On les épingle directement ?

— Trop dangereux, répondit Tucker. Ils sont plus nombreux et mieux armés que nous, même si je me sers du revolver de... Dymon.

Il s'interrompit, le temps de se tourner vers Rachel. Elle n'allait pas être d'accord avec son nouveau plan, et il ne pouvait pas non plus la laisser derrière lui.

— Ramenez-la, Duke.

— Il est hors de qu...

Duke ne la laissa pas terminer sa phrase.

— Que comptes-tu faire, mon garçon ? demanda-t-il avec véhémence.

— Ces types ont trempé dans une tentative d'enlèvement,

sans doute même dans l'explosion du pavillon. Je suis en droit de les arrêter.

— Seul contre trois ? Ça n'est pas l'idéal, il me semble.

— Ne vous en faites pas, je vais me débrouiller, lui répondit Tucker avant de tirer son téléphone de sa poche.

— Ah oui, et lequel de tes frères vas-tu mettre en danger, cette fois-ci ?

Il s'agissait d'une pique, toutefois, entre l'explosion et l'épisode qu'il venait de vivre, Tucker avait enfin compris ce qui lui avait échappé jusqu'alors. Quatre de ses frères s'étaient épris des filles adoptives des Knight. Trois d'entre eux avaient des enfants ou en attendaient, et ils se devraient de les protéger. En aucun cas, ils n'auraient dû risquer leurs vies...

C'était pourtant ce qu'ils avaient fait, à plusieurs reprises, au cours de l'été. Et pourquoi ?

Parce que rien ne serait vraiment réglé tant que les Fils existeraient. De sorte que plus on en arrêterait, plus on aurait de chance de tomber enfin sur celui qui entraînerait tous les autres dans sa chute.

— Tous, Duke, répondit Tucker. Tous mes frères.

21

— Il est hors de question que je reste à l'écart pendant que tu risques ta vie, répéta Rachel, sans hausser le ton alors qu'elle avait envie de hurler.

Son père la tenait fermement par le bras, et elle dut prendre sur elle pour ne pas lui reprocher d'avoir envisagé la possibilité de laisser Tucker se débrouiller seul ou avec ses frères.

— Attendez une seconde, dit Tucker.

Rachel passa d'une main à l'autre, ce qui accrut encore sa colère. De toute façon, elle n'aurait pas pu aller bien loin, en ce territoire inconnu.

— Calme-toi, Rachel, reprit Tucker. En leur qualité de policiers, mes frères peuvent procéder à des arrestations, eux aussi. Ils vont venir en renfort et peut-être trouver le moyen de porter un coup encore plus rude aux Fils. Il faut que je sois de la partie, et je ne pourrai rien faire tant que tu seras là.

Elle sentit sa gorge se serrer. Être arrivée jusqu'ici et se voir écartée ainsi, c'était... exaspérant. Aussi fit-elle une dernière tentative.

— Ce n'est pas juste ! Et moi, là-dedans ? Je n'ai rien fait, comme d'habitude !

Elle était submergée par l'émotion, à présent. Sa propre impuissance lui était devenue insupportable, tout comme l'idée qu'elle restait une charge, quoi qu'il arrive.

Les mains de Tucker se refermèrent sur ses joues, et il entreprit de lui rappeler les moments clés de sa participation.

Il le fit sur un ton admiratif, sans rien omettre. Le recours de Rachel à l'alphabet morse semblait l'avoir particulièrement impressionné.

Il dut comprendre qu'il avait réussi à la calmer car il conclut :

— Côté Vianni, c'est terminé. Au tour des Fils, maintenant. Suis ton père sans faire d'histoires. Tu as largement fait ta part du travail. Maintenant, c'est à moi de jouer si tu veux bien.

Rachel n'était toujours pas vraiment d'accord avec lui, cependant elle comprenait ses motivations. Elle posa les mains sur son visage.

— D'accord, murmura-t-elle avant de poser sa bouche sur la sienne.

Il se raidit, sans doute à cause de la présence de Duke, mais peu lui importait. Il allait risquer sa vie, et elle le laissait partir. Et puis il se détendit et lui rendit son baiser avec une ferveur prometteuse. Lorsqu'il se dégagea, elle lui dit :

— Attends l'arrivée de tes frères pour agir et reviens-moi indemne. J'ai ta parole ?

Il hésita un instant avant de serrer ses mains entre les siennes.

— Tu as ma parole, Rachel. Allez, suis ton père. Et, au passage, je te rappelle que tout cela t'a valu une énorme bosse au crâne, alors que, de mon côté, je n'ai rien du tout.

Rachel se rendit à l'évidence : Tucker ne pourrait rien faire tant qu'elle serait dans les parages et, en insistant encore, elle risquait de faire capoter l'opération. Il lui avait fait prendre conscience de sa valeur, désormais son rôle était de se tenir dans l'ombre.

— Prends soin de toi, lui dit-elle en serrant une dernière fois sa main.

À regret, elle se laissa guider par son père. Au fur et à mesure de leur progression, elle sentit sa tension retomber et la douleur envahir son corps.

— Je ne te cache pas que te voir embrasser un des fils Wyatt m'a vaguement contrarié, bougonna Duke quand ils furent suffisamment loin pour que ce dernier ne l'entende pas. J'espère que ça ne vous mènera pas là où ça a mené tes sœurs.

Si elle en avait eu l'énergie, Rachel se serait rebellée. Mais elle était trop soulagée que son père soit vivant pour lui en vouloir, aussi lui demanda-t-elle en souriant :

— Ça serait si terrible ?

— Que toutes mes filles soient confrontées au danger à cause d'eux, tu veux dire ?

— Allons, papa, dit Rachel en se renfrognant. C'est ta faute si nous nous sommes retrouvés impliqués dans cette nouvelle affaire, Tucker et moi. Si tu n'avais pas fugué...

— Je veux bien admettre ma part de responsabilité, à condition que tu reconnaisses que les Fils ont laissé leur empreinte sur la personnalité de ces garçons.

— Enfin, papa, ce couteau, celui avec lequel on m'a agressée, tu l'avais ! Et tu m'as encouragée, si je puis dire, dans l'interprétation de mon rêve, ce qui m'a fait douter de moi.

Duke continua d'avancer en silence. Rachel sentit une odeur de fumée et comprit qu'ils arrivaient à destination. Au bout d'un moment, son père reprit la parole :

— J'ai fait ce que je jugeais bon à l'époque. Je suis désolé que ça t'ait coûté la vue, ma chérie. Tu ne peux pas savoir... Je voulais assurer votre sécurité à toutes. J'étais sous la protection de WITSEC depuis huit ans quand mes ennemis m'ont retrouvé. J'avais refait ma vie. J'avais ta mère, je t'avais toi et j'avais tes sœurs. Fuir m'aurait obligé à abandonner tout ça, ce que j'ai refusé. Pour rester, il me fallait quelque chose de plus fort que le protocole de protection, et ce couteau m'est apparu comme une sorte d'assurance vie ; comme le meilleur moyen de tenir mes adversaires à distance.

— Alors, tu as laissé partir mon agresseur ?

— Il s'est enfui. J'ai dû t'emmener à l'hôpital, de sorte que je n'ai pas pu le pourchasser. En revanche, j'ai réussi à ramasser tout ce qu'il avait laissé derrière lui, dont ce couteau qui a servi mon projet.

— Jusqu'à maintenant, lui fit remarquer Rachel. Que s'est-il passé ?

— J'ai reçu des menaces, à peine voilées, au début du mois,

et je me suis adressé à McMillan. Son père était à la tête de WITSEC quand on m'a délocalisé, et nous étions devenus amis. Il m'a conseillé de demander l'aide de l'organisation de Granger pour essayer de comprendre. À ma connaissance, tous les Vianni étaient morts ou incarcérés. Granger a découvert un lien entre le gang Vianni et les Fils, et il m'a convoqué.

— Tu es allé le voir de ton plein gré, souligna Rachel.

— Plus ou moins. Ma priorité était de vous protéger et il m'est apparu que, pour cela, je devais disparaître pendant quelque temps. J'étais en possession de la preuve, je pouvais l'utiliser au besoin, et je comptais sur McMillan pour m'aider à la remettre à qui de droit. Mais avant, je voulais être sûr qu'il était digne de confiance. J'avais des doutes, tu comprends ? Je les ai toujours, d'ailleurs.

— Il a été abattu par Dymon. Je l'ai informé que c'était l'homme que je voyais dans mes cauchemars, et il m'aurait aidée si Dymon ne lui avait pas tiré dessus.

— Ton agresseur était le fils de Vianni, expliqua Duke. McMillan l'a embauché dans l'espoir de le retourner. Granger m'a parlé d'un certain nombre de petites frappes avec lesquelles je n'avais jamais eu aucun contact, et je n'ai pas reconnu celui que tu appelles Dymon. On suppose qu'il a eu recours à la chirurgie plastique quand il a changé d'identité, car il était censé avoir été exécuté par un tueur à gages, tout de suite après ton agression, probablement parce qu'il avait échoué dans sa mission. C'est quand tu m'as dit avoir reconnu sa voix que j'ai compris. Bref. Je ne prétends pas avoir anéanti le gang Vianni dans son ensemble, cependant les membres de la famille que j'ai fait enfermer sont tous morts. On ne devrait plus en entendre parler.

— Si ce n'est que Tucker s'est mis en tête de porter un dernier coup aux Fils, lui fit remarquer Rachel avec amertume.

— C'est un Wyatt, que veux-tu ? Comme ses frères, il ne renoncera pas tant que le gang des Fils existera, et tant qu'Ace sera en vie, même en prison. C'est le prix à payer quand on se commet avec un Wyatt.

— Tu n'as pas pu fermer les yeux devant l'injustice, tu as refusé de fuir quand ton acte de bravoure est redevenu une menace…

Rachel reprit son souffle avant de poursuivre :

— Je sais que tu aimes profondément les fils d'Ace Wyatt, et je comprends que tu sois aussi protecteur avec nous, tes filles, cependant c'est toi qui nous as donné l'exemple. Dès lors, il me paraît logique que nous l'ayons suivi, même sans connaître les détails de l'histoire.

Duke ne dit rien pendant un long moment puis, au lieu de prendre le bras de Rachel, il lui posa une main sur les épaules et la fit pivoter sur elle-même.

— Il faut que tu te fasses soigner la tête, déclara-t-il en plantant un baiser tout près de la bosse qui enflait entre ses yeux.

Soudain, Rachel se sentit apaisée. Elle avait toujours eu peur pour Tucker et pour ses frères, bien sûr. Elle continuait à espérer que McMillan se remette de sa blessure, mais son père était là, sain et sauf, et au moins un des aspects du problème était réglé.

Il fallait maintenant que Tucker s'occupe du sien et lui revienne sain et sauf, lui aussi.

Tucker avait la ferme intention de tenir sa promesse. Malheureusement pour lui, ses trois cibles s'étaient lassées d'attendre le quatrième larron et semblaient sur le point de repartir.

Jamison et Cody pouvaient arriver en dix ou vingt minutes, les trois autres étaient beaucoup plus loin, et ce groupe-là comportait deux convalescents : Dev et Brady.

Tucker décida de ne pas se cacher tandis que les hommes remontaient la colline. Il avait promis à Rachel de ne rien tenter avant l'arrivée de ses frères. Une véritable gageure car lorsque deux des individus s'étaient lancés à sa recherche, le troisième était resté sur la route pour fouiller la voiture que Duke y avait abandonnée.

Pourtant, Tucker resta tranquille et, gardant son revolver à portée de main, écouta leur conversation.

— Les hommes de Vianni sont de vrais abrutis, dit l'un d'eux. J'en ai déjà marre de passer derrière eux pour réparer leurs bêtises.

— En même temps, on ne pouvait pas refuser. Il y a trop d'argent en jeu et tout s'écroule autour de nous.

Son acolyte lui répondit par une boutade qui les fit rire tous les deux de bon cœur.

Tucker se serait sûrement laissé influencer par l'humeur légère de ses proies s'il n'avait pas eu connaissance de leurs casiers judiciaires. Ces types étaient des monstres, du moins, ce qu'ils s'apprêtaient à faire était monstrueux.

Ils se rapprochaient dangereusement, et les frères de Tucker étaient en route, il le savait.

— Ce fils de… quel fainéant ! Même pas fichu de traîner la fille jusqu'ici !

— Détrompez-vous, il y est arrivé, leur annonça Tucker d'un ton jovial.

Les deux hommes pivotèrent sur eux-mêmes en dégainant, l'un un revolver, l'autre un couteau.

Celui que Tucker connaissait sous le nom de Justin Hollie lança d'un ton chargé de mépris :

— Un Wyatt… Ton laissez-passer est périmé, mon gars. Nous ne sommes plus censés épargner les rejetons d'Ace.

Tucker s'était attendu à tout sauf à ça.

— Ah ouais, et pourquoi ?

— Tu n'as pas entendu la nouvelle ? Tu es bien le seul ! Ace est mort en prison. Plus la peine de s'en prendre à nous, c'est fini pour lui. Cela dit, je suis raisonnable et je te propose un marché : on te laisse partir et tu nous fiches la paix.

— Mort en prison, Ace ? répéta Tucker, sidéré. Je ne vous crois pas.

— Ça m'est égal, je te disais ça pour que tu saches qu'il n'y avait plus rien pour toi, ici.

Tucker n'avait toujours pas digéré la nouvelle de la mort de son père. Il lui semblait impossible qu'Ace Wyatt ait eu une fin aussi banale, lui qui était le mal incarné.

Comme les deux hommes qui lui faisaient face ne valaient guère mieux, il leur répondit :

— Il se trouve qu'à mes yeux les explosions, les meurtres et les enlèvements ne sont pas rien. Le viol non plus, ajouta-t-il en jetant un regard appuyé à celui qu'il avait identifié comme étant Travis Clyne, l'individu qui avait échappé à la justice à la suite d'une erreur de procédure.

— Là, tu es mort, répliqua Clyne avant de mettre Tucker en joue.

Il le visait toujours lorsqu'un coup de feu déchira l'air. Sans faire de dégâts a priori, mais Cody et Jamison apparurent aussitôt et se positionnèrent de part et d'autre des membres du gang.

Celui qui était armé d'un couteau se précipita sur Jamison. Tucker fut forcé de tirer et fit hurler sa cible.

Cody frappa Clyne au visage pour l'obliger à lâcher son revolver. Le troisième homme, sûrement alerté par le tumulte, surgit à son tour, vit les frères Wyatt se tourner vers lui, l'arme au poing, et laissa tomber la sienne.

Tucker lui ordonna de s'agenouiller, puis entreprit de le ligoter avec les menottes que lui tendit son frère, tandis que Jamison et Cody s'occupaient des deux autres.

— Encore indemne, fit remarquer Cody en secouant la tête d'un air désabusé. Tu as une sacrée veine, Tuck !

Tucker laissa échapper un rire étranglé.

— Je sais. Ça m'a miné pendant un bon moment, mais je crois avoir fini de me sentir coupable.

Cody se chargea d'appeler son supérieur pour lui faire part des derniers événements, puis Tucker dut se résoudre à aborder avec ses frères le sujet de leur père.

— D'après eux, Ace a été tué en prison, annonça-t-il.

Cody et Jamison échangèrent un regard entendu.

— Il paraît, oui. Gage allait vérifier l'information quand j'ai reçu ton message, répondit Cody. On lui a dit de rester où il était pendant qu'on venait t'aider.

— Et vous, vous vous imaginez qu'il vous a écoutés ?

— Les hommes du comté me préviendront s'il essaie de venir nous rejoindre, dit Jamison avec un petit sourire narquois.

— Vous pensez qu'Ace est vraiment mort ? demanda Tucker.

Ses deux frères changèrent d'expression. Cody haussa les épaules pour lui signifier qu'il n'en savait rien, tandis que Jamison se passait une main sur la nuque, avant de répondre :

— Je ne sais trop que penser. Je suggère qu'on attende l'arrivée de mes collègues et qu'on aille s'assurer que tout va bien pour Duke et Rachel.

— Le groupe North Star a pris un sacré coup, fit remarquer Tucker à Cody.

— Oui, ils sont tous en chemin pour l'hôpital. Nina se charge d'aller récupérer Duke et Rachel.

— Il faut que Rachel voie un médecin.

— Nina s'en occupera, ne t'inquiète pas.

Tucker acquiesça d'un air sombre. La possibilité que le tristement célèbre Ace Wyatt ait passé l'arme à gauche continuait à le perturber.

— S'il est mort, ça veut dire… que c'est fini.

— Nous sommes des représentants de la loi, lui rappela Jamison. Tant que les Fils des Badlands seront en mesure de faire du mal autour d'eux, ce ne sera pas fini.

— En revanche, notre filiation et ce qu'elle impliquait pour nous sur le plan émotionnel, tout ça, c'est terminé. Il ne pourra plus nous nuire.

— Eh bien, espérons qu'il a péri comme il le méritait : brisé, incarcéré et sans que personne n'en parle, déclara Cody.

Tucker réfléchit au propos de son frère. Ça lui paraissait à la fois incroyable et pertinent. Pas de tapage, pas de fin spectaculaire, rien qui puisse évoquer une intervention divine ou inspirer d'éventuels admirateurs. La hantise d'Ace, qui redoutait tant une disparition dont personne ne se souviendrait.

Tucker se tourna vers ses frères et leur sourit franchement.

Oui, il espérait lui aussi que la planète était débarrassée d'Ace Wyatt.

Épilogue

Il y eut tout de même un certain tapage. Officiellement, les Wyatt et les Knight ne célébrèrent pas la mort d'Ace, mais les raisons de se réjouir ne manquaient pas : Duke était sain et sauf, Brady guérissait vite, et Felicity venait d'apprendre qu'elle donnerait naissance à une petite fille.

Rachel savait néanmoins que ces réjouissances étaient, au moins en partie, dues à la certitude que l'homme qui leur avait fait tant de mal au fil des ans n'était plus.

Mamie Pauline avait préparé un festin, tout le monde s'était serré autour de sa table et les conversations allaient bon train. Même Dev était souriant. Un vrai bonheur, et la meilleure des réunions familiales dont se souvienne Rachel.

Son père était indemne, personne n'avait été blessé, pour une fois ; les hommes arrêtés par Tucker et ses frères avaient accepté de parler, ce qui avait entraîné d'autres arrestations et un raid de la police fédérale sur le quartier général des Fils. À défaut d'être totalement démantelé, le gang avait subi d'énormes pertes.

Et surtout, Ace Wyatt était mort, de sorte que ses fils paraissaient… plus légers. Un peu décontenancés, certes, mais soulagés.

Après le repas, personne n'eut l'air pressé de repartir. Même Duke et Sarah qui devaient s'occuper du ranch s'attardèrent.

— Va donc voir sur le porche si j'y suis, chuchota mamie Pauline à l'oreille de Rachel.

— Pour quoi faire ?

— T'occupe. Fais ce que je te dis.

Intriguée, Rachel s'exécuta et sortit dans la fraîcheur de la nuit tombante.

— Rachel, tu rentrais te coucher ? Toute seule ?

Tucker. Rachel sourit intérieurement. Il avait dû s'éclipser, et mamie Pauline l'avait envoyée aux nouvelles.

— Non, rassure-toi, répondit Rachel en s'avançant vers lui, guidée par sa voix. Que fais-tu seul ici ? s'enquit-elle.

Il mit un moment à répondre :

— Je ne sais pas trop. Tout le monde est si heureux... Je le suis aussi, pourtant ça me fait un drôle d'effet. Je suis content pour vous, content pour mes frères et pour moi, ravi que l'ombre d'Ace ne pèse plus sur nous et que nous puissions enfin vivre en paix... La seule chose qui me perturbe, c'est que j'avais toujours pensé que sa mort serait médiatisée et qu'il soit parti comme ça... Bref, je suis à la fois heureux et un peu perdu.

— C'est ton droit, lui répondit Rachel. Il me paraît normal que tu sois partagé, et tes sentiments concernant ton père n'appartiennent qu'à toi.

— Tu as sûrement raison, ma belle.

Il lui posa un bras sur l'épaule, et Rachel passa les siens autour de sa taille. En soupirant d'aise, elle se laissa aller contre lui et déclara :

— Tu es un homme merveilleux, doté d'un cœur d'or, Tucker. Tu ne peux pas savoir à quel point je me réjouis que tu n'aies rien eu.

— On s'en est tous bien tirés : Granger McMillan sort de l'hôpital demain...

— Et Shay n'a pas perdu son emploi, finalement, acheva Rachel.

— Bref, tout est bien qui finit bien, conclut Tucker.

Elle réfléchit un instant avant d'objecter :

— Je ne suis pas d'accord avec toi. Ce n'est pas une fin en soi, c'est la vie qui suit son cours, avec son lot d'épreuves et de bons moments.

— Les bons moments..., répéta Tucker d'une voix songeuse.

Parlons-en. Il y en a au moins un dont nous n'avons pas encore profité. Je ne t'ai jamais proposé de passer une soirée avec moi, par exemple.

— Passer une soirée avec toi ? Tu me fais des avances ?

— Ça ressemble même à un rendez-vous amoureux, si je puis me permettre.

Rachel sentit son cœur s'emballer. Tucker et elle n'avaient pas eu le temps de parler de ce qui s'était passé entre eux, sur le plan personnel. Elle était trop inhibée pour cela, trop inquiète pour aborder le sujet. Et voilà qu'il lui proposait une sortie en amoureux.

— Permets-toi, permets-toi, lui répondit-elle d'un ton léger.

— Demain soir ?

— Il faut que je vérifie mon agenda.

Tous deux se tinrent cois dans l'obscurité pendant un long moment. Un moment d'apaisement, de sérénité, au cours duquel Rachel se fit un résumé de la situation.

Tucker était un homme intègre, il allait l'emmener dîner quelque part, avancer à son rythme, soit pas à pas, et elle savait déjà qu'il prendrait leur relation au sérieux. Former un couple stable... Rachel se plaisait à croire que c'était ce qu'il leur fallait, après toutes ces épreuves.

Elle pivota sur elle-même pour enrouler les bras autour du cou de Tucker.

— Encore une fois, Tucker Wyatt, tu es un type bien. Tes frères aussi, et la mort d'Ace n'a rien à voir là-dedans. Vous avez toujours lutté contre lui, et que vous ayez été blessés au cours de votre lutte ou que vous en ayez réchappé n'a aucune importance. J'espère que tu en as enfin conscience.

— J'y arrive tout doucement, et j'avoue que c'est bon à entendre.

— À mon avis, tu ne vas pas tarder à t'apercevoir qu'une des qualités des filles Knight est de vous valoriser comme vous le méritez.

— Heureusement que j'en ai trouvé une, alors !

— Je ne te le fais pas dire.

Sur ces mots, Rachel se hissa sur la pointe des pieds pour embrasser Tucker. Et s'émerveilla : c'en était fini de la peur, du stress, des contraintes. Ils étaient seuls au monde.

Elle sentit l'emprise de Tucker se resserrer, sans que leur étreinte prenne un tour plus passionné. Il leur restait à se découvrir, et ils avaient toute leur vie pour cela.

Ils s'étaient trouvés, et débarrassés en même temps d'années de terreur, d'inquiétude et de nuages menaçants.

C'en était fini des soucis, et il ne leur restait plus qu'à apprendre à se connaître mieux, en tant que simples amis d'abord, et à parvenir à vivre ensemble, entourés par leurs familles respectives.

Pour être heureux jusqu'à la fin de leurs jours.